中文社会科学引文索引（CSSCI）来源集刊

国际文学理论学会
中国中外文艺理论学会
北京语言大学外语学部
清华大学外文系、比较文学与文化研究中心

Frontiers of
Literary Theory

文学理论前沿

（第二十三辑）

王　宁 / 主编

社会科学文献出版社
SOCIAL SCIENCES ACADEMIC PRESS (CHINA)

编者前言

经过数月时间的选稿、审稿和编辑加工，《文学理论前沿》（第二十三辑）很快就要与专业文学理论工作者和广大读者见面了。我像以往一样在此重申，本集刊作为中国中外文艺理论学会的会刊，由学会委托清华大学比较文学与文化研究中心负责编辑，开始由北京大学出版社出版，之后改由清华大学出版社出版，自第二十辑开始改由社会科学文献出版社出版。由于目前国际文学理论学会尚无一家学术刊物，而且该学会秘书处又设在清华大学（王宁任该学会秘书长），因此经过与学会主席希利斯·米勒教授等领导成员商量，决定本集刊实际上承担国际文学理论学会的中文刊物之角色。自 2019 年起，由于主编王宁被北京语言大学外语学部聘为特聘教授，因而本集刊将由北京语言大学和清华大学联合主办，这应该说是一种卓有成效的强强联合。让我们欣慰的是，本集刊自第一辑出版发行以来在国内外产生了较大的反响，不仅读者队伍日益增大，而且影响也在逐步扩大。可以说，本集刊立足中国、面向世界的第一步已经实现。尤其值得在此一提的是，从 2008 年起，本集刊已连续多次被中国社会科学引文索引（CSSCI）列为来源集刊，前几年，国家新闻出版总署又对各类集刊进行了整顿，一些集刊由于种种原因停办，而本集刊则得以幸存，2007 年又改为半年刊。这些无疑是对本集刊的一个极大鼓励和鞭策，我想我们今后的任务是不仅要继续推出高质量的优秀论文，还要争取在国际学术界发出中国学者的强劲声音。

正如我在第一辑编者前言中指出的，我们办集刊的立足点有两个：一是站在国际文学理论和文化研究的前沿，对当今学术界普遍关注的热点话题提出我们的研究成果，同时也从今天的视角对曾在文学理论史上产生过重要影响但现已被忽视的一些老话题进行新的阐释；二是着眼于国际性，即我们所发表的文章并非仅出自国内学者之手，还会在整个国际学术界物色优秀的文稿。鉴于目前国际文学理论界尚无一家专门发表高质量的反映当今文学理论前沿课题的最新研究成果的大型集刊，本集刊的推出无疑填补了这一空白。与国内其他集刊或期刊不同的是，本集刊专门刊发两三万字的既体现扎实理论水平同时又有独特理论创新的长篇学术论文10篇左右，最长的论文一般不超过35000字。所以对于广大作者的热心投稿，我们表示衷心的感谢。但同时也希望大家在仔细研究本集刊的办刊方针和研读各辑所发论文之后再寄来稿件。此外，本集刊除特殊情况外一般不发表合作的稿件，因为我们都知道，人文学者的论文大多是作者独立思考的结晶，而且体现了作者本人的行文风格，因此一篇独具个性的优秀论文是基本不可能由多人合作写成的。本集刊每一辑发表境外学者论文为1～2篇，视其来稿是否与该辑主题相符决定是否刊用，或者根据本集刊主题直接向国外学者约稿。国内及海外学者用中文撰写的论文需经过匿名评审后决定是否刊用。

本辑与第二十二辑的栏目设置略有不同。第一个栏目依然是沿袭下来的主打栏目"前沿理论思潮探讨"。在这一辑中，该栏目的四篇文章讨论的是当下处于国际学术理论前沿的一些课题。第一篇文章出自青年学者侯洁之手，在简略地回顾世界主义在古希腊哲学中萌发直到当下的历史演变过程后，作者从文学和文化的角度，以世界主义思想的历史发展脉络为主线，梳理了它在古希腊罗马时期、封建中世纪到文艺复兴过渡时期、欧洲启蒙时期以及近现代时期所经历的发展与变化，并阐述了世界主义思想是如何贯穿于哲学、政治和文学等领域的。通过对世界主义理论历史演变的研究，该文揭示了以整体眼光看待世界、以包容的态度对待他者，寻求人类文明发展的共同方向和利益。虽然在作者看来，文学在整个世界主义的历史演变中并未扮演一个突出的角色，但是文学中的世界主义却为世界文学步入学术前沿起到了重要的推动作用。林晓霞的文章专门讨论了当今国际比较文学界最具有影响力的美国学者戴姆拉什的世界文学研究特色。林晓霞曾两度赴美学习，师从戴姆拉什，对戴氏的世界文学研究有较好的把握，在该文中，她聚焦戴氏的新著《比较多种文学：全球化时代的文学研究》，认为该书是对比较文学领域的一次重新审视，为正在经历着瞬息万变的比较文学学科指明了前进的道路。该文在承认戴姆拉什并非一位马克思主义者的同时，也首次披露了马克思和恩格斯在《共产党宣言》中对世界文学的描述对他的世界文学观的启迪和影响，并揭示了其世界文学观形成的历史因素及思想背景。特别有新意的是，该文认为，奥尔巴赫与赛义德（又译萨义德）对戴姆拉什世界文学观的影响最大，正是通过赛义德，西方马克思主义也对戴姆拉什的世界文学研究产生了一定的启迪和影响。黄惠的文章虽然探讨的是现代性这个老话题，但文章聚焦的是美国华裔作家谭恩美的长篇小说《通灵女孩》，认为该小说质疑了把人疏离自然的现代性道德认同，对其提出了批判，并指出其直接导致现代人的精神困境。在作者看来，在谭恩美的小说中，生活在都市空间的奥利维亚深陷现代性矛盾之中，表现为心理生活的自私化和价值取向的功利性。而生命价值整体观则通过前工业时期的原初乡村和自然山水的感性特质，在生态审美救赎的感性美学中突破精神困境，寻求感性与理性的平衡，恢复人的感觉本能及与自然的情感联结；同时通过重寻伦理情感，帮助深陷现代精神危机中的人们摆脱焦虑，最终实现某种精神的救赎。这些都是颇有新意的。姬志海和王秀花合作的文章以今天的视角重新审视了曾在20世纪八九十年代风行的前期先锋小说家所尝试的"叙事革命"，认为这一具有革命性意义的叙事应在当代文学史上书写浓墨重彩的一笔。作者认为，以历史后视镜的眼光对这一现象进行重新考察，仍具有较大的文学史意义。因此正是本着这一目的，两位作者在学界针对早期先锋小说叙事实验层面既有研究的基础之上，另辟蹊径，利用比较文学"影响研究"的综合方法，在"故事化"与"叙事化"二元对照的视域下，从"元小说""视角设限""时间主观化""典型抽象化"四个主要维度对先锋小说家在叙事革新方面的美学努力及其所获实绩诸方面重新进行客观的廓清和评价，力图从中提炼出新的研究价值。虽然先锋小说已经成为历史，但先锋叙事的一些技法已为越来越多的小说家所使用。

　　本辑的第二个栏目为"文学阅读与理论阐释"，发表了五篇文章。王楚童的文章从比较文学平行研究的角度，通过平行比较中国古代哲人庄子的蝴蝶和德里达的猫这两个看似不甚相关的动物形象，来考察"他者"的意义，作者借助西方哲学中的"他者"概念来说明，它不仅仅存在于从本体论到认识论到现象学的逻辑脉络里，后现代极具思辨精神的理论家们也没有办法穷尽其内涵和外延。"他者"概念并非独属于西方，庄子哲学中对"彼"与"此"的论述也是"他者"概念的一处显影。从中西交互、比较的视野诠释"他者"正赋予了这个概念更为旺盛的生命力和阐释空间。由此，无论我们带着哲学形而上的视角，还是借助文学作品、文学阐释；无论我们指的是"一个陌生女人走过"这个"她者"，还是一只猫凝视这个"它者"，"他者"概念和实践最终都会在与"自我意识"和"自我认知"的交会中，实现完满和统一。应该说，这样一种理论导向的平行研究的文章我们今后还要发表。隗雪燕和武琳的文章从比较诗学的角度，以鲁迅和果戈理的同名小说《狂人日记》为例，探讨了在中西文学作品中自然意象、社会意象、民俗意象、文化意象、神话意象这五种类型的意象书写，并且阐释了在这两部作品中的意象书写。虽然从事文学史研究的学者都知道，鲁迅确实受到果戈理的影响，但该文运用平行研究的方法重点对比分析了在这两部小说中月亮和狗这两个承载着丰富内涵的自然意象和其他意象，并对两者之间的异同和原因进行了剖析，因而达到了比较诗学的境界。刘贵珍的文章探讨了翻译家查良铮的诗学思想，认为查良铮在长期的诗歌翻译实践中形成了自己的翻译诗学。他的翻译诗学具体体现在他不仅把翻译当作表达内心情感和诗学思想以及提高创作水平的重要方式，而且始终秉持强烈的现实观，认为诗歌一定要反映社会现实。此外，查良铮的诗学特色也在于他执着地追求诗歌翻译的艺术性，同时注重读者的接受，这应该是查良铮的诗歌翻译明显高于同时代的翻译家的原因所在。张妍的文章比较了宇文所安和柯马丁这两位汉学家在阐释中国文本的策略时对自我指涉概念的拓展。在她看来，两人都强调了多个文本互文性重复中共有的字句、主题等程序性自指。柯氏自指的程式更从平面文本转变为仪式表演，实现程式自身的转变。因此，多个主体互文性经由不同人扮演同一角色的程式自指，到程式角色因个体主体性形成差异性重复，再到仪式内多个角色与不同扮演者融合的多重主体自指，仪式因仪式内外的多重主体显现自身。通过比较，张妍认为多重对应体现为宇文所安的对应多样性和柯马丁个体要素自身的多重性。应该指出，上述几篇平行比较研究的论文都有着一定的理论导向，而不是那种牵强的比附式研究。李泉的文章则是他研究金庸武侠小说在英语世界的接受的系列文章。作者指出，以韩倚松为代表的英语世界学者对金庸武侠小说的研究从西方文论的他者文化视域出发，形成了极具世界诗学特征的跨文化阐释风格。韩倚松一方面参照中国文学与文论，深入发掘了金庸武侠小说如何同中国文学传统建立血肉联系的文学创作机制，另一方面引用西方文学地理学和离散文学理论剖析了金庸作品中设置的、岛屿－大陆二元地理架构内藏的文化内涵，以及这一边缘－中心二元对辩证性地理架构所流露出的、对大陆文化所持的独特怀旧性"中原情结症"。应该说，他的这一结论已经触及了世界诗学的理论建构。

本辑第三个栏目编发了两篇访谈，但是这两篇访谈并非一问一答式的访谈，而是一种对话，通过这样的对话，我们对被访谈者的学术思想和著作有了更深刻的了解。今后这样的访谈我们还要多发一些。

本辑的编定正值春季学期即将结束，新冠疫情给我们的工作造成了一些影响，但也使我们能静心地审读各篇来稿。尤其需要强调的是，本辑在组稿过程中，传来了米勒教授由于染上新型冠状病毒肺炎于 2 月 7 日逝世的消息，我们深感悲痛，特表达我们对这位中美文论交流的重要使者的哀悼之情。本集刊创刊伊始，他就以极大的热情予以了支持，并为本集刊撰稿。当然，我们对他最好的纪念就是研究他的文学理论和批评思想，关于这一点，本集刊将发表一些深度研究性的文章。目前各高校都已开始了暑假前的考试和毕业生离校的工作，我在此谨向为本集刊的出版投入大量时间和精力的社会科学文献出版社编辑人员致以深切的谢意。我们始终期待着广大读者的支持和鼓励。

王　宁

2021 年 7 月

目 录

访谈与对话

Contents

Exploring Frontiers of Literary Theory and Cultural Trends

Literary Reading and Critical Interpretation

Interviews and Dialogues

前沿理论思潮探讨

"世界主义"理论的历史演变：
文学和文化的视角

侯 洁

（清华大学人文学院外国语言文学系，北京 100084）

【内容提要】 源远流长的"世界主义"思想自古希腊罗马时期就已闪现在斯多葛学派的大同理想之中，随后其受到中世纪基督教普世思想的冲击，被但丁反思性地融合到他倡导的大一统尘世政体中，此后经过启蒙运动的洗礼，它开始进入自觉的理性建构阶段。本文以"世界主义"思想的历史发展脉络为主线，梳理了它在古希腊罗马时期、封建中世纪到文艺复兴过渡时期、欧洲启蒙时期以及近现代时期所经历的发展与变化，阐述了"世界主义"思想是如何贯穿哲学、政治和文学等领域。通过对"世界主义"理论历史演变的研究，揭示了以整体眼光看待世界、以包容的态度对待他者，寻求人类文明发展的共同方向和利益。

【关 键 词】 世界主义 世界文学 全球人文 新世界主义

通常来说，"世界主义"在很大程度上被视为有关哲学、政治或社会科学的概念。无论是古希腊罗马时期由斯多葛学派主张的"众生平等"观念，还是后来到中世纪但丁在《论世界帝国》中所提出的"建立一统天下的世界帝国"愿景，又或是18世纪康德对于世界性团结进行的伦理性设想，再或是19世纪马克思、恩格斯在《共产党宣言》中对世界性联合体做出的展望，直到在经济和信息全球化的今天对于"新世界主义"的论述，在这些带有世界主义元素的理念和思考的过程中，文学似乎并未扮演什么重要的角色；乍看之下，人类在全球舞台上建立世界性规范准则所做出的这些尝试和努力，几乎都是在人文社会科学的非文学范畴内进行的，文学与人文社会科学领域的其他学科在世界主义思想的发展历程中好像一直都呈现出"分离"的状态。但其实，作为人文学科的重要一支，文学与哲学、历史学、政治学、社会学和人类学等学科有着不可抽离的亲和关系，它们共同编织而成一张复杂精密的知识网；"世界主义"就像是纵横于这张网上的多个交织点，将政治、哲学、文化与文学密切地连接在一起。"世界主义"的核心理念倡导的是一种超越亲缘关系、国家联系和民族界限的世界性归属感，从而能够拥抱整个人类社团。而文学由于其本身承载着归属于不同的民族国家或社团的个体成员的经历和情感，它会随着这些个体成员在世界上的迁移而流向世界各处，随着这些个体成员的相遇和交往而碰撞融合，因此，文学的世界性活动是实践"世界主义"核心理念的重要途径之一。更重要的是，存在于文学范畴内的这种跨越空间、民族、国界、文化的交流活动，要远远早于歌德对世界文学的提出和比较文学学科的诞生；"世界文学"的概念和"比较文学"的出现只是对于长期以来文学交流活动进行的概念化总结和理论化建构。本文试图论证，在国际比较文学界，也一直有一股潜在的世界主义潮流在涌动，它在民族主义高涨时被压抑在边缘，而在今天的全球化时代则得到彰显，并与世界文学相得益彰，有力地推进了"全球人文"概念的建构。①

---

① 关于"全球人文"理念的提出和理论建构，参阅王宁 2020 年 7 月 14 日在文汇讲堂的演讲（《王宁："全球人文"呼之欲出，中国学者如何用好机遇》，https://whb.cn/zhuzhan/jtxw/20200714/360695.html）。此外，也可以参阅王宁先前发表的关于世界主义与文学的一系列论文：《"全球人文"与人文学科在当代的作用》，《探索与争鸣》2011 年第 8 期；《民族主义、世界主义与翻译的文化协调作用》，《中国翻译》2012 年第 3 期；《世界主义与世界文学》，载王宁主编《文学理论前沿》第九辑，北京大学出版社，2012；《世界主义与人文社会科学的国际化》，《探索与争鸣》2012 年第 8 期；《世界文学语境下的华裔流散写作及其价值》，《深圳大学学报》（人文社会科学版）2012 年第 6 期；《世界主义及其于当代中国的意义》，《山东师范大学学报》（人文社会科学版）2012 年第 6 期；《世界主义、世界文学以及中国文学的世界性》，《中国比较文学》2014 年第 1 期；《西方文论关键词 世界主义》，《外国文学》2014 年第 1 期；《"世界主义"及其之于中国的意义》，《南国学术》2014 年第 3 期；《走向多元取向的世界主义——以文学为视角反思近百年普遍主义的合法性》，《华中师范大学学报》（人文社会科学版）2015 年第 6 期；《北京的世界主义特征及其发展方向》，《社会科学战线》2016 年第 1 期；《走向世界人文主义：中国新文化运动的世界意义》，《探索与争鸣》2016 年第 1 期；以及他应邀为国际刊物编辑的关于世界主义与中国的主题专辑：*Cosmopolitanism and China*, in *Telos*, 180（2017）。

一 古希腊罗马时期的萌芽状态

在古希腊罗马时期，有一个关键的时间点——公元前 3 世纪——标志着"世界主义"思想的开始。古希腊的城邦共同体制正是从公元前 3 世纪开始走向衰落，而城邦的自由生活也随之宣告结束，迎来的是一个帝国的形成和崛起。斯多葛学派的创始人芝诺（Zeno of Citium，约前 336 – 前 264）也是在约公元前 300 年开始在一处有画廊（希腊语：Stoa）的地方讲学，斯多葛学派也因其得名。经亚历山大大帝的征服，军事化的帝国成为典型的政治组织，逐渐取代了城邦。后在恺撒大帝的征服之下，城邦制度和相关的政治组合彻底瓦解，从而沦落为罗马帝国的地方行省。城邦的没落导致了社会思想的激烈变化，与之相关的自由人观念也随着自由的丧失而消失，取而代之的是对一个更大的政治单位统治的服从。无论是亚历山大的马其顿帝国还是恺撒的罗马帝国，都开创了一种全新的政治局面和社会形态：不同的民族和文化共同存在于广阔的疆域内，并受治于同一个强大的集权性政治权威。正是这一点促成了斯多葛学派的"众生平等"思想，人的概念得到升华，从"人即城邦公民"（柏拉图和亚里士多德）转变为"具有社会冲动的非政治动物"，人被分为自由民、奴隶、公民和非公民等不同类别。伴随这种新的人类学思想，出现了"世界共同体"这样的概念，在这个共同体中，不论权力大小、财富多少，人人都可以参与其事务，彼此平等。在斯多葛学派看来，因为人人皆是自然之子，生来便秉承一份自然本性，这种自然性就是理性。对于斯多葛学派把"人之自然规定为理性"的思想，黑格尔曾深刻地指出："自然在斯多葛派那里即'逻各斯'（Logos）——规定着的理性，是主宰的、统治的、弥漫一切的、作为一切自然形态的本原的实体和动力。"[①] 理性作为一种普遍的万能的力量，是法律和正义的基础，而存在于所有人头脑中的理性则是不分国别和种族的，因而应该存在着一种基于理性的自然法，它并非某一国家特定的法律，也不是由

---

① 〔德〕黑格尔：《哲学史讲演录》第三卷，贺麟、王太庆等译，上海人民出版社，2013，第 16 页。

个别立法者制定的法律，它在整个宇宙中都是普遍有效的。

斯多葛学派倡导的教义是，人不仅负有对政治共同体忠诚的义务，更负有对世界共同体忠诚的义务。一个人作为国家的成员，要遵守国家的法律和习惯；当他作为人类的成员，便要服从自然的法则。也就是说，个人隶属于两种不同的秩序：政治秩序和自然道德秩序。对于这两种秩序，斯多葛学派主张轻前者而重后者，他们认为政治秩序是非必然合理的，而道德秩序则是必然合理的，并且令人向往。因而斯多葛学派推广的是"众生平等""四海之内皆兄弟"的大同理想，这种理想就是"世界主义"的历史雏形。斯多葛学派所包含的"世界主义"思想，正是基于自然人性提出来的。既然理性是人类的共同特有的本质，那么整个人类生活便有了共同基础。马可·奥勒留（Marcus Aurelius Antoninus Augustus，121—180）曾这样描述斯多葛学派的"世界主义"："基于人类的共同的理性，便可以有一个共同的法律，如此，我们便是同类的公民，因而这个世界便就是一个国家。就我是安敦尼而言，我的城邦与国土就是罗马；但就我是一个人而言，我的城邦和国土就是这个世界。"① 遂产生了大同主义的世界观。在这个大同世界中，每个人都对他人负有仁爱的天职，共同的普遍理性支配着每一个人，使得人们自觉地把公共利益置于个人利益之上。斯多葛学派的"世界主义"是以普遍理性、大同社会为基础，以世界为人类生活的中心的"大一统"社会。在现在看来，也许这种理想的"大一统"有着乌托邦的色彩，可历史证明，正是"大一统"社会取代了城邦制的狭小社会。看到了奴隶制度的不合理和黑暗，便产生了人类平等的思想；看到亚历山大帝国和罗马帝国的雄伟规模，便产生了寻求"世界国家"的理想。斯多葛学派的"世界主义"观点反映并切合当时的实际情况（罗马人的世界帝国意识）和历史发展趋势，更为马其顿帝国和罗马帝国建立"世界法"和"世界公民"这样的思想提供了意识形态上的合理依据，使其成为政治现实。而为了这样一个伟大而崇高的"大一统"理想，进行一些牺牲其他民族小我的流血侵略战争似乎就是必要的且无可厚非的。

---

① 周辅成主编《西方著名伦理学家评传》，上海人民出版社，1987，第109页。

古罗马是稍晚于古希腊发展起来的一个奴隶制国家，在不断向外扩张统一的过程中，它大量吸收其所统治的民族的文化思想，尤其是对比自己更为先进的古希腊文明和古希腊文化精髓的汲取使它受益匪浅。因此，罗马文化染上了浓重的古希腊色彩，古罗马文学更是在古希腊文学的影响下发展起来。古罗马文学自一开始，就有意借鉴和模仿他们前辈（古希腊文学）的文学创作，在这样的过程中，古罗马作家很自然地将他们自己的文学与古希腊文学进行比较，寻找自身与古希腊文学在描绘时代特征、两个民族特性、两种语言（希腊语和拉丁语）风格等方面的差异与相似之处。最早的罗马文学其实就是对希腊作品的翻译和模仿，这就不得不提及古罗马文学史上一位非常重要的作家，更准确地说，是人类历史上最早的一位翻译家，他对古罗马文学的正式形成做出了重大贡献，他就是里维乌斯·安德罗尼柯（Livius Andronicus，前284？ - 前204）。他生活于公元前 3 世纪，虽然是一名希腊人，却是古罗马文学史上第一位诗人和剧作家，他在罗马用拉丁语翻译了荷马史诗《奥德赛》，这是西方文学史上的第一部译作。此外，他还翻译了很多古希腊抒情诗，他将古希腊文学中的精品通过翻译介绍给缺少书面文学传统的古罗马人，把古希腊文学的主要形式移栽到缺少骨干文学类型的古罗马。可以说，他是古罗马文学的伟大奠基者。古希腊和古罗马这两个民族因为安德尼罗柯第一次在文字上发生了真正的碰撞交织，这就是西方两个民族文学文本的最初交涉，也是西方两个不同民族通过文学方式首次进行相互学习、交流和了解。

二　中世纪到文艺复兴时期

到了中世纪之后，随着基督教逐渐占据欧洲精神领域的绝对统治地位，在共同的宗教信仰的浸染下，各民族几乎形成了一个以欧洲为核心的文化共同体，这就奠定了之后欧洲各民族相互包容理解的共同精神基础。与此同时，在从中世纪向文艺复兴过渡时期，有一位跨越两个时代的标志性文人作家从政治体制和文学语言理论两方面赋予"世界主义"思想更为明确和丰富的内容，他就是但丁·阿利盖里（Dante Alighieri，1265 - 1321）。他的政治论著《论世界帝国》开启了"世界主义"思想在此时期的新形式，而他的《论俗语》则成为欧洲范围内多个民族文学语言交汇的重要文本。这两部作品都是但丁在流放期间创作完成的，艰苦的流亡生活虽然使他的身体遭受折磨，却磨炼了他的意志，开拓了他的视野，他看到了祖国的壮丽山河，也看到祖国面临的社会政治问题。这些丰富的人生经历坚定了他揭露黑暗、唤醒人心的决心，也增强了他复兴祖国的使命感。

但丁基于对自己的祖国——西罗马帝国的深切热爱，在《论世界帝国》中提出的"帝国式世界主义"是中世纪到文艺复兴时期"世界主义"思想发展最显著的代表。《论世界帝国》是人类历史上第一部全面而理性地阐述"世界主义"思想的论著，也是第一个设想通过建立一个"世界帝国"来实现世界性永久和平的政治架构：面对祖国四分五裂、战乱不休的残酷现实，但丁深知意大利虽然名义上隶属于神圣罗马帝国，实则帝国的皇帝常年从德意志诸侯中产生，只是在名义上行使对意大利的统治。因此，他非常迫切地盼望建立中央集权的君主政体来约束纷乱敌对的封建诸侯势力，以保障意大利的统一和富强，他甚至怀念并渴望意大利能够恢复到罗马帝国时期的那种统一和荣光。

作为从中世纪到文艺复兴过渡时期的代表人物，但丁的"世界主义"思想具有承前启后的作用，它继承并反思了斯多葛学派和早期基督教的普世主义思想，并为近代"世界主义"思想的发展提供了借鉴。但丁以全人类的幸福和平为出发点，以正义观、自由观和法治观为核心，以整体的眼光看待世界，寻求人类文明的共同目的和利益。他设想构建一个以"世界和平"为目的的理性与神性统一的尘世帝国政体，而这一政体则是神圣罗马帝国的继承者。实质上，就是寻求创立一种"一元化政体"。但丁认为，要实现并永久维持人类所需要的统一与和平，只有通过"一元化政体"才能统一地治理这个世界，统一地服从理性，拥有统一的文明，进而实现世界和平和普适幸福。在但丁看来，"一元化政体"有着其他任何形式的政体所不具备的强大威力，是获得良好的世界秩序的唯一途径，因此，人类需要建立一种世界性的政体，即世界帝国。① 根据罗马帝国曾经的辉煌，但丁得出结论：罗马民族是世界上最高贵的民族，而最高贵的民族就理应凌驾于其他民族之上，罗马人建立帝国，对世界上其他人们加以"一元化"统治是合乎理性的，是天授神权的，是为了给全人类带来福音，让人类取得并享有共同的利益。② 他又通过耶稣与基督教进行论证说明，在奥古斯都时代，也是世界和平得到最大限度实现之际，神圣基督脱胎下凡，而当黄金时代之后，人类便遭遇了巨大灾难。

因此，但丁的"世界主义"思想从很大程度上来讲，是世界帝国思想。他试图用这种世界帝国的思想来挽救处于没落的东罗马帝国，并极力说明以帝国方式统治世界的合法性。然而，他所构建的"世界主义"思想体系，从根本上其实并未解决外在民族性和世界性的矛盾、内在种族和个体优越性的矛盾、文化多样性和统一性的矛盾，同时其内在矛盾和局限性也证明其思想具有理想主义的色彩。在 15 世纪欧洲民族国家出现之前，这种带有以福音学说为核心的普世哲学的"世界主义"思想，是欧洲人最根本的自我认同感和最基本的生活存在方式，并对他们自身产生了深远的影响。但丁"世界主义"理念对后世也具有一定程度上的影响，这主要表现在有关人类永久和平方法的尝试、建立以国家为基础的超国家组织、制定国际范围的法律以及对世界治理的早期探索。同为新社会生产方式发展的时代，但丁与马克思的"世界主义"思想相比，二者都注重"以人为本"的发展目的，但在实践方式上，但丁的思想更具有理性主义色彩，更像是一种道德上的完美主义，而东罗马帝国必然衰败的趋势也不可改变。

但丁在《论俗语》中，将欧洲文学划分为南、北、东三大部分，并以南部的意大利俗语文学、普罗旺斯俗语文学和西班牙俗语文学为例，对这些俗语方言进行了对比，以此研究各俗语文学之间的异同。在中世纪后期，神权思想体系在受到新兴资产阶级的新思想新文化的冲击下，开始逐渐土崩瓦解，基督教也慢慢失去了自己在人们生活中的统治地位。但丁顺应历史潮流，对中世纪教会使用官方语言（拉丁语）的过度推崇进行了批判，

---

① 〔意〕但丁·阿利盖里：《论世界帝国》卷一，朱虹译，商务印书馆，1985，第 23~26 页。
② 〔意〕但丁·阿利盖里：《论世界帝国》卷二，朱虹译，商务印书馆，1985，第 41~45 页。

提出了与拉丁语相对立的各区域地方语言，他将意大利的方言按其特点划分成14种，阐述了以佛罗伦萨方言为基础的俗语的优越性。① 朱光潜先生在《西方美学史》中对但丁推动民族地方语言所做的贡献给予了很高的评价，称《论俗语》不仅是他对自己创作《神曲》进行的辩护，也是他想要实现统一意大利并建立意大利民族语言的政治理想中的重要环节之一，更是他为了解决运用近代语言实践文学写作所引起的问题。但丁通过认真分析各地方近代语言的优缺点，做出了系统性的理论总结，对作家学者的一般文艺创作实践具有指导性意义。② 在但丁之前，作家学者在写作时一律都使用拉丁文，这是由于教会和僧侣阶级对文化教育的全面垄断使得一切文学和学术都沾染上了浓厚的宗教色彩，所有与基督教教义相抵触的信仰和学说都会遭到排斥，甚至被加以消灭，所以就连《论俗语》本身，因为是学术论文，也是使用拉丁文写成的。这样就造成了只有受过严格语言训练的僧侣阶级和少数人才能读懂那些作品和论文，人民大众使用的俗语受到严重轻视，对于晦涩难懂的"文言文"，除了希腊和当时少数几个民族外，大多数民族是不具备这种语言能力的，而且使用"文言文"创作出的文学作品多是封建统治者为宣传宗教教义和神的权威而进行宗教统治的教会文学，这种文学形式是非常不利于各民族之间生动的民间文化思想传播和彼此激发的。

直到11世纪之后，欧洲各地方的近代语言才逐渐兴起，以世俗的英雄史诗、骑士文学和市民文学为主的民间文学开始用各地方方言进行创作。一个民族的语言发展总是和它的文学发展密切相连的，而语言问题是中世纪晚期到文艺复兴时期欧洲各民族所面临的一个普遍问题，各个国家在此时也都开始了自己本民族文学史的创作，欧洲文学的范围不断扩大，开始不再局限于古希腊和古罗马这两个民族。但丁在语言理论和文学实践两个领域中的贡献，加快了近代欧洲文学走向繁荣的进程，他通过《论俗语》为意大利民族语言和文学语言的发展打下了坚实的基础，引发了对各民族之间差异的关注，又通过用意大利语创作《神曲》示范了俗语写作，开创

---

① 朱志荣：《论但丁的俗语观》，《外国文学研究》2001年第3期。
② 朱光潜：《西方美学史》上卷，商务印书馆，2011，第168～172页。

了用民族语言代替拉丁语进行文学写作的先河。单一专制的官方语言开始逐渐被丰富多样的各民族语言取代，这就为欧洲各民族文学的繁荣及其交流奠定了多样化语言的基础。但丁在这两部著作中蕴含着一个看似矛盾但实则具有启发意义的思想理念：政治上的专制化和文化上的多元化。这也引出了一个对于"世界主义"思想至关重要的问题——如何看待"世界主义"的普适性与特殊性，以及如何看待同质化与异质化？

这个问题的核心其实就在于"如何对待他者"。对于异己的他者是报以欣然接纳的态度，还是将其拒之门外甚至打击毁灭，不同的选择会引发全然不同的结果及影响。中世纪时期由神圣宗教建立的专制秩序已经证明了清除异类所造成的恶果，那么，倘若以接受赞赏的姿态来对待他者呢？或许，我们可以从文艺复兴时期得到答案。意大利是文艺复兴运动的发源地，"人文主义"思想在但丁的作品中已经初露端倪，欧洲各国人文主义文学占据了主导地位，除了意大利，法国、英国、西班牙等国家也都取得了一定的成就。作为该运动的中心，意大利吸引了欧洲各国的作家和学者前往拜访，以此亲近古典文化，他们积极地学习和研究古希腊罗马的古典文学艺术作品。这些作家和学者在挖掘和复兴古希腊罗马文化传统的过程中，开展了密切的接触和交流，各国人文智士借此相互了解彼此的民间生活、借鉴吸收彼此优秀的民族文化成果。虽然在这一时期，在各自强烈的民族意识和民族自尊心的驱使下，各民族之间的比较缺乏客观性和历史性，常常为了一分高下而相互品评，但我们不能否认这些看起来还略显稚气的交流所带来的益处。

这里举一个很好的例子：流行于德国民间传说中的"浮士德"形象随着民族间的来往而被带入英国，这个人物形象吸引了当时在英国被称为"大学才子"（University Wits）① 的戏剧家马洛（Christopher Marlowe，1564－1593）的关注，他以此为人物原型创作出了其三大著名戏剧②之一的《浮士德博

---

① 大学才子派，是16世纪80年代英国出现的一批毕业于牛津大学或剑桥大学、受过人文主义教育的青年剧作家，他们致力于英国戏剧改革，从事当时被认为不光彩的戏剧行业，这些青年知识分子包括托马斯·洛奇、托马斯·基德、约翰·黎里和克里斯托弗·马洛等，他们为其后莎士比亚的创作提供了灵感和启发。

② 另外两部是《帖木儿大帝》（Tamburlaine）和《马耳他岛的犹太人》（The Jew of Malta）。

士的悲剧》（*The Tragical History of Doctor Faustus*）。这部戏剧的故事构架与歌德的同名诗剧《浮士德》（*Faust*）如出一辙：马洛的剧本由五幕组成，歌德的诗剧共分为两部，进入故事正题的第二部分为五幕。这两部作品的主公人都以"浮士德"命名，马洛的"浮士德"对中世纪被宗教神学整齐划一的各学科深感厌烦，为获取新知识而求助于一种黑魔法，从而结识了魔鬼的仆从，并与其达成以卖掉自己灵魂来交换探求知识的协议；歌德的《浮士德》将文艺复兴以来的德国和欧洲社会设定为背景，讲述了一个新兴资产阶级先进知识分子因不满现实而与魔鬼签订契约，竭力探索人生意义和理想的社会生活。除了主人公同名以外，第二个主要人物的名字也是相同的，即与浮士德进行协议交换的魔鬼仆从/魔鬼都叫"靡非斯特"。

两部"浮士德"的另一个共同点是，两位作家都采用了某些相似的情节和艺术手法。第一个相似情节：两位作家都安排他们的"浮士德"见到了希腊美丽的海伦王后，不同之处在于歌德的浮士德还与海伦结婚生子，他们的儿子生来就精力旺盛、英勇好战，在一次前往海上参战的途中意外摔死。歌德创作这个人物形象是有寓意的，他想借此来悼念英国的革命浪漫主义诗人拜伦。英国是当时在浪漫主义文学领域取得成就最高的国家之一，对欧洲其他各国亦产生很大影响。可以看出，歌德对拜伦的欣赏和对其过早离世的惋惜，而拜伦也接受了来自歌德的影响，他在 1816～1817 年创作的哲学诗剧《曼弗雷德》就是在歌德《浮士德》的影响之下写出来的，拜伦在该剧中塑造了一个与"浮士德"具有相似命运的充满悲剧性色彩的孤独叛逆者。第二个相似之处：马洛和歌德都采用了将"至善"与"至恶"进行对比的艺术手法，在两个故事中都有一对"善"和"恶"的代表。马洛用主人公内心不断交错浮现的"善天使"和"恶天使"来展现他的矛盾性，歌德则在《浮士德》第一部《天上序幕》中设立了天庭中的天帝作为"至善"的化身、魔鬼作为"至恶"的化身，到了第二部来到人间时又将浮士德和靡非斯特设为一正一反的两个代表人物。正面和至善的一方，对人的理性和智慧给予充分的肯定，相信人在前进道路上不免会因受到各种各样的诱惑而迷失自我，但终会通过理性回到正轨；相反地，反面和至恶一方，不相信人的进步和历史的发展，认为人必然会堕落。

此外，两个故事最后的结局，都是以主人公的身亡而结束，这也是这两部作品的又一个共同点。两位浮士德的探索都以悲剧告终：马洛展现的是对知识力量的肯定，而要获得知识则必须首先与宗教蒙昧主义做斗争，马洛的"浮士德"之死，反映了人文主义者最终未能从宗教中解放出来的历史现实；歌德笔下的"浮士德"是新兴资产阶级进步知识分子的典型象征，他的性格充满着矛盾——自强不息、永不满足、勇于探索和追求真理的进取精神（也被称为"浮士德精神"）是他性格的主导方面，这也代表了处于上升时期的革命阶级"反抗进取"的一面，而他也有着作为剥削阶级软弱妥协的另一面。而这恰恰表明歌德作为这个时期的资产阶级思想家具有一定局限性，那时的歌德还不能对历史的发展和人类的未来做出科学的明确结论。

英国作家对于德国民间传说人物原型的接受和再创作，只是浩荡的文艺复兴运动中一个简单但鲜明的例证，这种相互借鉴的文学现象在当时整个欧洲已经开始遍地播种，只待开花结果的那一日。新兴资产阶级共同的反封建反宗教束缚的意愿形成了以"人文主义"为核心的世界观，这种"人文主义"精神将欧洲知识阶层和作家们紧密地联合起来，使得他们开始自觉地吸收彼此的民族民间文化思想精华。

三　18 世纪启蒙时期的世界主义

经过欧洲启蒙运动的洗礼，"世界主义"思想在 18 世纪取得了多维度、跨越式的发展，它开始由零碎思想片段的偶然闪现转向系统性思想体系的理性构建：康德（Immanuel Kant，1724 - 1804）从政治伦理层面对如何实现"世界一体化"问题做出"永久和平构想"，赫尔德（Johann Gottfried Herder，1744 - 1803）从精神文化层面倡导世界是融合了多样性的统一体，歌德（Johann Wolfgang von Goethe，1749 - 1832）作为康德和赫尔德的徒孙辈，深受这两位师长思想的影响，他将康德对"世界公民"身份和"永久和平"方案的设想与赫尔德主张重视的"历史性"和"民族精神"相结合，从文学层面提出了"世界文学"的概念。① 自"世界文学"的概念产生以来，就在不断地被重读，而歌德的思想价值也随之发生了相应的变化。我们所要探索的是，发现歌德对"世界文学"概念的提出和最能够代表那个时代"世界主义"思想的人物之间的关联和交融，以便展示文学与人文社会科学其他学科在"世界主义"思想理性构建过程中的相互关系和影响。

　　首先，我们来看看歌德提出"世界文学"概念时的情况。作为德国狂飙突进运动②的理论家和后来运动的中坚力量，赫尔德与歌德 1770 年就在斯特拉斯堡见面交谈过，当时赫尔德向歌德表达过需要对民间文学重视的想法。后来，赫尔德通过对不同地域、不同时代、不同种族各自特点的细心考察，将欧洲各民族的民歌收集汇总在一起，编辑成一本包含欧洲各民族特色的民间艺术珍品——《民歌集》（1803）。在这时，他就已经阐明了自己看待"民族主义"和"世界主义"两者关系的态度——保存民族文化多样性的统一共同体、以平等原则对待他者。歌德深受赫尔德思想的影响，这从他后来创造"世界文学"概念时对个性和民族多样性的强调就能看出来。自 1813 年歌德开始接触以中国为主的远东地区文学起，越出欧洲的跨东西方文化视野使他越来越清晰地看到存在于全人类精神之中的共有物——寄托着人类思想、情感与道德的各民族文学，这为他后来提出"世界文学"的构想奠定了基础。1827 年 1 月 31 日，在歌德与爱克曼的那场著名谈话中，他通过对比中国传奇和贝朗瑞的诗，对不同民族所共有的精神内容有了惊奇的发现，他感慨道：

　　　　中国传奇……并不像人们所猜想的那样奇怪。中国人在思想、行

---

①　康德与赫尔德、赫尔德与歌德是师生关系，并且都由亲密无间的师生关系转变成相互不认同的对峙关系。康德在科尼斯堡大学任教期间，赫尔德作为学生旁听了康德的所有课程。歌德与赫尔德决裂后，在创造"世界文学"概念时一直试图抹去赫尔德对他思想上的影响。

②　18 世纪 70~80 年代，德国文学史上发生了第一次全德规模的文学运动——狂飙突进运动，运动名称来自克林格的剧本《狂飙与突进》，反映了德国资产阶级摆脱封建束缚、要求个性解放的强烈要求；狂飙突进运动作家多是市民阶级出身的青年，青年歌德和席勒因其高超的文学创作成为这一运动的中坚力量。

为和情感方面几乎和我们一样，使我们很快就感受到他们是我们的同类人，只是在他们那里一切都比我们这里更明朗、更纯洁，也更合乎道德。在他们那里一切都是可以理解的，平易近人的，没有强烈的情欲和飞腾动荡的诗兴，因此和我所写的《赫尔曼与窦绿苔》以及英国理查逊所写的小说有很多类似之处……还有很多涉及道德和礼仪的典故。正是这种在一切方面保持严格的节制，使得中国维持几千年之久，而且还会长存下去。①

随后，他表达了对"世界文学"的预判，他随后接着说：

我愈来愈相信，诗歌是人类的共同财产。诗歌随时随地由成百上千的人创作出来，这个诗人比那个诗人写得好一些，在水面上浮游得久一点，不过如此罢了。马提森先生不能自视为唯一的诗人，我也不能自视为唯一的诗人。……说句实话，德国人如果不跳出周围环境的小圈子朝外面看一看，那就会陷入学究气的昏头昏脑。我喜欢环视四周的外国民族情况，我也劝每个人都这样做。民族文学现在算不了多大的一回事，世界文学的时代即将到来，现在每个人都应该努力促使它早日来临。②

同时，他又提醒对待外国文学应采取的合理方式：

不过我们一方面这样重视外国文学，另一方面也不应该拘守某一特殊文学，以致奉它为模范。对其他一切文学我们都应该用历史眼光去看待。③

这些话反映出当时启蒙运动创造出的"世界主义"思想对文人学者的

① 〔德〕爱克曼辑录《歌德谈话录》，朱光潜译，中华书局，2013，第120页。
② 〔德〕爱克曼辑录《歌德谈话录》，朱光潜译，第121页。
③ 〔德〕爱克曼辑录《歌德谈话录》，朱光潜译，第121~122页。

深刻影响，也体现了康德的"世界公民"构想在歌德"世界文学"概念中的映射。要揭示这两者之间的联系，就需要我们在回顾歌德的思想观念时，必须搞清楚他在提出"世界文学"概念时究竟想赋予其什么样的含义和内容。我们必须要记得，歌德提出"世界文学"首先是"一个具体的历史事件"。① 这个事件与当时德国正在努力进行的民族国家概念及民族身份的建构是同步的。歌德正是带着解决这个问题的强烈意识提出了一个与之矛盾的"超民族"话题，这与当时德国和欧洲现实发展情况息息相关。一方面，歌德的"世界文学"观念表现出对德意志民族身份的明显依赖，但同时德意志民族身份的意义也受到了"世界文学"概念的滋养。另一方面，大革命之后法国的"普遍主义"和以"法语"取代"拉丁语"作为新的文学共和国结构支柱的意图使得 18 世纪的欧洲几乎成为一个以法国为主的世界主义占主导地位的时期，这样的情况决定了歌德对"世界文学"概念所有的描述都是围绕着德国与其外部世界的关系。后来，德国人文学科的快速发展，也使其逐渐成为欧洲制衡的手段。卡萨诺瓦（Pascale Casanova）在《文学的世界共和国》（1999）中的一段精彩论述充分阐释了这一点：

> 18 世纪末的德国文学复兴部分是与其民族问题相关的，是德意志民族作为政治实体得以建立的文学对应物；德国民族文学观念的兴起首先起因于与当时欧洲文化霸权法国的政治对抗。德国民族主义的根源是一种羞耻感……德国伟大诗人和知识分子的形象，其诗歌和哲学著作，将对整个欧洲特别是法国文学产生革命性的影响——所以这些因素都逐渐赋予德国浪漫主义以罕见的独立性和自治能力。在德国，浪漫主义同时既是民族的，又不是民族的；或者说，它开始时是民族的，后来逐渐摆脱了民族的权威。②

因此，在民族身份建构方面，为了摆脱在欧洲低下的地位、为了去除

---

① 姚孟泽：《论歌德的"世界"及其世界文学》，《中国比较文学》2016 年第 1 期。
② 〔法〕帕斯卡尔·卡萨诺瓦：《文学、民族与政治》，载大卫·达姆罗什、陈永国、尹星主编《新方向：比较文学与世界文学读本》，北京大学出版社，2010，第 220～221 页。

长久以来的羞辱感，德国智士阶层通过文思途径极力地挖掘自身民族深邃的内在品质和对真理、价值的无私追求；在体现世界性方面，他们跳出民族权威的圈禁，面向世界（当时的世界，即欧洲），试图通过坚持并推崇"崇高文化"来获取德国民族统一的文化范式。这就是歌德提出"世界文学"概念的核心要义。用歌德自己的话来讲，在1827年之后，他越来越多地用"世界文学"来形容"普世文学"，或是表达"人道主义"和"人性的文学"，这种表达是文学的最终目的。因此，奥尔巴赫称赞歌德的"世界文学"在超越了"民族文学"的同时没有破坏民族文学的个性从而是一个非常富有远见的概念。

"世界公民"这个超越了某一国家公民的新身份，是康德进行"永久和平构想"的核心概念，他的普遍历史观念就是要求：以"世界公民"之立场去观察探究，打破只关注各个民族发展历程的特殊历史的局限，通过全体人类行为总和去把握历史的发展规律和趋势，而不能只看到某个或某些特定民族的单一历史，要关注全人类作为整体所经历过的和将要经历的共同命运。早在《永久和平论》之前，康德就在《一种世界公民意图下的普遍历史理念》（*Idea for a Universal History with a Cosmopolitan Aim*，1784）中，对人类历史的发展终点做出了世界主义性展望，他从政治体制层面预测了"世界主义性政治共同体"的出现及其出现的可能性和必然性。随后，康德在《永久和平论》（*Perpetual Peace*，1795）中正式提出"世界公民"的概念，并详细阐述了有关"世界联邦"的构想。这次，他不仅明确提出需要确立一个世界公认的普遍法制的公民社会，而且对其性质进行了清晰的定位。

在康德所列出的促使各国之间走向永久和平的三条正式条款中，第一条就是"每个国家的公民体制都应该是共和制"[①]。在他看来，唯有共和制（the republican constitution）才称得上是完美的宪法。康德设想，只有在一个符合全人类人性发展和自由呈现的正义社会中，每一位个体才可进行自主选择和自觉行动。建立一种被所有人承认并遵守的以宪法为根本规定的

---

① 〔德〕伊曼努尔·康德：《永久和平论》，何兆武译，上海人民出版社，2005，第9页。

普遍法治公民社会是全人类迈向永久和平状态的基石，而在这个普遍法治公民社会中，每一位社会成员都是"世界公民"（the citizen of the world），他们遵守同样的法律，遵循着同样的宪法，实现着同样的自由。也就是说，每一位作为国家公民的社会成员同时也具备"世界公民"这样的新身份，由战争而产生的灾难迫使我们人类去发掘一个平衡点来处理各个国家由于它们的自由而产生的彼此之间的对抗，并且迫使我们采用一种联合的力量来保障这种平衡，从而实现一种保卫国际公共安全的世界公民状态。

歌德显然是受到康德"世界公民"观念的启发，并进一步将"世界公民"视为德意志民族的使命，正如在他写给约翰·布克勒的一封信中曾断言的那样，"德国人的命运就是成为世界所有公民的代表"①。由此可见，歌德不但认同康德关于"世界公民"的设想，还将其融入自己创造"世界文学"的内涵和方式之中。歌德曾说："很明显，一段时间以来，所有国家最优秀的诗人和美学作家的努力都指向了人类的普遍性。在每一个特定的领域，无论是在历史中，还是在神话或小说中，或多或少都是任意构思的，人们看到了普遍的特征，这些特征总是更清楚地揭示并启示了国家和个体的局限性。"② 歌德写下这些话的时候还没有预料到这将导致康德后来致力于要达到的"普遍和平"，但可以看出，在他心中那时已经有了康德的源头。

歌德感到迫切需要将自己视为"世界公民"，并希望被人们视为"世界公民"。从这个意义上说，"成为世界公民"也许是世界文学的重要驱动力之一，因为将"成为世界公民"这种认知自身的思考方式的需要扩展到尽可能多的地方并在尽可能多的人身上实现之时，必然会带动"世界文学"的发展。那么，歌德又是怎样定义"世界公民"的呢？这从他对待安佩尔的态度便可以看出。歌德在构思"世界文学"概念的那些年里，安佩尔是最受欢迎的对话者之一，实际上他被歌德视为真正的"世界公民"。正如爱

① Fritz Strich, *Goethe and World Literature* (1946), translated by C. A. M. Sym, Routledge and Kegan Paul, 1949, Kessinger Publishing, 2010, p. 213.
② Johann Wolfgang Goethe, *Geothe's Collected Works*, Vol. 3: *Essays on Art and Literature*, ed. John Gearey, trans. Ellen von Nardroff and Ernest H. von Nardroff, Suhrkamp, 1986, p. 46.

克曼在 1827 年指出的那样：

> 歌德很高兴他与安佩尔形成了如此愉快的亲密关系，并称赞道，安佩尔是如此有教养，以至于他对于许多民族偏见、忧虑和狭隘的思想都超越了他。在歌德看来，他更像是一个世界公民，而不是一个巴黎公民。[①]

歌德毫不掩饰自己对于邻国这位青年才俊的欣赏，与此同时，他通过与安佩尔的交往发现民族文化对于培育个体作家的重要作用，也因此更加强调民族精神文化对于"成为世界公民"的重大意义。歌德惊叹于安佩尔对他个人经历、内心情感和文学作品的精准感知和高明见解，称安佩尔不仅敏锐地指出他将自己在魏玛宫廷的苦闷生活暗暗影射在《塔索》中的主人公身上，看出了《浮士德》中主角和魔鬼的很多特征就是自己性格的组成部分，还能以通俗又切实的评论洞悉诸多作品与其作者之间的密切关系。在 1827 年 5 月 3 日与爱克曼的谈话中，他们两人都感叹道：

> 我们一致认为安佩尔先生一定是位中年人，才能对生活与诗歌的相互影响懂得那样清楚。所以，前几天安佩尔先生来到魏玛，当看到站在我们面前的却是一个活泼快乐的二十岁左右的小伙子时，我们感到很惊讶！我们和他来往了几次，还同样惊讶地听他说，《地球》的全部撰稿人（这些人的智慧、克制精神和高度文化教养是我们一向钦佩的）都是和他年纪差不多的年轻人！[②]

正是生活于巴黎这样的世界性大都市，正是汲取了法兰西民族强大繁荣的文化养分，才具有了这样高瞻远瞩和深刻见解的年轻头脑。歌德将当时四分五裂的德国与称霸欧洲的法国进行了对照：

---

① 〔德〕爱克曼辑录《歌德谈话录》，朱光潜译，第 148 页。
② 〔德〕爱克曼辑录《歌德谈话录》，朱光潜译，第 149 页。

对于像你（爱克曼）这样在德国荒原上出生的人来说，这当然既新鲜又不容易，就连我们这些生活在德国中部的人要得到一点智慧，也要付出足够高的代价。我们全都过着一种基本上是孤陋寡闻的生活！我们极少接触到真正的民族文化，一些有才能、有头脑的人物都分散在德国各地，东一批、西一批，彼此相距百里，导致个人间的交往和思想上的交流都很少。①

接着，他谈到法国：

但是试想一下在巴黎那样的大城市，整个国家的优秀人物都汇集在那里，每天来往、学习、竞赛，彼此因对问题不同的观点而争论。在那里，全世界各国最好的作品，不论是关于自然的还是艺术的，每天都摆出来供人阅览；在这样一个世界首都，每走过一座桥或一个广场，就令人回想起发生在过去的伟大事件，甚至每一条街道的拐角都与某一历史事件有联系。十九世纪的巴黎，当时莫里哀、伏尔泰、狄德罗之类的人物已经在三代人之中掀起的那种精神文化潮流，是在全世界任何一个地方都不再能看到的。②

如此看来，在这样一个丰富昌盛的社会环境中成长起来的安佩尔，加上他原本就聪慧的头脑，年仅 24 岁就取得了这样的成就便也不足为奇了。因此，歌德强调，具备才能的个体想要得到良好的发展就必然需要一种强大的精神文明在个体所处的民族中得到普及。但同时，这也引出了对"世界公民"观念的一点警惕与思考："世界公民"身份对于身份确定性所带来的潜在挑战。要避免个体变成"无国土公民身份"（a non-land citizenship），甚至失去公民身份所属，否则任何关于普遍性的声明都可能成为毫无意义的口号。民族性之于世界性相当于特殊性之于普遍性，这是两对不可分割的概念，对于"世界主义"的追求不仅不意味着民族性的消失，反而以尊

①〔德〕爱克曼辑录《歌德谈话录》，朱光潜译，第 149 页。
②〔德〕爱克曼辑录《歌德谈话录》，朱光潜译，第 150 页。

重个体的特殊性和促进民族的多样性为理念。

歌德对"个性"（individuality）十分重视，他格外担心个性会消失。在1827年与卡莱尔的通信中，他说道："任何一个国家的诗歌都倾向于人类与普遍和平的理念，另一个国家应该努力使之适当。必须了解每个国家的特点，一个国家的特殊性就像它的语言和货币一样：它们促进了交流，而且使之完全成为可能。"① 然而，还有一个点同样重要。歌德不能让他的"历史主义"像赫尔德那样最后成了以"特殊主义"之名来反对"思想普遍性"。同样，他也不完全接受"普世思想"需要像法国普遍主义所宣称的那样得到严格的肯定。这也必然使他将"世界文学"与自己个人的愿望联系起来，即：德国文学（包括他自己的作品）获得一个新的位置，并能从这个位置上对关系框架进行修改——让位于当时一个全新的实体：欧洲文学。德国文学在这一过程中所扮演的角色，也许可以推断出这样的结论——欧洲各民族国家只有通过最大限度地发展自己的文学来实现普遍性，欧洲文学才是可以想象的。

歌德在1831年提到的"自己的文学"（one's own literature）可能被视为对所有文学体的一种挑战。歌德在此所说的"自己的"，意在表示作家背后所代表的所属民族和国家。如果不接受这一挑战可能就会面临双重代价：从具体角度来看，将会是一个人自我的消失，而从普遍角度来看，也将会失去一个带来"世界文学"的机会。如果从这个意义上说，"世界文学"的概念就构成了一个隐含的"绝对命令"（categorical imperative），即："世界文学"允许并为康德在1784年《普遍历史观》中称为"人民联盟"（a league of the peoples）继而又在1795年《永久和平论》中称为"人民联合体"（a confederacy of the peoples）做好了准备。根据康德《普遍历史观》中的观点，这是一个既和谐又意识到其冲突的整体，在这个整体中"每个国家，即使是最小的国家，都可以期望自己的安全和权利不是来自自身的力量或司法结果，而是来自这个伟大的国家联盟（the great federation of na-

---

① Charles Eliot Norton, ed. *Correspondence Between Goethe and Carlyle*, London／New York：Macmillan & Co. , 1887, p. 82.

tions）——一种统一的力量，一个符合其联合意志法则的决定"①。在这个地方，任何外国人都不能被剥夺他们因人类之美德而有权得到的款待，这表明有可能退回到这个潜在的"国家联盟"，因为一个世界共和国将是它期盼的一种理想的视域。

为此，康德提出了一个多样性结构框架，在这个框架中，"关系"可以被表达，因为它们是可感知性的，描绘这种可感知性的依据就是"与他者的关系"（the relationship with Others），这也是产生世界性理想的经验性材料。多样性对于康德来说，正如个性对于歌德，都是不可丧失的。因此，康德并没有以"世界公民权"的名义来压制多样性的存在；相反，他把多样性纳入"世界公民权"当中，不是作为一种手段或一种虚幻的目的，而是作为一种必须在世界性人类观念中得以实现的彰显。康德在他的《什么是启蒙？》里强调"个人自主"原则的重要性，他特别提出，一个人的判断必须在个人和集体领域中寻求，以避免被他人的判断所支配。这里所说的"他人的判断"是指极端的民族主义，这种民族偏见需要被消除，从而为真正的爱国主义和世界主义让路。

民族国家早期成为"世界秩序机制"的重要组成部分，它将世界各个国家连结在一起，同时又将各个国家孤立起来。但就个体而言，"民族性"和"世界性"是可以同时存在于个体身上的，而且这也是极为有益的，这种双重性的融合往往能够为个体带来极为广阔的视野和活跃的思维方式。歌德对此也有自己的表述，在反拿破仑斗争胜利后，歌德对爱克曼说：

> 向你说句知心话，尽管我感谢上帝，德国摆脱了法国人的统治，但我并不仇恨法国人。对我来说，只有文明与野蛮之分才重要，我怎么会恨一个在世界上最有教养的民族，尤其当我自己的修养又有这么

---

① Immanuel Kant, "Idea for a Universal History with a Cosmopolitan Purpose", eds. Garrett Wallace Brown and David Held, *The Cosmopolitanism Reader*, Cambridge UK and Malden MA: Polity Press, 2010, p. 21. 此处引文为笔者根据英文版本自己翻译调整。

大一部分要归功于法国人。对于这样一个民族我怎么恨得起来呢？①

　　歌德对自己无法憎恨法国的反思揭示了允许"普遍好客"和"普遍公民身份"的可能性。在歌德看来，民族仇恨是一种奇特的东西，越是在文化程度低的地方，越是会发现它的强烈性和暴力性。但当一个人的文化程度达到能够使得他立于国家之上时，感觉到邻国人民的荣辱就好像它发生在自己身上一样，这时这种民族仇恨就会消失。与康德一样，歌德也明白，多样性是间接构成自由与和平的重要因素，这正是歌德思想的前景。正是基于此，歌德从康德手中接管了文学。据奥尔巴赫在流亡期间写下的那篇著名文章《语文学与世界文学》中的观点，歌德相信"世界文学"是成员间富有成果的交流。

　　康德也许没有想到，自己在无意中为歌德提供了一条将"世界主义"引介到"文学"中的路径。在《普遍历史观》的第九条，康德提出了一个以建立一个完美的全人类公民联合为目的、根据自然计划的普遍世界历史。紧随其后又写道："当然，这的确是一个奇怪甚至荒谬的提议，根据世界事件为了符合某些理性目的而必须如何发展来写一部历史；看来，如果是如此目标，那么似乎就只能靠写小说来完成这样的任务了。"② 如果歌德想介入"世界主义"的计划，那他只能通过一种"文学改革"来介入，这种文学改革不是站在冲突之上，而是站在非理性之上。这一点歌德接受了赫尔德思想的影响。作为坚定的反启蒙者，相较于康德主张的以契约为核心的理性秩序，赫尔德更倾向于以文化为核心的民族共同体。理性对于康德而言，可能是保证和平的重要手段，但歌德却不这么认为。康德说："虽然每个国家的意愿都是要达到持久和平的局面，但自然却会以其他方式来实现，它用两种方法来分隔国家，并防止它们混合，即：语言和宗教的差异。"③这些差异无疑带来了"相互仇恨的倾向，并为战争提供借口"。然而，歌德

① 〔德〕爱克曼辑录《歌德谈话录》，朱光潜译，第 228 页。
② Immanuel Kant, "Idea for a Universal History with a Cosmopolitan Purpose", eds. Garrett Wallace Brown and David Held, *The Cosmopolitanism Reader*, Cambridge UK and Malden MA: Polity Press, 2010, p. 25.
③ 〔德〕伊曼努尔·康德：《永久和平论》，何兆武译，第 42 页。

对于语言差异的看法则借鉴了赫尔德"悟性论"①的相关思想,他不认为"语言差异"必然且不可避免地引发冲突,恰恰相反,这种差异应该是建立关系的第一步,因为通过翻译,可以在语言和语言之间开辟一个新的空间,在这个新的空间中,"好客"的权利可能比在其他任何领域都能更好地体现出来。这一过程涉及一种隐含在所要翻译的目标语文本的空间转换中,这种转换将会通过翻译以最深刻的责任和慷慨而发展起来。

除了对语言差异的不同认知态度,他们俩对于艺术和文学的作用也有各自的理解。康德从"道德世界主义"(moral cosmopolitanism)出发,倡导一种对任何个体的责任,不论其国籍、宗教或语言,然后从政治和制度上予以展开;在这种世界主义中,文化将起辅助作用:"所有装饰人类的文化和艺术,以及最美好的社会秩序,都是非社会性的结果,通过这种非社会性,它自身必须约束自己,因此也必须由一种从中提炼出的艺术来约束自己,以完全发展自我本性的萌芽。"②相反,对歌德来说,艺术作品和文学作品被框定在相同的冲突情境中,但它们不是冲突本身的条件或边界,而是促进"世界主义"从道德领域扩展到政治和制度领域的因素。康德和歌德都运用"理性"的概念,但区别在于,歌德没有把理性放在文学之外,更没有把文化看作理性的补充或理性的物质实现。在他看来,任何一个民族的文学都离不开与其他民族(他异性)的交互联系,也就是说,无论某一民族的文学认为自己有多么强大,失去与其他民族文学的联系就都会走向灭亡,因此,所有文学的有机统一既是必然的也是必要的。这就是文学"世界主义"的基础,它是一种条件而不是目的。所以,世界文学需要与道德、政治、制度世界主义并驾齐驱,尽管它们之间的关系方式和变革方式有所不同。

当然,歌德和康德也有着相近的观点,他们对于贸易的看法非常相似。对康德来说,贸易所孕育出的宽容思想和通过消除可比的力量来战胜战争

---

① 悟性论是赫尔德在《论语言的起源》中阐述的关于语言起源的认知观点。

② Immanuel Kant, "Idea for a Universal History with a Cosmopolitan Purpose", eds. Garrett Wallace Brown and David Held, *The Cosmopolitanism Reader*, Cambridge UK and Malden MA: Polity Press, 2010, p. 26. 引文为笔者根据英文版自己翻译调整。

的思想构成了一个目标的组合。对歌德来说，在他比康德多活出的近30年时间里，亲眼见证了贸易的成倍数的增长。他们不再是在理性的框架下集合起来，而是作为一个开放的过程，将人类定义为合理的而不是理性的。因此，"根据我们在地球上拥有的共同权利，向属于全人类的社会展示自己的权利。由于地球是一个圆形球体，我们无法无限分散，必须最终与彼此的存在并肩和解"①。这是歌德在对"世界文学"进行概念化和具体化过程的出发点与落脚点。舒尔茨（J. H. Schultz）和莱茵（P. H. Rhein）在其关于比较文学的著作中，对此做了非常准确而生动的描述，如果"一般的世界文学只有在各国了解了所有国家之间的所有关系之后才能发展起来"，那么不可避免的结果就是"他们会在彼此身上发现一些可爱的东西，一些讨厌的东西，一些可以模仿的东西，还有一些想要拒绝的东西"②。因此，对冲突的认识在歌德的思维中呈现出不同的维度，"如果我们不反对个人和种族的特殊性，而只坚持这样一个信念，即：真正优秀的东西是以其属于全人类的特性来区分的，那么真正的、普遍的容忍是绝对可以实现的"③。这正是歌德所强调的，他在每一个特性中寻找普遍的人类，通过"人类的普遍性"解决"不可避免的冲突"。根据1827年7月20日他与卡莱尔的书信往来中的内容，这些观点似乎是确凿的。康德在《普遍历史观》中提出的那种"法律秩序"正是从不可避免的冲突、不合群的社会性和对抗性中产生的，尽管如此，它仍把即将分裂人类的东西永远团结在一起。对于康德和歌德来说，一个普遍的世界性的局面总有一天会实现——一种完美的全人类的联合统一，每个人都有权得到这种统一。"世界主义"体现了文化人文主义的观点，它将人类看作一个关系的集合体，成为一个世界公民就意味着成为一个正在发展中的"集合体"的成员，也意味着成为每一位个体身上的终会到来的未来的一部分，把未来的几代人作为共同公民对待，对他们有一种特殊的责任，一种人类对自己的责任。

---

① 〔德〕伊曼努尔·康德：《永久和平论》，何兆武译，第36页。
② J. H. Schultz and P. H. Rhein, eds., *Comparative Literature*：*The Early Years*, University of North Carolina Press, 1973, pp. 10 – 11.
③ Charles Eliot Norton, ed. *Correspondence Between Goethe and Carlyle*, London/New York：Macmillan & Co., 1887, p. 112.

通过以上讨论，我们也许可以得出这样的结论：歌德的"理性化"在经过了康德和赫尔德思想的过滤之后，形成了在他启蒙思想中的浪漫主义模式——"不可能存在各民族思想一致的问题，目的只是让他们彼此了解，相互理解，即使在他们可能无法彼此认同欣赏之处，也至少可以做到彼此容忍"①。歌德在文化多元主义的基础上，充分参与到重新制定"康德世界主义"的任务当中，而歌德对于这种文化多元主义的理念核心就在于既不排除普遍主义，也不事先预设任何与普遍主义的特定契合。

启蒙时期对"世界主义"所做的无论是政治伦理上还是文化精神上的理论建构都显现出一个巨大的问题——欧洲中心主义，这是"世界主义"思想自产生之日起就始终存在的问题。到了近现代，它已经发展成定位于区域扩大化、试图将单一区域文明推广并确认为世界唯一文明的一种思维方式，具有明显排除"他者"文明的特征。哈贝马斯在纪念康德《永久和平论》发表200周年之际，撰写了《论康德的永久和平观念》的文章，他围绕着康德的"永久和平"观念，结合其话语政治概念做出了自己的阐发，并且尖锐地指出了一个始终萦绕于"永久和平世界构想"过程中真实存在的问题，那就是欧洲中心主义。我们先来看看康德的描述：

> 围绕着和平共和国先驱者这个中心，不断聚集越来越多的国家，这一逐步会扩及于一切国家并且导向永久和平的联盟性观念，其可行性（客观现实性）是可以论证的。因为如果幸运是这样安排的——一个强大而开明的民族可以建成一个共和国（它按照自己的本性是必定会倾向于永久和平的），那么这就为旁的国家提供了一个联盟结合的中心点（a focal point for a federation association among other nations），使得他们可以与之联合，而且遵照国际权利的观念来保障各个国家的自由状态，并通过更多的这种方式的结合而逐渐不断扩大。②

---

① Fritz Strich, trans. C. A. M. Sym, *Goethe and World Literature*, Routledge and Kegan Paul, 1949, p. 350.

② 〔德〕伊曼努尔·康德：《永久和平论》，何兆武译，第 21 页。英文原文出自 Immanuel Kant, trans. *Towards Perpetual Peace: A Philosophical Sketch*, Ted Humphrey, Cambridge: Hackett Publishing Company, Inc., 2003, p. 14。

哈贝马斯精准地发现了康德在设想自由国家联盟的扩展过程中必然会出现的一个问题：谁可以充当康德设想中的这个"中心点"呢？哪个民族符合康德所描述的"一个强大而开明的民族"呢？这个民族"倾向于永久和平的本性"又是如何保证的呢？将如何防止这样一个"共和国"像法兰西第一共和国那样最终演变成法兰西第一帝国呢？这些问题康德并未涉及，哈贝马斯也并未给出明确的答案。但哈贝马斯以联合国大会为实例分析了康德关于永久和平设想存在的问题，他指出"当今的世界组织几乎把所有国家都囊括到了它的名义之下，而不管它们是否已经是共和政体，或是否尊重人权。世界在政治上的一体化，集中表现为联合国大会，因为所有政府都有平等参与的权利。在联合国大会上，世界组织不仅不考虑其成员在国家共同体当中的合法性差异，而且也不考虑其成员在一个分层的世界社会当中的地位差异"[1]。哈贝马斯是否在暗示，如果说康德的设想以联合国这样的政治实体而得以实现，那么可以看出，这样的"国家联合体"并不能如康德所期望的那样实现永久和平。

结合当前的全球化大背景来看，单一地构建一个国家联合体是无法解决永久和平的问题的，因为当前全球所有国家都处于哈贝马斯口中的"分层的世界社会"，"交往系统和世界市场将各个国家连接起来，而世界市场的机质本性将先进的生产率和日益加剧的贫困化、将发达过程和不发达过程联系在了一起"[2]。为了调和这样的矛盾，哈马贝斯提倡"要不顾世界社会的分层，形成一种所有成员都能够分享到的'各个国家虽然发展不同步，但依然可以和平共处'的历史意识"[3]。全球化使世界发生了分裂，同时又迫使世界作为风险共同体采取合作来共同行动，这就需要一种能够承认、理解、尊重差异的历史意识。新时代在呼吁一种全新的世界主义精神——后殖民世界主义思想。

---

① 〔德〕尤尔根·哈贝马斯：《包容他者》，曹卫东译，上海人民出版社，2002，第198页。
② 〔德〕尤尔根·哈贝马斯：《包容他者》，曹卫东译，第200页。
③ 〔德〕尤尔根·哈贝马斯：《包容他者》，曹卫东译，第201页。

四　近现代时期的世界主义

（一）帝国主义对世界主义的歪曲

当"世界主义"思想发展到近现代时，随着资本主义的兴起和不断发展，与之紧密关联的帝国主义应运而生，使得"世界主义"思想开始发生根本性变化。也正是由于欧洲帝国殖民体系在全世界的建立，"世界主义"思想开始从哲学假象转向具体实践，但是这种实践随着资本主义发展至鼎盛而沾染了残酷的暴力和无尽的鲜血……

相较于"世界主义"，"帝国主义"这个概念是在近代资本主义历史推演中逐步产生和向历史纵深化发展的一种现象。"帝国主义"这个概念是在19世纪末、20世纪初欧洲国家进行对外殖民开发时产生的，它不仅代表着全球各种政治势力的利益和主张，而且也反映出不同社会阶层的愿望和诉求。列宁在《帝国主义是资本主义的最高阶段》中，对帝国主义的分析最为精辟：帝国主义是"腐朽的""垂死的"，是资本主义发展的一种趋势和过程。当资本主义发展到现在，虽然有一些观点认为列宁对帝国主义的论述已经"过时""言之过早"甚至"言过其实"了，但不可否认的是，在当今全球化背景下，帝国主义又有了自己"新"的表现形式，而资本主义的本质和矛盾却并未改变。资本主义只不过是从最早的"私人"垄断时期发展到"国家"垄断时期，而现在的资本主义更是处于一种"国际"垄断时期。社会主义革命和世界民族革命运动的进行，使得以军事殖民侵略为标志的旧的"帝国时代"已经终结，但这并不代表帝国主义历史的完结和帝国的彻底消亡。随着近现代世界殖民体系的解体，"旧"帝国存在和演化发展的时空要素都已消亡，然而列宁所揭示出的帝国主义"最深厚基础的"垄断资本仍然存在，而且还在不断发展。因此，帝国主义者绝不会就此退出历史舞台，而且必然会寻找种种借口，制造种种舆论，披上合法和公正的外衣再度粉墨登场。于是，一种新型的帝国主义在其旧的基础上重新发展起来，帝国主义从旧的"政治军事殖民占领型"转变为新的"经济文化全球操控型"，而新的帝国主义时期也在悄然发展。经过粉饰后的"世界主义"，通过其看似合法的理由和精致的手段，逐渐形成以欧美资本主义为中心的"新型"世界主义建构，披着看似透明且更加鲜明的欧洲中心主义色彩的外衣……

　　按照世界主义发展的历史地理轨迹，可以看到世界主义有着一条清晰的脉络，而在这条脉络中，一直都存在着一个地理上的中心，即：以"欧洲"为主要阵地。到了现代，欧洲开始了"超民族欧洲整体化"方案：表面上看，这似乎是一种新型的共和体，但实质上就是被乌尔里希·贝克（Ulrich Beck）所称的"世界主义的欧洲帝国"；它的目的就是建立新的世界秩序，而逐步淡化民族性和各民族国家的主权力量，并以"世界主义"作为其美丽的面具，宣扬以"人的名义"来行事，人应高于民族、高于国家。任斯卡娅在其《世界主义是奴役各国人民的帝国主义思想》一书中列举了华盛顿众议院外交委员会的一份文件，其中这样说道："在目前的历史时期，主权是世界不能容许的多余的奢侈品，我们应该关心支持'人'的基本自由，首先是个人的主权，而非民族的主权。"① 这类的说辞形而上学地把全人类与民族、阶级对立起来，歪曲和降低了作为民族特性和民族文化的主要代表者的"人民"的作用，具有反人民性的意味。别林斯基早在 19 世纪中期曾写道："把人民和人分为两个完全不同的，甚至相互敌对的基础，就是陷入最抽象的二元论。没有民族性，人就是死的，逻辑的抽象，就是没有内容的词句，没有意义的声音。"② 虽然"超民族"的拥护者宣传的是"以人的名义"，实际上却是反对人的利益。反向思考这点便可知，他们所发动的对民族主权和国家主权的攻势，对于维护人的权力和权益是有益的吗？答案当然是否定的。如果人们不是得到国家的保卫和维护，那么，人的权利就会失去存在的基础，变成虚无的想象而已。难道人们都想取消巩固国家的主权和平的联合国宪章条文吗？答案当然也是否定的。恰好相反，人们日益坚决地要求尊重各民族和各国的主权，因为如果不承认民族的最高地位，就不可能有真

---

① 〔苏联〕莫德尔·任斯卡娅：《世界主义是奴役各国人民的帝国主义思想》，蔡华五译，商务印书馆，1962，第 56 页。

② 〔俄〕别林斯基：《别林斯基选集》第一卷，满涛译，上海译文出版社，1979，第 21 页。

正的集体安全和真正的国际合作。

在德国还未统一之时，联邦德国政府就曾利用"超民族的欧洲世界主义"的构想作为自己的武器。他们一再叫嚣必须建立在德国领导下的"欧洲统一"和"欧洲民族"，实质上就是用新的方法伪装起来的在德国帝国主义保护之下的"联合欧洲"计划。他们不但利用民族主义，而且越来越经常地利用"世界主义"（限定于欧洲范围内）作为对德国帝国式统治目的的思想伪装。二战后，德国复仇主义者构建的"世界主义"计划沁透着浓厚的德意志精神，他们梦想着建立一个最大限度地实现希特勒计划的庞大的"德、美"国家。联邦德国反动集团的"欧洲世界主义"方案，实质上就是天主教泛德意志主义和德国种族主义的综合思想的直接体现。随后，他们极力主张建立由西欧六国组成的、具有统一的"超民族政府"的政治集团。过去的德国纳粹党卫军将军阿尔图尔·厄哈特（Arthur Erhardt）曾明目张胆地说："'小欧洲'的建立可以使得我们成为西欧的主人。"[1] 在美、英、法或联邦德国反动集团中间诞生的"建立联合欧洲"的方案，目的都在于给任何帝国主义集团带来实际利益，巩固这些集团在帝国主义竞争中的地位，反映出帝国主义者经济利益最深刻的无法克服的矛盾。列宁对"联合欧洲"的构想做出了正确而深刻的分析：建立在现代（即资本主义）基础上的欧洲合众国，只能是反动派的组织，它是为了共同镇压欧洲的社会主义和共同维持被掠夺的殖民地而建立起来的。各种变相的、臭名昭著的"超民族欧洲联合"正是起着这种作用，扑灭西欧的社会主义并替资本主义复辟的侵略企图建立一支突击力量，这就是"欧洲统一"方面一切措施的主要意义。依据"超民族的小欧洲"组织者的意图，这个集团的使命不仅在于同西欧国家中的社会进步力量相对抗，而且要成为旨在直接反对社会主义阵营的军事力量和思想力量。这种"联合欧洲"的策略以"保卫个体自由"的哲学思想为依据，但实际上这种自由只专属于资本家，因为，欧洲的"统一"可以使欧洲资本流动的自由性得到最大限度的保障。再者，"世界主义"的"超民族的联合欧洲"是作为同民族解放运动进行斗争的一种手段而被提

---

[1] 〔苏联〕莫德尔·任斯卡娅：《世界主义是奴役各国人民的帝国主义思想》，蔡华五译，第21页。

出来的，透露着浓郁的殖民性特征。这些计划构想的矛头是指向各国人民的民族主权和民族独立，只是对殖民压迫的形式做了精致的改变，其目的还是巩固帝国主义的统治。这是西欧现代世界主义者共同的观念，新兴帝国需要一种温和的说辞来证明其统治的政治合法性，于是"世界主义"便成为其实现野心的绝佳修饰，与西方一直倡导的所谓"自由民主"并无实质差异。

(二) 多样性的世界主义

面对刻意歪曲并利用"世界主义"思想的各项阴谋，有一群追寻真正的"世界主义"的学者们，他们的矛头直指以欧洲中心主义和帝国主义为基础的伪世界主义，并为探索建构多元化多样性的"世界主义"做出了积极的努力和各自的贡献。其中，有三位非常值得我们注意并不断被研究，他们是卡尔·马克思、霍米·巴巴、布鲁斯·罗宾斯。

(1) 卡尔·马克思

马克思在《共产党宣言》（1848）中分析预见"一种世界性的文学"时，就揭示了资本主义生产方式自诞生之日起就带有世界性特征的必然性：

> 对其产品不断扩大的市场的需求，使资产阶级在全球范围内进行追逐。它必须到处安家、到处定居、到处建立联系，资产阶级通过对世界市场的开发，使得每一个国家的生产和消费都具有了世界性。令反动主义者大为懊恼的是，它以工业为手段汲取了所立足国家的基础，所有老牌的民族工业被摧毁殆尽或者正在被摧毁。它取代了国家封闭状态下自给自足的陈旧方式，使得世界各国开始了全方位的互相交往，并保持普遍的相互依存关系。像在物质上一样，在智力生产上也是如此，个别国家的知识创造成了全世界人们的共同财富。民族的片面性和狭隘性变得越来越不可能，于是众多民族的和地方的文学形成了一种世界的文学。①

---

① 马克思、恩格斯：《共产党宣言》，人民出版社，2018，第254～255页。

由此可见，对于马克思而言，"世界主义"更意味着通过国际贸易在全世界范围内进行的剥削和全球生产模式的建立，民族和国家的疆界被市场资本主义所打破，资本的海外扩张导致生产和消费已经不再局限于一国之内，而是遍及欧洲之外的遥远大陆。此后马克思又通过《资本论》对资本主义社会自身所固有的矛盾进行了深刻的分析和揭露，指出资本家通过无偿地占有劳动力产出的剩余价值来进行对无产阶级的残酷剥削，必然导致资本主义社会阶级矛盾的爆发，最终将引发摧毁资本主义制度的社会革命。为了解决这一必然的社会问题，马克思及其好友恩格斯一生致力于探求如何建立"人们能够实现全面自由的共产社会"①，他们用各自毕生的精力探究出的最理想社会模式为人类社会发展的未来指明了方向。

　　他为了打破"欧洲中心主义"所造成的空间局限做了大量工作，他对欧洲之外的地区进行了积极的研究。马克思的思想体系最具意义的闪光之处就在于，他对历史的"普遍性"与"特殊性"有着辩证式的充分思考：在普遍性方面，马克思所倡导的并不是首先解放某一个阶级，而是解放全人类；在特殊性方面，他强调各个国家所处的社会环境和所面临的实际社会问题各不相同，应根据现实情况来决定采取何种方式、何种具体措施来解决问题。作为一个世界性理论的倡导者，马克思不仅从政治经济角度讨论了社会改革和发展的问题，还从资本将开拓出"世界性市场"的角度对"世界的文学"的出现做出了预测，从另一个角度补充了歌德所提出的"世界文学"的到来及其出现的条件。

　　（2）霍米·巴巴

　　后殖民理论家霍米·巴巴一直致力于尝试建构一种"本土语世界主义"（vernacular cosmopolitanism），这源于他对"移民"这个特殊群体的生活世界的看法和理解。移民这个群体常被称为流散的"世界公民"（a diasporic citizen of the world），巴巴认为，尽管他们享有"世界公民"的称谓，但实际上他们的生活并不是以自愿的主权为驱动，而是因生存所迫进行的一种涉及经济、政治、文化方面的全球流动性活动。因此，巴巴将这些移民者

---

① 《马克思恩格斯全集》第 1 卷，人民出版社，2016，序言第 3 页。

称为"本土语世界主义者"(vernacular cosmopolitan)。对于他们来说,公民身份是在胁迫或痛苦的条件下对政治和经济安全的寻求,正如朱莉娅·克里斯蒂娃(Julia Kristeva,1941 –)将其称为"创伤的世界主义"(wounded cosmopolitanism)。但对巴巴而言,"本土语世界主义"并不能只是简直地被看作"流散灰暗的厄运"或"移民的困境",它应该是具有双重性,既发生了对"标准"的本土偏离,又与之保持对话关系。

作为方言的本土语不仅仅是从属于主导语篇,它还代表着翻译的一个次级代理,因此,作为一种具有非官方语言形式的"世界主义","本土语世界主义"最显著的特征就是为那些反对通用语权威的语言群体发声。作为后殖民主义研究者,巴巴发掘了后殖民作家和思想家有向全世界强国说出真相的能力,这是因为他们既不代表国家也不代表世界,他们的职权范围是殖民地、城市、社区、地方和难民营,这些地方比全球指涉的范围要小,比民族国家的主权性要低,但其规模却更加复杂,徘徊于边缘生命线的人口密度更高。所以,"本土语世界主义"将是一种必然的"世界主义",而不是被自由选择的"世界主义",为了生存人们不得不去学习新的道德习语、适应奇怪的生活习惯、练就本土的说话和生活方式。巴巴对于像康拉德(Joseph Conrad,1857 – 1924)、库切(John Maxwell Coetzee,1940 –)和奈保尔(V. S. Naipaul,1932 – 2018)等后殖民作家及其文学作品有着非常浓厚的兴趣,因为从他们的作品中可以清楚地感受到地方与世界那种看似密切、实则疏离的非对话性关系,而这正是他倡导的"本土语世界主义"批判意义的所在。

(3)布鲁斯·罗宾斯

相较于前两位耳熟能详的学者,布鲁斯·罗宾斯[①]及其对于"世界主义"理论的贡献是本文想深入阐述的重点部分,因为他主要是一位比较文学学者。他是当今美国对"世界主义"研究最为深入的学者之一,作为赛义德的学生和多年的朋友,继承并发展了赛义德的后殖民思想,从而形成

---

① 布鲁斯·罗宾斯现为美国哥伦比亚大学英文和比较文学系的旧自治领基金会(Old Dominion Foundation)讲席教授。2019年9月~2020年9月,笔者在赴美跟随罗宾斯教授学习期间,多次与其交流,了解了他对"世界主义"今后发展方向的一些看法。

了一套关于"世界主义"的深度分析和全新理念。

在当今时代，关于民族主义的研究似乎在学术界逐渐失宠，如今的流行语是"全球化"（globalization）、"跨国主义"（transnationalism）、"后民族主义"（postnationalism）。民族国家和民族主义已经开始陷入一种深受质疑的困境：许多批评家认为，"民族国家从来就不是与生俱来或由上帝授予的产物，它在人类历史进程的现代时期的普遍化发展是一种不幸，它的兴衰可以被谋划出来，民族国家的体系制度，在今天正不可逆转地走向衰落"①。乔恩·科泽（Jon Kertzer）犀利的比喻更甚，"如果民族主义被认为是一种通过邪恶意识形态来感染现代性的病毒，那么民族国家的普遍化就成了一种流行疾病而非灵丹妙药"②。对于民族国家的这种消极预判在很多学者的作品中都有着鲜明的体现，如：约翰·霍利编撰的《书写民族：后殖民想象中的自我与国家》（*Writing the Nation：Self and Country in the Postcolonial Imagination*）、霍米·巴巴的《民族与叙事》（*Nation and Narrative*）和罗宾斯与谢永平合编的《世界性政治：超越民族国家的思想与感受》（*Cosmopolitics：Thinking and Feeling beyond the Nation*，1998）等。随着经济全球化步伐的加快，国际贸易、技术转让和劳动力转移也因此加剧，晚期资本主义通过分包的形式来巩固全球生产模式，加上由于现代大规模的移民流动、消费主义在全球的盛行以及大众传媒的迅速扩展而引发的全球混合文化的兴起，创造了一个整体高度上的相互依存的世界，在这个世界中，民族国家作为一个切实可行的经济单位、政治上的领土主权和有限的文化领域，正面临着即将过时的命运。

近年来学术界对民族主义的研究空前发展，西方人文社会科学领域的自由派和左派学者都试图通过指出民族主义的病态性来说明民族主义消亡的必然性。作为西方国家领头羊的美国，更时不时地穿上"非民族化"的外衣，自诩为"世界贸易自由化的拥护者"或"国际人权的保护者"。而那

---

①　Etienne Balibar，"The Borders of Europe"，in *Cosmopolitics：Thinking and Feeling beyond the Nation*，eds. Bruce Robbins and Pheng Cheah，Minneapolis and London：University of Minnesota Press，1998，p. 217.

②　Jon Kertzer，"Review on *Cosmopolitics：Thinking and Feeling beyond the Nation*"，*Ariel*，Volume 30，Issue 4，1999，p. 177.

些关于民族主义的言论被认为是对去殖民化期间民族解放运动所做的自由承诺的谎言，为了缩小焦点，后殖民文化研究从这种对民族主义的普遍觉醒中浮现出来，较为具体的例子就是以赛义德为代表的老一辈比较文学学者和以霍米·巴巴、斯皮瓦克、布鲁斯·罗宾斯、谢永平等为首的仍活跃在当今学术界的比较文学后辈学者达成了共识，他们的核心观点是，民族主义是殖民主义话语中产生的意识形态的人文主义。如果，无论作为一种意识模式的民族主义还是作为一种机构的民族国家都是过时的，那么，新的选择到底是什么，这些选择是否真的存在，以及它们是否能够实现，等等。这些问题会变得非常令人困惑。由于当代民族主义的批评家们将其视为一种特殊的意识模式，甚至是一种具有剥夺性的伪装成普世主义的民族认同，而"世界主义"作为一种能够更好地表达体现真正普世主义的思想伦理或政治工程，显然是一个很好的选择。

不过，需要特别注意的是，"世界主义"和"民族主义"一样，都是启蒙运动寻求普遍性的产物，但"世界主义"要远远"先于历史上流行的民族国家和思想史上的民族主义"①。所以，罗宾斯联合谢永平创造出"世界性政治"（Cosmopolitics）这样一个新的概念，意在表达一种"全球政治力场"（the globe force field of the political），而不是对当前所研究的各种"世界主义"强加一种霸道蛮横的观点。但是，"世界主义"是否可以成为当代民族主义的替代物呢？这也正是罗宾斯和谢永平编辑《世界主义政治：超越国家的思想与情感》这本著作的目的，即"探索在当下时代将世界主义作为民族主义的一种替代品的可行性"②。该书中所收录的来自赞同或反对此目的的不同文章，从人文社会科学领域的各个角度进行了探讨和辩论。可以看出，学者们的研究核心已然发生了转向，不再以医治病入膏肓的民族国家为主，而是设法找到一种更为广泛的世界性团体关系作为解决民族国家危机的方法。赞同"世界主义"的学者们将民族国家看作一种排斥和

---

① Pheng Cheah & Bruce Robbins, eds., *Cosmopolitics*：*Thinking and Feeling beyond the Nation*, Minneapolis and London：University of Minnesota Press, 1998, p. 22.

② Pheng Cheah & Bruce Robbins, eds., *Cosmopolitics*：*Thinking and Feeling beyond the Nation*, Minneapolis and London：University of Minnesota Press, 1998, p. 12.

胁迫的形式，一个需要逃离的陷阱，他们表达出对社会和艺术自由的渴望，但有时会发展成一种对无国界的自由乌托邦的渴望。就像巴利巴尔（Etienne Balibar）所说，国家边界是虚构的过境处，在那里展示护照，进行身份申报，因此一个没有边界的世界可能就是一个没有身份的世界。如果身份要求某种本地身份验证，那么在后国家时代，我们将会是谁？我们又该信任什么样的归属感呢？当人们在政治上、文化智识上甚至符号意义上都迷失在后国家世界中时，民族国家的另一面到底意味着什么呢？安迪森（Benedict Anderson）对此做出了自己的回答，在他看来，如果一个国家不是与自然的、种族的、语言的团体相对应，而是一个想象中的共同体，那么它肯定可以用一个更适合的词汇或方式重新进行想象。威尔逊（Rob Wilson）也赞同安迪森的看法，他说："由于国家是想象中的共同体，所以它们必定会被一种新的社会想象所替代，一种陈旧的想象体出于对另一种至高无上的想象体的尊重而宣布放弃自己的权威。"① 此外，对世界主义持消极态度的学者们提醒道，世界性政治处于一个棘手的位置，它很容易落入两种危险的境地：新的变相的文化本质主义和被马尔科森（Scott Malcomson）宣称的"普世主义的帝国血统"②。前者旨在定义一种能够创造灵活身份的新文化特性，这种特性使得身份认同可以不屈服于民族真实性的旧本质主义；后者则会陷入一种覆盖全球的新殖民主义。用这两种想象社区来取代民族国家都是不可行的，因为它们都无法创造出自己所想象的社会现实。正如斯皮瓦克严厉地指出的，西方已经沦为自己复杂理论的牺牲品，现在亟须由非西方的"他者们"（Others）形成一个"非欧洲中心生态正义的全球行动"（a global movement for non-Eurocentric ecological justice）。

对于新的文化本质主义和新的殖民主义都要警惕，尤其要防止重蹈"维多利亚时期世界主义"的覆辙。罗宾斯通过分析《米德尔马契》

① Rob Wilson, "A New Cosmopolitanism Is in the Air: Some Dialectical Twists and Turns", in *Cosmopolitics: Thinking and Feeling beyond the Nation*, eds. Bruce Robbins and Pheng Cheah, Minneapolis and London: University of Minnesota Press, 1998, p. 352.

② Scott L. Malcomson, "The Varieties of Cosmopolitan Experience", in *Cosmopolitics: Thinking and Feeling beyond the Nation*, eds. Bruce Robbins and Pheng Cheah, Minneapolis and London: University of Minnesota Press, 1998, p. 235.

（*Middlemarch*）中显现出的"维多利亚时代世界主义"，来告诫当今"世界主义"研究者不要重新陷入殖民主义各种变相的泥淖之中。通常来讲，18世纪被认为是"世界主义"的伟大世纪，而19世纪则恰恰相反，因为民族主义和种族主义随着民族国家的兴起而呈指数激增；但矛盾的是，18世纪倡导的"世界主义"到了19世纪由于大英帝国在全球建立的贸易网络和殖民体系才得以有了普及全世界的广阔视域。虽然使得"世界主义"在全世界开展的现实客观条件被创造出来了，但却携带着无尽的暴力鲜血和不公的种族等级观念。罗宾斯借用夏洛特·苏斯曼（Charlotte Sussman）对"1833年英国奴隶解放"① 之后的反奴隶制消费抵制运动的描述，揭示了帝国主义企图让人们对一种所谓的"不可逆转的野蛮"（ineradicable savagery）产生明确的认知和牢固的信念："1838年之后，对普适情感的诉求——在遥远距离的同情和泪水中发现的相互情感——开始逐渐从英国的文化差异观念中消失，取而代之的是对'种族'更本质更科学的理解……到了19世纪中叶，这些观点已经被一种更加悲观且确定的信念所取代，这种信念坚持弱国野蛮的不可逆转性。"② 随着奴隶制的撤销，抵制运动就相应地开始大幅减少，但是对殖民劳工的强迫剥削和身体虐待并没有随之消失。罗宾斯在此提出了一种假设：如果存在一种能够脱离帝国主义的"19世纪的世界主义"，即使不能完全脱离，也可能导致英国对非欧洲世界产生不同的认识。同时，罗宾斯也强调，"合法殖民主义的冲动决不能等同于使所谓自由市场合法化的冲动，这两者之间的空间可能是维多利亚时代世界主义的关键"③。

---

① 1833年，英国议会在废除奴隶运动的压力下通过了《废奴法案》，其中规定给西印度群岛的英国奴隶主巨额补偿，并规定解放后的奴隶必须至少给原所属奴隶主当4年学徒。这些奴隶主认为，奴隶解放剥夺了他们进行"奴隶投资"的回报，如若不予以补偿，就是不尊重个人产权。这令英国主张废奴运动的活动家难以反驳，废奴主义者深深担心这样一个问题：奴隶主的产权不被尊重是否意味着资本家的产权也可以不被尊重。因此，英国《废奴法案》最终规定给予奴隶主巨额补偿。

② Charlotte Sussman, Consuming Anxieties: Consumer Protest, Gender, and British Slavery, 1713 – 1833, Stanford: Stanford University Press, 2000, p.193.

③ Bruce Robbins, "Victorian Cosmopolitanism, Interrupted", *Victorian Literature and Culture*, 38 (2010), p.423.

对此，乔治·艾略特本人也有着复杂的感情。从女主人公多萝西娅的叔父布鲁克先生身上可以看到维多利亚时期典型知识分子的形象，艾略特对这个人物的塑造也体现了她对于当时知识分子的认知。罗宾斯摘录了布鲁克先生为争取国会席位在改革法案演讲中所说的一段话，其中有一句："我们必须放眼全球，以更宽广的视野去观察世界的每一处，从中国到秘鲁……到目前为止，我也的确是这样做的，虽然没有到达秘鲁那么远，但我并不总是待在家乡，因为我知道这样是不行的；我去过黎凡诗，米德尔马契的产品也销往那里，又去到波罗的海……"① 在他还没有说完，就被台下听众的笑声所打断了。罗宾斯认为，艾略特刻画的布鲁克先生可以被视为"维多利亚时代世界主义者"的肖像，在小说的开篇布鲁克先生就被描绘成在年轻时旅行过的人，他的经历很早就铺垫了他作为小说中"世界主义者"的身份。可是，他被打断，是因为他漫无目的的讲话并没有抓住重点，民众希望听到他对于改革法案的支持，而不是离他们很遥远的中国、秘鲁或波罗的海的情况。因此，罗宾斯称这种打断，不仅仅是对他语无伦次的否定，还是对他所代表的"世界主义"的否定。与此同时，罗宾斯又提醒道，布鲁克先生讲话中提到的海外国家也都是与米德尔马契的商品有关联的国家，这与该小镇的利益息息相关，理应引起民众的兴趣。这样看来，布鲁克先生坚持遥远地方的重要性是正确的，即使米德尔马契的民众自己还看不到这种联系，而布鲁克先生的语无伦次也是对小说核心问题之一——"地方性"（provinciality）——的冲击。任何提及省外世界的话语都会显得不知所云，如果话语连贯性及其是否具有意义的标准被局限在本土空间内或对省级地方的有限忠诚，那么，与其将布鲁克先生演讲称为一幅"世界主义者"的肖像，不如说是一幅被地方主义者不耐烦地看到的"世界主义者"的肖像。

由此可见，"反世界主义"（Anti-cosmopolitanism）就潜藏在米德尔马契这座小镇的心脏地带。为什么玛丽·嘉丝对弗雷德·文森的偏爱胜过对费耶尔兄弟的，后者显然是更好的人。罗宾斯认为，艾略特在暗示一种对"地方"的忠诚，就像米德尔马契的支持者一样，艾略特本人也把国内的改

---

① George Eliot, *Middlemarch*, Oxford：Oxford University Press, 2019, p.249.

革和发展放在首位，而牺牲了世界其他国家的利益。实际上，艾略特本人就是英国在海外公共工程的投资人之一，她代表了当时大批英国中产阶级，新兴的金融工具使得他们在 19 世纪 50～60 年代首次能够参与海外的投资项目。可以说，他们就是英国海外殖民主义的间接参与者。1860 年，艾略特完成了她的《弗洛斯河上的磨坊》（*The Mill on the Floss*）并因此获得了第一笔报酬，她用所得的 2000 英镑购买了"东印度群岛"的铁路股票。据罗宾斯考证，艾略特对于这笔投资十分放心，在她看来 5% 的回报率是有保证的，因为即使印度铁路没有足够的利润来支付这 5% 的分红，这笔钱将会由对印度的税收筹集而成。也就是说，这笔回报"将会从印度人民手中强行夺走"，而事实也的确如此，最终"大约 1500 万英镑支付给了资金担保体系下的投资者们"①。这种强行掠夺是 19 世纪帝国式"世界主义"永远都抹不掉的印记，全世界各地区因帝国殖民体系而开始紧密地连接在一起，极端民族主义和种族之间的仇视也因此在全球滋生蔓延。这是罗宾斯等后殖民研究者对于当今"世界主义"的发展最为忧心也最期望能够避免之处，世界人民不能承受再一次陷入新一轮全球殖民主义的任何变体当中。

罗宾斯主张，在民族国家与世界性共同体之间进行谈判，这实际上就是传统上具有安全身份和明确归属感的地方选区与由现代技术和世界贸易所创造出的相互交叠的新全球忠诚网之间的谈判，人们不再只能效忠于自己所属的民族或国家，而可以自由选择同时效忠于国家范围之外的更大团体。那么，如何去设计这样一个更宏大的世界性政治模型呢？尤其是在罗宾斯声称的"所有普遍性都可能是伪装的特殊性"② 这样的情况下——"世界主义"像多种多样的民族一样有着诸多表现形式，如：移民和流亡群体、全球资本和跨国公司、民族和宗教团结、环球知识分子和游客、人道主义的非政府组织甚至多元文化主义理论的世界观等——要如何保证这种世界性政治模型的合理性呢？这正是罗宾斯和谢永平共同努力想要解决的问题。

---

① Charlotte Sussman, Consuming Anxieties: Consumer Protest, Gender, and British Slavery, 1713 – 1833, Stanford: Stanford University Press, 2000, p. 215.

② Bruce Robbins, "Comparative Cosmopolitanisms", in *Cosmopolitics: Thinking and Feeling beyond the Nation*, eds. Bruce Robbins and Pheng Cheah, Minneapolis and London: University of Minnesota Press, 1998, p. 251.

他们探索出的解决方案是，寻求一种超越单纯的国际主义的"世界主义"，也被安东尼·阿皮亚（Kwame Anthony Appiah）称为"有根的世界主义"（Rooted Cosmopolitanism），即：应当拒绝将世界视为一种敌对国家的集合体，寻求一种差异可以得到尊重、地方利益可以得到维护的真正慷慨的交际方式。

在随后的 20 多年里，罗宾斯一直致力于能够使以上解决方案得以实现的研究，终于在 2017 年他主编并出版了《多样的世界主义》（*Cosmopolitanisms*）。这部著作浓缩了他对"世界主义"在新时代全球化的当下发生的内涵变化之思考，形成了他自己对于"世界主义"的新见解。这本书收录了多篇有关"世界主义"前沿理论文章，集中展示了来自世界各地的学者对"世界主义"这一具有古老欧洲传统的概念进行的内涵延展和新的阐述：围绕着"公平正义（Justice）、忠诚/团结（Solidarity）、权力（Power）、批判（Critique）和空间（Spaces）"这五个核心议题，从不同角度对"世界主义"理念发展到当今时代出现的新变化进行了审视，相应地，这些新变化反过来也赋予了"世界主义"理念更多的可能性，正是这些新的可能性使"世界主义"理念跳出了"欧洲中心主义"和"精英化"的牢笼，这种对西方传统有选择性地扬弃使得"世界主义"有了更持久的生命力和更多的活力。

罗宾斯在这本书导引部分的开篇就提出了关于"新世界主义"①（New Cosmopolitanism）的概念，这一概念糅合了他的好朋友美国当代著名历史学家大卫·霍林格的一些观点，在这两位学者看来，未来"世界主义"的发展方向之"新"需要体现在两处：第一，与属于规范性理想的旧"世界主义"正相反，新"世界主义"要更接近一种描述性的假设——无论何时何地，只要历史使人们进行强制性的或非强制性的跨国行动，那么就可以预期在这些人中的许多人及其后代都将会带有一种"混合身份"（hybrid identity）和"分裂式忠诚"（divided loyalty）的痕迹，因此，在"世界主义"的圈子里，自我身份认同逐渐被认为是可选择性的，而不是强制性的；第二，从"规

---

① David A. Hollinger, "Not Universalists, Not Pluralists: The New Cosmopolitans Find Their Own Way", *Constellations* 8, 2 (June 2001), pp. 236 – 248.

范性的单数"向"描述性的复数"之转变：罗宾斯为这本书取名为"Cosmopolitanisms"，可以发现，他在"世界主义"这个词的末尾加了一个"s"，这样一个简单的字母却代表着丰富的意义——从单一的、规范性的"世界主义"转向多样性的"世界主义"，这就要求对于"世界主义"的研究要开始从哲学、政治学领域的伦理抽象转变到要在哲学和政治领域之外的人类学、社会学、历史学，以及文学等领域寻求更加充实具体的细节把握。①

罗宾斯进一步分析认为，对"世界主义"的传统定义可能更倾向于"正面"或"负面"的价值判断，但不论是"正面"还是"负面"都在某种程度上与关于"世界主义"的核心内涵达成一致——"世界主义"是对人类整体利益的承诺，它凌驾于所有比之较小范畴的承诺之上，并使人们习惯性地脱离自己本土的价值观。不可避免地，"世界主义"已经或至少看似是特权的象征。自19世纪80年代末以来，这种单一的规范性解释逐渐被复合多元的描述性理解所压倒，甚至部分被取代。根据新的理解，"世界主义"可以被定义为许多可能的生活模式、思维模式或情感模式，这些模式产生于承诺和忠诚交织重叠之时，因此，其中并没有一种是必然胜过其他模式的。这种从规范性表述到描述性表述的转变，意味着无论是现在还是过去都有更多种类的"世界主义"有待观察和探索，这也说明了社会学家、历史学家、文学批评家都可以对一个似乎在很大程度上归属于哲学家和政治理论家的概念提出各自的主张和阐释。正如霍林格对罗宾斯的另一部著作《永久战争：暴力视域下的世界主义》（2012）所做的预见性评价，由于"罗宾斯引领以文化为中心的'世界主义'进入原始政治领域，下一步就是将英文与比较文学系的跨学科对话理念与隔壁法学院和社会科学系从事的研究工作融合起来"，就像"世界主义者"应该知晓的那样，"我们都将见证这一融合过程"②。

最重要的是，这更意味着"世界主义"不再只是属于像第欧根尼这样少数英雄人物的特权，而是作为代表了多数民众的社会集体所拥有的特

---

① Bruce W. Robbins, *Cosmopolitanisms*, New York：New York University Press, 2017, pp. 2 – 3.
② David A. Hollinger, "Book Review on Perpetual War：Cosmopolitanism from the Viewpoint of Violence", *Common Knowledge*, Volume 25, Issue 1 – 3, April 2019, p. 419.

征，特别是那些由于历史创伤而被剥夺了权利的"非精英群体"（Nonelite Collectivities）。借用西尔维亚诺·圣地亚哥（Silviano Santiago）那句振奋人心的名言来说，罗宾斯对于"世界主义"研究及其未来发展所做的转向指引开创了一种具有重大意义的新局面，使得"穷人的世界主义开始成为可能"①。这不但意味着对"世界主义"本质属性的转变、对其所包含的欧洲中心主义色彩的消除，更预示着新的"世界主义"对于阶级界限的打破。倘若这种全新的"世界主义"在当今时代能够得到充分的发展，那么罗宾斯对于"维多利亚时期世界主义"做出的假设便有了延展的可能性——为全面认识"非西方世界"创造了极大的空间，罗宾斯无形中为像中国这样正在崛起的非霸权大国，在精神意识层面提供了一个巨大的机遇。②

不论是对"世界主义"思想发展历史进程的回顾还是对当下"世界主义"研究的探讨，都是希望可以寻求到赋予新的"世界主义"一种自我重组的能力，同时也为我们研究者在对"世界主义"进行破旧立新的过程中开辟了一个更为宽广的空间，为人类文明的前进方向创造了更多的可能。

【Abstract】 Cosmopolitanism, which has a long history, originated from stoicism's ideal of Great Unity in ancient Greece and Rome. Having greatly been impacted by the Universalism of the Christianity in the Middle Ages, it was integrated into the unified earthly government advocated by Dante. Then, after the baptism of Enlightenment movement, it began to step into the stage of rational construction consciously. Taking the historical development of cosmopolitanism as the main clue, this article describes its development and change from ancient Greece and Rome to the present day, and expounds how cosmopolitanism runs through among different disciplines in the field of humanities and social sciences, such as philosophy, politics and litera-

---

① 原文为：It has begun to become possible of the cosmopolitanism of the poor. From Silviano Santiago, "Silviano Santiago", *Literatura e sociedade*, Vol. 14 (11) 2009, p. 34.

② 罗宾斯的很多著作或文章在国内没有中译，故文中所引罗宾斯著作或文章，均为笔者据原文译出。

ture. Through the close study of the historical evolution on the theory of cosmopolitanism, this article not only reveals that the world should be treated as a whole, and others should be treated with an inclusive attitude, but shows the common interests of mankind and the future developmental direction of human civilization.

【Keywords】cosmopolitanism; world literature; others; perpetual peace; community with a shared future

戴维·戴姆拉什的世界文学研究

林晓霞

（福建工程学院人文学院，福州　350118）

【内容提要】"世界文学"这一话题在中国备受关注，很大程度上得益于戴姆拉什的专著《什么是世界文学?》。作为国际比较文学界的一位显赫人物，戴姆拉什最近又出版了新作《比较多种文学：全球化时代的文学研究》。该书对比较文学领域进行了一次大规模的重新审视，为正在经历着瞬息万变的该学科指明了前进的道路。戴姆拉什如何从历史和文学入手，在批评实践中注入自身的经历和情感？他在美国的世界文学重新兴起中扮演了什么样的角色？为什么多元文学在他看来如此重要？马克思和恩格斯在《共产党宣言》中对世界文学的描述对他的世界文学观有何启迪和影响？本文从戴姆拉什文学观形成的因素及背景、奥尔巴赫与赛义德对戴姆拉什世界文学观的影响、西方马克思主义对戴姆拉什世界文学观的启迪三个方面进行论述。

【关　键　词】戴姆拉什　奥尔巴赫　赛义德　《共产党宣言》　世界文学

尽管戴维·戴姆拉什（David Damrosch，1953 -　）不是一位马克思主义者，但是他也如同赛义德和斯皮瓦克一样，是一位有着左翼倾向的比较文学学者。在他的世界文学著述中，他首先提及歌德的贡献。但是，歌德在 1827 年能够明确提出"世界文学"的概念，在很大程度上得益于他广博的兴趣和天才的洞察力以及多种语言的阅读和写作技能。在这方面，戴姆拉什也算是一位当代极少有的语言天才。他通晓 12 种语言并能使用这些语言工作，他可以利用这些语言阅读并查找资料，这在当今的美国学者中是十分罕见的，这也为他有资格研究世界文学奠定了基础。当年，作为如饥似渴的读者和富于创造的作家，歌德学习罗马风格并创作出情爱组诗《罗马哀歌》，晚年又模仿波斯诗人哈菲兹的风格创作了组诗《东西诗集》。他不仅运用多种语言广泛阅读原本，还广泛阅读各种译本，着迷于文学的国际流通。而马克思和恩格斯则在《共产党宣言》中预见了经济和文化的全球化，把世界文学描述为全球资本主义扩展的结果。在第二次世界大战期间，世界文学在土耳其的伊斯坦布尔得到了进一步的发展，当时，一些著名的犹太裔德语文学家如埃里克·奥尔巴赫（Erich Auerbach，1892－1957）和利奥·斯皮策（Leo Spitzer，1887－1960）① 为躲避纳粹的迫害流亡到伊斯坦布尔，战后他们移居美国，并带去了他们自己版本的"世界文学"（世界文学的理论、教学实践和图书）。冷战期间，世界文学在美国得到了长足的发展，逐渐把只关注西方文学经典的人文学科教育发展成全球性的研究课题，自 20 世纪 90 年代起，比较文学从欧洲中心主义到真正全球视野的转向时期，戴姆拉什、艾米利·阿普特（Emily Apter）、杰拉尔·卡迪尔（Djelal Kadir）、阿米尔·穆夫提（Aamir R. Mufti）和爱德华·赛义德纷纷撰文阐述 20 世纪 30 年代伊斯坦布尔的流亡议题，介绍奥尔巴赫和斯皮策鲜为人知的在伊斯坦布尔直接参与土耳其文化和语言改革的岁月，认为奥尔巴赫和斯皮策流亡经历对危急时刻的美国比较文学和世界文学的发展起到了决定性的作用。赛义德甚至认为奥尔巴赫的研究唤起了比较文学界对世界文学的关注；斯皮瓦克则在 2003 年出版了《一门学科的死亡》（*Death of a Discipline*）一书，宣告传统的欧洲中心主义意义上的比较文学学科即将死亡，新的比较文学学科即将诞生。斯皮瓦克的著作在某种程度上帮助比较文学学科摆脱了困境，对于其转向"世界文学"或她所谓的"星球文学"起到了重要的导向性作用。莫瑞提在呼吁形成"全球文学"时，虽然没有明说，但也借用了歌德的说法。1999 年，帕斯卡尔·卡萨诺瓦（Pascale

---

① 埃里克·奥尔巴赫（又译埃里希·奥尔巴赫）、利奥·斯皮策（又译利奥·施皮策）、卡尔·浮士勒（Karl Vossler，1872－1949）和恩斯特·R. 库尔提乌斯（Ernst Robert Curtius，1886－1956）是德国罗曼语文研究者和语言学"四重奏"，他们对欧洲语言文学研究的贡献有举足轻重的作用。

Casanova）出版了具有划时代意义的法文专著《文学世界共和国》①，这本书重新点燃了法国学者研究世界文学的热情。作为《朗文世界文学选集》（Longman Anthology of World Literature）的创始主编，戴姆拉什近年来成为中国比较文学和世界文学学界一个显赫人物，2014 年北京大学出版社出版了其专著《什么是世界文学?》中译本、2018 年出版了修订版《如何阅读世界文学》（2009 年第 1 版）。他于 2020 年出版的专著《比较多种文学：全球化时代的文学研究》（Comparing the Literatures：Literary Studies in a Global Age），对比较文学领域进行了一次大规模的重新审视，为正在经历着快速变化的学科指明了前进的方向：通过比较文学与世界文学之间不断的相互作用，世界文学反而有助于比较文学研究的重新建构，但比较研究仍然是我们做研究的基础部分。同时这三本书在中国的语境下已经不断地为人们所讨论和引证，因此，世界文学的话题在中国备受关注在很大程度上得益于戴姆拉什的影响。戴姆拉什如何从历史和文学入手，在批评实践中注入自身的经历和情感？他在美国的世界文学的重新兴起中扮演了什么样的角色？为什么多元文学在他看来如此重要？马克思和恩格斯在《共产党宣言》中对世界文学的描述对他的世界文学观有何启迪和影响？这正是本文所要讨论的内容。本文从戴姆拉什文学观形成的因素及背景、奥尔巴赫与赛义德对戴姆拉什世界文学观的影响、西方马克思主义对戴姆拉什世界文学观的启迪三个方面进行论述。

一 戴姆拉什文学观形成的因素及背景

世界文学在世纪之交首次在美国的大学里受到重视。西方学界普遍认

---

① 帕斯卡尔·卡萨诺瓦（Pascale Casanova, 1959 – 2018）在 1999 年出版法文专著《文学世界共和国》，2004 年，哈佛大学出版社出版此书的英文版 The Republiz of Letters。另有专著《塞缪尔·贝克特：文学革命的解剖学》（Samuel Beckett：Anatomy of a Literary Revolution）和《卡夫卡，愤怒诗人》（Kafka, Angry Poet）。卡萨诺瓦才华横溢，戴姆拉什对她欣赏有加。卡萨诺瓦于 2018 年 9 月 29 日因病去世，戴姆拉什第一时间在哈佛大学比较文学系的网站上发布消息，并在 2018 年 10 月 2 日给哈佛大学比较文学系的博士生研讨课时说："我们多次邀请卡萨诺瓦来为'世界文学'暑期学校的学员上课，因为她身体欠佳，未能如愿"。此外，他还在自己主编的《世界文学杂志》（The Journal of World Literature）上刊发一系列纪念卡萨诺瓦的文章。

为，尽管各自的观点不同，但戴姆拉什的《什么是世界文学?》、卡萨诺瓦的《文学世界共和国》和弗朗哥·莫瑞提的《世界文学猜想》① 经常被视为全球时代比较文学研究焦点的中心。至于戴姆拉什文学观的形成，如果单纯从他已经出版的专著、发表的论文以及主编的书籍来梳理是有一定难度的。戴姆拉什在 20 世纪 90 年代中期开始发表关于"世界文学"主题的文章②，2003 年出版专著《什么是世界文学?》，2009 年出版专著《如何阅读世界文学》和 2020 年由普林斯顿出版社出版的专著《比较多种文学：全球化时代的文学研究》；2009 年主编了《世界文学的教学》（*Teaching World Literature*）、《普林斯顿比较文学文献：从欧洲启蒙到当今全球时代》（*The Princeton Sourcebook in Comparative Literature：From the European Enlightenment to the Global Present*），2014 年主编了《世界文学理论》（*World Literature in Theory*）；出任六卷本《朗文英国文学选集》（*The Longman Anthology of British Literature*）（1999）和《朗文世界文学选集》（2004）创始主编。尤为值得一提的是，作为《朗文世界文学选集》创始主编，他发挥了自己最广泛的影响力和合作才能。这套约有 3500 页的选集试图建构大约 4000 年来的世界文学历史，而最引人瞩目之处在于它使世界各个区域的文学连成一体：《失乐园》（*Paradise Lost*）就坐落在玛雅史诗《波波尔·乌》（*Popol Vuh*）的旁边。③《波波尔·乌》是一部马里史诗，讲述的是贝奥武甫和波斯史诗《沙那玛》（*Shahnameh*）之间的故事。

哈佛大学比较文学系网站关于戴姆拉什的简介可能会给人留下这样的印

---

① 弗朗哥·莫瑞提（Franco Moretti）在 2000 年发表论文《世界文学猜想》（Conjectures on World Literature），2000 年出版专著《世界之路：欧洲文化中的成长小说》（*The Way of the World：the Bildungsroman in European Culture*），2001～2003 年主编五卷本世界性文集《小说》（*The Novel*），2013 年又出版专著《远距离阅读》（*Distant Reading*）

② David Damrosch, "Auerbach in Exile", *Comparative Literature* 47.2 (1995)：97 – 117.

③ 《波波尔·乌》写于 1544 年，是玛雅文明的圣书，被誉为"美洲人的圣经""玉米人的圣经"，被视为美洲乃至世界文学宝库中最古老的不朽著作之一。它表现了玛雅人对大自然、对人类命运的乐观态度，也是一部有关基切民族的神话、传说和历史的巨著。其中包括创造世界、人类起源的神话传说，基切部落兴起的英雄故事，历代基切统治者的系谱等。这本书在历史不同时期有不同的译本和解读。1996 年，漓江出版社出版了其中一个译本，将中古世纪一些已经不使用的正字法和句式加以打磨并整理，使其在现代更加具有可读性。

象：比较文学意味着"对任何地方、任何时间的任何文学的研究"（the study of any literature from anywhere, ever.）。在他学术生涯的不同时期，戴姆拉什研究过吉尔伽美什史诗（the epic of Gilgamesh）、希伯来圣经（the Hebrew Bible）、梵文诗剧作家卡·利达·萨（Ka-lida-sa）、中世纪比利时修女的幻象、阿兹特克诗歌（Aztec poetry）、卡夫卡、中国新文化运动的主将胡适、人类学家克洛德·列维－斯特劳斯的《忧郁的热带》（*Tristes Tropiques*）、危地马拉的诺贝尔奖得主、社会活动家里戈贝塔·门楚（Rigoberta Menchú）的自传等。大多数学者往往把自己定位为一个或两个世纪的跨两门学科的专家，而跨越时空的研究则使戴姆拉什成为一个另类。在给哈佛大学比较文学系的博士研究生上研讨课时①，他常常自豪地说："我在从事 2000 年到 2015 年间的文学研究工作，但'2000'指的是公元前 2000 年"（I work mostly on literature between roughly 2000 and 2015. But "2000" means 2000 b. c. e.）。用戴姆拉什自己的话来说，至今他仍然在英国文学和古代近东文学［埃及（Egypt）、苏美尔（Sumer）、亚述（Assyria）、以色列（Israel）］这两个领域里感到最自由且自在。在与戴姆拉什教授的访谈中，他承认他能够在文学世界自由翱翔，与成立于 1910 年的哥伦比亚大学英文和比较文学系宽松自由的学术氛围是分不开的。这也使我们不难理解他为什么在中年时能够凭借优秀的学术功底一举成名。令国内的学者感到困惑的是：为什么学习经历和家庭条件不错的戴姆拉什却是大器晚成？② 这恐怕要从他花了多年时间潜心研究世界文学问题着手。

戴姆拉什于 1980 年在耶鲁大学获得博士学位，除了在 1987 年出版了他的博士论文（即第一部专著）《叙述契约：圣经文学演变中体裁的转变》（*The Narrative Covenant: Transformations of Genre in the Growth of Biblical Literature*）③，在接

---

① 以下观点基于笔者在 2012 年至 2013 年学术年，以及 2018 年秋季学期聆听戴姆拉什给哈佛大学比较文学系博士研究生上的研讨课所涉及的内容。

② 戴姆拉什的老师宇文所安教授 45 岁时当选美国人文与科学院院士，而戴姆拉什在 64 岁（2017）时才当选为美国人文与科学院院士。

③ David Damrosch, *The Narrative Covenant: Transformations of Genre in the Growth of Biblical Literature*, Ithaca, New York: Cornell University, 1987. 这部专著是关于公元前 1000 年美索不达米亚文学对《圣经》的影响。

下来的 20 年里，他写了一系列不同寻常的文章，还写了两本风格截然不同的书——一本是专著《我们学者：改变大学的文化》（We Scholars：Changing the Culture of the University）①，这是一本有关公共知识分子的思想性著作，明显地受到他在哥伦比亚大学的资深同事赛义德的影响和启迪，也标志着他将以有社会责任感的语文学家的身份从事世界文学研究；另一本则是关于学术文化和人文学科的奇思妙想的校园小说《心灵的碰撞》（Meetings of the Mind）②。进入 21 世纪以来，还有为他的孩子们写的一本探索性的书《尘封之书：伟大史诗〈吉尔伽美什〉的遗失与再现》（The Buried Book：The Loss and Rediscovery of the Great Epic of Gilgamesh，2006）③。2020 年出版的专著《比较多种文学：全球化时代的文学研究》，为比较文学学科的振兴提供了一条重要的道路。

2012 年 7 月在土耳其伊斯坦布尔举办"世界文学"暑期学校，戴姆拉什在和学员们聊天时就谈到他比较好动，喜欢到处走走，这和他在哈佛大学英文系的大哥里奥·戴姆拉什（Leo Damrosch）好静的性格刚好相反。当然，向外发展的冲动深深地影响了他的性格。戴姆拉什在缅因州长大，父母是第二次世界大战期间在菲律宾被日本人拘留后返回美国的圣公会传教士，当他读高中时，全家搬到了纽约市。因痴迷于古埃及文明，他会定期去大都会博物馆。受高中英语老师的影响，他早早就阅读了《堂吉诃德》（Don Quixote）、《神曲》（Divine Comedy）等文学书籍④。他还提到了两个对他早年生活有影响的儿童文学作家：马德莱娜·朗格朗（Madeleine L'Engle）⑤

---

① David Damrosch, *We Scholars：Changing the Culture of the University*, Cambridge：Harvard University Press, 1995.
② David Damrosch, *Meetings of the Minds*, Princeton and Oxford：Princeton University Press, 2000.
③ David Damrosch, *The Buried Book：The Loss and Rediscovery of the Great Epic of Gilgamesh*, New York：Henry Holt and Company, 2006.
④ 笔者在 2013 年春季学期和 2018 年秋季学期聆听了戴姆拉什教授给哈佛大学比较文学系博士研究生上的研讨课，在这两个不同的年份和学期他都很自豪地提到自己在 15 岁的年纪就去书店买世界名著阅读。
⑤ 马德莱娜·朗格朗（1918－2007）是一位儿童作家，以《遇见奥斯汀一家》（*Meet the Austins'*）和《时间的皱纹》（*A Wrinkle in Time*）等作品闻名。朗格朗曾是戴姆拉什父亲在曼哈顿教区的居民。

和 J. R. R. 托尔金（J. R. R. Tolkien）①。1975 年，戴姆拉什在母校耶鲁大学开始了研究生课程的学习。因为比较文学系一直关注欧美作品，所以要求学生必须先精通法语、德语和拉丁语，然后才能开始研究生课程的学习。他回忆说，当时好像有一半的同学在写关于亨利·詹姆斯的论文，这种关注在一定程度上反映了第二次世界大战的影响。在此之后，重建一个超越其国家的欧洲理念，对从事比较文学研究的人来说具有极大的道德紧迫性。该领域的许多杰出学者都是逃离战争的欧洲人，通常是犹太人，埃里克·奥尔巴赫就是一个最典型的代表。尽管戴姆拉什大部分时间待在耶鲁大学神学院专注文学，但耶鲁大学文学理论家云集以及浓厚的学术氛围让他终身受益，他也时常情不自禁地与学生分享他的耶鲁学习经历，如保罗·德曼（Paul de Man）和中国诗歌研究者宇文所安（Stephen Owen），这些师长对他的教导，等等。

北美的读者，尤其是美国的读者，往往眼光很狭隘——一种大国的狭隘主义，很少关注世界其他地方，且对其他地方的理解也有偏差。戴姆拉什认为，"如果文学的历史大约有 5000 年，那么很多时候我们只是阅读过去 50 年或 100 年的作品，这是文学史上最近的 2%。我要鼓励读者与其他 98% 的作品接触——这些早期作品可以告诉我们更多关于世界的事情"。随着关于多元文化主义和课程改革的学术讨论的加速，歌德的旧"世界文学"开始重新出现，其含义也发生了变化。它不再意味着一个贵族式的文学精英阶层，每个人代表一种民族语言。它还旨在避免成为冷战时期的"联合国书架"——每个国家都有自己的杰作。相反，它充当了一个分析透镜，可以覆盖旧的国际交流形式，也可以覆盖散居社区、后殖民国家和前帝国之间的新型互动。这是世界文学的一个更前卫的版本，与权力和不平等更合得来，被过去 20 年的批评词汇所影响。尽管如此，分析歌德对"世界文学"的描述以及他如何将其付诸实施，对我们今天能动地理解"世界文学"的内涵是大有裨益的。因为歌德本人更愿意做一位实干家，而不是理论家。

---

① J. R. R. 托尔金（1892 - 1973）是出生于南非的英国语言学家和幻想作家。凭着 1937 年出版的小说《霍比特人》（*The Hobbit*）和后来的《指环王》（*Lord of the Rings*）三部曲，J. R. R. 托尔金改变了幻想流派的面貌。

这也让我们不难理解戴姆拉什不遗余力地创立"世界文学研究所"（The Institute for World Literature）并孜孜不倦地每年举办为期一个月的"世界文学"暑期学校的原因。①"世界文学"暑期学校的实践在很大程度上促使戴姆拉什的专著《如何阅读世界文学》修订版于2018年问世。② 马歇尔·布朗在论文《直面世界》中写道："戴姆拉什为世界文学所做的贡献可能比目前任何在世的人都要多，我们皆笼罩在他的阴影下。他在他所编辑的选集中收录了很多作品文本，并在其专著中提供阅览，而且他还孜孜不倦且卓有成效地敦促我们好好地利用这些文本。"③ 戴姆拉什反对狭隘地选边站队，为了让更多的学者来关注世界文学，他有时也会采取折中或退让的态度。戴姆拉什仍相信文学研究在理解和修补世界方面可以发挥作用：文学不是一面简单的镜子，相反它折射了所来自的文化。但它提供了一种深入思考的方式——有点像快餐中的慢食运动。深入而专注地阅读一部文学作品，往往会给我们一种独特的方式来思考我们自己和我们在世界上的位置。应该说，正是本着这种对文学的酷爱和专注，戴姆拉什才在各种新理论及文化研究冲击比较文学的年代里潜心思考并构思自己的世界文学专著，而这也使他在接下来的十多年里先后成为欧洲科学院院士和美国人文与科学院院士。而这两项崇高的学术荣誉集中于一人之身的另一个例子就是美国的语言学大师乔姆斯基。

二　奥尔巴赫、赛义德对戴姆拉什世界文学观的影响

如前所述，戴姆拉什世界文学观的形成得益于他在哥伦比亚大学的资深同事赛义德，但更得益于长赛义德一辈的语文学家奥尔巴赫。奥尔巴赫

---

① 2008年12月在伊斯坦布尔比尔基大学（Bilgi University）举办了"夹缝中的世界文学"（World Literature in Between）会议，戴姆拉什和2006年诺贝尔文学奖获得者土耳其裔作家奥尔罕·帕慕克（Orhan Pamuk）的对话，拉开了"世界文学研究所"成立的序幕。戴姆拉什担任该研究所的主任，研究所总部设在哈佛大学校内。第一届会议于2011年在北京大学举办。"世界文学"暑期学校至2019年已成功地举办了九届。

② David Damrosch, *How to Read World Literature*, New York: John Wiley & Sons, 2018.

③ 〔美〕马歇尔·布朗：《直面世界》，柏愔译，《文艺理论研究》2012年第4期。

也有着流亡的经历，他被认为是 20 世纪最具影响力的比较文学学者之一，
"流亡知识分子的榜样"和"世界文学研究的预言家"（Porter，"Introduc-
tion" X）①，他以广阔的视野、渊博的学识和略带忧郁的文风著称。奥尔巴
赫继承并发扬光大了欧洲深厚的语文学传统，并与朋友兼竞争对手恩斯
特·R. 库尔提乌斯，以及斯皮策共同拓展了语文学研究。1923－1929 年，
奥尔巴赫完成了维柯（Vico）《新科学》（Scienza nuova）的德语翻译和专著
《但丁，世俗世界的诗人》（Dante als Dichter der irdischen Welt）。1929 年奥尔
巴赫被马尔堡大学聘为罗曼语系主任。由于希特勒上台，奥尔巴赫作为犹
太学者于 1935 年被迫放弃马尔堡大学教职。1936 年，受聘于斯皮策在伊斯
坦布尔大学组建的西欧语文学系。尽管斯皮策和奥尔巴赫的观点不尽相同，
但他们共同把欧洲的语文学思想移植到伊斯坦布尔并促进其持续发展。作
为但丁研究学者，奥尔巴赫掌握了德语、法语、意大利语、拉丁语等 9 种语
言；作为歌德忠实的门徒，奥尔巴赫是德国罗曼语文和语言学坚定的捍卫
者。奥尔巴赫流亡伊斯坦布尔期间撰写的《摹仿论》显示出他雄厚的知识
积累以及他精细深邃的思想和深切的人文关怀。《摹仿论》中的人文主义理
想作为土耳其大学改革的范式，是对歌德世界文学理想的延伸和实践，对
世界文学话语的建构起到重要的作用。特别值得一提的是，奥尔巴赫《摹
仿论》对比较文学和世界文学乃至人文学科的贡献尤为突出。《摹仿论》意
在成为从荷马到弗吉尼亚·伍尔夫的西方文学所表现出的既多样又具体的
现实的证明，又试图超越纯粹的文学。《摹仿论》使得人文学科的现代观念
成为可能，并对世界文学话语的建构起到重要的作用。西方学界普遍认为，
流亡伊斯坦布尔的奥尔巴赫为世俗提供了一个典型的例证：一个被取代和
放逐的人物，却预示了这一门新兴学科领域的再度兴起，它标志着远离文
化权威的超验化过程，远离文化传播召唤形式，远离宗教权威，其精神和
心路堪称传奇。

在当今全球化时代的世界文学语境下，20 世纪三四十年代伊斯坦布尔
的流亡话题是当代批评家，这一话题不仅是比较文学与世界文学学者一直

---

① James I. Porter，"Introduction." in *Time*，*History*，*and Literature*，Eric Auerbach，Princeton：
Princeton University Press，2014：X.

关注的，也是我们当下讨论世界文学时无法绕过的。赛义德、德曼都是奥尔巴赫的崇拜者，并身体力行地提倡、推行、实践语文学。赛义德和德曼都在过世前一年写下与回归语文学相关的论文。这两位学者关于语文学回归的学说和所做的努力也为冷战后"世界文学"的重新崛起奠定了良好的基础。"斯皮策和奥尔巴赫的人文主义理想，与赛义德在 20 世纪后对所谓'世界—人本主义'（*Welt-humanism*）的阐述有关联。"众所周知，"这位德国语文学家在赛义德的全部作品中始终是一个参照点"①。早在 1969 年，赛义德夫妇就翻译了奥尔巴赫的那篇具有影响力的论文《世界文学的语文学》。2003 年版的《摹仿论》，刊登了赛义德为纪念该书英译本出版 50 周年写的那篇著名的导论，不仅让这部巨作历久弥新，也让西方学术界重新发现奥尔巴赫，犹如俄罗斯重新发现巴赫金一样。此外，赛义德在《世界·文本·批评家》《文化与帝国主义》《人文主义与民主批评》《东方学》等专著和系列演讲集中多次讨论奥尔巴赫，引起比较文学学者对世界文学的关注，也让奥尔巴赫及其作品出现在了美国比较文学和世界文学课程中。赛义德如此推崇奥尔巴赫，或许正是希望批评界能够重拾语文学的优秀传统，更多关注当下人的生存条件的改进。赛义德"对 20 世纪 70 年代的后现代批评日趋明显的形式化的倾向深感忧虑。如果说 20 世纪上半叶，文学批评的主流是形式主义和文本主义，那么 20 世纪后半叶，则是文化研究和后结构主义主导了批评理论实践，而这些批评和理论的思潮在不同程度上都带有反历史和反人文主义的倾向，与语文学的精神渐行渐远"②。

毫不夸张地说，在当今的世界文学研究中，戴姆拉什是自奥尔巴赫和斯皮策以后在世界文学理论和实践方面最有影响力的学者。斯皮瓦克毫不吝啬给予戴姆拉什的《什么是世界文学?》以很高评价："我们这些美国比较文学主流学者发现国别文学的吸引力取代了动词'比较'所能赋予的"，"如今，我的同事兼朋友戴维·戴姆拉什是关于这个方面的著述写得最好的

① Emily Apter, *The Translation Zone: A New Comparative Literature*, Princeton: Princeton University Press, 2006, p.65.
② 童庆生:《汉语的意义:语文学、世界文学和西方汉语观》，生活·读书·新知三联书店，2019，第 72 页。

一位"①。尽管学术观点有差异，但戴姆拉什认为，"作为已故爱德华·赛义德的同事、学者和公共知识分子，多年来赛义德的确对我影响巨大，如果没有他关于19世纪东方主义所做的基础性研究，这本书（《尘封之书：伟大史诗〈吉尔伽美什〉的遗失与再现》）肯定无法问世"②。戴姆拉什于1995年发表论文《流亡的奥尔巴赫》（Auerbach in Exile）③，并在专著《什么是世界文学?》中六次提到奥尔巴赫及《摹仿论》。虽然没有出版有关奥尔巴赫的研究专著，但戴姆拉什不仅在博士研究生学习期间就深受奥尔巴赫的影响，而且奥尔巴赫也潜移默化地影响了他关于世界文学的理论建构、拓展和阐释。斯皮策、奥尔巴赫以及"他们的观点从根本上说是基于歌德的开放和复杂的个性以及他同样处于混乱的历史转折点的境遇"。简·布朗认为："阿普特所研究的斯皮策向世界敞开胸怀，充满爱心；戴姆拉什所研究的奥尔巴赫则更加内敛，充满忧虑。"④虽然斯皮策在比较文学理念建构、课程设置的改革、人才培养方面具有开拓性的影响，但他只在伊斯坦布尔待了三年。比起斯皮策，奥尔巴赫的流亡经历更为艰辛。1936年，奥尔巴赫受聘于伊斯坦布尔大学，1947年到宾夕法尼亚州立大学任教。具有讽刺意味的是，当年官僚的校方把刚到美国的奥尔巴赫当作难民，以体检未达学校的标准为由不授予其教席。1950年去耶鲁大学任教直到去世这段时间，是奥尔巴赫作为一名教授比较平静的一段时期。《朗文世界文学选集》的另外一位主编杰拉尔·卡迪尔（Djelal Kadir）在其专著《被包围的城市备忘录》的第一章"奥尔巴赫的伤疤"（Auerbach's Scar）⑤中记录了奥尔巴赫在宾州的不堪经历。读完卡迪尔的文章，就不难理解戴姆拉什眼里那个内敛和忧虑的奥尔巴赫了。戴姆拉什曾说，今天宾夕法尼亚州立大学出版业的

① Gayatri Chakravorty Spivak, "Rethinking Comparativism," in *Comparison*: *Theories*, *Approaches*, *Uses*, eds. Rita Felski, Susan Stanford Friedman, Baltimore: The Johns Hopkins University Press, 2013, p. 255.

② David Damrosch, *The Buried Book*: *The Loss and Rediscovery of the Great Epic of Gilgamesh*, New York: Henry Holt and Company, 2006, p. 300.

③ David Damrosch, "Auerbach in Exile," *Comparative Literature* 47. 2 (1995): 97 – 117.

④ 简·布朗：《歌德与"世界文学"》，刘宁译，《学术月刊》2007年第6期。

⑤ Djelal Kadir, *Memos from the Besieged City*: *Lifelines for Cultural Sustainability*, California: Stanford University Press, 2011, p. 19 – 40.

发达以及美国比较文学协会会刊《比较文学研究》（*Comparative Literature Studies*）编辑部设在该大学都和奥尔巴赫当年的努力分不开。① 《比较文学研究》杂志主编托马斯·比比也在他主编的《作为世界文学的德国文学》一书的导言部分，开门见山地指出"埃里克·奥尔巴赫是比较文学和世界文学领域一位举足轻重的人物"，随后就谈到对戴姆拉什《什么是世界文学?》一书中的一些观点的理解。②

有学者认为，赛义德对奥尔巴赫的研究是"站在欧洲之外看欧洲"。作为土生土长的美国学者，戴姆拉什质疑了赛义德在《东方学》中讨论欧洲的可信度。戴姆拉什认为，赛义德在谈论欧洲时，大都在讲欧洲内外（Inside and outside Europe），并没有谈到德国。在他看来，德国也称德意志帝国（German Empire），没有包括德国的"欧洲"同样是有缺陷的。③ 卡德尔·科努克（Kader Konuk）也认为赛义德对奥尔巴赫的研究不够客观。她在《犹太裔德国语文学家流亡土耳其：埃里克·奥尔巴赫和利奥·斯皮策》（Jewish-German Philologists in Turkish Exile：Leo Spitzer and Erich Auerbach）一文中写道："赛义德对埃里克·奥尔巴赫在土耳其流亡的研究，主要把注意力集中在奥尔巴赫不自在、无家可归和没有归宿感上。"④ 赛义德的学生阿米尔·穆夫提也在一篇文章中赞同了科努克的观点。"赛义德文本中的奥尔巴赫，远不是人们通常认为的、可以作为准确引证其文本的文化学术权威。奥尔巴赫在赛义德文本中出现的全部意义仅仅基于一系列具有讽刺性的、黑白颠倒的历史事件，这意味着这位流亡批评家与他生长的都市文化、本土文化没有什么关联。"⑤ 虽然尖锐和不留情面，但戴姆拉什对他的批判

---

① 引自笔者 2018 年 9 月 11 日在戴维·戴姆拉什给哈佛大学比较文学系博士研究生上的"成为比较者"（Becoming a Comparatist）这节课所记的笔记。

② Thomas O. Beebee, ed. *German Literature as World Literature*, New York：Bloomsbury, 2014, p. 1.

③ 引自笔者 2018 年 10 月 16 日在戴维·戴姆拉什给哈佛大学比较文学系博士研究生上的"后殖民比较主义"（Postcolonial Comparatism）这节课所记的笔记。

④ Konuk, Kader. "Jewish-German Philologists in Turkish Exile：Leo Spitzer and Erich Auerbach." in *Exile and Otherness：New Approaches to the Experience of the Nazi Refugees*, ed. Alexander Stephan, Oxford：Peter Lang, 2005, p. 32.

⑤ Aamir R. Mufti, "Auerbach in Istanbul：Edward Said, Secular Criticism and the Question of Minority Culture," in *Edward Said and the Work of the Critic：Speaking Truth to Power*, ed. Paul A. Bové, Durham：Duke University Press, 2000, p. 256.

性精神和对学术的执着追求给予很高的评价。① 因为和斯皮策一样，奥尔巴赫是文学历史学家，历史贯穿了他的整个研究。这和作为史学家的文学批评家和理论家德里克的观点不谋而合：德里克认为以赛义德、斯皮瓦克和霍米·巴巴为代表的当代后殖民主义存在严重的非历史化倾向。奥尔巴赫在德国拿到博士学位，尽管熟练掌握几种语言，但他坚持用德文写作，这和在哈佛大学拿到博士学位并用英文著书立说的赛义德有很大的不同。但无论如何，流亡连接着赛义德和奥尔巴赫，连接着后殖民文学和世界文学。在戴姆拉什看来，赛义德的作用是双重的，是他把奥尔巴赫、斯皮瓦克、巴巴连接在一起，进而让比较文学学界从后殖民文学转向世界文学，所以对赛义德的研究会持续很长时间。在对"世界文学"这一概念的探索中，赛义德的《世界·文本·批评家》一直被引用和推崇也就在常理之中。此外，奥尔巴赫的《摹仿论》是坚持语文学研究方法的实例——以文本为起点，最终须超越文本本身，进入具有普遍意义的思考和分析层面。戴姆拉什也在沿用这个研究方法。

在后奥尔巴赫时代，赛义德、戴姆拉什等学者通过学习和借鉴奥尔巴赫的人文主义理想，为比较文学面临的困惑和危机寻找出路和解决问题的方案。"赛义德推崇奥尔巴赫的语文学，身体力行地提倡和推行语文学的方法和实践，并非仅仅是个人的学术喜好，更非学科的门户之见，而是积极回应他所面对的批评理论界的现状。"② 毫无疑问，正如一些处在边缘地带的国别文学/区域文学将受益于新的全球论坛一样，重新崛起的世界文学也有自己的使命要完成。

三　西方马克思主义对戴姆拉什世界文学观的启迪

一个世纪前，"世界文学"涵盖全球的观点首次流行起来，包括戴姆拉

---

① 戴姆拉什认为穆夫提（Aamir R. Mufti）的专著《忘记英语！东方主义和世界文学》（*Forget English! Orientalisms and World Literatures*）在后殖民、比较和世界文学研究交叉领域做出了重要贡献（a vital contribution at the intersection of postcolonial, comparative, and world literary studies.）。引自 2018 年 10 月 16 日戴姆拉什在哈佛大学为比较文学系博士研究生上的"后殖民比较主义"所涉及的观点。

② 童庆生：《汉语的意义：语文学、世界文学和西方汉语观》，生活·读书·新知三联书店，2019，第 72 页。

什在内的大多数学者都认为这个词的首次使用要追溯到 1827 年。[①] 歌德在 1827 年 1 月 31 日与爱克曼谈话时，把中国的传奇和贝朗瑞的诗歌进行了比较，说到诗的普遍性和世界文学时，还用了"总体世界文学"（general world literature）这一术语，指出"只有当各个民族开始了解它们各自之间的关系，'总体世界文学'才能得到发展"[②]，鉴于歌德在当时欧洲文学和文化界的地位与声望，以及歌德关于"世界文学"的谈话是他晚年最成熟的思想和实践经验的结晶，歌德关于"世界文学"的系统表述在当时以及后来都有着很大的号召力和影响力，而这也让世界了解了歌德。20 年后，马克思和恩格斯在《共产党宣言》中分析了资本主义全球扩张造成的影响后指出："由许多民族的文学和地方的文学形成了一种世界的文学。"[③] 马克思和恩格斯颇有前瞻地预示了经济和文化的全球化，把"世界的文学"描述成全球资本主义扩展的结果。戴姆拉什认为，歌德以及马克思和恩格斯谈论"世界文学"是为了拓展各自理论的需要。[④] 正是通过语文学家埃里克·奥尔巴赫和利奥·斯皮策的流亡经历，世界文学才被引进到美国，所以戴姆拉什除了强调时间、空间、语言、翻译、文化以及教学实践和图书出版在建构世界文学中所起的重要作用外，还特别强调了世界文学的政治性、世界文学与后殖民的关系、世界文学与全球化的关系、世界文学与翻译理论的关系、世界文学与传统的比较文学的关系以及马克思、恩格斯在《共产党宣言》中对世界文学的描述赋予当今学者的启迪及意义。虽然戴姆拉什并没有提及自己所受到的马克思主义的影响和启迪，但是他的这种描述也基本上与马克思和恩格斯的看法相接近。

相对于正统的马克思主义，"西方马克思主义"最初出现在 20 世纪 20 年代，目的是在全新的社会历史条件下，重振处在低谷之中的欧洲社会主

---

① Cf. David Damrosch, *What is World Literature*? Princeton: Princeton University Press, 2003, p. 1.

② Hans-Joachim Shulz, Philip H. Rhein, eds. *Comparative Literature: The Early Years: An anthology of Essay*, New York: The University of North Carolina Press, 1973, p. 10.

③ 《马克思恩格斯选集》第 1 卷，人民出版社，1972，第 254 页。

④ 由此可以证实戴姆拉什是《共产党宣言》的读者。参见 David Damrosch, ed. *World Literature in Theory*, Malden, MA: John Wiley & Sons, 2014, p. 3。

义事业。在这一时期，欧洲社会主义革命屡受挫败，苏联国家内部危机此起彼伏，科技的迅猛发展为西方资本主义社会带来了翻天覆地的变革，这就促使西方一大批左派知识分子开始质疑、反思并试图超越苏联式的教条马克思主义，从而推进和完善马克思主义理论。从文化层面来讲，西方马克思主义通过继承、修正和发展正统的马克思主义，演变为对抗资本主义和重构社会主义未来的新理论。自 20 世纪 70 年代以来，随着英语世界在世界政治、经济和文化版图中重要性的凸显，西方马克思主义理论的中心也随之开始转移到英语世界，涌现出雷蒙·威廉斯、弗雷德里克·詹姆逊、特里·伊格尔顿、斯图尔特·霍尔和佩里·安德森等一大批杰出的西方马克思主义理论家。弗雷德里克·詹姆逊"被公认为是以西方马克思主义而著称的那个批判理论传统的最前卫的辩护者"①。詹姆逊于 1956 年在耶鲁大学拿到硕士学位后继续在该校师从奥尔巴赫攻读博士学位，其博士论文是《萨特：一种风格的起源》。作为耶鲁大学的校友，戴姆拉什受到西方马克思主义的影响是潜移默化的，尽管他的著述里较少出现马克思主义，但他在 2018 年秋季为哈佛大学比较文学系博士研究生研讨课所做的课程设计中涉及了马克思主义的话题，而且他还阅读了《共产党宣言》②。在 2020 年出版的专著《比较多种文学：全球化时代的文学研究》中，戴姆拉什通过阐释比较文学的主要分支——语文学、文学理论、殖民和后殖民研究以及世界文学研究——长期以来是如何交织在一起，勾勒出全球化时代的文学研究，并称自己是一位"卷土重来的结构主义者"（a structuralist in recovery）③。这显然在很大程度上是受到奥尔巴赫的影响。威廉·卡林（William Calin）在《20 世纪人文主义批评家：从斯皮策到弗莱》（*The Twentieth-Century Humanist Critics：From Spitzer to Frye*）一书中指出：

---

① 〔美〕肖恩·霍默：《弗雷德里克·詹姆森》，孙斌、宗成河译，上海人民出版社，2004，第 1 页。

② 戴姆拉什在《世界文学理论》的"导论"中，两次提到马克思恩格斯和世界文学。参见 David Damrosch, ed. *World Literature in Theory*, Malden, MA：John Wiley & Sons, 2014, p. 3, p. 5。

③ David Damrosch, *Comparing the Literatures：Literary Studies in a Global Age*, Princeton：Princeton University Press, 2020, p. 8.

奥尔巴赫对书面文体分析的把控以及对更广泛的社会历史背景的掌握使他的作品能够同时吸引了语文学家、文学历史学家、形式主义者和马克思主义者。《摹仿论》对传统名著的精读和推崇解释了它为什么在美国几十年的影响没有因新批评、结构主义和解构主义而削弱；而大众文学历史解释了为什么 1977 年《摹仿论》被译成法语出版时，在巴黎被誉为马克思主义的《社会批评》。①

在描述世界文学是如何在文学作品的生产、翻译、流通中形成的，戴姆拉什重点从世界、文本和读者三个方面来定义"世界文学"。世界文学以椭圆形的方式折射出民族文学；世界文学的写作能够得到翻译并受益于翻译；世界文学不是一套经典的文本，而是一种阅读的模式：世界文学是一种超然的参与，跨越我们自身的时空。② 这显然较之人们以往对世界文学的认知是一个突破，尤其是"世界文学的写作能够得到翻译并受益于翻译"的观点，显然受到《共产党宣言》在世界范围内的翻译、出版和流通的启发。反过来，《共产党宣言》在全世界范围内成功推行，也得益于歌德的"世界文学"概念。马克思和恩格斯在《共产党宣言》的序言中写道："现在是共产党人向全世界公开说明自己的观点、自己的目的、自己的意图并且拿党自己的宣言来反驳关于共产主义幽灵的神话的时候了。""为了这个目的，各国共产党人在伦敦集会，拟定了如下的宣言，以英文，法文，德文，意大利文，佛拉芒文和丹麦文公布于世。"1848 年 2 月底，《共产党宣言》第一个德文单行本在伦敦出版。《共产党宣言》一问世就被译成多种文字，马克思和恩格斯分别为德文、俄文、英文、波兰文、意大利文版写序言。我们可以从《诺顿世界文学选集》（*Norton Anthology of World Literature*）总主编马丁·普契纳（Martin Puchner）的一段话中进一步印证《共产党宣言》与世界文学的关系："当他们考虑刚刚完成的文本的命运时，世界文学也在马克思和恩格斯的脑海里。"确实，"尽管与今天图书发行（包括数十

---

① William Calin, *The Tentieth-Century Humanist Critics*：*From Spitzer to Frye*, Toronto，Buffalo，London：University of Toronto Press, p. 45.

② David Damrosch, *What Is World Literature?* Princeton：Princeton University Press, 2003, p. 281.

种语言的翻译）相比并不算什么，但对于 1848 年一支庞大的革命家团体
（在许多国家/地区需要翻译、印刷商和发行商）而言，这是非常雄心勃勃
的。正如《共产党宣言》所讲的故事是国际性的一样，《共产党宣言》也想
被全世界人民阅读，想成为世界文学"①。在马克思、恩格斯时代，《共产党
宣言》是全部社会主义文献中传播最广和最具有国际性的著作，在他们逝
世以后的 100 多年中，《共产党宣言》被译成世界上各种主要文字（200 多
种），再版 1000 多次，它的思想影响遍及全球。今天看来，歌德对"世界
文学"的强烈期待和美好幻想在《共产党宣言》的翻译、流通和实践中得
以实现。

在《共产党宣言》（1848）发表近 80 年后才传到中国，毛泽东在 27 岁
时就把自己沉浸在 1920 年全部完成的中文译本中。普契纳从世界文学的角
度诠释了《共产党宣言》，最彻底地实践了歌德"世界文学"的理想。"从
19 世纪 80 年代的列宁到 20 世纪 50 年代的卡斯特罗（古巴领袖），《共产党
宣言》为俄国、中国、越南和古巴的革命者提供了一张穿越森林的地图。"
"《共产党宣言》不断地发现读者，孜孜不倦且卓有成效地敦促他们利用文
本，并付诸行动，直到它成为历史上最受人敬重的文本之一。"②

有人称赛义德"是个不公开的马克思主义者，只是碍于面子不便挑明
罢了。那么他是马克思主义者吗？赛义德表示，他无意获得这一称号，影
响他的不是马克思主义，而是一些马克思主义者"。③ 如果将此运用到戴姆
拉什身上也应该是适用的。戴姆拉什作为与赛义德在哥伦比亚大学英文和
比较文学系共事二十几年的同事，他自然或多或少受到西方马克思主义的
影响和启迪，这是再自然不过的事了。笔者认为朱丽娅·克里斯蒂娃（Julia
Kristeva）和斯皮瓦克两位女权主义者亦同样影响了他。作为《朗文世界文
学选集》的总主编，戴姆拉什非常关注女性在整个世界文学发展中所扮演

① Martin Puchner, *The Written World*：*The Power of Stories to Shape People*，*History*，*Civilization*，
New York：Random HouseP259 - 260.

② Martin Puchner, *The Written World*：*The Power of Stories to Shape People*，*History*，*Civilization*，
New York：Random House，p. 270.

③ 陆建德为《世界·文本·批评家》的中译本撰写的序。参见爱德华·W. 萨义德《世界·
文本·批评家》序，李自修译，生活·读书·新知三联书店，2009。

的角色和所起的作用。女性的视角更为特殊，不管是东方还是西方的。"传统的'经典'绝大多数出自那些已经过世的、欧洲的、男性的、白人（Dead White European Man，为 DWEM）作家之手，而许多非欧洲的、非白人的、女性的作家却常常被排除在这个名单之外。他们说经典的形成离不开选择，而这样一个选择显然含有性别歧视、种族歧视以及欧洲中心主义的偏见，不难看出，这种激进的经典观大多是从女性主义、后殖民主义、西方马克思主义立场出发的，其政治和意识形态的意味相当强烈。"① 在戴姆拉什看来，与歌德同时代的史达尔夫人（Madame de Stael，1766 - 1817）比歌德更早地提出"世界文学"的概念，并且最早从女性的视角研究过世界文学的不同方面。她的比较文学研究得益于她掌握的五种语言、丰富的游历经验，以及包括歌德在内的与她同时代的欧洲最具声望的知识分子的交流和互动。毫无疑问，她的跨国双重身份有助于使她成为一个比较文学学者。作为一个比较文学学者，跨国经历和对多种语言的掌握是一个必要的条件。② 有意思的是，2012 年秋季学期霍米·巴巴给哈佛大学英文系博士研究生上研讨课时，常常会涉及拉康；而同在一个院子里的比较文学系，戴姆拉什谈到了在世界文学的语境中，法国女权主义者克里斯蒂娃是一位不可忽视的学者。2008 ~ 2015 年，戴姆拉什多次来华讲学、参加学术会议，其一是为了宣传他的世界文学观及相关著述，因为他深知中国的重要性；其二与他创办的"世界文学"暑期学校有关，如和北京大学外国语学院合作，于 2011 年 7 月举办了第一届暑期学校，其间斯皮瓦克也被邀请来到北京。此外，他分别在 2010 年和 2013 年与中国学者合作编译了两本关于"世界文学"的读本。③ 戴姆拉什在《世界文学理论读本》的导言中探讨了汉语的"世界文学"概念："进入 20 世纪，中国批判家开始探讨世界文学概念。

① 刘象愚：《经典、经典性与关于"经典"的论争》，《中国比较文学》2006 年第 2 期。
② David Damrosch, Natalie Melas, et al., eds. *The Princeton Sourcebook in Comparative Literature*: *From the European Enlightenment to the Global Present*, Princeton and Oxford: Princeton University Press, 2009, p. 10.
③ 这两本书是〔美〕大卫·达姆罗什、陈永国、尹星主编《新方向：比较文学与世界文学读本》（北京大学出版社，2010）和〔美〕大卫·达姆罗什、刘洪涛、尹星主编《世界文学理论读本》（北京大学出版社，2013）。

随着国别文学与跨国文学研究的紧密关联，汉语的'世界文学'这一概念第一次出现在首部现代中国文学史——黄人（1866～1913）1907年出版的《中国文学史》。同年，这个概念也出现在从日语转译的马克思和恩格斯的《共产党宣言》当中，马克思、恩格斯的'Weltliteratur'术语通过日语转译为'世界之文学'（literature of the world）"。① 如前所述，尽管戴姆拉什不是一位马克思主义者，但说他是一位有着左翼倾向的比较文学学者并不为过。

奥尔巴赫的《摹仿论》至今仍被认为是比较文学领域的一部具有里程碑意义的著作，但其20个章节中有13个章节涉及意大利或法国文学——一个很小的西方，当然不能够包括整个世界。20世纪80年代初，《摹仿论》因其研究内容和方法上的极度欧洲中心主义惨遭左翼学者的猛烈攻击。面对语文学的境遇，戴姆拉什与时俱进地指出，"语文学强调的重点依然是民族主义"，"虽然方法论是超民族的"。② 作为奥尔巴赫的推崇者，戴姆拉什领衔主编的《朗文世界文学选》，有意识地增加了东方文学，特别是中国文学的比例，这与他受到宇文所安的影响有很大的关系，并在最近十多年渗透到他的世界文学教学和专著《如何阅读世界文学》的修改中③。与奥尔巴赫相比，戴姆拉什的"世界文学"观更具有全球视野。在戴姆拉什看来，"歌德'Weltliteratur'的内涵并非一成不变（它包含哪些文学？什么样的世界观？），我们该如何理解它在不同语言中的变体，孟加拉语的vishwa sahitya，俄语的mirnaia literature，土耳其语的dünya edebiyati和汉语的'世界文学'"。"从中国和越南到罗马尼亚和土耳其，教师和学者无不思考、探索和呈现世界文学关系的新方式。全球化的聚合力进一步加剧了世界不同民族间的交往和冲突，世界文学课程的视野也不断扩张，超越了传统西欧核

---

① 〔美〕大卫·达姆罗什、刘洪涛、尹星主编《世界文学理论读本》，第6页。

② 〔美〕大卫·达姆罗什：《一个学科的再生：比较文学的全球起源》，载〔美〕大卫·达姆罗什、陈永国、尹星主编《新方向：比较文学与世界文学读本》，第41页。

③ 戴姆拉什在《如何阅读世界文学》的第二版前言中写道："新一版的修改是基于在哈佛大学工作七年与同事宇文所安和马丁·普契纳的合作教学心得，以及参加在北京、伊斯坦布尔、哈佛、香港和里斯本举办'世界文学'暑期学校时来自全世界的教师和学员带来的新观点。"具体参见David Damrosch, *How to Read World Literature*, New York: John Wiley & Sons, 2018, preface。

心或前殖民地及其殖民者关系的范畴。"① 更为重要的是，戴姆拉什本人也受到《共产党宣言》翻译、出版和传播的启迪。"世界文学"是传播流通的过程，而非置于某文化语言体系内孤立静态的经典文本，或经典文本的集合体；在世界范围内的流通构成了世界文学存在的方式和基础，使世界文学获得了自己的身份及其可持续发展的资源和能量。《共产党宣言》提出了"全世界无产者，联合起来！"这一战斗口号，启迪和引导各国无产阶级和劳动群众在科学社会主义旗帜下团结起来，共同为人类解放的伟大事业而斗争。戴姆拉什也一直在强调比较文学者总是试图拯救世界。在第二次世界大战刚刚结束的那些年里，比较文学者采取了试图让欧洲重新团结起来的形式。其实，从事比较文学和世界文学的学者都有着人类命运共同体的愿景。这在和中国著名学者王宁先生的对话《什么是世界文学？》②以及其新作《比较多种文学：全球化时代的文学研究》中都有体现③。

从某种意义上来讲，《圣经》打造了戴姆拉什个人的文学底色，奥尔巴赫为他世界文学观形成树立了榜样，而西方马克思主义给了他学术上的启迪。戴姆拉什对世界文学的未来很乐观。他认为，现在是自 19 世纪 70 年代以来比较文学领域最激动人心的时刻，当时他们只是在讨论这门学科将会是什么样子。现在全球化对比较研究是一个积极的挑战，它为世界文学带来了新的可能性，也带来了能力、语言和政治方面的新问题……越来越多的人开始全球化思考，现在的世界文学研究已经有了全球化的维度，这也是世界文学研究的意义所在。

【**Abstract**】 The topic of world literature has attracted much attention in China thanks to Damrosch's monograph *What Is World Literature*? As a prominent figure in international comparative literature studies, his book *Comparing the Literatures：Literary*

---

① 〔美〕大卫·达姆罗什、刘洪涛、尹星等主编《世界文学理论读本》，北京大学出版社，2013，第 8 页。

② 《什么是世界文学？——王宁对话戴维·戴姆拉什》，《中华读书报》2010 年 9 月 8 日。

③ David Damrosch, *Comparing the Literatures：Literary Studies in a Global Age*, Princeton：Princeton University Press, 2020, p. 341 – 343.

Studies in a Global Age, a major new survey of the field that points the way forward for a discipline undergoing rapid changes, has recently been published. How does Damrosch infuse his own experiences and emotion into the practice of criticism from the perspective of history and literature? What role did he play in the revival of America's world literature studies? Why are the different literatures so important to him? What enlightenment and influence does Marx and Engels' description of world literature in *The Communist Manifesto* have on his view of world literature? Three aspects are discussed in this article: the elements and background on the formation of Damrosch's literary view; the influence of such scholars as Auerbach and Said on Damrosch's view of world literature; the enlightenment of Western Marxism on Damrosch's view of world literature.

【**Keywords**】 Damrosch; Auerbach; Said; *The Communist Manifesto*; World Literature

现代性困境与救赎

——以《通灵女孩》为个案

黄 惠

（华中师范大学、江汉大学，武汉 430079）

【内容提要】同质化现代社会所致的"异乡人"身份是谭恩美作品中挥之不去的愁绪，对空间问题的关注，是其寻求解答与文化认同和权利诉求纠缠不清的身份政治的尝试，并跨越文化与种族的窠臼，探求生命意义。她的长篇小说《通灵女孩》质疑把人疏离自然的现代性道德认同，并对之提出批判，指出其直接导致现代人的精神困境。生活在都市空间的奥利维亚深陷现代性矛盾，表现为心理生活的自私化和价值取向的功利性。而生命价值整体观则通过前工业时期的原初乡村和自然山水的感性特质，在生态审美救赎的感性美学中突破精神困境，寻求感性与理性的平衡，恢复人的感觉本能及与自然的情感联结；同时通过重寻伦理情感，帮助深陷现代精神危机中的人们摆脱焦虑，最终实现救赎。

【关 键 词】现代性 都市 困境 自然 救赎

地理大发现使资本的流动和人口的迁移逐渐成为常态，"空间突出地成为国家、民族、阶级、政治、经济、文化、意识形态等各种力量彼此冲突、较量、教诲的异质性场所"①，流散作家的文学活动成为关注的焦点。华裔作家群体本身就是流动空间中的主体，对故土的思念及对同质化的现代社

---

① 刘进：《20 世纪中后期以来的西方空间理论与文学观念》，《文艺理论研究》2007 年第 6 期。

会中"异乡人"① 身份的焦虑，要求他们通过文本书写主体的空间体验。同时他们还是本雅明所说的漫游者（flaneur），拥有在空间中的相对自由以及不确定性，因而对于空间的叙述不同于普通美国作家。其作品所表现出来的对于所谓故土的思念，更多源于对父辈地理叙述的神秘憧憬，而身份焦虑则要求她通过文本中主体的空间体验来表达这样的情愫，文本中的空间叙述无论是对叙述主体还是对故事中的人物而言，都是其身份政治表达的一种诉求。"地域感"② 即作品中表现出来的人与周围环境的相互关系，是谭恩美作品的主要特征之一，正如她所说的，"它们受到我去过哪些地方的启发，通常是带有历史和地理意义的地方"③。谭恩美在创作中极为注重对地理环境的考察。她承认自己往往受到曾去过的一些地方的启发，产生灵感，这些地方通常是一些历史古迹和地理标志。仅从该角度而言，其作品便有了不同的意义，需要研究者从主体体验、人地关系的空间维度对其作品进行深入探讨以发掘其审美意义和价值。

都市空间一直都是被用来对现代人生存困境进行批判的场所，齐美尔认为都市空间是"个人角色和社会整体斗争与和解的角斗场"④，视觉泛滥是造成都市个体神经紧张的心理基础，而货币经济的大行其道是造成这一切的根源。本雅明指出了波德莱尔对都市空间的既爱且恨的暧昧态度，但本雅明自己也实践着这样的暧昧，一方面对之进行批判，哀怨现代人自主能力的丧失，另一方面又迷恋现代生活的丰富多样。克拉考尔则对"现代人"生存状况及其救赎，从都市空间进行微观层面的思考，对现代生活的

---

① Vince Marotta, "Zygmunt Bauman: Order, Strangerhood and Freedom," *Thesis Eleven*, 2002, No 70, p. 36. 鲍曼论及现代性问题时提出"异乡人"概念，在其早期关于现代性和现代社会的研究中，他认为"秩序"是现代所包含和追求但从未真正实现的梦想，因为"秩序"是现代性自我理解、自我定义的工具，它拒斥一切模棱两可因而让人恐惧、不受欢迎的东西。"异乡人"则代表对现代性最大的威胁，为利用其制度化及在其制度内稳定和维护秩序以去除"异乡人"的威胁，其要么是朋友要么是敌人而不能是两者皆可之物。

② Bloom Harold, ed., *Amy Tan: Modern Critical Views*, Philadelphia: Chelsea House Publishers, 2003. p. 115.

③ Amy Tan, *Saving Fish from Drowning*, New York: the Random House Publishing Group, 2006, p. 481: "They're inspired by places I've been, usually those with historical and geographical interest".

④ 李继宏：《城乡心理和生活世界——从齐美尔到舒茨》，《二十一世纪》网络版 2002 年 10 月号，总第 7 期 2002 年 10 月 21 日 http://www.cuhk.edu.hk/ics/21c/media/online/0208055.pdf。

"碎片"进行审美阐释①。谭恩美通过《通灵女孩》中代表着不同文化而且个性迥异的同父异母两姊妹的生死故事，对现代性的道德认同表达了质疑，认为现代社会的道德认同，建立在契约精神的基础理性之上，把人对自身利益的追求极度放大而异化②。现代人生活在人造的月光下，疏离自然，而人的"内在的尊严、人格的完整以及人与人之间的情感联结，付之阙如"③，这是造成现代人精神忧虑和生活矛盾的主要原因。而处于前工业时期的未经现代文明浸染的传统乡村及其自然环境，则表现出了一种不同于现代性道德观的生命价值整体观，即人并非绝对主体，宇宙及自然界万物皆是主体，人应保持对自然万物的敬畏，在生态审美的感性美学中重新找到亲和感，恢复与自然的情感联结。同时，谭恩美通过地理叙述重拾伦理情感寄托，重新唤醒人内在的情感和生命意识以摆脱孤独和虚无，实现救赎。

一　空间困境与乡村自然

《通灵女孩》里的同父异母姊妹奥利维亚和李婉，来自两个截然不同的世界，一个来自高度发达的现代工业社会，另一个来自传统农业社会。旧金山无疑是高度现代化的都市，在钢筋混凝土构筑的空间里，人们深陷现代性的吊诡而无法自拔。现代都市便利而高效的生活并未给生活于其中的奥利维亚等人带来愉快和幸福，却在各个方面植入了焦虑，让其始终无法摆脱心理困境。带着对生活深深的困惑和疲惫，奥利维亚来到姊姊李婉梦境呓语中构建的长鸣。长鸣虽然没有现代设施，但其自然山水及淳朴的民风却对奥利维亚产生了冲击，让其获得前所未有的体悟，并在李婉的帮助

---

① 参见 Siegfied Kracauer, *The Mass Ornament*: *Weimar Essays*, translated and edited by Thomas Y. Levin, Cambridge, MA: Harvard University Press, 1995。

② 参见周尚君《马克思"异化"概念思想史考察》，http://www.marxistjuris.com/show.asp? id=663。此处"异化"（alienation）一词最早源于奥古斯丁关于人性和神性的关系，后又被格劳秀斯、霍布斯、洛克和卢梭引入社会理论领域，黑格尔在对对象间接性的认识中用到了"异化"，即事物一分为二，走向自己的反面，表现在意识和对象、主体和客体的相互关系中，因而"异化"是主体和客体的疏离。异化在本文中表现为人与自然关系的疏离。

③ 张彭松：《人与自然的疏离——生态伦理的道德心理探析》，《安徽师范大学学报》（人文社会科学版）2016年第4期。

下获得救赎。

旧金山是美国乃至世界最发达的现代化大都市之一。在20世纪末的喧嚣的都市里，各色人等穿梭其中，包括自由艺术家和作家，在市场上高声预言"加利福尼亚有一天会像'一盘蛤肉'（a plate of clams）一样滑落到大洋中去"的疯子，在要塞公园的小径上遛狗的人，艾滋病患者，在 SPA 做保养的妇女以及困在新旧两个世界之间的中国移民。按照马克思对人的本质的社会性内涵的揭示①，这些形形色色的人就是旧金山作为一个现代社会的总体表现，现代思想赋予人对自由的追求，难免会出现思想过于极端的疯子。艾滋病是美国20世纪70年代性解放和同性恋浪潮的产物②，旧金山和纽约成为当时艾滋病暴发的中心城市。而中国移民来到高度发达的现代都市，没有找到他们梦想中的"金山"，却成了"异乡人"和寓居者。

来自中国桂林小山村长鸣的李婉就不幸成了"异乡人"，她来美生活三十年却始终无法"美国化"而融入现代社会。她不懂得现代生活方式，生活极为简朴规律，性格淳朴而率真，身上深深保留着前工业社会的烙印③，似乎是来自不同时间与空间的另类。其所具有的与现代社会格格不入的与阴人交流的能力，恰恰给她带来了麻烦。由于被亲妹妹背叛告密，她被当作了"僵直性精神分裂症患者"（catatonic）——20世纪60年代旧金山精神病院对李婉的诊断，粗暴地给她贴上了这样一个标签。李婉的能力，来自她所成长的那个几乎原始蛮荒的环境。看似极为神秘甚至近乎荒谬的现象，却是人与自然最为本真的联系，如李婉所说，那是如"蚂蚁的脚"（ant feet）、"大象的长鼻"（elephant trunk）、"狗的鼻子"（dog nose）、"猫的须"（cat whisker）、"鲸的耳朵"（whale ear）一样自然的联系④。这种能

---

① 参见《马克思恩格斯文集》，人民出版社，2009，第1卷，第501页。

② 参见 BBC 网站文章《HIV 病毒和艾滋病从哪里来的》，https://www.bbc.com/ukchina/trad/vert_earth/2015/12/151204_vert_earth_where_hiv_first_emerged。

③ 参见 Molcom Waters, *Daniel Bell*, London：Taylor & Francis Ltd. 1996, p.108。有人认为前工业社会指工业革命之前18~19世纪的社会发展阶段，本文倾向丹尼尔·贝尔对前工业社会的定义，即前工业社会是以农业、渔业、矿业等低端生产为主要经济结构的社会，是工业革命之前的整个人类社会阶段，尤其是指人类极大依赖自然且尚未对自然造成极大破坏的时期。

④ Amy Tan, *The Hundred Secret Senses*, New York：Ivy Books, 1995, p.113.

力，被所谓理性的"僵直性"成见所蒙蔽。现代启蒙以来，理性至上而感性萎缩，对主体性的强调和对自由的广泛追求促进了近现代科学技术的发展，更是极大地开拓了人的认识和实践空间。人的主体性得到极大提升却导致人与自然旧有的和谐平等关系被破坏，人与自然渐行渐远，逐渐疏离，人曾经拥有的和动物一样的与自然沟通的能力渐被忘却，"僵直性"倒更适合作为一个反讽，嘲弄了李婉和奥利维亚所生活的现代空间。

生活在现代空间里的奥利维亚却是"美国化"的标志，她代表着现代性的矛盾。成长在现代空间，她所代表的现代群体处于这样一种逻辑之中，人们的相互依存关系以服从工具理性为特征的功利性的市场同一性逻辑的需要为前提，本质是一种互相利用的功利关系。人们在利用别人的同时却又害怕付出，患得患失；担心受伤害，生活在现代工业建构起来的钢筋水泥墙内，把自己牢牢地保护起来，却又害怕孤独，渴望被聆听被接受；希望别人对自己真心，却不断掩饰自己的本真而虚与委蛇。奥利维亚的生活中充斥着这种逻辑，她怀疑丈夫的情感，恣意挥霍姊妹亲情，她与同父异母的姊姊李婉的关系尤能说明问题。来自不同文化空间，性格截然不同的两姊妹，分别代表着现代性都市文明和前工业时期的农耕文明。奥利维亚以理性自居，内心拒斥李婉，而李婉毫无条件地包容和保护妹妹，是其庇护所。李婉对奥利维亚的无私，如同人类自由发展时期自然界对人类的恩泽，而奥利维亚却如同人类以追求主体自由为名毫无顾忌地大肆挥霍自然的恩赐一样，恣意挥霍着李婉对她的亲情。

李婉的故乡长鸣是一个尚未受到现代文明浸染的世外桃源，与旧金山的现代空间形成对比，它断然拒绝现代理性生硬切割人的本能和直觉，通过感性审美唤醒人最为真实的情感，重拾与自然的亲和感及无法割舍的联系。以长鸣的山水、古洞穴、古院落、农家村落等为主要代表的自然意象和人文意象，通过李婉和奥利维亚二人的双重叙述呈现为一幅清晰而古朴、神秘而又令人神往的画卷，体现了一种未经雕琢、世外桃源的空间形态。与旧金山的冷冰冰钢筋水泥的病态不同，长鸣表现出更温情的一面——它给人清新、质朴、神秘之感，呈现一种尚未被世俗文明所浸染的原生态。它坐落在山峰之间，就像一颗宝石镶嵌在翠绿之中，让人和自然融为一体。

长鸣后山的喀斯特古洞穴是有代表性的空间意象，象征长鸣乡村、世外生活和人的"本源性情感"①。它与传说联系在一起，里面古老的湖泊、湖泊里的古生物鱼类、古老的石砌村落，充满神秘感，给逃避战乱的人们提供了庇护。长鸣村后的荆山山峦，突兀的巨石、神秘的拱道、山洞中的古老村庄以及神秘山谷里的奇异天象等意象给奥利维亚心灵带来了极大震撼，这种震撼不同于她在都市空间中生活的任何感受，唤醒了奥利维亚内心中的记忆，让她从现代性的迷雾中清醒。

人文意象的描写则更突出传统农业社会中人与自然的关系，长鸣虽然没有自来水也没有电，老百姓远离现代文明却生活得悠然自得，也没有任何伴生于现代文明的疾病。当地人在这种原生态条件下生息繁衍，人与自然的相互依托关系不仅使人们保持了对自然的敬畏，而且为了能在面对自然时顽强生存，个体间的联系更加紧密，形成了一整套人与自然和谐共生的法则，这让初到长鸣的奥利维亚和西蒙深感震动。感官刺激强化了个体感受——声音、颜色和气味等细节全方位生动展现了当地人充满活力的生活状态和积极的精神面貌，与旧金山都市人群看似融洽理性实则自私自利、蝇营狗苟、精明算计的病态状况形成了对照。作为故事的主要场景，长鸣不仅是李婉的故土，同时存在于奥利维亚的第一层面叙述和李婉的第二层面叙述中，也是促使奥利维亚把梦境与现实最终联系起来实现自我救赎的地方。

二　情感外化和记忆与现实的印证

艺术的本质在于表现个人情感，创作者把内心情感体验通过加工外化为具体对象，是"心灵的活动"②。刘勰的《文心雕龙》指出《诗经》作者

①　此处为"本源性情感"，而非"本原性情感"。关于"本源"与"本原"的区分问题，参见谢文郁、谢一批《苏格拉底以前哲学家的本源论－本原论思路探讨》，《云南大学学报》（社会科学版）2015年第2期。"本源性情感"是主体一切道德情感等价值观念的源泉，参见黄玉顺《论"恻隐"与"同情"——儒学与情感现象学比较研究》，《中国社会科学院研究生院学报》2007年第3期。

②　克罗齐：《美学原理美学纲要》，朱光潜译，外国文学出版社，1983，第28页。

"为情而造文"的特点，并强调"繁采寡情，味之必厌"①，更指出真情实感能够焕发艺术作品长久的生命力，艺术创作者所创作的对象反映其内心世界和真实情感。旧金山的现代空间形态主要通过奥利维亚基于其个人成长经历的第一层面叙述建构，而其叙述所呈现的旧金山的空间形态具有相当的主观性，并非所有人所见之旧金山，类似一幅缺乏生动色彩的平淡的抽象素描，冰冷而生硬。这种选择性的叙述源于其不愉快的童年和成长经历，这种负面情感造成了她特定的心理倾向，对于旧金山的色彩选择性无视，是其内心情感的外化。相反，对长鸣的空间形态的描写则充满了人与自然和谐共处的脉脉温情，是一幅色彩鲜艳的山水画，这种叙述不仅来自奥利维亚的叙述，也来自李婉的第二层面叙述。而李婉前世的记忆和来自鬼魂世界的叙述，恣意破坏了时序和空间，使本就已迷失于现代性迷雾中的奥利维亚更加困惑，直到这种叙述和现实的交互印证唤醒她内在的情感以超越自我中心利益观而树立起生命价值整体观。

旧金山是奥利维亚的故乡，旧金山的都市环境成为影响她成长的重要因素，对旧金山的描述，即文本从奥利维亚的视角进行的第一层面叙述，反映了奥利维亚的心理倾向以及情感活动。出生并成长在旧金山的奥利维亚对旧金山的情感应该是深刻而难以割舍的，并且奥利维亚的记性非常好，她的贝蒂婶婶称之为"照相机般的记忆"（photographic memory），②但是她在叙述中很少对旧金山进行直接描写，尤其是对旧金山的风景缺少描写，整体描写相对于长鸣来说较为简略，作为"叙述者"（narrator）③，奥利维亚有意强化旧金山空间形态带给读者的抽象感受。事实上，旧金山不乏优美的自然景观，其周边是海，有绿地和湖泊，还有几处大的公园，李婉家所在的巴尔博亚街的尽头就是优美的太平洋海景，而奥利维亚的新家所处的高档社区——太平洋高地社区——周围就是该地区最好的几个公园，风景如画，但是奥利维亚在叙述中却几乎没有提到任何自然景观，对人文意

---

① （南朝梁）刘勰著，范文澜注《文心雕龙注》，人民文学出版社，1958，第538～539页。
② Amy Tan, *The Hundred Secret Senses*, New York：Ivy Books, 1995, p.48.
③ Bloom Harold, ed., *Amy Tan：Modern Critical Views*, Philadelphia：Chelsea House Publishers, 2003, p.115.

象的描写也比较少。作者有限的笔墨导致对旧金山空间形态的呈现较为抽象、模糊，类似一幅粗线条简笔画，只粗略地勾勒出旧金山的空间形态——一个高度发达的现代社会。对景观刻意的极简描写，让人感觉旧金山的都市形态极为抽象，并且缺乏色彩。

奥利维亚的叙述通过选择性的描写与主体情感体验相结合，给读者呈现都市的空间形态，投入笔墨极为简略，主要是其个人的成长经历和情感历程。她在旧金山的成长经历并不像大多数美国人那样顺利，她与父母在一起的时光是短暂的，这种负面情绪成为影响旧金山空间形态建构的主要因素。在戴利城，她童年丧父，缺乏母爱，尝尽被抛弃的辛酸；在加州大学伯克利分校，她与西蒙相识，但这并没有让她享受花前月下的浪漫，她在西蒙因意外去世的前女友艾尔萨的阴影中小心翼翼地与西蒙相处，心中的芥蒂始终无法去除，甚至让婚姻走向破裂。婚后她与西蒙生活在一半起居室一半工作室的位于斯坦洋街的拥挤公寓里，两人精打细算，为无法生育而烦恼，即使继承了教父的遗产，购买了位于太平洋高地社区的公寓，还因为公寓本身的结构性问题和变态的邻居的骚扰而烦恼。这几个主要生活场景的体验成为影响旧金山空间形态建构的重要因素。因为主体对不愉快经历的心因性遗忘倾向，奥利维亚在旧金山空间形态的建构中选择性地描述更突出了旧金山空间形态的"僵直性"。

作为现代社会的"异乡人"，奥利维亚移民家庭的背景给这个家庭带来极为不稳定的因素，父杰克·易是中国移民，但他利用假身份来美，对身份问题讳莫如深。奥利维亚家境本就不甚宽裕，父亲在奥利维亚四岁时去世，家庭负担全部落在奥利维亚母亲身上。而本应重担在身的母亲却极度缺乏责任感，整天热衷于各种华而不实的公益和社会活动，甚至丧夫不久就违背承诺另寻新欢，且不断更换性伴。这样的家庭现实导致奥利维亚从小就缺乏安全感，性格产生缺陷，即使在处理和亲人的关系时也自私自利，需要帮助的时候就想到姊姊李婉，对其却吝于施舍一丝一毫的关心，与西蒙分居后不反思自己在婚姻中的问题，却对西蒙的私生活单方苛责。而李婉作为来自中国乡村的孩子，无法融入这样高度发达的现代社会，作为

"异乡人",她被邻居孩子欺侮捉弄,被称为"笨老中"(dumb Chink)①、"弱智"(a retard)②,这不仅对她是一种侮辱,更破坏了她与奥利维亚的姊妹感情。奥利维亚不愿在别人面前承认她与"笨老中"的姊妹关系,甚至怨恨有这样一个"异乡人"姊姊。奥利维亚没有足够的自信,缺乏安全感,在处理各种社会关系时不能准确衡量自己的位置和承担自己的责任,要么过于担心自己受到伤害而把自己层层保护起来,要么过于害怕伤害对方而做出不恰当的举动,对爱侣的不信任执拗到了无以复加的地步,对亲人付出的情感随意挥霍而不珍惜,均由于其缺乏母爱及不堪的童年经历。

家园是人们在广阔的世界里能够找到的安身一隅,是家庭得以稳定的基础,是都市空间结构中重要的部分,承载着重要的情感意义,且一直是谭恩美作品中极为重要的意象。加斯东巴士拉认为,"家宅不再是从实证角度被切身'体验'"③,是"一种强大融合力量,把人的思想、回忆和梦融合在一起"④。奥利维亚和西蒙婚后生活并不如意,两人磕磕绊绊,常常为生活琐事争执不休。艾尔萨阴魂不散,成为奥利维亚挑起争执的导火索,而西蒙不能生育更使两人婚姻面临危机。旧金山的意象中唯一较为深入刻画的是奥利维亚和西蒙新买的位于太平洋高地社区边缘一套翻新之后的维多利亚式大楼里的共同产权的公寓。太平洋高地社区是高档社区,但是这套公寓位于这个社区的最边缘,离其最好地段足足"三个街区和两个纳税等级"(three blocks and three tax brackets away)⑤。两人被房产中介的夸大其词所惑,房子不仅年代久远,且历经劫难,搬进去之后,他们才发现房子的种种问题。最令人恐惧的是,她经常听到房子里有莫名的声音,后被证实是楼下独居的盲人保罗·道森作祟。而且他心灵扭曲,给本地几千个妇女打骚扰恐吓电话,这个看似非常客气的邻居,其光鲜外表下隐藏着一个腐烂变质、肮脏病态的灵魂。家对于奥利维亚而言是压抑且不愉快的,虽然这个家让他们倾尽所有,但在奥利维亚的叙述中没有体现一丝一毫的温

① Amy Tan, *The Hundred Secret Senses*, New York:Ivy Books, 1995, p.12.
② Amy Tan, *The Hundred Secret Senses*, New York:Ivy Books, 1995, p.49.
③ 加斯东巴什拉:《空间的诗学》,张逸婧译,上海译文出版社,2013,第4页。
④ 加斯东巴什拉:《空间的诗学》,张逸婧译,上海译文出版社,2013,第4页。
⑤ Amy Tan, *The Hundred Secret Senses*, New York:Ivy Books, 1995, p.125.

情，两人的关系并没有因为家的存在更稳定，反而多了些不稳定的因素！

奥利维亚在叙述中所呈现的旧金山现代社会的病态，正是其内心思想情感在客观世界的投射，奥利维亚的焦虑更为突出。旧金山代表着"美国化"（being American）①，理性思维，或称"美式思维"（American thinking）②，是现代理性社会的表征。"美国化"的奥利维亚性格乖僻，易怒，自私，敏感，对现代社会的人际关系缺乏信心，对他人缺乏足够信任，自身也缺乏安全感，这是空间情境的内化。奥利维亚的叙述粗略地勾勒出旧金山的空间形态，而在她的第一层面的叙述中，又包含了第二层面的叙述，即李婉的叙述，这种层层包裹的叙述模式类似俄罗斯的工艺品套娃结构。而李婉作为一个外来者、"异乡人"，她的叙述则从另一个角度让旧金山的空间形态变得更加立体——一个冷冰冰的理性而病态的现代社会。

相对旧金山钢筋混凝土的现代空间，长鸣世外桃源的原初空间展现了自然的神奇与魅力，也展现了人与自然相互依存的关系，在李婉和奥利维亚对过去与现在时序交替的叙述中愈发完整丰满，犹如一幅生动而鲜艳的人与自然和谐共生的山水画。奥利维亚对桂林和长鸣的自然景观的叙述，截然不同于对旧金山空间形态的描述，长鸣的自然景观和人们世外桃源的生活状态对奥利维亚造成了前所未有的震撼。这种强烈感受的产生，一方面是由于中国乡村瑰丽的自然景观和人与自然的和谐生存状态与旧金山现代都市的钢筋混凝土构架和群体的生存焦虑形成的巨大反差，另一方面在于李婉对于阴间世界坚定不移的信念，她如梦呓一般的叙述，在奥利维亚的脑子里强行植入的记忆——李婉用中文与鬼对话，在阴阳世界的交替中，时间和空间的逻辑关系被碎片化，过去与现在、前世与今生、两个大陆之间发生的故事在李婉的叙述中亦梦亦幻，不仅使奥利维亚的西方二元价值观发生了动摇，也使她对中国乡村长鸣有了初步的认识。她随着李婉来到长鸣，在现实与记忆的交互印证中，长鸣的形态逐渐清晰。

长鸣的世外桃源的空间形态特征展现在奥利维亚和李婉的两层叙述中，其美丽的自然形态让外来者震惊——"一个村庄半隐半现在两座锯齿状的

---

① Amy Tan, *The Hundred Secret Senses*, New York: Ivy Books, 1995, p. 293.

② Amy Tan, *The Hundred Secret Senses*, New York: Ivy Books, 1995, p. 223.

山峰，山坡布满丝绒般的青苔绿意，陷入山坳则是更深沉的翡翠色泽"，"弯弯曲曲排列的房舍，用石灰粉刷敷白，砌瓦的斜屋脊有传统的盘龙样式"①，村庄外环绕着精心照料的田地与如镜的水塘。村子里没有任何现代设施——没有自来水，没有电，没有铁皮房顶，巷道里也没有捏成一团的香烟盒子和粉色垃圾袋，干净的小道穿过村子，绵延消失在远处两座山峰间的石头拱廊，长鸣是一片尚未被现代文明浸染的净土，其朴实无华的美让奥利维亚和丈夫西蒙震惊。而这样一处净土在她看来似曾相识，与其从姊姊的叙述中所获知的长鸣和前世的故事产生回应。这种对长鸣空间形态最为直观的描写及情感的触动是在旧金山现代空间的描述中所缺乏的。

对长鸣空间形态的呈现除视觉震撼外，还伴随听觉、嗅觉和味觉的多方位感触的描写，而这种多方位的描写不仅展现了长鸣的美丽形态，更表现了它的生机。它不仅是一个村落，更像一个充满活力的生命体，生活在其中的人们展现了良好的精神面貌与和谐的人际关系。居民表现出良好的作息习惯——天还没亮就可以听到人们起来劳作时发出的各种声音，像置身于喧闹的理发店。农贸市场堆满商品，商贩卖瓜果、谷物等农产品和干货以及工艺品，还有丰富的早点。传统社会自然经济条件下形成的人际关系简单朴素而又和谐，虽然离开故乡三十年，但李婉一回来就与当地人聊起了家常，仿佛未曾离开一般。李婉与刻薄的收养者大妈虽有龃龉，但两人分离多年早已冰释前嫌，李婉从美国给大妈带了很多礼物。大妈在赶来看望李婉的路上不幸遭遇车祸去世，李婉看到大妈的鬼魂时悲痛不已，主动料理了大妈的丧事。这种单纯健康的人际关系与旧金山的病态的人际关系形成了对比。

神话和传说是人类早期愿望和认识的理想化，属于民族意识形态范畴，是把自然转为文化符号的重要手段。这种集体无意识②内化于个体，参与自我文化身份的解释，也是作者对"异乡人"文化身份的探索和构建。长鸣的美不仅表现在其自然形态和人文状况，也体现在其深厚的文化意蕴。"长

---

① 谭恩美：《百种神秘感觉》，李彩琴、赖惠辛译，时报文化出版企业股份有限公司，1998，第 225 页。

② 参见 Journal Psyche, Tag Archives：Jung and Collective Unconscious——The Jungian Model of the Psyche, http://journalpsyche.org/tag/jung-and-collective-unconscious/。

鸣"谐音"唱绵",意为宛若一首绵长的歌;又可读作"长眠",意为永睡不起,其名字所包含的意义与生命的神秘性和悠久的传说紧密联系起来,突出了长鸣作为一个原生态的传统村落的文化意蕴。长鸣村后山上的无数洞穴在风吹过时会发出呜呜的声音,如母亲在为失去孩子而痛哭。长鸣的山洪暴发据说是因为长鸣地下的两条黑龙,两条黑龙之间的小溪尽头有一个洞穴,里面有湖。湖水蓝绿色的光照亮坐落在湖边的一座有着几千年甚至上万年历史的石头村落。村里的人因地制宜,用石头做房子,用石头做家具——石桌、石椅、石桶,石头家具上刻着的两条龙与传说相互印证,充满神秘感。一百年前,有英国传教士跑到长鸣的洞穴来寻找古老的村子和财富,结果一去不复返,现代文明社会的物欲和贪婪最终吞噬了这些代表文明的外来者,神秘的洞穴对他们进行了惩戒。在太平天国时期,长鸣村民为了躲避清军追杀逃入洞穴而幸免于难,嗜血的清军则付出了惨重代价。这一系列传说回归了惩恶扬善的传统神话母题,神话体系折射了人们对自然环境的情感。

长鸣最重要的意义在于,它使奥利维亚从现代性的困境中脱离出来,使她认真面对和思考与西蒙的感情问题,重新认识自己对待姊姊李婉的态度和看法乃至对待世界和生命的看法,因此,她必须重新思考自己以往的价值体系和判断。这种认识的颠覆源于她所处地理环境的变化——离开旧金山,来到长鸣。现代性随城市文明嵌入现代生活的方方面面,只有脱离物化现实,才能保持自我完整性,才有可能对现代生活实现审美超越与救赎。她在长鸣经历了与旧金山不一样的景观、人文及文化符码,印证了她记忆中李婉对前世的叙述。在长鸣的雕像之谷,奥利维亚经历了生命的考验和灵魂的洗礼,她面对空旷神秘的山谷、死亡阴影和滚滚流云,在岩石间挣扎爬行。奇怪的巨石阵和古洞穴以及湿腐的气味伴随孤独的恐惧,让她产生巨大错觉,使心灵受到震撼。这种震撼不同于她初到长鸣时的感受,这是一种发自内心的敬畏——对自然的敬畏。她曾纠结于西蒙以往的感情,以理性自居,对李婉关于前世和长鸣的叙述充满怀疑,内心始终对李婉关闭。可此时面对自然的瞬息万变和宏大气势,所有的狭隘、猜疑和理性都显得可笑和微不足道,前世今生只是短短一瞬,自然却亘古而永久。此时,奥利维亚对西蒙的怨恨早已被相伴终身的冀望所取代；对李婉的猜疑和拒斥，随着现实对记忆的验证而逐渐消失。李婉找到了自己的前世女怒目留存下来的八音盒等纪念物——两人旷世情谊的见证。八音盒让奥利维亚觉得恍惚，因为她一直执信的理性世界轰然坍塌，而李婉梦呓一般的叙述以及她在长鸣的亲见和感受相互印证，颠覆了她在现代社会形成的经验主义的感觉论和二元唯物论。

三　现代性困境的原因及救赎

随全球化和经济的发展，20 世纪末都市生活的主要特点，表现为多语言性，其本质具杂合性，日益成为本土和外来的混合体，因此身份、他者、社会和文化边界成为现代社会主要矛盾的关注点。在后现代通货紧缩的时代，原初的东西早已丧失了特有的身份甚至丧失了自我"此在"的感受。正如玛丽安娜所指出的，"都市的和乡村的、现代的和传统的非洲、南美、亚洲和中东融入了一个共同的场所，即第三世界，它输出衣物、饰品、音乐、意识形态和风格给西方尤其是西方都市进行消费"①。后期资本主义的现代都市生活被詹姆逊（又译詹明信）描述成"物化"（reified）和"原子化"（atomized）②，个体被从社区和家庭这样的传统组织中割离出来而被异化。这些传统组织曾给人以归属感，而现在脱离这些组织导致人的归属感丧失殆尽，异化是社会焦虑的基本原因之一。个人脱离传统组织，导致传统社会结构单元日益变小，从以家庭为基本单位到以个人为基本单位，正是这种"物化"和"原子化"使西方的自我精疲力竭，急需精神意义上的充电和疗伤，出于这个目的，第三世界文化从饱受歧视转而受到重视，走

---

① Marianna Torgovnick, *Gone Primitive: Savage Intellectuals, Modern Lives*, Chicago: University of Chicago Press, 1990, p. 37. "…urban and rural, modern and traditional Africa and South America and Asia and the Middle East merge into a common locale called the third world which exports garments and accessories, music, ideologies, and styles for Western, and especially urban Western, consumption."

② Fredric Jameson, "Reification and Utopia in Mass Culture", *Social Text* 1 (Winter 1979): pp. 130 – 48.

上前台。同时，"原始的他者，因为其原始的野蛮性及精神上的超越，被用来整合物质和形而上。《百种神秘感觉》（1995）渗透着这样的思想，族裔他者的感觉能力，视觉、听觉、味觉、嗅觉、触觉及感觉，通过和动物的感官与直觉联系得到强化，吊诡般地引发潜在的、本质主义者及超感官的人之灵魂"①。因而当现代性问题极为严重时，转向他者寻求精神救赎就不足为怪。

现代性一直是学术界较为关注的话题，同时也是一个较为复杂的话题，因为涉及诸多领域，给其下定义尤为困难。并且现代性的问题发展到今天，产生了诸多变体。中国的现代性不同于西方的现代性，它作为多元现代性的一个变体，消解了西方"单一现代性"的神话。② 詹姆逊在他的《单一现代性：论当下的本体论》中指出现代性是与当下密切相关的现实，可以用来描述文学、文化或意识形态的现象。"从十八世纪晚期开始，现代性就已经被提升为这个话语中的一个哲学主题"，③ 不断有思想家和哲学家进行研究探讨，相关论著卷帙浩繁，一些主要的观点具有相当的代表性。按照哈贝马斯的观点，黑格尔是第一个提出现代性的哲学家。笛卡尔因与经院亚里士多德学派传统哲学决裂和对机械论哲学的推动而被称为现代哲学之父。他的哲学保留了传统哲学的元素，强调上帝对人类知识的影响。④ 康德对现代哲学的贡献在于调和了早期现代理性主义和经验主义，创造了19、20世纪的哲学术语，对今天的形而上学、认识论、伦理学、政治哲学、美学产生了重要影响。批判哲学的基本观点是人的自治。他认为人的理解是构建人类经验的自然普遍法则之源，人类理性给予自身道德规范，成为人类信仰上帝、自由和不朽的根基。科学知识、道德和宗教信仰彼此协调，因为

① Sheng-Mei Ma, "'Chinse and Dogs' in Amy Tan's The hundred Secret Senses: Ethnicizing the Primitive A La New Age," *MELUS*, Vol. 26, No. 1 (2001), p. 29.

② 参见《重构中国式的另类现代性——王宁教授在拉丁美洲科学院的讲演》，https://www.sinoss.net/2011/0706/34439.html。

③ Jurgen Habermas, *The Philosophical Discourse of Modernity*: *Twelve Lectures*, Translated by Frederick Lawrence, Polity Press, 1987. p. 1: "Since the late eighteenth century modernity has been elevated to a philosophical theme in this discourse."

④ Thomas Vernor Smith, *Philosophers Speak for Themselves*, Chicago: University of Chicago Press, 1957, p. 104: "We perceive that all other things can exist only by help of the concourse of God."

它们都建立在人类自治的同一基础之上。黑格尔作为现代性哲学话语之源头，① 发现了主体性原则的片面性，洞察到理性所导致传统伦理生活总体性的分裂，即现代性问题的核心。其后，马克思从资本主义的矛盾、异化和阶级斗争等方面对现代性做出了诊断，"虽然避免了将理性置于认知主体的反思之中，但因为没有能将劳动作为主题间性来把握，无法实现理性一体化的解放实践"。② 尼采用审美的形而上学"酒神精神"将主体彻底上升到自我忘却，为反现代性拉开了后现代序幕。哈贝马斯认为现代性是建立在理性基础上的系列规范的认识，以建立交往理性的方式来克服以主体为中心的理性，为现代性奠定规范性基础。

早期受到马克思、哈贝马斯影响，后又深受福柯和阿多诺等影响的齐格蒙特·鲍曼，对现代性和后现代性进行了较为全面的阐释，"流动的现代性"和"大屠杀"是其现代性研究中最为重要的两大主题。他用"流动的现代性"取代"后现代性"，指出全球化的时代性和不确定性，在这种条件下，人类面临前所未有的挑战和生存困境。种族主义不仅是一种概念，更是一种政治实践的有效工具，通过现代科学和技术，保证国家权力意志得到实施。因此，现代性是种族主义产生的前提，对人类生存造成威胁，这种种族主义，如日本的军国主义以及德国的雅利安种族至上论，给人类带来了毁灭性灾难。边界的概念及边界内外的隐喻是鲍曼针对现代性寻求元秩序批判提出的重要概念，他认为"现代性对元秩序的寻求导致边界的形成和排他性的产生"。③"他者"、"异乡人"或者"陌生人"，威胁到秩序的稳定性。作为旅居的"异乡人"，华裔群体在美国社会作为"异质"，势必对稳定的元结构造成威胁。官僚理性以秩序构建为基础，而结构化包括被动和主动两个方面。主动的结构化过程，包括消除别的可能性。结构化与

---

① Thelma Z. Lavine, *Philosophy and Dialectic of Modernity*, George Mason University, 1998："Habermas argues that Hegel who, as the first to open the philosophic problem of modernity and the first to suggest that modernity must create its normativity out of itself can appropriately be seen as marking the beginning of modern philosophy. " https://www.bu.edu/wcp/Papers/Soci/SociLavi.htm.
② 刘擎：《哈贝马斯与现代性的思想史》，《读书》2006 年第 9 期，第 52 页。
③ Vince Marotta, *Zygmunt Bauman：Order, Strangerhood and Freedom*, Thesis Eleven, Number 70, August 2002：36 – 54, "Bauman's contention is that modernity's search for meta-order leads to the construction of boundaries and to exclusionary practices. "

结构的区别，反映了微观和宏观的过程。微观表现在日常生活中，人的行为体现了从自然习性到形成秩序的倾向。通过构建秩序，个体使得自己所生活的世界产生意义。从宏观角度看，前现代和现代社会需要建立一种稳定的秩序或者结构，同质化的社会，消除"黏糊糊"的"异乡人"，以避免社会秩序和稳定性受到威胁。在个体和社会层面，结构化导致社会、文化和象征性边界的出现。但社会层面的秩序构建导致元秩序的出现，因而压制和排除了任何导致混乱模糊状况的个体和群体。在现代性和民族主义条件下，形成元结构的驱动力就变得极为暴力和极具毁灭性。

现代性能够"意识到自己的历史性"①，是"秩序的生产"②。"他者"或"异乡人"将威胁到协调一致的同质化社会。现代性的核心中就包含着矛盾，现代性试图消解混乱和模棱两可，却又生产混乱和模棱两可。海外华人作为"异乡人"或"他者"，无论处于何种状态，始终面对一个陌生的世界，一个同质化的现代社会，身份成为困扰其生活的主要问题。海外华人作家的作品多半涉及身份政治，通过对个人的心理体验和苦难历程的叙述，表达主体的空间体验，表现身份诉求，对元秩序形成挑战和威胁。早期华人移民语言不通，面临基本生存困境，多从事脏累的服务行业，即使有技术和专长，最多成为技术人员，无论物质上还是精神上，都深感窘迫与压抑。他们永远生活在想象的故土——唐人街，一个他们为自己构筑的现实世界的故土。对子女"讲故事"，讲述自己过去的经历和家族的历史，表达了他们的想象和对故乡的留恋。即使搬家，也是从一个华人聚居的地区，搬到另一个华人聚居的地区，表现了他们面对同质化现代社会的无奈和对身份的焦虑。谭恩美家族的移民和生存历史，就是这样一个缩影。她在小说中表现出来的主题之一，就是创伤经历和生存困境。出生于美国的移民二代接受了现代教育，说着流利的英语，承载着父辈的希望，期待摆脱父辈难以摆脱的"异乡人"身份。他们听着父辈讲述的中国故事长大，

---

① Zymunt Bauman, "Modernity," in J. Krieger, ed., *The Oxford Companion to Politics and the World*, New York: Oxford University Press, 1993, p. 592: "In other words modernity is an era conscious of its historicity."

② Zymunt Bauman, *Modernity and Ambivalence*, Cambridge: Polity Press, 1991, p 15.

似乎也能听懂。但这些故事被割离其产生的环境，孩子们听懂了故事的字面意义，却无法参透其基于地理事实的精神实质和文化意义，更不明白父辈讲故事的目的。成长于现代社会，他们身上带着现代社会的伤痕，没有归属感。他们来到父辈的故土，来到故事发生的现场。对从未到过的父辈的故土，他们感到熟悉，甚至热血沸腾、泪流满面，终于理解故事的意义而获得"自我赋权"。谭恩美作为美国文坛炙手可热的作家，早已进入美国主流文化圈，是元秩序的受益者。但她却用"母亲英语"—— 母亲谭黛茜使用的英语，一种介于规范英语与洋泾浜英语之间的英语来写作，以便母亲能看懂自己写的小说。其意图有三：其一，通过叙事治疗方式，对有严重创伤应激后遗症和精神分裂症的母亲进行疗治；其二，通过写作，唤醒内心深处的无意识积极想象，完成自己对人生不解之谜的探索，实现自我救赎；其三，这种语言是对规范英语所代表的元秩序的挑战，它不同于规范英语，与其产生龃龉，形成碎片，是霍米·巴巴所说的"你中有我、我中有你"却又非此非彼的"第三空间"。这是现代性本身所具有的矛盾性的隐喻。

本文将不再对现代性问题进行概念上的重复和梳理，研究中所涉及的现代性概念，主要把它作为一种与以往传统社会秩序完全不同的（所谓"断裂的"）、通过多样性的现代文化所呈现出来的社会形式，这种现代文化包括建立在国家意识形态上的民族—国家政治体系的形成、现代城市的形成等。虽然现代性的社会制度的发展以及它们在全球范围内的扩张"为人类创造了数不胜数的享受安全和有成就的生活的机会，但是现代性所展现出来的阴暗面却让人类陷入前所未有的危机，这在本世纪变得尤为明显"①，它给人类带来的危险和挑战更是超过了以往任何时代。这种危险包括随着现代科技的发展和进步，现代武器的发明，人类对环境的破坏，使地球处于被毁灭的危险之中；理性的同质化的社会对异质和非标准化的排斥，现代性范畴的民族国家对"异乡人"的迫害和排斥导致他们始终处于身份的不确定状态，成为华裔群体"无家感"的根源；工业化把人的力量推崇到

---

① 安东尼·吉登斯：《现代性的后果》，田禾译，译林出版社，2000，第6页。

极致，诱发人的欲望和超越性极度地膨胀和放大，造成的人的异化，社会现代化文明程度越高，人类异化程度越重，导致精神与道德危机；过于强调理性主义和科学及知识的探求而突出人的主体性，导致主客二分和人类中心主义，忽视了人的基本情感需求而切割了人与自然的联系，"在晚期现代性的背景下，个人的无意义感，即那种觉得生活没有提供任何有价值的东西的感受，成为根本性的心理问题"①，以致心理问题成为社会的普遍现象。

都市是现代生活的主要形态，尤其是生活在现代都市的群体所表现出来的种种问题是对现代性问题的诠释。奥利维亚来自现代都市的焦虑源于现代社会的普遍焦虑及其身份的不确定性。奥利维亚的母亲路易斯是盎格鲁美国白人，一个有着正统合法身份的白人女人，父亲杰克·易是身份非法的中国移民，一个假借别人身份来美的第三世界移民，两者的结合形成了一个充满矛盾的杂合家庭。父亲去世后，母亲责任感缺失，母亲角色的缺位导致奥利维亚强烈的无家感和不安全感，在其成长过程中形成其性格的缺陷，对社会和他人不信任，对丈夫西蒙过去的情感经历耿耿于怀，以致影响两人婚姻，对姊姊李婉只有利用，内心对其是拒斥的，包括其价值观和世界观，在都市成长过程中形成的性格缺陷是奥利维亚生活焦虑的主要原因。奥利维亚因其价值观和世界观拒斥姊姊李婉，其实质是现代社会对"异乡人"的拒斥，现代条件下的社会和文化边界的本质以及边界建构的本质就是现代社会对"元秩序"②的追求，"异乡人"属于模棱两可、含混不清的异质因素，它的存在对秩序的必然性构成了威胁，因而李婉始终不被现代都市所接受，这是她几十年无法融入美国社会的原因。奥利维亚被"美国化"，但其并非纯种盎格鲁白人，其父是非法移民美国的中国人，没有确定的身份，其亚裔身份是"元秩序"所要排斥的杂音，这种复杂的情感造成奥利维亚对身份的困惑。她拒斥李婉，她自认为是美国人，无法

---

① 安东尼·吉登斯：《现代性与自我认同》，赵旭东等译，生活·读书·新知三联书店，1998，第 9-10 页。

② Vince Marotta："Zygmunt Bauman: Order, Strangerhood and Freedom," *Thesis Eleven*, No 70, 2002, p. 36.

面对自己具有亚裔血统的现实,对身份的困惑是奥利维亚焦虑的次要原因。

　　奥利维亚和李婉来自不同的世界,代表两种不同的世界观和价值观,两种不同的文明。前者所代表的现代文明对后者所代表的农耕文明是拒斥的,而后者努力包容前者并尝试沟通。正如两个人看待世界的方式不同,一个用照相机来认识世界,另一个是通过阴眼来与世界沟通,相机和阴眼即代表着两种不同的视角和价值。奥利维亚是职业摄影师和策划,她对世界的看法如同她的照相机一样,她的照相机把肉眼看得到的影像记录下来,如实地反映现实世界的情景,而理性和二元唯物论告诉她只有一个物质世界,即自己肉眼所见之世界,没有另一个所谓阴间的世界,两个矛盾的世界不可能同时存在。李婉通过阴眼看到阴间的世界,是因为她有"僵直性精神分裂症",她与鬼魂的对话不过是在梦呓,"李婉看到她相信的,而我看到的是我不想相信的"。① 李婉所看到的世界则是她的阴眼穿透物质世界看到的阴间世界,代表着精神世界,她的叙述不受时间和空间的制约,如她对前世的回忆,她在长鸣幼年的经历,她与死者的对话。在她的叙述中,过去与现在、历时与共时、生与死这些二元对立关系被破坏,时间和空间的逻辑关系被碎片化,现代价值的理性世界坍塌。现代科学无法解释的阴眼在她看来并不神奇,如同动物具有的原始本能一样,只不过现代人的大脑用来发展语言能力及其他高级能力而遗忘了这些本能。奥利维亚的梦和李婉的叙述不断把理性和不理性的因素叠放,呈现了一个更为完整而超越了个人生命体验范畴的世界。

　　现代都市无法帮助奥利维亚实现救赎,因为现代社会正是其焦虑症结所在,而长鸣的山水、人文以及李婉最终帮助奥利维亚完成了救赎。救赎的完成有两个重要因素:一个是李婉对前世的地理叙述,她的叙述如"梦呓"般强行植入了奥利维亚的大脑;另一个是回归长鸣,脱离物化现实回归自然,长鸣的自然山水对她产生的震撼唤醒了奥利维亚内心的生命意识以及与自然的情感联结,同时李婉的叙述与长鸣的现实形成相互印证,帮助其重拾伦理情感寄托,完成了生命救赎。审美救赎的主要功能在于消解

---

　　① Amy Tan, *The Hundred Secret Senses*, New York: Ivy Books, 1995, p. 57. 原文为"Kwan saw what she believed and I saw what I didn't want to believe."

了工具理性对主体性的异化，而人与自然的情感联系在于人在进化过程中形成的对自然的依赖，形成一种人与自然的亲和感（生物恐惧是对自然的积极反应），人与自然的距离在现代社会与人类早期进化阶段的差距日益明显①。谭恩美在《拯救溺水鱼》中明确了香格里拉对现代人的精神救赎作用，"过于热情的人们制造了太多麻烦：他们不计后果，通过让他人追求物质和狂热而陷于危险"，② 所以香格里拉是现代社会的解毒剂，长鸣就是现实生活中的香格里拉。离开旧金山的都市空间来到长鸣，无疑是对日渐式微的精神世界的救赎。长鸣的自然景观对奥利维亚的影响，在于它唤醒了其生命意识而树立起对生命的整体观照意识。

李婉坚定地用自己的"梦呓"和行动唤醒奥利维亚在现代社会已经麻木的自我意识，即使被现代理性阉割——旧金山医院尝试对她进行电击治疗，即使号叫哭泣，她也不放弃信仰，她甚至用她的超自然的能力免费为社区的病人治病，替人维修坏了的电器，证明其超自然能力并非虚幻和臆想。她叙述的特殊之处在于其基于历史、传说，带有丰富的地理信息，而这些信息是其个人经历——"故事"③ 的重要因素。她的前世女怒目和奥利维亚的前世班纳小姐及阿门牧师一行在太平天国起义发起地金田的故事，班纳小姐和阿门牧师一行沿澳门—广东—西江—金田—长鸣，来到他们最后的归宿——长鸣的鬼商人之家，这条地理路线在历史上的特殊意义毋庸置疑。19 世纪的外国传教士沿着这条路线深入中国内地传教④，而中国的自

<hr />

① Colin A. Capaldi, Raelyne L. Dopko, and John M. Zelenski, "The relationship between nature connectedness and happiness: a meta-analysis," *Frontiers in Psychology*. https://www.ncbi.nlm. nih.gov/pmc/articles/PMC4157607/

② Amy Tan, *Saving Fish from Drowning*, New York: The Random House Publishing Group, 2005, p. 43. "Passionate people create too many problems: they are reckless. They endanger others in their pursuit of fetishes and infatuations."

③ Lisa M. S. Dunik, "The Silencing Effect of Canonicity: Authorship and the Written word in Amy Tan's Novels," *MELUS*: *Multi-Ethnic Literature of the U. S.* Vol. 31, No. 2. p. p. 3 – 10. "讲故事"或"说故事"英文为"talk-story"，为谭恩美及一些华裔作家特有的叙述方式，涉及传记、自传、传说、神话、地志等，包含丰富的人地关系的信息。

④ 参见 John B. Littell, "Missionaries and Politics in China, the Taiping Rebellion," *Political Science Quarterly*; Dec 1928, Vol. 43, p. p. 566 – 599。自 1830 年起，美国传教士陆续进入中国，到太平天国运动高潮时期，美国在华传教士已近 100 人，大部分聚集在澳门和广东，有小部分通过珠江支流西江到达中国内地省份。

然和人文以及当时特定的历史条件构成了李婉叙述的完整性。桂林地区为喀斯特地貌，多溶洞，这是形成长鸣村后山洞穴的自然条件。洞穴在其叙述中的重要意义在于其代表着"本源性情感"①，象征孕育生命的母体，给人带来安全感，体现了回归母体的主题，反映了人类文化中的恋母情结。李婉消失在洞穴时，奥利维亚已获得救赎，因为八音盒让奥利维亚的理性世界坍塌，失踪的西蒙终于出现，并且两人的不育症奇迹般痊愈了，正如奥利维亚所说，"我现在相信真相不在逻辑中而在希望之中，无论过去还是未来"。洞穴的意义得到延展——它不仅指长鸣后山上的洞穴，也指长鸣就是作者向往的世外桃源，人们在大自然的怀抱中，没有现代生活的焦虑，这种状态彰显了地理环境对主体存在的本体价值，与旧金山现代都市中现代人的精神困境形成对比。

李婉的叙述离不开长鸣的地理、人文和历史条件，在旧金山，她远离家乡故土，当她给奥利维亚讲述这些故事的时候，因割离了故事发生的地理基质，奥利维亚感到茫然，她无法真正理解一个世纪以前发生在特定文化环境下的故事——在中国山村两个异国朋友间出现生死情谊，因为李婉的叙述脱离了其产生的地理环境——中国的山水、人文及当时的历史环境，所以李婉无法借此在她与奥利维亚之间产生类似女怒目和班纳小姐那种共命运的生死情感，更无法仅把自己的身份与先祖的文化身份联系起来。当奥利维亚和丈夫西蒙及李婉一同来到长鸣时，长鸣的山水和人文唤醒了奥利维亚的记忆——李婉通过"梦呓"强行植入她大脑的记忆，她梦境中似曾经历过的记忆以及内心的自我意识。自我意识源于人与环境和自我的关系，包括人与人和人与自然的关系，在现代社会中人被异化，被迫在沮丧中放弃自我意识。李婉关于两人前世的叙述与现实的印证让奥利维亚认识到李婉对她的亘古不变情谊并非虚幻，也并非出于自私自利，跨越时空界限的情感更让其认识到姊妹情感的价值而重拾伦理情感寄托。而来到长鸣的另一个意义则在于其确认了自己与中国传统文化相联系的那个部分，自己与传统文化密切联系的文化身份。在长鸣鬼商人大屋原址，她挖掘出一

---

① 王怀义：《陶渊明与柏拉图：中西方洞穴喻的分野》，《民族艺术》2013 年第 4 期。

个世纪以前女怒目埋下的腌鸭蛋，虽然早已腐败，但这些现代人眼里的迷信和虚幻故事戏谑地通过现代人所能接受的经验主义的方式告诉人们肉眼所见的世界也许并非真相，正如李婉所说，"结束？死亡并非故事结束。那意味着故事尚未结束"。① 死亡也许超越了经验主义认识论的解释边界，这是李婉能接触的世界，却是理性无法触及的世界。

谭恩美的作品成为美国文学经典，有观点认为很重要的原因在于其种族和性别特征，以及其表现出的迎合西方大众种族主义趣味的投机心理，而不认为其作品具有很高的文学价值。如有人认为，谭恩美作品中出现的风水、鬼魂、阴眼等描写，是一种对传统和文化的出卖，以迎合美国主流文化的东方主义想象，因为"美国东方学中的中国话语决定着接受华裔作品的观念和方式"②，话语霸权思维决定了这种刻板化的成见及社会的共谋关系。而国内的研究视角也并不开阔，有研究者认为谭恩美的《通灵女孩》依然延续了其一贯的对母女关系及文化冲突问题的关注，不过这回是把母女关系换成了姊妹关系，文化冲突依然是其关注的焦点。对作品及作者的评价不可能脱离对作品本身的理解，必须回归文本本身的意义。细读谭恩美的所有作品并把其作品作为一个系列来研究，就会发现其作品所蕴含的后现代美学特征及其艺术创作的复杂性，对家庭问题和移民身份问题的关注反映了她站在更为宏观视域下对于人类命运的关注。《百种神秘感觉》表达了她对精神世界的看法，阴和阳作为中国传统文化中的两个重要元素，既相互对立又相互转化不可分离，是宇宙万物运动变化规律的本源，如同生和死，死亡并不意味着结束，世界并非仅如肉眼所见，也许生者的世界与死者的世界相依并存，这是对西方启蒙理性的质疑。远离现代都市，回归自然山水以及寻找失落的伦理情感，不仅帮助奥利维亚摆脱异化的社会现实获得救赎，更是对同质化的现代社会拒斥"异乡人"及现代社会"元秩序"的质疑，这也许是作者希望通过《百种神秘感觉》传达给精神日益式微的现实世界的一剂良方吧。

① Amy Tan, *The Hundred Secret Senses*, New York: Ivy Books, 1995, p. 398.
② 〔美〕林涧、戴从容：《华裔作家在美国文坛的地位及归类》，戴从容译，《复旦学报》（社会科学版）2003年第5期。

【**Abstract**】 Social theory and cultural studies reveal modernity's search for a meta-order leading to the construction of boundaries. Homogeneity and unification are characteristic of modernity. As a stranger in modern American society, Amy Tan intends her novels to threaten the certainty of order and reconstruct the identity of Chinese Americans. In *The Hundred Secret Senses*, Olivia is deeply entangled in the crisis of modernity, displayed in the novel as aloofness, selfishness, and optimism in technical progress. Her Chinese half-sister Kwan, with her Yin eye, shows Olivia a world completely different from the reality she sees. The stunning view of the nature helps Olivia restore to the world's original and eternal beauty. Local's close relationship and life style she experienced during her visit of Kwan's hometown village in China, where she is not estranged but included like a family member, awakens her long-dormant soul.

【**Keywords**】 modernity; city; crisis; nature; redemption

早期先锋小说"叙事革命"的四种主要路径考释

姬志海　王秀花

(山东科技大学文法学院,青岛　266590)

【内容提要】回望三十多年来中国当代先锋小说的滥觞、发展和流变的轨迹,前期先锋小说作家进行的"叙事革命"无疑是其中最为浓墨重彩的一笔,时至今日,以历史后视镜的眼光对之进行重新打量和场域重塑,仍有很大的文学史意义。本文在学界对早期先锋小说叙事实验层面既有研究的基础之上,另辟蹊径,利用比较文学"影响研究"的综合方法,在"故事化"与"叙事化"二元对照的视阈下,从"元小说"、"视角设限"、"时间主观化"和"典型抽象化"这四个主要维度对 20 世纪 80 年代中后期以来先锋小说作家在叙事革新方面的美学努力及其所获实绩重新进行客观的廓清和评价,力图从中洗磨出新的研究价值。

【关 键 词】"故事化"/"叙事化"　元小说　视角设限　时间主观化
典型抽象化

本文所论述的"当代先锋小说",特指 20 世纪 80 年代中后期先后崛起于新时期文坛上的重在进行小说叙事革命、语言实验、生存探索的后新潮小说作家群体所创作的颇具先锋性色彩的小说,这一群体包括马原、洪峰、莫言、残雪、扎西达娃、格非、苏童、余华、孙甘露、叶兆言、北村、潘军和吕新十三位作家。最早将这些小说文本极具后现代文化色彩的作家与"后新潮"小说作家、现代派小说作家区别开来并称之为"先锋小说作家"

的，可能是王宁和陈晓明两位教授，在1989年《人民文学》第6期的文学对谈中，王宁教授针对中国新时期文学中日益彰显的后现代主义文化表征，指出："我认为中国没有后现代主义文学，只有体现在文学作品中的后现代主义因素。我们与其套用西方现成的有时空限制的概念来描述当前中国的实验文学，倒不如用'先锋派'（Avant-garde）这个术语。据考证，这个词最早于1794年出现在法语中，为军事术语，用于文学艺术上则始于1870年，并至今一直沿用，因此这个术语是没有时空界限的。"[①] 大约在同一时期的其他文章中，譬如在1989年第5期《中国社会科学》上发表的《现代主义、后现代主义与中国现当代文学》和1990年第4期《北京大学学报》（哲学社会科学版）上发表的《西方文艺思潮与新时期中国文学》中，王宁继续使用"先锋文学"的概念，这以后，先锋小说、先锋文学概念遂为文学史沿用至今。

一 从"故事化"到"叙事化"的叙述革命

一般说来，小说可以分为故事和叙事两个层面。共和国前三十年的小说往往较为重视文本的"故事化"维度，即小说的"叙述行为"基本遵从故事自身发生、发展的时间顺序，并不凸显自身的"叙事化"角色。但是先锋小说叙事大大打破了小说的"故事化"逻辑，体现出"叙述行为"对"故事"的"介入""挤压"的强烈"叙事化"控制倾向。

从共和国成立到新时期文学以前，在小说写作中占统治地位的是刻意"弱化"小说叙事层以确保故事层面清晰完整的"故事化"小说叙事理论，具体体现在要求作品有确定的人物和连贯统一的故事情节、注重故事的连贯性和完整性、保持故事的关节并淡化描写等方面，体现出鲜明的"故事化"特征。我们不妨以赵树理的小说创作对此进行斑豹。香港著名学者许子东在论及《小二黑结婚》的小说情节模式时这样指出："在形式上，赵树理放弃'五四'时期如《孔乙己》《药》之类横截面小说结构，重新使用了以故事

---

① 王宁、陈晓明：《后现代主义与中国当代先锋文学》，《人民文学》1989年第6期。

情节为中心的评书体：每一节介绍一个人物，连成一段一段故事，也不是完全章回体。"① "这种故事体后来有很长久的影响。比如上海文艺出版社的《故事会》，印数长期上百万，是一本非常畅销的杂志……"② 许子东的这番话，基本上涵盖了"故事化"小说连贯性、完整性的理论诉求以及这种形式美学追求的深远影响。总之，在故事和叙事之间严重倾向故事层面的"故事化"追求不仅贯穿了"十七年"小说和"文革"小说，而且由于文学史自身的惯性矢量，可以说直到 20 世纪 80 年代前期，中国文坛的这种情况基本上鲜有改观。

这种小说叙事理论日益引起先锋小说作家们的质疑与不满。经过 20 世纪 80 年代前期西方先锋文艺思潮以及各种现代和后现代"艺术真实"观的充分熏陶，他们以为：传统的和已经发生变异的现实主义（这里所谓已经发生变异的现实主义，是指共和国成立前后到 20 世纪 80 年代中期占主要地位的社会主义现实主义）叙事手法是业已逝去的社会封闭状态的产物。传统现实主义所秉承的"故事化"小说叙述理论无法很好地呈现随着改革开放和现代化进程的推进而启动了的、充满各种各样新鲜的人文思潮和变动不居的社会时代风貌，以存在主义哲学为代表、强调个性解放反对异化的种种非理性哲学思潮已经成长为这个转型期社会语境中不容忽略的新的现实质素。这种种全新意义上新的"现实"和"真实"必然要求有与之相适应的新的小说叙述形式，正基于此，在以外来的全新的叙述美学改造传统的叙事局面上，先锋作家们不加犹疑地将"卡夫卡的传统"作为他们所指认的代表着"20 世纪文学新的文学传统"。可以毫不夸张地断言，先锋小说"叙事化"美学形式对现实主义小说的反叛，是通过他们自觉地接续 20 世纪西方文学的传统来完成的。如果说，王蒙、林斤澜、李陀、宗璞等中年作家在叙述观念、文体形式方面所做的艺术探索是对传统小说形式的更新；那么，20 世纪 80 年代中后期马原、洪峰、扎西达娃、莫言、余华、苏童、

---

① 许子东：《无意之中开启新时代——读赵树理小说〈小二黑结婚〉》，《名作欣赏》2021 年第 22 期。

② 许子东：《无意之中开启新时代——读赵树理小说〈小二黑结婚〉》，《名作欣赏》2021 年第 22 期。

格非等青年先锋小说作家的叙事美学主张则是对传统小说形式的反叛。所谓人物、故事、内容是本质、目的,而"形式"则是非本质的手段和承担内容的容器,这种"内容"/"形式"二元对立且具有等级区分的写作理念一度被传统小说视为圭臬,在先锋小说作家眼中则通通变成了陈旧过时的"明日黄花"和他们所要颠覆的主要对象。他们秉承现代小说叙事理念,汲取上述现代和后现代主义小说大师经典作品中包孕的艺术美学营养,坚信小说文本的所有现实和内容就存在于且只能存在于它的形式中,基于此,先锋小说作家选择形式领域来作为他们话语的场所便毫不奇怪了。先锋小说作家对传统小说形式革新的反抗从根本上而言就是在小说文本中通过种种"叙述"行为对其"故事本事"层面进行介入、干预和控制,取消内容/形式的二元模式,将"叙述化"的小说美学形式提升到本身也能创造和生产意义的本体论地位。

客观而言,先锋小说作家对小说叙述方式的探索,无疑是为了更好地表达作者独特的人生体验和社会感受。正如米歇尔·布托尔认为的那样,"不同的叙述形式是与不同的现实相适应的。很明显,我们生活的这个世界在迅速地变化着。叙述的传统技术已不能把所有迅速出现的新关系都容纳进去,其结果是出现持续的不适应……探索容纳能力较大的新的小说形式,对我们认识现实来说,具有揭示、探索和适应的三重作用"。[①] 在这个意义上,先锋小说进行的上述种种叙述方式的实验和革新无疑具有正面的价值。譬如"暴露虚构"是人们在评论马原、扎西达娃、洪峰、格非等人小说的"叙事策略"时常常使用的一种说法,但事实上这种"叙事化"方法的作用绝不限于叙事本身,它还是强化小说主旨文意的需要。王宁教授对此也在一篇文章中指出,海勒《第二十二条军规》中的"黑色幽默"表现得近乎病态,感情几近零点,这种"零度叙事"对中国当代先锋小说家而言就不无影响:"余华的小说往往对笔下人物的色情、暴力、死亡等事件作不动声色的描述,尤其是在《世事如烟》中,灰衣女人的儿女们几乎丧尽了最起码的人情和人性,在为母亲送葬之后,'立刻换去丧服,穿上了新衣。丧礼

---

① 米歇尔·布托尔:《作为探索的小说》,参见柳鸣九编选《新小说派研究》,中国社会科学出版社,1986,第90~91页。

在上午结束了，而婚礼还要到傍晚才能开始'。格非《风琴》中的人物冯金山，甚至见到自己的老婆被日本鬼子蹂躏也无所触怒，反而对她那'身体裸露的部分''感到了一种压抑不住的激奋'，感情的麻木几乎达到了某种临界状态"。① 对于20世纪80年代中后期以来先锋小说作家"叙事化"小说形式背后蕴含的时代最大主题之一，张清华认为就是"以鲜明的个人化的叙事方式关注着以单个生命为单位的生存状况与活动"的存在主义体验。在同一篇文章中张清华指出，这些先锋小说作家"所表现的当代主题同传统的现实主义小说和80年代初期的小说已远远不同，他们不再表现作为某种阶级和社会属性的'符号'的人及其'生活'；同时也不像80年代中期的小说那样热衷于庞大的文化隐喻、历史主题、生命激情和崇高风格的追求，而是把笔触直接指向了世俗生存中的个人，他们凡庸、焦虑、充满苦恼的内心生活，他们的生命恐惧、生存诘问，以及复杂幽深的潜意识世界"。②

然而，在我们肯定先锋小说作家"叙事化"艺术革新必要性和实绩的同时亦要看到其内在基因的先天性不足，早在80年代中期的"叙事革命"潮流的滥觞之初，一些作家如孙甘露、残雪、北村等就将"叙述实验"不同程度地变成了"叙述游戏"。在他们纯粹追求"叙事化"控制"故事本事"的一些小说文本中，"叙述什么"已经变得无足轻重，"怎么叙述"则成了小说的一切。这种"为叙述而叙述"的倾向固然打破了传统小说单一的稳态叙事模式，但也彻底地将文本的故事本事层面切割成了无法重新拼接的叙事碎片，这无疑是从根本上消解了小说自身。这种消解小说自身的"叙述游戏"，直到20世纪90年代以后在先锋小说从"叙事化"（在更高意义上）向"故事化"重新回归的态势中才被不同程度地校正。

综而观之，先锋小说作家发起的小说形式革命主要有四个方面：第一，元小说机制的引入；第二，对传统全知型叙述视角的扬弃；第三，打破物理时间的现代主体化叙事时间观；第四，消解人物典型意义的"抽象化"叙事。

---

① 王宁：《现代主义、后现代主义与中国现当代文学》，《中国社会科学》1989年第5期。

② 张清华：《死亡之象与迷幻之境——先锋小说中的存在/死亡主题研究》，《小说评论》1999年第1期。

当然,在先锋小说"叙事化"美学的创作实践的探索中,除了上述的四个主要方面外,被先锋小说作家作为师法内容的其他现代派、后现代派小说作家的叙事技巧同样被他们像海绵吸水一样尽可能地"拿来""实验",以为己用。这些技巧在帮助先锋小说作家打破传统小说线性的情节和封闭性的故事结构方面无疑发挥了不可估量的巨大作用。

现代和后现代主义小说作家在反对传统现实主义故事情节的逻辑性、连贯性和封闭性的叙事探索方面积累了丰富的经验。他们认为,传统现实主义的故事结构不仅单调沉闷,而且也难以真正展示人物外在的社会空间与内在的心理空间,这种前现代主义意义上的连贯、人物行动的合乎逻辑、情节的完整统一是一种作家们一厢情愿的封闭性结构,在现实生活中根本就是虚幻缥缈的海市蜃楼,因此,现代小说要打破这种封闭性结构,改用一种充满错位式的开放体情节结构取而代之。法国新小说派的布托尔就曾经以音乐的结构作为类比,对这种"开放体情节结构"理想的范式做过这样的形象表述:"音乐家把曲子写在五线谱上,横向是时间的进展,纵向确定不同的乐器。同样,小说家也可以把不同人物的故事安排在一个分层的建筑物里……不同事物或事件之间的垂直关系可以同笛子与提琴之间的关系一样具有表现力。"① 在这种类似音乐多音部的小说复调结构里,故事按照物理时间安排行进的自然时序就会被破坏,作家像音乐家设计各声部之间的对位、转位与反复关系那样,在故事里设置相应多重性的人物、事件、声音、意识等,让上述诸因素之间既能够众声喧哗,又能够交互共鸣。为了达到这样的美学目标,现代和后现代主义小说作家就须以诸种叙事手段对小说文本故事的本事层面进行强烈的干预,以终止旧有现实主义小说的情节逻辑性和连贯性。为此,他们非常注重叙述策略的应用,力图创造一种反传统的叙述的而非故事的逻辑,创造一种纯心理的时空结构。他们除了将现在、过去和将来的叙事时空随意颠倒、随意置换外,还将意识流、碎片、拼贴、潜对话、空间化、设置迷宫等机制引入小说的叙述层面,这些机制允许小说家把在空间和时间上相距极远,但在叙述者的意识中和记

---

① 柳鸣九编选《新小说派研究》,中国社会科学出版社,1986,第118页。

忆中同时并存的时空剪影交织并列在一起，写作像是处理"磨损、剪断和随便连接的老电影"，"磨损、剪刀和糨糊代替了导演的枯燥无味的叙述"（语出克洛德·西蒙），从而大大地将传统小说的线性时间链条不断地切割重构，打破传统小说固有的封闭性情节、故事的常态结构，极力展示现代、后现代小说情节结构张力十足、摇曳多姿的"陌生化"形式维度的美学潜能，从而使文学作品的情节呈现出多种或无限的可能性。在先锋小说作家进行"叙事化"美学探索的时期，西方现代主义、后现代主义小说大师在创作中使用的各种叙事美学技巧都先后被中国当代先锋小说作家们竞相实验、模仿。这些叙事技巧在成就他们的同时，无疑大大地缩短了中国现代小说在叙事美学上与世界文学的差距。先锋小说在经历了1989～1993年的整体转型以后，虽然"叙事化"的小说形式探索最终又转向了以讲故事为主的"故事化"叙事，但是，谁也不能否认，这种叙事化探索自身所凝聚的巨大文学史意义。正如王宁教授当时指出的，在中外文学乃至中外文化的相互碰撞、相互渗透乃至相互交融的时代语境中，正是有了以先锋作家为中坚的新时期作家师法西方现代、后现代文学大师的共同努力，"从共时的角度来看，新时期文学比任何时期的文学都更加包容、更为开放，它在世界文学的大潮中已不仅只是泛起涟漪，而且有了自己的潜流，它终于跟上了时代的步伐，汇入到了20世纪文学的主流之中"。①

二 "暴露虚构"型自反元小说与中国的先锋小说创作

就"元小说"这一外来文艺观的传播对中国当代先锋小说作家的影响而言，传统比较文学的影响研究理论认为："整个比较文学研究的目的，是在于刻画出'经过路线'"②，在这一"经过路线"中，又可以进一步划分为彼此独立的放送者、接受者和传递者三个研究维度，在研究过程中，"应该把'放送者'、'接受者'或甚至'传递者'的这些因子隔绝，以便个别

---

① 王宁：《西方文艺思潮与新时期中国文学》，《北京大学学报》（哲学社会科学版）1990年第4期。
② 〔法〕梵·第根：《比较文学论》，戴望舒译，商务印书馆，1937，第66页。

地去探讨它们，并确切而有范围地证明那些影响或假借"。① 按照这一理论范式，站在"放送者"的誉舆学（或称流传学）研究立场，在论及当代中国先锋小说中出现的元小说现象之前，须对作为"放送"源头的西方现代、后现代派"元小说"概念及其创作情况做简要的梳理。

"元小说"作为一个显著的小说概念是在 20 世纪 80 年代以后才逐渐得到公认的。就目前学界的研究状况来看，尽管"元小说"这一术语早在1970 年就已经出现在美国小说家威廉·伽斯的《小说与生活中的形象》中，② 但其内涵、外延却很难确切地加以界定。这也是元小说常常与超小说（surfiction）、自省小说（self-reflexive fiction）、自我陶醉小说（narcissist fic-tion）、自我生产小说（self-begetting novel）、反小说（anti-novel）等概念混用的原因之一。为了便于论述，笔者在这里采用了帕特里夏·沃对"元小说"所下的定义："所谓元小说就是指这样一种小说，它为了对虚构和现实的关系提出疑问，便一贯地把自我意识的注意力集中在作为人造品的自身的位置上。这种小说对小说作品本身加以评判，它不仅审视记叙体小说的基本结构，甚至探索存在于小说外部的虚构世界的条件。"③ 这个定义虽然有不够严密之处，但是它从哲学、语言学的源头上把握了"元小说"这种非现实小说的最大特性。

元小说与传统小说最大的区别就在于对"真实"的看法。

在现代、后现代主义小说以前，传统文学、传统小说基本上秉承的是亚里士多德的"诗性真实"和"语言真实"的观念。就"诗性真实"而言（诗在西方相当于全部文艺体裁——笔者注），亚里士多德肯定了诗高于历史，同样诗比现实中存在的个别的事更真实。他扬弃了柏拉图的唯心主义"理式"摹仿说，确认文艺摹仿的绝不只是现实的外形，而是反映世界本身所具有的必然性和普遍性，"诗"（即文艺）摹仿的对象是普遍和特殊的统一。同样，在"语言真实"上，亚里士多德认为，语言与实在可以达到同构：外部世界是文艺描摹的对象，作家通过语言就能够反映客观世界存在

---

① 〔法〕梵·第根：《比较文学论》，戴望舒译，商务印书馆，1937，第 59 页。
② William H. Gass, *Fiction and the Figure of Life*, New York, 1970, p. 25.
③ 王先霈、王又平编《文学批评术语词典》，上海文艺出版社，1999，第 676 页。

的外在真实和内在本质。这种观念可以表述为如下的公式:"第一自然的客观世界—语言—第二自然的客观世界",这里第一自然的客观世界是写作模仿的对象和本体,第二自然的客观世界则是文学文本中的,作为模仿的对象和本体的客观对应物的载体。第一自然的客观世界转化为语言的过程,实质上就是用语言替代客观世界、为客观世界进行语言命名的过程。在从语言符号到第二自然的客观世界的转化过程中,出现在文学文本中的"第二自然的客观世界"是第一自然的客观世界的"意识性显现",是前者的替代品。在上述的转换过程中,语言有能力把真实世界揭露无遗,它的可信性是不可置疑的。

薪传两千多年的亚氏理性主义或者经验主义"诗性真实"和"语言真实"的观念在20世纪的哲学认识论和现代语言学的冲击下逐渐式微。

19纪末20世纪初,德国著名物理学家W.海森堡提出的"不准原理"(或曰测不准关系)引发了举世瞩目的物理学革命。这场革命对哲学认识论同样具有极大的开拓作用。它大大刷新了人类认识的领域,迫使人们从哲学上重新思考世界多层次复杂的结构和存在形式。海森堡认为,因为观察者总在有意无意间改变观察对象,所以人们无法做到绝对准确地描述客体世界。受哲学认识论革新的启发,一些后现代小说家相信:如果他(她)宣称"表达"了世界,他(她)立即就会认识到世界根本不能"被表达"。在文学虚构中,事实上只有对世界的表述的"表达"。既往文学宣称的对现实世界表达的任何真理不过是经过主体选择和升华之后的"单一的解释",小说不应该继续追求纷繁浩杂、无从把握的现实世界背后的虚妄"真实"。因为"真实"根本就不是被给定而是制造出来的。同时,现代语言学的发展,也让后现代小说家认定,语言紧密反映有意义的客体世界这一观点再也站不住脚了。小说本身是一个话语的世界,而不是外面世界的被动的替代物。当人们用语言作为工具来分析语言与世界的关系时,语言就会演变成一种"牢笼",因为语言是独立的、自我构成并可以自我生成意义的体系,这种上升到本体论意义上的语言早已不是指涉非语言的事件、情形和客体对象,而是指涉另一种语言。小说的创作也正如贝克特在《难以名状者》(1932)中所宣称的那样:"一切都是词语,仅此而已。"

在消解了"现实"的真实性后,在一些具有元小说创作倾向的作家看来,不但现实是不能被表现的,而且作家有义务通过作品来揭示"现实"的虚假性和欺骗性。至此,他们便心安理得地用语言制造一个新的世界,认为他们的首要任务不再是反映,而是用"词语存在"(word being)创造一个语言构筑的世界。他们在小说中或是让叙事者出面直接对小说叙述本身进行评论;或是对过去人们认为真实表现了人类认识论自信的文学方式予以戏拟式模仿和反讽式嘲弄,千方百计地揭示由语言构成的小说叙事的虚构性质,表现出强烈的自我指涉性和"反小说"意识。20世纪有许多作家都尝试过元小说的创作模式,比较典型的有英国的约翰·福尔斯、B.S.约翰逊、多丽丝·莱辛,法国的纪德、热内,美国的巴思、巴塞尔姆、库弗、纳博科夫,阿根廷的博尔赫斯,等等。

元小说的最大特征首先在于它的自反性,与传统小说力图掩盖创作过程中的虚构痕迹以制造"逼真"效果的做法相反,元小说的作者反其道而行之,他们不断地揭示小说为虚构作品,"在这里,虚构不是现成材料从某一个模子中流过,它产生于叙述过程,又用一定的方式参加对叙述过程的描写。在大多数情况下,写小说是叙述自己在虚构"。① 小说的作者常常自由出入作品,打破叙述的进展,以作者、主人公或小说中推出的其他叙事者的身份对文本中的情节、人物乃至主题内涵发表评论。比如约翰·福尔斯的《法国中尉的女人》,从小说的第12章末尾开始,作者就从小说后台(他在小说中并未担任任何一个角色)跳到文本之中,不时在叙述中揭示故事和人物的虚构性,向读者大谈其如何选择故事、创造人物,如何安排情节和矛盾冲突:"我不知道我正在讲的这个故事完全是想象的,我所创造的这些人物在我脑子之外从来未存在过。"② 罗伯-格里耶也颇青睐元小说的新颖叙述方法,他的小说《在迷宫里》通篇讲述的是一个"有关想象的想象"、一个"故事产生的故事",他在前言中就告诉读者无须在该小说中追求"真实"和"意义":"本小说中涉及的是纯粹物质意义上的现实,也就是说它没有任何寓意。读者在这里要看到的仅仅是书中写到的事物、动作、

---

① 柳鸣九编选《新小说派研究》,中国社会科学出版社,1986,第550页。

② 〔英〕约翰·福尔斯:《法国中尉的女人》,陈安全译,上海译文出版社,2003,第101页。

语言和事件，不必费心在自己的生或自己的死中给它们加上既不多也不少的含义。"① 在元小说刻意暴露虚构方面走得更远的是美国当代小说家巴塞尔姆，他的小说形式纷繁芜杂，广告、图像、画片、市井俚语、黑语行话、陈词滥调、插科打诨等无不可入小说，作者将它们杂糅在一起，甚至在字体和版面上费尽心机，以达到某种绘画的效果。其目的是要故意揭示文学构思和写作过程的人为虚构性。可见，元小说旨在打击传统现实主义创作的"诗性真实"和"语言真实"的观念，在这里，小说再也不是对现实的真实再现，语言也不再表征现实（而是构造现实），在某种意义上，小说几乎演变成自我指涉的语言游戏与写作过程中虚构行为的不断自我反射。

在中国当代先锋小说作家中，马原首开"暴露虚构"型元小说风气，在《拉萨河女神》《冈底斯的诱惑》《游神》《虚构》《西海的无帆船》《旧死》等小说中，马原把编织小说的操作过程从幕后拉到前台，故意将之暴露于众，在小说中公开讨论真实与虚构的问题。马原之后，在小说创作中彰显此类元小说鲜明迹象的先锋小说作家还有洪峰、叶兆言、潘军、孙甘露等，洪峰在小说《瀚海》中写道："我的故事如果从妹妹讲起，恐怕没多大意思。我刚才所讲到的那些，只不过是故事被打断之后的一点联想。它与我以后的故事没有关系，至少没有太大关系所以今后我就尽可能不讲或少讲。这有助于故事少出现茬头，听起来方便。"② 叶兆言在《枣树的故事》中写道："有一位 40 年代常在上海小报上发表连载小说的作家……直到有一天，他突然决定以尔勇的素材，写一电影脚本，创作冲动才像远去的帆船，经过若干年的空白，慢慢地向他漂浮着过来。我深感这篇小说写不完的恐惧。"③ 潘军的《南方的情绪》："我搁笔已久。没有写东西的一个原因是气候极端反常。于是我坐到案前，准备写一篇叫作《南方的情绪》的小说。"④ 孙甘露的《请女人猜谜》："这一次，我部分放弃了曾经在《米酒之乡》中使用的方式，我想通过一篇小说的写作使自己成为迷途知返的浪子，

① 〔法〕罗伯-格里耶：《在迷宫里·前言》，参见《罗伯-格里耶作品选集》（第一卷），湖南美术出版社，1998，第 173 页。
② 洪峰：《瀚海》，《中国作家》1987 年第 2 期。
③ 叶兆言：《枣树的故事》，《收获》1988 年第 2 期。
④ 潘军：《南方的情绪》，《收获》1988 年第 6 期。

重新回到读者的温暖的怀抱中去，与其他人分享 20 世纪最后十年的美妙时光。"① 这些小说基本上都是在同一文本中并置真实与虚构，使真实不断为虚构所解构，从而否定小说反映真实，使自身具有了元小说自我拆解的色彩。

"暴露虚构"型自反元小说有时候还会采用作品套作品、文本套文本的建构技巧。这样做的目的同样是揭示文本自身的虚构性：最外层的"母体"故事本身就是虚构世界的行为，在此语境下由其本身充当各级"子故事"的结构功能，更为直接地说明了故事本身具有不依赖于人和现实世界的内在独立性。

纪德在被称为"一部不成功的伟大小说"的《伪币制造者》中，描写了一个小说家爱德华，他正在写一本也叫《伪币制造者》的小说，但读者并没有读到爱德华的这部小说，因为它只是正在形成的"小说中的小说"。纪德通过在自己的小说中置入爱德华的日记，即在一部小说内部讨论小说的做法，对一般的小说不断地进行批评。这方面比较著名的例子还有巴思的《漂浮的歌剧》。在这个故事套故事的小说文本中，"漂浮的歌剧"既是小说主人公托德企图炸毁的演戏船的名字，又是他自己预计写的小说的标题。"漂浮的歌剧"作为一个特殊符码，既是巴思的小说标题，又是小说主人公托德的小说标题。这种被热奈特称为元小说特有叙事形式的"故事外叙事"我们还可以举出很多，如纳博科夫的《微暗的火》（1962）、库弗的《宇宙棒球联盟》（1968）、莱辛的《金色笔记》（1962）等。

在中国当代先锋小说中，对纪德的《伪币制造者》进行直接模仿的文本颇多，如孙甘露的《请女人猜谜》，主人公"我"在故事中也同样在写一部叫《请女人猜谜》的小说；叶兆言的《枣树的故事》，小说中所说的故事本身正是小说中的作家写的故事；在《南方的情绪》中，潘军笔下的主人公是个作家，这个作家正在写一本叫《南方的情绪》的书；等等。这些小说的写法简直与《伪币制造者》如出一辙。除了这种直接模仿外，还有一些作家的作品可以视为对之较为隐蔽的结构模仿，如马原在《虚构》中开

---

① 孙甘露：《请女人猜谜》，《收获》1988 年第 6 期。

宗明义写道："我就是那个叫马原的汉人，我写小说，我喜欢天马行空。"事实上，马原这段话的潜台词是：和以前一样，我下面要讲的这个故事，同样也是虚构的，你们千万不要当真。于是在作者和读者达成的契约中，在故事套故事这个大前提下，《虚构》所讲的"我"在玛曲村七天的非凡经历就都是"我"随口编造的了。类似的隐蔽性"故事外叙事"我们还可以举出格非的《褐色鸟群》，该小说开头就说，"我"正在"水边"写小说，这和马原开宗明义交代虚构是一回事，将这个情节作为后面"我"给"棋"讲的所有故事的大背景。在后面的故事中出现的"棋"和大背景故事中的棋完全不在同一个物理时空。

当然，西方现代主义和后现代主义的此类"故事外叙事"小说，在小说元素营造的叙事圈套外，还包含许多形而上的哲学意蕴（如存在主义等），但早期中国的先锋小说显然只能移植外国先锋小说叙事的一些表层的"叙事元"技巧，即他们大多只是达到从一个故事引出另一个故事的目的，而在小说的深层次的情节、主题上尚未达到师法对象的深度。

三　"戏仿"型元小说影响下的先锋景观

"暴露虚构"型自反元小说之外的另一大元小说类型可以称为"戏仿"型元小说。它的一个主要特征就是对传统通俗小说、经典名著以及历史小说等的形式、题材进行戏谑性的模仿，使它们扭曲变形，面目全非，从而达到颠覆传统或者从中解读出崭新的"悖谬性"因子的目的。

在对传统通俗小说的戏仿中，以对犯罪、侦探小说的戏仿最为显著，因为这种最能体现传统小说的叙述原则，是最大众化的小说样式，比如法国新小说派就非常喜欢采用这种通俗小说样式，米歇尔·布托尔的《日程表》写的就是一桩案中案的谋杀案件，罗伯-格里耶的《橡皮》《窥视者》等对侦探小说的模仿亦是如此。一般说来，犯罪、侦探小说的叙述套路是：发生案件—刑侦人员周密调查—真相大白—罪犯伏法，以彰显法网恢恢疏而不漏和正义终将战胜邪恶的永恒主题，等等。但新小说家通过戏仿这种小说样式，通过暗中破坏它的叙述成规，打破读者的阅读期待，对其人为编织的秩序井然、行为规范的整一化"真实"幻觉进行嘲弄和颠覆。如《橡皮》让凶杀案在小说结束时才发生，而行凶者就是侦破案件的侦探本人；而在《窥视者》中，少女雅克莲被奸杀，罪犯却乘船回到大陆，逍遥法外。元小说作家还通过对经典名著的戏仿来表达他们对现实人生的理解，如《橡皮》是对俄狄浦斯神话的戏仿，娜塔丽·萨洛特的《陌生人肖像》是对巴尔扎克的《欧也妮·葛朗台》的戏仿，巴塞尔姆的《歌德谈话录》中对歌德的话语戏仿，等等。巴塞尔姆的《亡父》可以为我们提供一个分析此类文本的很好案例。小说情节并不复杂，说的是以儿子托马斯为首的一小支队伍用缆绳拖着"亡父"的庞大身躯向最终的埋葬地前行途中的遭遇。"亡父"既是死的又是活着的，既年轻又年迈，事实上是一个神圣且矛盾的"存在"。小说戏仿了古希腊神话中俄狄浦斯杀父娶母和美狄亚取金羊毛的故事，《亡父》被有的评论家认为是"作家用小说形式写成的文学论文。作者是故意以晦涩难解的方式写成一部稀奇古怪的小说，借以表达现代小说对传统小说的僭越。小说里，'亡父'就象征小说的传统，因而时死时活，最后被埋入墓穴，象征着小说传统的被埋葬"。①

格非的小说《追忆乌攸先生》就采取了侦探小说的形式。小说以一个对往昔的凶杀案进行调查刑侦的场景开启，警察、手铐和测谎仪这些侦探小说的符码为小说披上了一层传统通俗小说的外衣，但格非对侦探小说的改写背后自有其寓言化的存在主义哲学之思。作者摒弃了设置悬念、制造曲折情节的旧有侦探小说技巧，将其转化为对那段荒诞历史的聚焦与逼视：随着小脚女人、守林老人、弟弟老 K 以及叙述者"我"等人依次提交"目击者证据链"，乌攸先生被忘却多年的模糊形象和一幅逐渐清晰的寓言化历史图景被重新拼贴出来："乌攸先生、杏子与'头领'显然并非只是村里人追忆和冥想的具体人物对象，他们更像一组符号性的文化象征。乌攸先生作为文化代言人的象征，他爱书藏书救世济人，凭借自身所掌握的却不为村民理解的知识乃至真理，潜移默化地发散出知识、文明的内在的文化之光；而'头领'则是代表原始暴力的一种政治权威化象征，'一只漂亮的狮

---

① 刘象愚：《从现代主义到后现代主义》，高等教育出版社，2002，第403页。

子'的人物隐喻充分展示出村民们所服膺的身体政治美学，原始野性的力量化身为威权的表征符码……乌攸先生身上的文化之光虽然能够映照出威权政治的权力配方，但在焚书的熊熊烈火里权力的气焰无疑魔高一丈。"①这里作者巧妙利用侦探体小说的固化结构模式对"文革"进行的寓言化反思显然使其具备了某种足以穿透历史迷障的批判锋芒！

余华的《河边的错误》也是一篇对侦探体结构进行戏仿的先锋小说，同格非相似，在这篇另类的侦探小说中，虽然正义最终得到伸张，凶手也受到了惩罚，但正义伸张的代价却让人唏嘘，整个办案的过程也绝不是利用伟大的人类理性进行的。它竟然是由一系列反常识的、不可理喻的错误组合而成：杀人者是个毫无作案动机的疯子，被警方列为重大嫌疑人的工程师是在自己仍会在同一地点目击另一场谋杀的预感被证实后绝望地自杀了，侦探马哲为了阻止疯子杀人在杀死疯子后自己也变成了疯子。这样的故事安排，使余华在运用侦探小说形式、保留侦探性元素的同时，暗中颠覆了传统侦探小说的意义体系。

在中国当代先锋小说作家中，对其他通俗文类形式戏仿最多的也首推余华，除了《河边的错误》戏仿侦探小说外，《古典爱情》戏仿才子佳人小说，《鲜血梅花》戏仿武侠小说，《战栗》则是戏仿诗人和女文艺青年间的现代诗性爱情的。

元小说的戏仿中还有最为重要的一类是对历史小说的戏仿。关于历史小说的戏仿问题，加拿大女作家琳达·哈琴的"编史元小说"的"悖谬论"观点最有代表性。琳达·哈琴认为，"编史元小说"既有强烈的自我指涉性，又悖谬地关注历史事件和历史人物，它至少包含了以下三层相互矛盾的要素："它具有元小说的自我指涉性，如文字嬉戏、邀请读者参与、作者直接闯入小说文本、强调现实和历史都是语言的建构物等元小说的特点。其次，它又不是单纯的元小说，因为凭借戏仿和反讽，它对历史和历史人物的频繁调用能起到借古喻今的作用，促使读者重新思考历史、传统、宗教和意识形态等问题，尽管这种美学效果是以元小说的方式或者说是以一

---

① 蔡志诚：《身体、历史与记忆的侦探——〈追忆乌攸先生〉的文本分析与文学史意义》，《西安电子科技大学学报》（社会科学版）2007 年第 1 期。

种近乎布莱希特式的'间离效果'来显现的。再次，和后现代理论家一样，它们的作者对主导的人文主义文化既挑战，又没有全然弃绝。"① 可以指认的是，琳达·哈琴的论证虽然涉及了巴赫金的对话理论、克里斯蒂娃和巴特等的互文性理论、萨义德的后殖民主义、西方新马克思主义对意识形态的不同界说等纷繁庞杂的理论体系，但她最主要的策略是借助福柯的权力/话语理论以及格林布拉特和海登·怀特的后现代历史叙事学，在承认后结构主义的"语言"观的基础上为洋溢着后现代主义色彩的"编史元小说"类型的小说找到了"入世"的出路，正是站在这一理论高度上，她说编史元小说并没有回避历史的指涉："与其说它否认，还不如说它质疑了现实和小说中的各种'真实'——各种我们赖以生存于世的人为构建物。"② 之所以质疑，从福柯的权力/话语理论和新历史主义叙事学的角度来看，是因为所有的历史事实（facts）不过是经过阐释和情节编排的、"被赋予意义的历史原始事件（events）"，因此它是受话语限定的，由于"不同的历史视觉可以从同一个历史事件中找到不同的事实"，在历史事件被构建为历史事实的过程中，难以排除权力和意识形态的因素。编史元小说之所以具有"入世"的积极意义，就在于其以元小说故意暴露的方式，将历史现实不过是被意识形态权力话语制造的文本化现实这一事实摆在了读者面前。按照她的归类，翁贝托·艾柯的《玫瑰之名》、拉什迪的《午夜之子》、马尔克斯的《百年孤独》、品钦的《万有引力之虹》、E. L. 多克托罗的《拉格泰姆时代》、库弗的《公众的怒火》、伊斯梅尔·里德的《可怕的两个》、汤亭亭的《女勇士》等都属于"编史元小说"。

这种对历史小说进行戏仿的"编史元小说"有莫言的《红高粱》系列、《丰乳肥臀》，格非的《迷舟》《大年》《风琴》，余华的《一九八六年》《往事与惩罚》，苏童的《一九三四年的逃亡》，潘军的《风》，等等。

历史事件的真实是史料的真实，这种史料的真实只有通过文本的编纂

---

① 赵一凡等主编，李铁编辑《西方文论关键词》，外语教学与研究出版社，2006，第191页。

② Linda Hutcheon, *A Poetics of Postmodernism*, New York and London：Routledge, 1988, p. 40. 转引自赵一凡等主编，李铁编辑《西方文论关键词》，外语教学与研究出版社，2006，第191页。

才能变成历史：历史作为权力话语操作的结果，总是由拥有话语权的人书写。这种书写往往是一连串对史料真相的压制乃至对意义的谋杀。如上所述，琳达·哈琴认为：之所以说编史元小说具有"悖谬性"（即它不是要真正消解一切真实，而是关注历史真正的真实，对现在被编织过的历史"真实"心存怀疑）和"入世"的积极意义，就在于其以元小说故意暴露的方式，将历史现实不过是被意识形态权力话语制造的文本化现实这一事实摆在了读者面前。它向读者阐明了这样的一个事实：在历史事件被构建为历史事实的过程中，是难以排除权力和意识形态的因素的。

四　对传统全知叙述视角的设限叙事

如同画家在绘画前须选择透视点、透视方法一样，传统小说和现代、后现代主义小说作家在写作小说时也要选择各自叙述的角度。特别是对于专注叙述形式探索和革新的现代、后现代主义小说作家而言，当小说写作由"写什么"变为"怎么写"时，叙事视角的选择必然成为不可回避的一个大问题。

叙事视角（point of view），又称叙述角度（perspective）、视界（vision）、叙事聚焦（focalization）等，是研究小说叙事形式的一个极为重要的问题。如勒博克就声称："小说技法至繁至难，却都受视点问题的制约。"[1]国内外文论界对叙事视角的分类非常详细，本文这里不做展开，只从叙事视角最核心的质素——叙述者权力的自我限制问题进行考察。从这一向度出发，全部叙事可以分成两大类：全知叙事与限制叙事。

传统小说的叙事大多属于全知叙事。在绝大多数传统小说里，小说的叙述者始终处于上帝式的全知全能的地位，可以同时出现在文本中的任何地方，可以同时看到事物矛盾的正反面，可以轻而易举地参透人物内心的变化，可以左右故事的现在、过去和未来。这给许许多多的小说文本涂上了浓厚的主观色彩。在现代、后现代主义小说家看来，传统小说那种可在

---

① 转引自赵毅衡《当说者被说的时候——比较叙述学导论》，中国人民大学出版社，1998，第121页。

小说的内外世界自由出入、畅通无阻的万能叙事虽然给故事叙述带来了极大便利，却剥夺了读者自己思考、判断，并从小说中获得乐趣的权利，彼得·福克纳就曾说过，不愿意继续接受作者耳提面命的"现代读者"对像萨克雷那样的、维多利亚时代的小说作者对读者直接讲话的习惯，感到"矫揉造作得令人难受"。没有任何一个作家具有这种对事件进展明察秋毫、对人物内心了然于胸的神奇能力，这种传统的单一叙事视角看似营造了一种逼真效果，细究起来却是最大的不真。因此，在现代、后现代主义小说家眼中，"作家退出小说"就成为一种小说叙事自我扬弃和发展的共识，基于此，传统小说中本已存在的、从人物自身的角度去叙事的技巧在现代、后现代主义小说中就被有效地继承并且有了极大的发展。他们坚信，小说的叙述者不过是一个置身于特定空间和时间之中的人，他的所看、所想均受情感欲望的支配，文本"只是在叙述他的有限的、不确定的经验"。① 现代、后现代主义小说家要求对这种叙述者全知全能的叙事权力进行限制，让叙述者的视界等于故事人物"内视角"的做法可以举出很多类例，例如现代意识流小说，乔伊斯的《尤利西斯》、普鲁斯特的《追忆逝水年华》、伍尔夫的《达洛维夫人》等基本属于此类，罗伯-格里耶的小说《窥视者》《在迷宫里》也可以看作此类小说的经典范例。《窥视者》从表面上看似乎采用了传统的全知叙事，但主人公行为中那一小时的"叙事空缺"却解构嘲弄了这种全知叙事的虚妄；《在迷宫里》的主人公是一个无名无姓的士兵，他迷失在大雪纷飞的城市，在寒风中经过路灯杆来到岔路口，经过街道、房屋、咖啡店和一些孩子、女人……直到被枪击中身亡。叙述者的视角始终没有逾越故事中这位迷路士兵的视界，士兵死后，叙事视角也随即消失。

事实上，从某种意义上讲，限制叙事早已成为大多数现代、后现代主义小说家认定的叙事革新方向，这一点可以从萨特对莫里亚克的小说批评中管窥一二。萨特不满莫里亚克小说的全知型叙事视角，他直率地指出："在真正的小说中和在爱因斯坦的世界中一样，没有具有无限权力的观察者待的地方，在小说体系中和物理体系中一样，都不可能进行试验来决定系

---

① 罗伯-格里耶：《新小说》，《法国作家论文学》，生活·读书·新知三联书店，1984，第399页。

统是运动的还是静止的。莫里亚克先生把自己放在首位。他已经选择了神圣的全知和全能。但是，小说是由人写和为人写的。上帝能透过表面看穿人类，在他眼睛里，没有小说，没有艺术，因为艺术是外表繁荣。上帝不是艺术家。莫里亚克先生也不是……"①

必须阐明的是，除了限制叙事之外，现代、后现代主义小说家在反对和解构传统的全知全能型叙事策略方面还做了不少生气勃勃、多彩多姿的艺术探索和文学实验，如陀思妥耶夫斯基的"复调"、亨利·詹姆斯的"意识中心"、伍尔夫的多人物视点、海明威的"冰山叙事"、福克纳的"交响乐结构叙事"、加缪的"零度叙述"等。法国新小说派更是将这种反全知型叙事视角的革新推到了一个新的高度，这其中除了前面提到的罗伯-格里耶、萨洛特、西蒙外，又以布托尔的成就最大。布托尔极力推崇第二人称叙事，他坚称，这种叙事"有利于在叙述者与读者之间建立起一种近距离的、真切的对话关系。读'你'的故事，似乎就是读者在审视与阅读自'我'，让真实的自我去体验'你'的经历与意识，是此'我'中有'你'，'你'中有'我'，'我'与'你'的角色在阅读中完成互换，融为一体"。②他还在福克纳的《喧哗与骚动》的启发下提倡对同一事件的多视角叙述，他声称，单一视角的叙事很难避免貌似的真实背后潜藏着的某种倾向性，而同一事件经过多视角的反复叙述成为"好几个叙述行程的汇合"后，"叙述不再是一条线，而是一个面"，则有助于克服这种不足。如此一来，"不同的叙述者通过各自的视角叙述某一事件，将该事件的不同侧面，以及他们个别的倾向性呈现在读者的面前，使之汇集成为同中有异、异中有同的生活画卷，在展示生活差别性与复杂性的同时，也把对事件的认识权与判断权交给了读者，令其自行进行对比、选择与思考"。③布托尔实验和践行的第二人称叙事乃至多重人称复合叙事以及突破单向叙述的局限，实现同一事件的多视角反复叙述显然具有非凡的意义。当然，对于现代、后现代小说作家在反全知型小说叙事的探索中所实验践行的多种艺术革新实绩，在此论者仅

①　《萨特文集》（第7卷），沈志明、艾珉编，人民文学出版社，2005，第36~37页。
②　刘亚律：《论米歇尔·布托尔的小说叙述理论》，《江西社会科学》2006年第6期。
③　刘亚律：《论米歇尔·布托尔的小说叙述理论》，《江西社会科学》2006年第6期。

能列举其荦荦大端，远未做到穷形尽相。

先锋小说作家在限制视角的实验中使用第一人称叙事的作品很多，如格非的《让它去》《解决》《紫竹院的约会》《苏醒》《沉默》《谜语》《初恋》《时间的炼金术》《边缘》，叶兆言的《五月的黄昏》《采红菱》《青春无价》《故事：关于教授》，苏童的《蝴蝶与棋》《世界上最荒凉的动物园》《红桃Q》《八只花篮》《粮食白酒》《那种人》《我的帝王生涯》《武则天》，北村的《消灭》《小兵》《玛卓的爱情》《流水的东西》《玻璃》《病故事》，潘军的《爱情岛》《上官先生的恋爱生活》《从前的院子》《和陌生人喝酒》《纪念少女斯》，等等。除了单纯的第一人称叙事外，先锋作家有时还采用其他的特殊视角叙事，如残雪前期的绝大多数小说采用的都是梦幻者和精神分裂症患者的视角；莫言的《大肉蛋》《透明的红萝卜》《欢乐》《四十一炮》，苏童的《刺青时代》《舒家兄弟》《独立纵队》《骑兵》《城北地带》《我的帝王生涯》《河岸》，余华的《十八岁出门远行》《在细雨中呼喊》等则采取了儿童视角。

除了以第一人称及特殊人称的视角对传统全知型视角进行限制之外，先锋小说作家对西方小说弱化全知叙事的叙述经验也有多方模拟。如对先锋小说乃至20世纪80年代中后期新写实主义小说影响较大的后现代零度叙事，虽然在西方批评界提出的时间并不长，但无疑是20世纪以来在西方小说创作中强调客观写作的结果，事实上，亨利·詹姆斯早就说过："在小说提供给我们的东西中，我们越是看到那'未经'重新安排的生活，我们就越感到自己在接触真理；我们越是看到那'已经'重新安排的生活，我们就越感到自己正在被一种代用品、一种妥协和契约所敷衍。"[①] 英国评论家欧·贝茨在评价海明威时也曾发表过类似的看法，他说："海明威自始至终没有做丝毫努力来影响读者们的思想、印象、结论。他本人从来不在作品里，他一顷半刻也不挤到对象和读者当中去碍事。"[②] "艺术家不应该是他的人物的评判者，而应该是一个无偏见的见证人"这一艺术理想和零度叙事的追求显然触类旁通，这一原则在余华的作品中体现得较为明显。他在早

① 参见布斯《小说修辞学》，北京大学出版社，1987，第172页。
② 董衡巽：《海明威研究》，中国社会科学出版社，1980，第135页。

期的很多作品中设计了一个冷漠的叙述者，仅仅将之作为观察社会、人生的一个视角而已，譬如在《现实一种》中他就是这样无动于衷地直陈山岗虐杀兄弟山峰的场面的："这时一股奇异的感觉从脚底慢慢升起，又往上面爬了过来，越爬越快，不一会就爬到胸口了。他第三次喊叫还没出来，就不由得自己脑袋一缩，然后拼命地笑了起来。他要缩回腿，可腿没法弯曲，于是他只得将腿上下摆动，身体尽管乱扭起来，可一点也没有动。他的脑袋此刻摇得令人眼花缭乱。山峰的笑声像是两张铝片刮出来一样。"① 不难看出，在这个作品中，作者零度叙事的客观态度，在这一段冷酷叙说残忍的亲情仇杀中，展露得淋漓尽致。

除了零度叙事而外，其他先锋作家如莫言在《红树林》中采用了第二人称"你"的叙事，吕新在其长篇小说《光线》《梅雨》和《草青》中采用了多声部叙事，无疑会让读者想起法国新小说作家布托尔的《变》和美国南方作家福克纳的《喧哗与骚动》。另外，格非的《边缘》尤其值得一提，这部小说在很高程度上达到了布托尔提出的"视角联合"的叙述理想，将第一人称的限制叙事和第三人称的全知叙事有机地结合在一起，收到了极为成功的叙事效果。《边缘》中作者使用的是第一人称叙事视角，"这一方面加强了小说的体验性和心理真实感，另一方面又一定程度上拓展了小说的文本弹性和叙述张力。不仅第三人称视角无力进入人物内心的羞涩和尴尬被一扫而光，而且在小说心理涵量的丰富和强化中第三人称视角的其他技术优势也一如既往地得到了发挥。可以说，在由'他'向'我'的人称转换中《边缘》一无所失。这当然得力于小说叙述人特殊的身份。'我'是小说的叙述者同时又是小说的主人公，小说正是'我'弥留之际浮想联翩的'回忆'的产物。'我'对既往的人生片断都有着亲身的体验，对活跃在小说世界内的各个生命'我'也都具有某种'全知性'。不但'我'以比他们更漫长的生命为他们一一送了终，而且由于'我'对过去的回忆与叙述是立足于'现在'的基点之上的，这样，历时态的人生就得以以共时态的方式呈现。'我'就具有了从'现在'的观点重组、猜测、分析故事的自

---

① 《余华精选集》，北京燕山出版社，2006，第184页。

由,以及自由进出各个主人公心灵深处的绝对便利,这使小说中与'我'相关的众多生命故事都不同程度地烙上了'我'的印记,别人的生命只不过从不同侧面丰富和扩大了'我'对于生命的体验。这种情况下,'我'与'他'的视点障碍已经根本不存在了。"① 总之,先锋作家打破全知型人物叙事视角的努力是多方面的,他们取得的成绩也的确值得圈点。

五　时间的主观化叙事和消解典型的"抽象化"叙事

在传统现实主义作家的小说文本中,时间既是小说构成的重要质素,同时又是叙述的起、承、转、合得以实现的基本手段。作家讲述的故事在从某种意义上都要在某一具体时间中展开。正是因为时间具有这种决定性意义,所以在19世纪以来的堪称经典的现实主义作家的小说中,开篇就要把故事发生的时间交代清楚。如巴尔扎克的《贝姨》,开头就这样写道:"一八三八年七月的月中,一辆四轮双座轻便马车行驶在大学街,这种车子是新近在巴黎街头时兴的,人称'爵爷车',车子载着一位男子⋯⋯"② 而司汤达《红与黑》的副标题也鲜明地写着"1830年纪事"。

在师法现代主义和后现代主义小说家的当代先锋派作家那里,巴尔扎克所代表的"传统小说"中的时间形态早已经被现代"意识流"小说中广泛采用的绵延性"心理时间"所扬弃,而影响西方现代小说作家乔伊斯、伍尔夫、福克纳等人的意识流心理时间观到了欧洲、拉美的后现代小说大师笔下又有了新的发展:在冯尼格特的《五号屠场》中,"碎片式的时间"就背离了传统小说人物总是朝着一个方向发展的叙述模式,让主人公可以打破现在时间的樊笼,同时向过去、将来的生活空间自由自在地旅行;对博尔赫斯来说,"时间"可以使客观事物的存在和运动摆脱客观世界的一切束缚,根据这种时间观,时间既能够停止不动(如《神秘的奇迹》),又能够自由伸缩(如《另一种死亡》中达米安的两种相距20年的死亡方式都被指挥官塔巴雷斯证实),还能够轮回往返(如《神学家》《皇宫的寓言》

---

① 吴义勤:《超越与澄明——格非长篇小说〈边缘〉解读》,《小说评论》1996年第6期。
② 〔法〕巴尔扎克:《贝姨》,许钧译,上海译文出版社,2008,第1页。

等），更能制造出时间维度上的无限大的迷宫（如《交叉小径的花园》）。而对于法国新小说作家代表罗伯－格里耶来说，小说中的主要时间观念则发展成了"超级现代时间"，在他的小说文本中，现在、瞬间和即时性时间凝聚着深刻的哲学内蕴，这种现代时间观念的实质无疑已经将时间内在化、现在化和主观化了。

上述现代主义和后现代主义经典作家的小说时间观念都可以在当代先锋派作家的作品中找到，但在所有现代、后现代叙事时间观念中，影响最大的无疑是魔幻现实主义小说大师加西亚·马尔克斯的，在其饮誉全球的经典长篇小说《百年孤独》中，整体的时间是可以任意折叠和循环往复的。如果按照传统的叙事方式讲述百年中发生的故事，"那必定是从头道来，循序渐进：马孔多如何出现，如何发展、兴旺，如何衰落、消失，布恩迪亚（又译布恩蒂亚）家族第一代如何，第二代如何……末代怎样灭绝的，等等。但加西亚·马尔克斯独出心裁，将一个完整的故事切割成许多片断。然后再将每个片断首尾相接，使之构成一个独立单位，但同时又使它们和整个故事保持联系。而这些既独立又彼此相连的片断，不是先分后合，而是先合后分"。① 显然，作者是站在某个时间不明确的"现在"，以彰显轮回色彩的现代时间观来讲"许多年后"的将来。小说开头仅用"许多年之后，面对行刑队，奥雷良诺·布恩迪亚上校将会回想起，他父亲带他去见识冰块的那个遥远的下午"一句话，就高度概括了全书的时间模式。

《百年孤独》深刻地体现了线性时间与循环时间多重复合交叉的主体化时间格局。这主要体现在上述时序在预叙和倒叙上"闪进""闪回"的穿梭跳跃对时间进行"主观化"处理的叙事艺术上。《百年孤独》中"闪进"和"闪回"出现得非常频繁。其中，"闪进"集中在全书的第 1~9 章，而"闪回"在全书各章中俯拾即是。这种处理打破了通常呈线性流淌的时间状态，从而使过去、现在、未来三个时间向度能在故事的讲述中随机地转换。若从整体上观照，《百年孤独》按照物理时间的演进粗线条地勾勒了一百年间马孔多小镇的兴亡衰替，但若从局部着眼，就会发现，作品的顺时序常

---

① 朱景冬、孙成敖：《拉丁美洲小说史》，百花文艺出版社，2004，第 446 页。

常会被不时出现在文本中的预叙（即"闪进"）或倒叙（即"闪回"）之类的逆时序打断，这种跳跃性的叙述时间，让串联文本故事全部"行动"的叙事线索在总体向前发展的过程中又不时地向前或向后摇摆。张玫珊认为，在《百年孤独》中，时间和叙述本身也变成了叙述对象，加西亚·马尔克斯对时间的这种处理，是对传统小说叙述方式的全新理解和建构，是对传统叙述时间的彻底颠覆："故事像走马灯上的一幕幕灯景，轮番地展现在我们眼前。时间像是流逝的，又像是停滞的，凝定在那儿，没有动；原来，转动的只是走马灯的轴。如果我们不站在走马灯的外边，看——旋转过去的图景，而是像已经知道，并掌握着布恩蒂亚家族命运的叙述者那样，蜷藏在走马灯的轴心里，就会感到时间在这里是静止的，因为真正的轴心只是一个点，任何的过去、现在、将来都重合，集中在这个点上了，都已经存在了；从外边看，它们衔接成一个圈，无论从哪一个点上开始，都可以滚动起来。"①

总之，从现代主义小说的意识流心理时间观到后现代小说中的各色先锋时间观，其最大的共性是主体化的时间观，这种主体化的时间观对先锋小说作家的时间观念的影响无疑是至深至巨的。这种主体化的全新时间观念，无疑深刻地影响了当代中国先锋小说作家的文本创作。

受现代表现主义、存在主义意识流的时间观念影响最深的作家无疑是残雪，柏格森的"生命哲学"是西方意识流小说的主要理论源头。这种"生命哲学"的"绵延说"认为，"现在就是一切"，世界就是由"由过去、现在、未来续接成的封闭时间链条"而已，在残雪前期的大部分小说中，莫不涌动着一股由自由联想和感觉意识形成的潜意识暗流，这种潜意识暗流混淆过去、现在和将来，将所有物理性的时间观念都显现为一种哲学上的共时，《患血吸虫病的小人》这篇小说就深刻地通过人物之口，揭示了这种意识流的时间观念及其背后的存在主义意义："我想了解小人，于是便'开始不厌其烦地询问小人的历史'，仿佛知道他的历史，就能够掌握他作为人而存在的全部证据。而老头的语言则将我们已经习以为常的关于历史

---

① 张玫珊：《加西亚·马尔克斯小说中的时间观念》，《长篇小说》1985 年第 8 期，第 276 页。

的确认秘密完全剥开，他说：'你的历史就是我的历史！'你的存在是通过我的语言和意识成为事实。当有两个人发声时，我的声音为真，你的声音是谎言；当我沉默的时候，你的存在才进入我的意识。我意识到你的存在，你才存在。为什么呢？因为这些判断都是从'我'这个源头发出。同一时间之下，只有一个当下为真的判断。因为带有价值评定的观念在某一框架之下对不同事物的判断是唯一的，这与事物各自存在的确认并不矛盾。存在是客观的，不带价值判定，而'真假'是二元性的。于是在某一特定时空下，判断是唯一的，存在是普遍的。"① 除残雪外，余华的《在细雨中呼喊》以及苏童的《一九三四年的逃亡》中，意识流时间观对文本的塑造也极为明显。

比起西方现代主义意识流的时间观，后现代主义时间观念对中国当代先锋小说作家的影响显然要大得多，尤以加西亚·马尔克斯《百年孤独》的影响最大。莫言的《红高粱》系列小说（如《红高粱》《高粱酒》《狗道》《高粱殡》），就明显借鉴了《百年孤独》的轮回式主体化时间结构方式和表现视角，通过这种崭新的时间叙事技巧，"我"可以从一种高高在上的鸟瞰式的角度，以反复倒行逆追的方法，打破时空界限，钻进每个先辈的个人心里，于是我奶奶坐在爷爷所抬的轿子里"心跳如鼓，浑身流汗"的羞怯与迷乱，"我"奶奶与"我"爷爷在高粱地里的野合细节，以及伏击日军的整个过程和"爷爷"解放后"从北海道归来"等细节，"我"全都知道——这里面固然有莫言自己的创新，但是不可否认的是，在以主体化的时间结构小说方面他显然借助了马尔克斯匠心独具的结构方式和独特视角。余华在中篇小说《难逃劫数》里也多次运用加西亚·马尔克斯式的预叙手法，让时间在过去、现在与未来之间跳跃；格非在中篇小说《褐色鸟群》中也模仿了加西亚·马尔克斯的头尾相接的重复叙述方式，为了达到小说在时间上循环往复的迷乱感，作家让时间在过去、现在、未来三个向度中随意跳跃。其他以《百年孤独》的主体时间设构经营自己的小说作品并且大获成功的先锋小说作家还有很多，如扎西达娃（《骚动的香巴拉》）、

---

① 冷旭阳：《用弗洛伊德"意识流"透析残雪小说〈苍老的浮云〉》，《西南农业大学学报》（社会科学版）2008 年第 3 期。

潘军（《风》）等。

在传统的现实主义小说中，文学即"人学"，因此，塑造性格鲜明的典型人物，通过人物命运的悲欢离合，赋予人物和故事的主旨内蕴以形而上的深远意义，是小说再"自然"不过的创作原则。然而，一些现代和后现代主义小说家却要对此说"不"。英国著名意识流小说家伍尔夫便确信，在现代社会，"人与人之间的一切关系——主仆之间、夫妇之间、父子之间——都变了。人的关系一变，宗教、品行、政治、文学也要变"。① 所以小说要摒弃以讲故事、写社会或刻画人物性格为主的旧方法。法国新小说派的代表娜塔丽·萨洛特则认为，面对现代这一"怀疑的时代"，小说的首要任务不再是描写人，而是要针对"存在"提出质疑。过去时代的"人物"如今"逐步失去了一切：他的祖宗、他精心建造的房子（从地窖一直到顶楼，塞满了各式各样的东西，甚至最细小的小玩意）、他的租契证券、衣着、身躯、容貌。特别严重的是他失去了其中最宝贵的一项：只属于他一个人所特有的个性。有时甚至连他的姓名也荡然无存了"。② 罗伯-格里耶亦相信，以人物的典型塑造为小说中心取向的观念只是一定历史阶段的产物，并不具有普遍意义上的永恒性。他宣称："那些塑造出传统意义上的人物的作家只能提供给我们一些连他们自己都不相信的木偶。""以人物为主体的小说完全属于过去，它标志着一个时代：一个推崇个人的时代。"③ 因此，一些现代、后现代主义小说家认为，在人物形象的塑造方面，小说家应当一反现实主义小说将人物典型化的写作态度，转而采取将人物形象有意淡化或弱化的处理方式。将传统现实主义小说典型人物淡化、弱化处理的结果是传统现实主义小说中的英雄人物型主人公被祛魅解构，变成了"非英雄"甚至是"反英雄"。《朗文20世纪文学指南》（1981年版）对此做了这样的阐释："19世纪后半期，小说中的主人公越来越接近'普通人'，而越来越失去与小说中传统主人公相关的品格。20世纪的小说，如 H. G. 威尔斯和阿诺

---

① 参见伍蠡甫主编《现代西方文论选》，上海译文出版社，1983，第108页。
② 〔法〕娜塔丽·萨洛特：《怀疑的时代》，柳鸣九编选《新小说派研究》，中国社会科学出版社，1986，第29页。
③ 〔法〕罗伯-格里耶：《关于几个过时的概念》，柳鸣九主编《从现代主义到后现代主义》，中国社会科学出版社，1994，第393页。

德·贝内特的小说,这种倾向显得更普遍。但是他们和同时期的作家引进小说中的不过是'非英雄'(non-heroes),而不是'反英雄'(anti-heroes)。第二次世界大战之后,'反英雄'成为金斯莱·艾米斯、约翰·韦思、约翰·奥斯本、约翰·布雷恩、哈罗德·品特等作家所写的小说和戏剧中的主要人物。反英雄否定行为的准则或先前被视为文明社会基础的社交行为。有些人故意反抗那些行为规范,把现代社会看作非人的世界;有些人则根本无视那些行为准则。"① 正是在这种时代语境与趋势中,在描写人物形象时,现代小说家将人物的肖像面貌、外在行动以及作为典型成长环境的社会背景的刻画压缩至最低甚至不予理会,比如现代小说作家卡夫卡就喜欢将现实中的具体人物高度抽象化,在卡夫卡的作品中,"没有描写在特定时代、特定空间的特定人物的命运和遭遇,而是像许多表现主义作品一样,时、空、人物都是不确定的……其笔下的'美国',也只是一个象征符号,并不是实指真正的美国。这里的'美国',若改换成其他的国家,如英国、法国、德国等,对小说都无关大局。他笔下的主人公常常用 K 作代号,既无国籍,也无时代,读者更无从知道他们个人的性格、身份和历史"。② 而在一部分后现代小说作家那里,现实主义小说中具有鲜明、丰满性格的人物形象更是被处理成了"无理无本无我无根无绘无喻"的人的"人影""类像"或"仿真"。正如当代理论家费德曼指出的那样:"小说人物乃虚构的存在者,他或她不再是有血有肉、有固定本体的人物。这固定本体是一套稳定的社会和心理品性——一个姓名,一种处境,一种职业,一个条件等等。新小说中的生灵将变得多变、虚幻、无名、不可名、诡诈、不可预测,就像构成这些生灵的话语。但这并不意味着他们是木偶。相反,他们的存在事实上将更加真实、更加复杂,更加忠实于生活,因为他们并非仅仅貌如其所是;他们是其真所是:文字存在者。"③

　　在这种现代主义和后现代主义人物观的影响下,中国一些先锋小说作家开始在作品中有意地虚化人物形象,如格非在其最具先锋色彩的中短篇

① 转引自赖干坚《西方现代派小说概论》,厦门大学出版社,1995,第305页。
② 刘象愚:《从现代主义到后现代主义》,高等教育出版社,2002,第202页。
③ 胡全生:《后现代主义小说中的人物与人物塑造》,《外国语》2000年第4期。

小说《褐色鸟群》中，就对人物做了这种抽象化的处理："有一天，一个穿橙红（或者棕红色）衣服的女人到我'水边'的寓所里来，她沿着'水边'低浅的石子滩走得很快。我起先把她当作一个过路的人，当她在我寓所前踅身朝我走来时，我终于在正午的阳光下看清了她的清澈的脸。我想，来者或许是一位姑娘呢。她怀里抱着一个大夹子，很像是一个画夹或者镜子之类的东西。直到后来，她解开草绿的帆布，让我仔细端详那个夹子，我才知道果真是一个画夹，而不是镜子。"① 按照格非自己的说法，他之所以如此处理人物是受到了罗伯-格里耶的小说《橡皮》的启发：在小说中，作家笔下的人物面目不清就会让读者不能在他们身上有过多的"情感停留"，也就不必再用传统的善恶、道德等尺度来评判他们，这样，人物就成了作家小说主旨文意的传达道具，从而将读者引入人物和事件的背后。

在这方面走得更远的无疑是马原和余华，他们甚至直接将人物符号化为一组阿拉伯数字。在马原的《拉萨河》中，故事是这样开始的："于是几个人说好在星期天到拉萨河去。我们假设这一天是夏至后第二个十天，这时候天正热，大概可以游泳……成员包括文艺界各方面人士十三人。最大年龄四十岁左右，最小二十岁稍多。其中一名藏族青年作家，两名女士。因为故事不大而人员较多，我依照年龄顺序分别称他们为阿拉伯数字1、2、3、4以至13。各自职业在他们进入角色再提一下，以避免读者混淆。"② 在《世事如烟》中，余华也用阿拉伯数字来代替传统小说中的人物形象："他在聆听4如风吹皱水面般梦语的同时，他无法拒绝3与她孙儿同床共卧的古怪之声。3的孙儿已是一个十七岁的粗壮男子了，可依旧与他祖母同床。他可以想象出祖孙二人在床上的睡态，那便是他和妻子的睡态。这个想象来源于那一系列的古怪之声：有一只鸟在雨的远处飞来，7听到鸟的鸣叫。鸟鸣使7感到十分空洞。然后鸟又飞走了。一条湿漉漉的街道出现在7虚幻的目光里，恍若五岁的儿子留在袖管上一道亮晶晶的鼻涕。"③ 对于人物形象

---

① 蓝棣之、李复威主编《褐色鸟群——荒诞小说选萃》，北京师范大学出版社，1989，第208页。

② 马原：《冈底斯的诱惑》，春风文艺出版社，2004，第304~305页。

③ 余华：《余华作品集》，北岳文艺出版社，2004，第531页。

的塑造是否必要的问题，余华这样说道："他们所关心的是我没有写从事他们那类职业的人物，而并不是作为人我是否已经写到他们了。所以我还得耐心地向他们解释：职业只是人物身上的外衣，并不重要。事实上我不仅对职业缺乏兴趣，就是对那种竭力塑造人物性格的做法也感到不可思议和难以理解。我实在看不出那些所谓性格鲜明的人物身上有多少艺术价值。"①因此，在余华笔下，人物大多被消解摒弃了明确的性格特征，沦为一个泛指或抽象的符码。

结　语

自 20 世纪 80 年代中后期以来，借鉴西方现代主义和后现代主义的崭新叙事理念的前期先锋小说家，从"元小说"、"视角设限"、"时间主观化"和"典型抽象化"这四个主要维度对传统几近僵化的"故事化"叙事模式进行了广泛而深刻的美学革新。这些革新使小说家把在空间和时间上相距极远，但在叙述者的意识中和记忆中并存的时空剪影交织并列在一起成为可能，从而大大地将传统小说"故事化"叙事的线性时间链条不断地切割重构，打破传统小说固有的封闭性情节以及故事的常态结构，极力制造和展示现代主义和后现代主义小说情节结构张力十足、摇曳多姿的"陌生化"形式维度的美学潜能，使文学作品的情节呈现出多种或无限的可能性。尽管在这种"叙事化"的小说形式探索中也出现了一些不尽如人意的地方，但是谁也不能否认，这种叙事化美学的探索自身所凝聚的巨大文学史意义。

【**Abstract**】Looking back on the origin，development and evolution of contemporary Chinese avant-garde Novels over the past 30 years，we believe that the "narrative revolution" carried out by the pioneering avant-garde writers is undoubtedly the most impressive one. Today，it is still of great significance in literary history to reconsid-

---

① 余华：《虚伪的作品》，《上海文论》1989 年第 5 期。

er and reshape it from the perspective of historical rearview mirror. Based on the foundation of early research on avant-garde novels, this paper makes a new way to make use of the "influence study" method of comparative literature. From the perspective of the dual contrast between "storytelling" and "narrating," this article tries hard to objectively clarify and evaluate the aesthetic efforts and achievements of the avant-garde novelists in narrative innovation since the middle and late 1980s from the four main dimensions, i. e., "meta fiction," "limitation of perspective," "subjective time" and "abstraction of typical character," in order to rediscover its true values and help it restore its due position.

【Keywords】 "storytelling" and "narrating"; meta-fiction; limitation of the perspective; subjective time; abstraction of typical character

文学阅读与理论阐释

庄周的蝴蝶与德里达的猫：中西视角下的"他者"

王楚童

（清华大学外国语言文学系，北京　100084）

【内容提要】"他者"一直是哲学和文学领域频繁谈及的概念。学界对"他者"的研究主要集中于自我与他者的辩证关系、他者伦理以及少数族裔的他者身份。笔者发现，在已有研究中，对于"他者"的定义一直是模糊的，并且鲜有学者关注到中国哲学中隐藏的"他者"概念。本文将对西方主流学界的"他者"概念做一个较为全面的分析和梳理，随后提供进一步阐释、完善"他者"概念和实践的路径。

【关 键 词】他者　自我　动物　中西　跨文化理解

一　引言

"我看见一个女人正在向我走来，一位男士的身影在街角闪现，我听见有人敲着窗户，是一个乞丐向我讨一碗吃食。他们之于我而言，都是客体（objects），这一点毫无疑问。"① 这段引文出自萨特《存在与虚无》（*L'Être et le Néant*），它帮助我们体认到，我们生活在一个被他者包围的时空中。萨特随后写道，这种"客体性"（object-ness）并非"他者"与"自我"互动的主要方式。"他者"必然要与我们的"自我意识"达成互

---

① Jean-Paul Sartre, *Being and Nothingness*: *A Phenomenological Essay on Ontology*, trans. Hazel E. Barnes, New York: Washington Square Press, 1984, p. 340.

动与对话，才具有深刻的心理和现实意义。萨特在《存在与虚无》中提出了"我们之于他者"（my being-for-others）①这个概念，来论述在"自由""超验""意识""宗教""爱"等多个领域中，"自我"与"他者"之间的深刻关联。他认为，在现实生活中，他者常常携带着某些超出日常性范畴的元素向我们逐步靠近。为了体认和感知他者的位置，我们不仅需要有自身的情感和道德判断，也需要有和"他者"相互体认的能力。"自我"与"他者"既是相互独立的，又是相互交融的。正因为"他者"具有"客体"和"主体"的双重坐标，我们才能更精准地定位自身在时空中的位置。

那么，"他者"对于"自我"而言究竟意味着什么？或远或近，亦光亦影，被放逐抑或被内化？在"他者"身上我们看到了自我的投射，抑或我们始终保持心理上的安全距离，将带有某种遥远、神秘色彩的"他者"从我们的生命空间中放逐？"他者""他者意识""他者化""他者思维""他者空间"一直是哲学家从形而上的层面试图建构、解释的系统和单元，同样是文学家从介于现实性和神秘性之间的维度，试图去解构、消解的叙事和命题。而其意义不止于此。"他者"同样可以被安放在日常性之中，帮助我们更好地理解自身，理解环境，理解当下。

二　言说他者：以性别为例

纵观西方哲学的发展脉络，本体论、认识论、现象学都发挥了独特的价值。本体论着眼于如何定义和把握世界的样态。苏格拉底曾说"认识你自己"，便是要了解周边世界的异质性如何帮助我们丰满自我性。此时的"他者"是作为一种目标或经验而存在的。后来发展出了认识论，哲学家的关注点开始从外在的世界转向内在的世界。这一时期出现了笛卡尔的"我思故我在"，也出现了用科学和理性的方式丈量世界的思考模式。后来这种科学的阐释方式也开始失效，甚至面临危机。此时现象学为人们提供了与

---

① Jean-Paul Sartre, *Being and Nothingness: A Phenomenological Essay on Ontology*, p. 341.

社会互动的另一种可能。哲学家们认为，科学和理性让周遭世界过于客观化，他们希望寻求"存在"的新意涵。所谓现象学，就是退回原点，观察并确切描述周边的环境和世界。现象学的代表人物是胡塞尔，他主张回到事物自身，重新建构起通往真理世界的途径。海德格尔的《存在与时间》则揭示了微小的"个体存在"是如何为"宏观存在"做出贡献，并提出了"此在"（Dasein）的概念。所谓"此在"，是把"个体存在"置于时间中加以考查——我们每个人都是在"向死而生"。萨特想要回归本体论的阐释方式，他受到现象学的启发，写下《存在与虚无》。从理性的阐释、有意识的行为向存在主义哲学转变，萨特想要揭示我们如何成为自身的他者。

理解萨特所言的"我们之于他者"、"他者作为客体"、"他者作为主体"以及"成为自身的他者"等概念，有助于我们在"他者永恒在场"的状态下更好地体认自身的位置。从宏观层面来看，他者无处不在；从微观层面着眼，他者"无孔不入"。"他者"浸润在我们的血液与思想中，永远无法回避，不曾逃逸。如果我们从萨特形而上的哲学维度降落一层，抵达最为切近人类情感和心灵的维度，那么每个个体都面对着一种特殊的"他者"：有关性别、亲密关系、男人与女人。

西方探讨性别意义上的他者概念，需要追溯到人类有关起源的神话——亚当和夏娃的故事。"亚当和夏娃的故事可以和我们每一个人对话。它满足了我们对于'我们是谁'，'我们从哪里来'，'我们为什么爱，为什么饱受苦难'这些问题的求索。"① 这个故事如此震撼人心，其魅力历经千年而未衰，原因正在于故事内容历久弥新，能够穿越历史的纵深，和处于当下时空的我们以平等的方式对话；能够为我们今天的某些议题，如两性之间的张力、婚姻与家庭的原初含义，提供富有洞见的启迪。"古书中的章节、句段就像是一面镜子，透过它我们可以窥见在人类漫长的历史长河中，我们深切的恐惧和欲望。这既是解放性的，也是毁灭性的；既讴歌了人类的责任感，又是一个关于人类苦难和不幸的黑暗寓言；既是为勇敢而欢呼庆祝，又引

---

① Stephen Greenblatt, *The Rise and Fall of Adam and Eve*, New York：W. W. Norton & Company, 2017, p. 8.

发了强烈的厌女症。"① 我们之所以毫无偏见地对这个故事报以最大的热忱和信任，其根源正在于，故事本身即可被视作历史脉络中的一个"他者"。所以它接近我们的方式不是"讲述"或者"告知"，而是从不同的维度显影我们自身的恐惧、欲望、彷徨与迷惘。这个故事作为一个"历史的他者""想象的他者"揭示了历史与当下、想象与现实之间的张力。

不过，为什么一个似乎有无限包容性和延展性的故事会引发强烈的厌女症？我们在内化和吸收这个故事的同时，是否也内化吸收了一种等级阶序、一类权力关系？哲学家西蒙·波伏瓦在《第二性》中抛出很多问题，来阐述她对两性关系全新的思考。她尖锐地质问，在女性议题上，"存在一个问题吗？如果存在一个问题，那么它是什么？或者说，女人存在吗？她们真的存在吗？"②

亚当被上帝赋予了生命，而夏娃是用亚当的肋骨创造出来的。英文单词 man（男人）与 woman（女人）的差别，似乎揭示了女性是被塑造的，换言之，是男性的附属品。在英国，女性曾被视为"房屋中的天使"（angels in the house），这一定义本身就带着不平等的色彩。女性所有的美德都植根于男性叙事逻辑，最终只能为男性服务，而无法发挥其独特价值。从简·奥斯汀（Jane Austen）时代开始，很多女性作家如勃朗特姐妹、乔治·艾略特（George Eliot）、维吉尼亚·伍尔夫（Virginia Woolf）等，都试图消解男性中心主义，通过写作的方式表达女性独特的视角和观点。然而她们终究无法逃离时代与社会背景赋予她们的某些刻痕，那是一种她们虽拼尽全力治愈，但是始终难以弥合的擦伤——譬如简·奥斯汀小说中永恒的婚姻主题。在《傲慢与偏见》中，同样富有智慧的夏洛蒂·卢卡斯（Charlotte Lucas）最终选择嫁给浅薄、乏味的柯林斯先生（Mr. Collins）。简·奥斯汀为读者预留了足够的空间去自行诠释、评价夏洛蒂的婚姻，然而还是不可避免地曝光了她本人无法消解的彷徨与迷惘——始终置身于时代与历史的旋涡，渴望逃离、挣脱出男性主导的叙事脉络，却无法清洗掉身体与心灵上已然携

① Stephen Greenblatt, *The Rise and Fall of Adam and Eve*, pp. 5 – 6.
② Simone de Beauvoir, *The Second Sex*, trans. D. Bair, ed. H. M. Parshley, London：Cape, 1953, p. 95.

带的、被"建构"、被"赋予"的痕迹。反观女性主义，其一度被妖魔化的原因之一在于其极度妖魔化男性群体。不少女性主义者已经开始反思，如何以包容的姿态涵盖男性叙事，以平等的方式和男性共处，以开放的心胸吸纳男性的努力。也许她们忽视的一点在于，将男性作为一种"他者"内化的努力并不是一个有意识的行为，而是始终贯穿在她们的无意识和潜意识之中。男性作为"他者"本无须内化，因为他们已然存在，且无可替代。

我们一遍遍回溯这个话题，回溯萨特"存在"层面的"我们之于他者"，回溯波伏瓦"两性关系"层面的"女性之于男性"，回溯《创世纪》"神话虚构"层面的"夏娃之于亚当"，回溯具有激进色彩的"女权主义之于男权社会"，都源自内心深处无法体认、无法辨识的孤独感。我们隐秘地期待着他者的到来，在无意识层面向"他者"敞开空间；同时我们恐惧地排斥着他者的到来，在显意识层面将"他者"拒之门外。新历史主义试图从人类学、社会学的维度挖掘历史的边角料，将历史宏大的叙事脉络豁然戳破，去追踪某些被遗忘的瞬间、某些被忽视的元素，触摸一种真实，回顾人类的源起。斯蒂芬·格林布拉特①描写了一段他在约旦的瓦迪拉姆（Wadi Rum）的经历。"我举目仰望，天空如此辽阔无垠。它不只布满了繁星，还填充着一种奇特的深邃感。""在这里，没有任何干扰的光源，有的只是宇宙的无比辽阔与广远，繁星的无穷而不可胜数，还有某种强烈的愿望，且并非源于身体的本能冲动，去理解我们是谁，我们从哪里来。"② 或许只有领会了自身深邃且奇特的孤独感，我们才能更好地安放"他者"。"他者"存在的意义也正在于我们不断理解这个概念的过程本身。

三　为什么有时候没有办法理解他者：以讽刺话语为例

如前文所说，他者永恒地存在于我们的生命空间中，但是有时我们并不能完全走进他者的世界，笔者将以语言学中的"讽刺"话语来说明其原因。

---

① 斯蒂芬·格林布拉特（Stephen Greenblatt）是美国著名的新历史主义学者，用新历史主义的模式解读莎士比亚作品。

② Stephen Greenblatt, *The Rise and Fall of Adam and Eve*, p. 20.

辛普森教授（Paul William Simpson）在一场关于情境讽刺（situational irony）与跨文化理解的讲座中，指出不同文化有时无法相互理解，是因为话语表述方式不同，他以"讽刺"话语为例。他首先给出了自己对"讽刺"的定义：对于概念悖论的感知，可能已经计划好，可能没有计划过，存在于相同话语事件的两个维度之间。他同时给出了两个从属定义：a. 介于所断言的与所意味的含义之间的可感知的概念空间；b. 在百科全书式的知识与情境化的语境中可感知到的错配。辛普森教授指出，讽刺可能有不同的展现形式和程度。比如，在一个平常无奇的清晨，突然大雨倾盆。人物 A 说："真是一个好天气。"人物 B 说："似乎开始下一点点小雨。"人物 C 说："我就是喜欢好天气！"① 在辛普森教授看来，这些都是讽刺话语，只不过 A 的表述是一种话语与现实完全相反的讽刺；B 的表述是用话语削减实际效果，也具有讽刺的意味；C 的表述反映了真实的心情，但是与实际情况相反，因此也是一种讽刺。由此可见，不同人群定义和表述讽刺的方式可能完全不同。

　　辛普森教授还通过加拿大女歌手艾拉妮丝·莫莉塞特（Alanis Morrissette）的一首歌——《这很讽刺》（Ironic），来描述不同人群对同一事件的不同回应方式。在笔者看来，这也许是打破人与人之间边界的终极局限。歌词翻译如下：

> 你不认为这很讽刺吗
> 就好像在你的婚礼那一天，突然间大雨倾盆
> 就好像你已经付过款，却发现一切本是免费提供
> 就好像别人提了一个好点子，你却没有采纳
> 谁曾想得到呢
> 就像你快要迟到，又遭遇了一次交通堵塞
> 就好像休息时想抽根烟，抬眼却看到禁止吸烟的牌子
> 就好像别人给了你一千个勺子，而你需要的只是一把刀

① Paul Simpson, "'That's not ironic, that's just Stupid!': Towards an Eclectic Account of the Discourse of Irony", in *The Pragmatics of Humour across Discourse Domains*, ed. Marta Dynel, Amsterdam: John Benjamin, 2011, p. 36.

这不是很讽刺吗，你不觉得吗

有点太讽刺了，我真的这么觉得

　　辛普森教授曾就“婚礼当天下雨，你是什么感觉”这个问题在全球进行问卷调查。大部分人认为这很不幸，但也有一些人认为这很幸运。通过对问卷进一步分析，辛普森教授发现，认为婚礼当天下雨很幸运的人来自巴西。在巴西的文化习俗里，婚礼当天下雨被视作一种好运。就“婚礼当天下雨”这件事，不同人群的回应不同，不管认为其“幸运”还是“不幸”，“普通”还是“讽刺”，都有合理性，这是因为不同的回应从属于不同的文化背景。著名的新历史主义学者盖勒（Catherine Gallagher）认为，我们在言说“他者”的时候，不可避免同时携带了自身的文化坐标。我们进入他者空间的终极局限在于，“不能将自身的‘他异性’完全驱除”。① 这启示我们，不要把带有主观色彩的理解和认知方式投射给文化、心理模式迥异于我们的群体。我们的确不能将自身的“他异性”完全驱除，却可以尽量避免更多分歧与隔阂。

　　王国维“有我之境”和“无我之境”的论述与“自我”“他者”“环境”也有相关之处。

　　　　有有我之境，有无我之境。“泪眼问花花不语，乱红飞过秋千去”“可堪孤馆闭春寒，杜鹃声里斜阳暮”，有我之境也。“采菊东篱下，悠然见南山”“寒波澹澹起，白鸟悠悠下”，无我之境也。有我之境，以我观物，故物皆著我之色彩。无我之境，以物观物，故不知何者为我，何者为物。古人为词，写有我之境者为多，然未始不能写无我之境，此在豪杰之士能自树立耳。②

　　若是遵循“有我之境”，便是诗人把自身的情感投射给了外部的环境，

---

① Catherine Gallagher & Stephen Greenblatt, *Practicing New Historicism*, Chicago：The University of Chicago Press, 2000, p. 74.

② 王国维：《人间词话》，上海古籍出版社，1998，第 1～2 页。

而"无我之境"更难达成。笔者认为，我们在处理与他者的关系时，可以尝试寻求"有我之境"与"无我之境"的交汇，这样也许可以帮助我们更好地认识自己、理解他者，创造自我与他者共享的心灵空间。

四　他者概念与西方宗教：上帝作为特殊意义的"他者"

笔者在这一小节中将简要论述一种独特的"他者"概念：将上帝视为"他者"。亨里克森（Jan-Olav Henriksen）在《他者主题化：近年宗教哲学中对超验和上帝的概念化》一文中指出，上帝作为特殊的"他者"从宗教层面与人类相遇，也可以从某种程度上实现"后现代"的效果——解构人类中心主义。很多后现代哲学家对宗教的态度并不友善，但亨里克森认为，宗教哲学的思路看似与后现代思想中的"解构中心"格格不入，本质上却相互关联。作者没有停留在对自我与他者之间关系的表述，也没有涉及哲学家、文论家频繁探讨的性别议题，而是另辟蹊径，指出宗教神学在理解"他者"概念时的独特性。这是富于洞见和睿思的，有效地补充并完善了"他者"概念和"他者"空间。

亨里克森在文章中指出，"在基督神学的设定下去理解哲学与后现代理论的互动，赋予了我们表述'上帝神谕'所需要的更为具体的现实条件。这不仅仅有关通常意义上社会、文化和宗教之间的关系，还涉及一些更为具体的语境，与我们怎样以神学的方式言说、反映'上帝作为他者'息息相关。这也让我们知悉上帝作为一个'他者'扮演的角色，从而与世界、他者和我们自己有不同的互动方式"。[1] 他在文中把"他者"定义为一种"占位符"："在我们言说他者时需要注意——我把他者视作一个占位符，赋予了我们言说上帝的可能性"。[2] 亨里克森同时强调了"复数性"（plurality）的观点。他认为，若是没有"复数性"，便不可能真正理解何为后现代主义

① Jan-Olav Henriksen, "Thematizing Otherness: On Ways of Conceptualizing Transcendence and God in Recent Philosophy of Religion," *Study Theologica* 64 (2010): 154.

② Jan-Olav Henriksen, "Thematizing Otherness: On Ways of Conceptualizing Transcendence and God in Recent Philosophy of Religion," *Study Theologica* 64 (2010): 154.

理论频繁提及的“超越”（transcend the given）。“他者”概念让我们首先意识到人类并非宇宙的中心。上帝先于人类存在，因此也先在地设定了人类的生活方式和环境。后现代“超越先前设定”“打破传统”的主张有其重要价值，是因为这些观点引领着我们探寻人类生活的不同侧面，让我们可以在“他者”在场的前提下，看到某些晦暗的角落，关注主流文化边缘的阴影地带。然而后现代主义所言说的“他者”永恒在场，正指向了人类对于先于一切存在的上帝的依赖性——上帝永恒在场。

在笔者看来，亨里克森将“宗教神学”与后现代主义理论中的“超越传统”“解构中心”与“他者”概念辩证结合有其合理性，但是也体现了他较为明显的宗教主张。此外，通过后现代主义的重要概念，来证明后现代主义试图解构的神学观点，既有其独创性和新颖性，也反映了某种程度上的“先天不足”。不过，亨里克森的这篇文章借助后现代主义“超越传统”“解构中心”之势，去寻求后现代主义某些解构之物的合理性和合法性，的确赋予了我们从多元角度来看待自我与“他者空间”的可能性。

五 读者、作者、人物：以简·奥斯汀 和菲茨杰拉德的小说为例

亨里克森从神学与后现代主义理论的关联角度启示我们，“他者”关系与“他者”空间可以有不同的定义方式，这也为笔者的文学研究提供了重要启迪。笔者认为，文学中的“他者”概念也是多样化的：作者、读者与人物，“抽象”和“具象”，“时间”与“空间”都可以互相阐释与补充。这不仅指向我们生活在一个向多元化延展的世界，也启示我们应该以多元化的思维方式去理解文学与世界。

纵观人类的历史，我们与其他物种相互区分的很重要的一点，就在于我们具有讲故事的能力。我们创造了一种“叙事”来安放对未知的恐惧，缓解对他者空间不断浸润的迷惘。在古老的本源故事《创世纪》之后，文学家们创造了很多故事来编码抑或解码我们的人生体验。在很多作家的笔下，我们体察到书中人物之于读者与作者是一种特殊的“他者”。

布斯在《小说修辞学》一书中讲述了简·奥斯汀的小说《爱玛》中的距离控制技巧。布斯认为，爱玛作为一个有明显道德缺陷的女主人公，最终让读者从心理层面完成了对她的体认，很重要的原因在于简·奥斯汀运用了艺术上的距离感。"在对爱玛出自内在的缺点作出反应时，好像它们是我们自己的缺点，我们就很可能不仅原谅它们，而且忽视它们。"① 一种远观的距离感在于，我们永远不会把现实生活和小说营造的艺术世界相互等同。而一种细察的亲密感则在于，爱玛身上的某些缺点，从某种程度上反映了我们完善自身的渴望。正因为爱玛作为一个艺术形象，既处在一种安全距离之外，回避了现实生活的日常性，又处在一种有效距离之内，帮助我们反观自身、体察他者，所以我们不知不觉被带入并认同了简·奥斯汀的叙事脉络，参与塑造了爱玛的自我成长。爱玛聪慧、美丽等优秀的品质让我们首先从感性上喜欢这一人物，而其偶尔流露出来的浅薄、缺乏同情心、自以为是等缺点，随后又被其自我反思的力量和奈特利先生的有效指导消解了。这让我们更容易从真实的维度去观察一个虚拟人物的成长，祝福她获得一份美好的爱情，体验一种更为珍贵、成熟的生命样态。小说艺术帮助读者在现实性和神秘性、实在界与象征界中不断穿行，始终在徘徊，但永远不会抵达与单一维度的无限亲密。

而在简·奥斯汀的另一部小说《劝导》中，书中人物对于作者而言是特殊层面的"他者"。安妮·埃利奥特与海军上校温特沃斯之间的爱情故事，从某种程度上来看正是简·奥斯汀爱情经历的显影。她与主人公一样，经历了爱情中的误解与分离。"你刺穿了我的灵魂，一半是痛苦与迷惘，一半是希冀与渴望……我自始至终爱的就只有你。"② 这句饱含深情的告白也再现了简·奥斯汀本人最真实的情感。在构思小说的结局时，她曾一度犹豫，是否要让安妮·埃利奥特和温特沃斯走到一起。在现实生活中，简·奥斯汀和所爱之人并没有实现一个完满的结局。而这个艺术世界里相对圆满的爱情故事，正代表了简·奥斯汀本人的隐秘愿望和情感追求。安妮·

---

① 布斯：《小说修辞学》，华明、胡苏晓、周宪译，北京大学出版社，1989，第 279 页。

② Jane Austen, *The Novels of Jane Austen*, Volume Five, Third Edition. London：Oxford University Press，1933，p. 237. 译文为笔者翻译。

埃利奥特正是她自身理想化爱情的投射和显影。

从亚当和夏娃的故事开始，一种无从描述而又无处不在的孤独感就伴随着人类整个生命旅程。亚当需要一个伴侣，于是夏娃诞生了，而人类始祖在伊甸园里完满的生活轨迹，终究因获得了体认自身的知识以及这种知识携带的欲望而被打破。他们被永恒地作为"他者"放逐，不再拥有不朽的生命，注定在有限的时间和空间内，体会"失乐园"的疏离感和孤独感。而小说作为艺术界和象征界的代表，让时间与空间再度从文字中回归了永恒，让作者抑或读者的孤独感和疏离感得到了某种程度的缓解和释放。从这一点上看，文学达到了与宗教异曲同工的效果。[①] 泰森在《当代批评理论实用指南》中提供了具有思辨性的视角，重新解读了"他者"之于作者、读者与人物的意义。她引用了霍兰德（Norman Holland）的观点，指出理解作者认同的主题可以让我们充分体会到"自我与他者的合二为一"，[②] 而这正是艺术家给我们带来的礼物。她同时也指出，"有的时候，文本提供的语境是我们唯一可以依靠的线索，因为有些象征是高度个人化的，或只对作者才有意义，因而很难破解"。[③] 在现象级电影《头号玩家》中，破解最终谜题的"玫瑰花蕾"正因为携带着个人化、隐秘化的色彩，所以很长一段时间未被辨识出来。打破个人与他者的边界，真正实现道德和情感维度上自我与他者的合一，才可以成为电影中的"头号玩家"，才能更好地理解他者，体认自身。泰森以《了不起的盖茨比》作为分析文本，从多重文学批评视角对其进行了解读。笔者也将着眼于这个文本，揭示各个人物之间、读者与人物之间、作者与人物之间如何实现"互为他者"的效果，并且论述泰森以"他者"身份进入的文学阐释，为何具有不可替代、超出文本框架之外的作用。

在《了不起的盖茨比》中，故事的叙述者尼克对盖茨比有这样一段评价。"它是一种特殊的美好天赋，一种充满浪漫气息的聪颖，这种品性我在

---

① 这一观点源自 Terry Eagleton，*Literary Theory*：*An Introduction*，（Chapter One：The Rise of English.）

② 泰森：《当代批评理论实用指南》，赵国新等译，外语教学与研究出版社，2014，第205页。

③ 泰森：《当代批评理论实用指南》，第156~157页。

其他人身上还从未见到过，很可能今后也不会再见到。"① 是什么让尼克对盖茨比有了心灵层面的体认和理解，认同了这个"他者"呢？这种认同首先源于两个孤独者的相遇。

> 我回过头去看它时，发现此时此地并非只我一个人——在五十英尺外，从我邻居的宅邸的阴影里隐现出一个人的身影。他站在那里双手插在口袋里，仰望像洒落的胡椒粉般布满夜空的银色繁星。②
>
> 但是我没有和他打招呼，因为忽然间他给我一种感想——他不愿有人打扰他——他以一种奇怪的方式朝幽暗的海面伸出双臂。虽然我离他很远，我十分肯定他在颤抖。我不由向海边望去，那里除了一盏绿色的灯之外，什么也没有。灯光微弱又遥远，也许那是一个码头的尽头。等我回头再来找盖茨比时，他已经消失不见了。在这不平静的夜色里又只剩下我一个人了。③

尼克发现自己不是孤独一人，不远处的盖茨比和他共享一处空间。盖茨比仿佛享受着这种孤独感——他在布满银色繁星的夜空下，感受着个体生命的渺小、生命空间的延展。当个体存在被浩渺的时空包围、笼罩和淹没时，也许某个怀恋和追忆的人，某种隐蔽而神秘的情结，会在短暂的刹那，重新回归生命的轨道。后来尼克逐渐领会了盖茨比这种"幸福的孤独感"，并且将其与自己的生命经验重叠——他最终完成了对盖茨比的认同和理解。

他者同样存在尼克和盖茨比的日常性中。"威尔逊太太最关心的是那只狗崽。她好说歹说让电梯工弄来了一只铺满稻草的纸箱子和一些牛奶。他还主动带来了一听又大又硬的狗饼干——从里面取出来的一块放在牛奶碟子里泡了一下午，竟毫无变化。此时，汤姆从一个上锁的柜子里取出了一

---

① 菲茨杰拉德：《了不起的盖茨比》，姚乃强译，人民文学出版社，2015，第4页。
② 菲茨杰拉德：《了不起的盖茨比》，第21页。
③ 菲茨杰拉德：《了不起的盖茨比》，第21页。

瓶威士忌酒。"①

　　这一段描写反映了汤姆·布凯南及其情妇梅特尔等人较为奢靡的日常生活。"狗饼干泡在牛奶碟子里"与"汤姆取出一瓶威士忌酒"看似没有交叠，实质上反映了不同空间和情景在日常维度上的弥合。德国电影《罗拉快跑》在主题层面与这段描写有相似之处。贯穿影片的情节是：罗拉为了救自己的爱人，需要筹集一大笔钱，她一直在路上，一直在奔跑。罗拉在奔跑途中不经意间邂逅的人，正代表了生活中的日常性元素。而每一次的看似"不经意"都会对故事的结局产生微妙的影响。电影安排了三个开放式的结局供观众自己去选择，偶然性与必然性相互重合——最终的结局并没有看似那么重要。

　　菲茨杰拉德描写了盖茨比在家中举办酒会的场景。对于盖茨比而言，这是他试图寻找迷失的自我、迷失的"他者"的过程，也是一种只对他有意义的"日常性"。

　　　　在他的蓝色花园里，男男女女像飞蛾一般在笑语、香槟酒和星光之中来回晃悠。②
　　　　有的时候，他们从来到走，压根儿没有见过盖茨比，他们就是一心奔着晚会来的，这颗心就是入场券了。③

　　飞蛾般的人群来来去去，停停走走，陌生与熟悉本没有那么重要。这些来客存在于盖茨比的生存空间之中，却永远在他的生命空间之外。他渴望的只是有那么一瞬间，可以在拥挤的人群中看到唯一对他重要的黛西的身影，那是他守候的心灵层面的"他者"，只有她才能让洒落的星光、远方缥缈的音乐和杯中晃动的香槟酒真正有意义。

　　黛西对于盖茨比来说，是远景也是近景，是光亮也是暗影。盖茨比想要将黛西作为"他者"内化，却永远见证了她在现实层面的"放逐"和

---

①　菲茨杰拉德：《了不起的盖茨比》，第 27 页。
②　菲茨杰拉德：《了不起的盖茨比》，第 36 页。
③　菲茨杰拉德：《了不起的盖茨比》，第 38 页。

"游离"。夜晚、星光、音乐、酒会、自然、人心，都代表着盖茨比一个人的孤独，一个人的幻想，一个人对某些转瞬即逝却难以具象的元素的挥手告别。正如下面这段描写：

> 一轮圆圆的月亮正照在盖茨比的别墅上，夜色依旧美好，花园依旧灯光灿烂，而欢声笑语已经消逝。一股突如其来的空虚似乎正从窗户和巨大的门里流泻出来，给予主人的身影一种完全离群孤寂的形象，他这时正站在门廊上，扬臂举手摆出正式道别的姿势。①

从抽象意义上来讲，"无限与有限""现实与非现实""过去与现在"也可以互相阐释和补充。笔者在以下几处文本线索中追踪到这些隐秘的"他者"概念。

无限与有限。

> 一个难以形容的浮华世界展现在他脑海里，与此同时洗脸架上的小钟在滴答滴答地响着，乱扔在地上的衣服沉浸在湿润的月光里。②

"浮华世界"代表空间，"洗脸架上的小钟"代表时间。湿润月光里的无限，小钟嘀嗒声中的有限，实现了某种程度的契合和交织。

现实与非现实。

> 有一段时间，这些幻梦为他的想象力提供了一个发泄的途径：它们令人信服地暗示现实是不真实的，它们也表明世界的基石是牢牢地维系在仙女的翅膀上的。③

---

① 菲茨杰拉德：《了不起的盖茨比》，第51页。
② 菲茨杰拉德：《了不起的盖茨比》，第89页。
③ 菲茨杰拉德：《了不起的盖茨比》，第90页。此处中译本翻译有误，故笔者根据原文重译。当然，翻译本身就是一种再创作的过程，阅读不同的翻译版本有助于更好地理解和把握原文。

这段话笔者翻译为："有过短暂的片刻，这些幻梦赋予了他的想象力一个释放的空间。它们让人体味着满足感，暗示了现实的非现实意涵，仿佛孕育了一个承诺：如岩石般坚硬的世界本可以牢牢地维系在仙女轻盈的翅膀之上。"周遭的现实和非现实性的幻梦在个体的想象层面相遇了，它们曾彼此放逐，最终彼此内化。

过去与现在。

> "不能重温旧梦？"他大不以为然地喊道，"哪儿的话，我当然能够！"他狂躁地东张西望，仿佛他的旧梦就隐藏在这里，就在他房子的阴影里，几乎一伸手就可以抓到。①

过去与现在只有在盖茨比的幻想层面才能实现交融。盖茨比心理层面对过去与现在重合的渴望，正与现实层面的"永远逝去"与"不可回溯"形成鲜明的对比，展现了盖茨比富有悲情色彩的人生，与一种深邃、惆怅的无力感。盖茨比面对的是一个无法追踪的过去和一个无穷迷惘的未来：

> 他绝望地伸出手去，仿佛只想抓住一缕轻烟，从那个因为她而使他认为是最可爱的地方留下一丝半缕。但是在他模糊的泪眼前面一切都跑得太快了，他知道他已经失去了其中的那一部分，最新鲜最美好的部分永远失去了。②

在小说的结尾，菲茨杰拉德为盖茨比个体生命的陨落笼上了一层唯美的光晕，自然作为特殊层面的"他者"最终接纳了人心，接纳了个体生命的流逝。无限与有限，现实与非现实，过去与现在在"自然与人心交汇"的层面融为一体。

> 清水从一端放进来又流向另一端的排水管，池里的水泛起微微的、

---

① 菲茨杰拉德：《了不起的盖茨比》，第100页。
② 菲茨杰拉德：《了不起的盖茨比》，第138页。

几乎看不出的涟漪。随着水细微的波动，那只载有重负的橡皮垫子在池子里漫无目的地漂着。一阵几乎连在水面上都吹不起涟漪的微风就足以改变它那载着偶然的重负的航程。一堆落叶使它慢慢旋转，像经纬仪一样，在水上转出一道细细的红色的圈子……于是这场血腥的杀戮结束了。①

　　盖茨比相信那盏绿色的灯，它是一年一年在我们眼前渐渐远去的那个美好未来的象征。从前它从我们面前溜走，不过那没关系——明天我们将跑得更快，手臂伸得更远……总有一个明朗的早晨……于是，我们奋力搏击，好比逆水行舟，不停地被水浪冲退，回到了过去。②

盖茨比相信黛西家码头那盏绿灯发出的微弱的光亮，但它日渐模糊，渐行渐远，让人始终追寻，却难以获得。我们也同样期待有这样一个明朗的早晨，可以退回过去的时间，可以在心理层面和那个唯一重要的"他者"重逢——也许这个"他者"正是过去的自己。

德国电影《窃听风暴》（又译《他人的生活》），讲述了一个窃听者如何在窃听的过程中，逐步走进被窃听者的生活，进而完成了对他者的体认和理解，自愿而且默默地承担起了保护的责任。这部电影在主题上与尼克和盖茨比的故事有很多相通之处。尼克永远无法完全成为盖茨比，但是当他亲眼看见这位梦想守护者的陨落，他毅然决然地想要站在盖茨比一边，为他做一些事，也是重新了解、进入自己的内心。尼克和盖茨比之间既是对立的，也是交融的。

"尼克是理性、经验、清醒、现实和历史；而盖茨比是想象、纯真、沉

---

①　菲茨杰拉德：《了不起的盖茨比》，第146页。中译本此处将"the holocaust"翻译为"血腥的屠杀"，笔者认为稍有不妥。"The Holocaust"是文化负载词，指二战的时候对犹太人的屠杀，作者用在这里，通过盖茨比和威尔逊的悲剧性陨落传达出一种幻灭感。前文用唯美朦胧的笔法描绘了盖茨比的悲剧之死，若是此处将"the holocaust"译作"血腥的屠杀"，似与前文的风格有所割裂，或可去掉形容词"血腥的"，简单译为"一场杀戮抵达了终点"。

②　菲茨杰拉德：《了不起的盖茨比》，第163～164页。

睡、梦想和永恒。”“尼克沉浸于时间和现实中无法自拔；盖茨比跳脱出来，却是以绝望的姿态。尼克不断从生活中撤离，而盖茨比始终向前追寻着那盏绿灯。尼克承受不了受伤的苦楚，他也因此永远不会快乐。盖茨比能感受到狂喜的冲动，却免不了悲剧的收尾。他们是不同的两类人，也代表了人性两个最好的方面：道德主义和激进主义。”① 菲茨杰拉德同样可以视作盖茨比“文本之外的他者”。“菲茨杰拉德找到了这样一个故事，让他更充分地探查自身对经验的体会和感知。他将自己投身于一种充足而可塑的形态中，永远没有背离。”②

　　而读者同样作为“文本之外的他者”，跟随菲茨杰拉德的艺术设计，跟随尼克的讲述脉络，看到了盖茨比的“光与影”，感受着他的“远与近”。泰森以一个文学批评家的独到眼光，从“读者”的角度进入，赋予了盖茨比的故事不同的阐释视角：精神分析、马克思主义、女性主义、读者反应理论、结构主义、解构主义、后殖民主义、酷儿理论等。这赋予了文本更旺盛的生命力，也增强了文本与读者之间，“讲述”与“阐释”之间的张力。比如她从拉康“真实界”“象征界”“想象界”三个维度入手，指出“对于盖茨比而言，黛西家码头的绿色灯光就是‘小写的他者客体’③，因为人们会认为，对盖茨比而言，绿色的灯光不仅包含着对黛西的承诺，还包含着另一种承诺：让他回到天真无邪的青年时代，回到他被生活弄得绝望失意和腐化堕落之前的年代”。④ 泰森转引了安德鲁·狄龙（Andrew Dillon）的观点，认为盖茨比是一位“有血有肉的圣人”⑤，是集世俗性与精神性于一身的人物。作者预留了一个安全的阅读距离，让我们自己去审视，到底该如何判断盖茨比用腐败的手段来达成纯洁美好的目的。值得关注的是，

---

① Martin Steinmann, Jr., ed. *Fitzgerald's* The Great Gatsby：*The Novel, the Critics, the Background*, New York：Charles Scribner's Sons, 1970. p. 143.

② Martin Steinmann, Jr., ed. *Fitzgerald's* The Great Gatsby：*The Novel, the Critics, the Background*, p. 127.

③ 小写的他者客体（object small a），字母 a 代表法文 autre，相当于英文的 other（他者）。拉康认为，我们学会使用语言，就从想象界开始进入象征界，而想象界中那种完整的、圆满的、与母亲/我们的世界亲密结合的感觉消失了，这种失落的欲望对象就是小写的他者客体。

④ 泰森：《当代批评理论实用指南》，第 31~32 页。

⑤ 泰森：《当代批评理论实用指南》，第 223 页。

"盖茨比离不开那个腐朽的世界，二者在相互利用"。①

跟随泰森的逻辑，以"读者"和"他者"的双重身份进入文本，再回归现实，会发现其实"他者"、"他者空间"和"他者意识"的存在就是消解二元对立模式的有效方法，比如男性与女性的对立、腐朽与文明的对立、颠覆与权力的对立、个体与群体的对立、读者与作者的对立、客观与主观的对立。通过追踪这些"他者"概念，我们能从情感上把握霍米·巴巴作为文化中的他者被边缘化的"无家感"，一种在文化夹缝中求生的无所适从。我们也能领会托尼·莫里森在《最蓝的眼睛》中所讲述的佩克拉渴望一双蓝色眼睛的故事——"自我性"在文化和种族的等级阶序中丢失了。我们更能识别，《藻海无边》是对《简·爱》的一次"他者的逆写"，而《简·爱》本身又是女性对男权社会的"他者的逆写"。这些都是文学带给我们的礼物——一种"他者"的思维方式。

六 以《庄子》为代表的中国古典哲学对他者的界定："彼"与"此"

笔者注意到，在以《庄子》为代表的中国古典哲学中，也有很多关于"他者"的睿思。《庄子》对于"彼"与"此"的定义有助于我们从东方视角更好地完善和丰满"他者"的概念。

《庄子》中有一个"无材之木"的故事。这个故事诠释了个体与群体、自我与他者的关系。它为我们提供了安放"他者"的另一种方式——认识自己，保全自己，为他人提供一片绿荫。

> 南伯子綦游乎商之丘，见大木焉，有异：结驷千乘，将隐芘其所藾。子綦曰："此何木也哉？此必有异材夫？"仰而视其细枝，则拳曲而不可以为栋梁；俯而见其大根，则轴解而不可以为棺椁；咶其叶，则口烂而为伤；嗅之，则使人狂酲，三日而不已。

① 泰森：《当代批评理论实用指南》，第311页。

子綦曰："此果不材之木也，以至于此其大也。嗟乎神人，以此不材！"

宋有荆氏者，宜楸柏桑。其拱把而上者，求狙猴之杙者斩之；三围四围，求高名之丽者斩之；七围八围，贵人富商之家求禅傍者斩之。故未终其天年，而中道之夭于斧斤，此材之患也。故解之以牛之白颡者与豚之亢鼻者，与人有痔病者不可以适河。此皆巫祝以知之矣，所以为不详也。此乃神人之所以为大祥也。①

这段文字出自《庄子》内篇《人间世》。南伯子綦到商丘去游玩，看到一棵大树长得与众不同，千乘之马都可以隐息于它的树荫下，于是以为这棵树必定可堪大用。可是，他仰起头，看这棵树的根根细枝，发现它们都弯弯曲曲，不能做栋梁；低下头，看这棵树的树干，发现它木纹旋散，不能做棺椁；舔一舔它的叶子，嘴就会溃烂受伤；嗅一嗅它的气味，人就会狂醉，三天醒不过来。于是南伯子綦感叹：这是一株不材之木，所以才能长得这么大。神人也是这样显示自己的不材。

以笔者观之，这个故事收录在《人间世》中，体现了庄子在纷乱的人世间保全自己的方法：永远追求一种道家的浑圆与完满。那些一握两握粗的树，被人砍去做系猴子的木栓；三围四围粗的，被人砍去建高大屋栋；七围八围粗的，被富贵人家砍去做棺材。它们都不能感受天赋的寿命，中途就夭折了。这就是庄子所指的有材之木要遭遇的祸患。而那些异常事物，如平常人所鄙夷或者远离的额头白的牛和鼻孔上翻的猪，还有生痔疮的人，却被神人和至人认为是最吉祥的。只有世俗之人的评判标准所无法界定的神人和至人，才能够达到天道的境界，以一种更为独立的姿态去创造一处孤独的场域，保存生命本初的活力和价值，探寻生命与宇宙交融之际更多的可能性。

美国《纽约客》杂志上的一段有关红杉树的描述，与庄子所讲的"无材之木"有类似之处。

---

① 《庄子今注今译》，陈鼓应注译，商务印书馆，2018，第159~160页。

一旦我们想要从某物中谋取财富，不管是砍伐一片树林，还是不断剥削着自我之感，事实上只会达成一个效果，那就是毁灭了它。奥德尔（Odell）举美国奥克兰州一种很有名的红杉树为例，把它命名为"昔年的幸存者"（Old Survivor），据估计，这棵树已经有 500 多年的历史了。很多树木与这棵"昔年的幸存者"生长在同一区域，可是它们难逃被砍伐的命运，而这棵树却成了唯一的幸存者，因为它异于其他的树，它盘旋着，扭曲着，扎根于岩石密布的陡坡，那些伐木者看不到它的价值。于是奥德尔写到，这棵树展现了"地域性的反抗"（resistance-in-place），从资本的占用和侵吞中逃逸。奥德尔认为，若说我们得以向前，那么唯一的方式就是像那棵"昔年的幸存者"一样。我们需要有一种能力，可以什么都不去做——可以只是见证，只是坚守在我们的土地或领域，为他人提供一片绿荫——就这样忍受着，挣扎着，过我们的人生。①

"无材之木"和那棵红杉树让笔者想到《红楼梦》开篇的那块顽石，"无材可去补苍天，枉入红尘若许年"。在庄子和曹雪芹的笔下，"无材"不再等于"无用"，而是一种"无用之用"，也许是一种"大用"。我们可以把"无材之木"和"顽石"的故事解读为庄子和曹雪芹的一种自嘲，解读为古代的哲人、文学家在纷乱的时代里保全自我性的一种方式：如果不可兼济天下，便独善其身。无材之木可以为更多人提供一片绿荫，旅途劳顿的人们可以在树下休息、乘凉。那块"无材可去补苍天"的顽石，可以降落凡尘，书写一段人间奇缘，成就"绛珠仙草"和"神瑛侍者"的故事。这是一种更为珍贵的自我性，更为多元、完满的生命体验。奥德尔的红杉树，还反映了作者面对资本空间挤占个人空间时的迷惘——一棵树的"地域性的反抗"，也是一个人的"地域性的反抗"。在一个芜杂的时代中，我

---

① Jia Tolentino, "What It Takes to Put Your Phone Away," *The New Yorker* 2019 Issue, April 29. Available at: https://www.newyorker.com/magazine/2019/04/29/what-it-takes-to-put-your-phone-away? utm _ source = The + Sunday + Long + Read + subscribers&utm _ campaign = fe924c4467 – EMAIL_CAMPAIGN _2019 _04 _27 _05 _46&utm _ medium = email&utm _ term = 0 _67e6e8a504 – fe924c4467 – 273537089.

们依然可以保存一种"无用性"，纵然有挣扎和困苦，但所有元素终将化作一种笔触，一种书写，一种幼小但珍贵的希望和力量。就像电影《海上钢琴师》里所描绘的：一个名为"1900"的弃婴在一艘远洋客轮上与钢琴结缘，最终成为一个钢琴大师。他的生命与死亡都深刻地与船交织在了一起。他拒绝下船，只因那里有一个独属于他的时代，一处孤独的场所，一种孤独的幸福，恰如红杉树的"地域性的反抗"。

东西文本之间互相阐释的张力，反映了《庄子》与西方哲学、文学的很多相似之处。哲学家陈鼓应为《庄子》作注。他指出，他接触《庄子》是通过尼采和存在主义的引导。他最为欣赏的两部著作——《查拉图斯特拉如是说》和《庄子》——深刻地吸引着他，尼采的"冲创意志"和庄子的宁静致远的意境，对立而又并存，蓄藏在他的心底。笔者认为，站在西方哲学的角度，可以更冷静、客观地感受本民族文化的美感和深刻。正如庄子在《齐物论》中所讲："以指喻指之非指，不若以非指喻指之非指也；以马喻马之非马，不若以非马喻马之非马也。天地一指也，万物一马也。"[①]陈鼓应对庄子这一哲学思想进行了阐释，指出，"从 A 的观点来解说 A 不是 B，不如从 B 的观点来解说 A 不是 B。从上文来看，A 即'此'或个我，B 即'彼'或他人"。陈鼓应认为，庄子之意在于，不如以"彼"的一方来作为衡量的起点，而不是以"此"的一方作为起点，恰如郭象所说的彼和此能"反复相明"。

《庄子》之《齐物论》中有一处，明确地指向了"彼"与"此"的关系，体现了中国古代哲学的睿智。

　　物无非彼，物无非是。自彼则不见，自是则知之。故曰彼出于是，是亦因彼。彼是方生之说也，虽然，方生方死，方死方生；方可方不可，方不可方可。因是因非，因非因是。是以圣人不由，而照之于天，亦因是也。

　　是亦彼也，彼亦是也。彼亦一是非，此亦一是非。果且有彼是乎

---

① 《庄子今注今译》，第 66 页。

哉？果且无彼是乎哉？彼是莫得其偶，谓之道枢。枢始得其环中，以应无穷。是亦一无穷，非亦一无穷也。故曰莫若以明。①

这段话的意思是说，世界上的事物没有不是"彼"的，也没有不是"此"的。从他物那方面看不见，从自己这方面来了解就知道了。所以说，"彼"是因与"此"对立而来，"此"也是因与"彼"对立而成。"彼"和"此"是相对而生的。虽然这样，但是任何事物随起就随灭，随灭就随起；刚说可就转向不可，刚说不可就转向可了。有因而认为是的，就有因而认为非的，有因而认为非的，就有因而认为是的。所以圣人不走这条路子，而观照于事物的本然，这也是因任自然的道理。

这段有关"彼"与"此"的论述与《老子》中阐释的几组辩证关系可以互相阐释和参照。《老子》第二章言："有无相生，难易相成，长短相形，高下相倾，音声相和，前后相随，恒也。"② 无论是老子阐释的"无"与"有"的辩证法，还是庄子展现的"彼"与"此"的对立统一，都体现了中国古代哲学中隐藏的"他者"概念。中国古代哲学与西方的"他者"概念有异曲同工之处：只有从"彼"进入，才能更好地理解"此"的位置和独特性；只有更深刻地理解了"无"的概念，才能更好地把握"有"，才能"无"中生"有"。这与西方哲学和文学中对"他者"与"自我"交织的描绘是共通的。重新挖掘中国古代哲学中隐藏的"他者"概念，也有助于在文化日益多元的时代，寻求文化间深入对话的可能性。

七　动物与人：庄周的蝴蝶与德里达的猫

笔者认为，要更深刻地理解《庄子》中的"彼"与"此"的概念，阅读《齐物论》中庄周梦蝶的故事非常关键——一个特殊的"他者"。

昔者庄周梦为胡蝶，栩栩然胡蝶也，自喻适志与！不知周也。俄

---

① 《庄子今注今译》，第62页。
② 《老子》，饶尚宽译注，中华书局，2006，第5页。

然觉，则蘧蘧然周也。不知周之梦为胡蝶与，胡蝶之梦为周与？周与胡蝶，则必有分矣。此之谓"物化"。①

这段话的意思是，从前庄周梦见自己变成蝴蝶，遨游各处悠游自在，根本不知道自己原来是庄周。忽然醒过来，自己分明是庄周。不知是庄周做梦化为蝴蝶呢，还是蝴蝶做梦化为庄周呢？庄周和蝴蝶必定是有所分别的。这种转变就叫作"物化"。

关于"昔者庄周梦为胡蝶，栩栩然胡蝶也，自喻适志与"一句，在《庄子注疏》中有这样的解释："夫生灭交谢，寒暑递迁，盖天地之常，万物之理也。而庄生晖明镜以照烛，泛上善以遨游，故能托梦觉于死生，寄自他于物化。是以梦为蝴蝶，栩栩而适其心；觉乃庄周，蘧蘧而畅其志也。"②正是因为"自"与"他"在物化的层面合一了，所以才会有"栩栩然"之感。关于"此之谓'物化'"一句的解释，郭象的注和成玄英的疏如下：

> 夫时不暂停，而今不遂存，故昨日之梦，于今化矣。死生之变，岂异于此，而劳心于其间哉！方为此则不知彼，梦为胡蝶是也；取之于人，则一生之中，今不知后。丽姬是也。而愚者窃窃然自以为知生之可乐，死之可苦，未闻物化之谓也。【疏】夫新新变化，物物迁流，譬彼穷指，方兹交臂。是以周蝶觉梦，俄顷之间，后不知前，此不知彼。而何为当生虑死，妄起忧悲！故知生死往来，物理之变化也。③

在这里，郭象和成玄英把"庄周梦蝶"、"蝶梦庄周"与"生死之辩"结合在一起。愚者自以为知悉了生命的欢乐、死亡的苦楚，却不知还有另外一种存在的方式——"物化"。如果能够看透这一点，那么凡尘间再多的"新新变化""物物迁流"，都不足以扰动人或蝶的心智，让其因死生之虑而悲欢交叠了。庄子引入"物化"这一概念，旨在说明万物在面对死生之辩

---

① 《庄子今注今译》，第101～102页。
② 《南华真经注疏》，郭象注，成玄英疏，中华书局，1998，第58页。
③ 《南华真经注疏》，第58～59页。

时，并无分别，可以相互转化，也并没有主体和客体的区别，正如不知是
"庄周梦蝶"还是"蝶梦庄周"一样，最终二者化而为一，归于天地的浩渺
与沉寂之中。"庄周梦蝶"这一故事是庄子齐物论思想最有力的彰显："天
地与我并生，而万物与我为一。"

前文中已经提到，在西方哲学体系中，对于"他者"的提及和阐释主
要集中在后现代主义哲学家的思想脉络之中。德里达是解构主义的代表，
而他关于"猫的回视"的论述也从动物与人的辩证与交互关系上丰富和完
善了"他者"的概念。德里达在《所以我才是动物》 (*The Animal That
Therefore I Am*) 一书中，讲到一只猫凝视自己赤裸身体的故事。这个故事启
发他反思自己与动物之间的关系。

> 自从一段时间以来，因此。
>
> 自从很久以来，我们能说动物一直在看着我们吗？
>
> 什么动物？他者（它者）
>
> 我经常问自己，为了看看我是谁——我是（跟随）谁，当我被动
> 物沉默的目光，比如一只猫的眼睛看到自己的裸体时，我难以，是的，
> 一个麻烦的时刻，去克服我的窘迫。
>
> 为什么会有这种麻烦？
>
> 我有麻烦压制这种羞愧（腼腆）的运动。麻烦在于自身保持沉默，
> 反对猥亵。反对失礼的担心，这种非礼来自于发现自己赤裸，自己的
> 性暴露，完全赤裸在一只猫面前，它一动不动地看着你，只是看着。
> 一种动物赤裸着在另一种动物前的失礼，从这点上人们可以称之为一
> 种动物场景：一种本源的经验，一个不可比较的可恶场景，出现在赤
> 裸的真实之中，在动物持续的注视面前，一种善意的或无情的，惊奇
> 的或熟知的注视面前。一个预言家、梦想家或超出光明的盲人的注视。
> 因此，我似乎为在这只猫面前赤身裸体而感到羞耻，并且为羞耻感到
> 羞耻。一种反观自照的羞耻，耻于自身的羞耻的反映，一种同时是反
> 射反思的，不合理的且无法明言的羞耻。在这种反射的光学中心，会
> 出现这种东西——在我看来是这种无与伦比的体验的焦点——这被称

为裸体。并且人们相信它是人所专有的，也就是对动物是陌生的，动物是赤裸的，或者被看成是赤裸的，但对此，动物们却没有哪怕是最细微的意识。①

德里达的这段论述表达了人在动物面前"赤身裸体"时复杂的心理变化。关于"赤身裸体"的表述可以追溯到亚当和夏娃的故事。在伊甸园里偷尝禁果后，他们感到了赤身裸体所带来的羞耻感。而德里达在"猫的凝视"面前也产生了这样的羞耻感，于是他不禁追问，当自己完完全全暴露在一个猫的凝视之下，这是不是一种失礼。德里达为这一点感到羞耻，也为自己感到羞耻而羞耻。格拉德·布伦斯（Gerald L. Bruns）在文章《德里达的猫：我是谁》中指出："德里达并不是想要抹除掉自己与猫的区别，而是想要以复数化的形态来呈现它，来确定猫具有绝对的他者性与单一性特质，是不能被任何类属或者定义所涵盖的（比如动物）。他的猫代表了一种他者，没有任何人类能够呈现出这只猫的样态（假如我们说存在这样一种形态的话，其实德里达并没有准备好铺陈这个概念）。同样，这里我们面对一个'谁'的问题，这是一条逃逸路径，可以避免我们陷入身份机器的陷阱。"②

动物与人的关系，有时会被具体到动物伦理或者政治讽刺的层面。比如卡夫卡的《变形记》，主人公格里高尔·萨姆沙在一家公司任旅行推销员，受到所有人的爱戴。有一天，他突然发现自己变成了一只甲虫，周围的亲人、朋友对他再没了往日的尊敬，最后他在痛苦与饥饿中默默死去。卡夫卡借此传达了在焦灼不安的社会环境中，人们复杂而脆弱的内心世界。又比如乔治·奥威尔在《动物庄园》中借助动物之口，来传达人性与人类社会的问题。再比如乔纳森·斯威夫特的《格列佛游记》的第四卷"慧骃国游记"（Houyhnhnms），慧骃是一匹马，当格列佛向慧骃讲述了在人类世界，人是马的主人，而马被视作畜生之后，慧骃对此表示了疑惑和惊异。

---

① Jacques Derrida, *The Animal That Therefore I Am*, trans. David Wills, ed. Marie-Louise Mallet, New York: Fordham University Press, 2008. pp. 3 – 4. 中文译本参见德里达《解构与思想的未来》，夏可君译，吉林人民出版社，2006，第 113 ~ 114 页。

② Gerald L. Bruns, "Derrida's Cat (Who am I)," *Research in Phenomenology* 38 (2008): 404.

这也是对人类中心主义的颠覆。再比如爱伦·坡的著名恐怖小说《黑猫》。黑猫的死亡，黑猫的回归，人类内心的恐惧和兽性，都与故事讲述者隐藏的杀妻欲望纠结在一起，指向人潜意识里的黑暗和恐惧。

德里达的猫，与上文所提及的人与动物的案例有很多不同之处：德里达并不是以动物作为一种外在的表现形式，来呈现人内心的情感或动向；也不是借动物之口，达成人类讽刺寓言的效果。德里达充分利用了文学和生活中的空间，让一只猫和一个赤裸的人无论在生活空间还是在文学空间都平等相遇。猫的凝视来自一个特殊的视角，因此具有了某些特殊性和特权性。猫的凝视是解构人类中心主义的重要路径，而且有助于人类反观自身在社会中的位置，捕捉一切隐秘情感（如羞愧、愤怒）的来源。正如德里达所说："是谁？是谁问了这个有关'谁'的问题？在哪里？什么方式？什么时候？谁来了？这永远是最难回答的问题，'谁'的问题没有办法降落一层抵达'什么'，或者降落到一处所在。在这处所在，'谁'和'什么'的界限是模糊的。"①

笔者将庄周的蝴蝶和德里达的猫进行比较分析，是因为笔者认为它们对"他者"概念的完善和发展都有着建设性的作用。由庄周与蝴蝶化而为一的故事衍生出的中国传统哲学中的"物化"概念，由德里达与一只猫的凝视所衍生出的对人类与动物关系的重新思索，本质上都是借助"他者"的概念更好地回归和阐释自我。这是中国哲学和西方哲学一直试图解决但是也许永远没有办法完全解决的问题，因此是深刻的。

八 "他者"概念、少数族裔与比较文化研究

近些年来，对"他者"概念的使用、借用、挪用和泛用大多集中在少数族裔领域，并与"身份政治"广为结合。笔者在这一小节，希望论述"他者"概念与少数族裔的关系。笔者认为，探讨"少数族裔"层面的他者概念，为跨文化理解和比较文化研究提供了一些警示和启示。

---

① Jacques Derrida & Maurizio Ferraris, *A Taste for the Secret*, trans., Giacomo Donis, eds., Giacomo Donis and David Webb, Cambridge: Polity Press, 2001, p. 41.

斯皮瓦克（Gayatri Spivak）曾参加过一次会议，会议名为"欧洲和它的他者们"（Europe and its others），她主张把会议名称改为"欧洲作为他者"（Europe as an other）。"欧洲和它的他者们"，是以欧洲为中心来看待其他种族和群体；"欧洲作为他者"，则是站在昔日被视为"他者"的少数族裔或者边缘群体的立场上，去反观欧洲这一"他者"，带有强烈的主体意识。但是，斯皮瓦克敏锐地意识到自己这一更改会议名称的举动，以及更改会议名称饱受争议的原因，都潜藏着复杂的文化心理。

　　　　从那时起我开始获悉，我更改会议名称的主张之所以饱受非议，至少有两方面的原因。首先，它忽视了一个事实：不管是从历史的维度还是从理论的维度，他们召开这样一次会议的目的都是想要去展示，处于至高无上的主体地位的欧洲，是如何通过把其殖民地定义为"他者"而实现了自我的联合和统一的，尽管欧洲在殖民地铺陈其组织架构，方便管理，扩展市场，将殖民地人民转变为欧洲"权力自我"的显影或者附庸。其次，我这种主张反映了一种怀旧心理，似乎假定如果我们去批判帝国主义，就会还原殖民地人民失去的自我性和主体性，这样，欧洲就能再一次被放置在"他者"的位置上，就如往昔欧洲一直处在"他者"的位置上一样。现在对于我来说，正是这种想要改变名称的冲动，实质上却使得"第三世界"这个词变成了一个对于欧洲而言更为便捷的能指。①

　　斯皮瓦克论述的是，少数族裔试图从边缘群体的角度将欧洲去中心化，把欧洲视为"他者"，而没有意识到，这不过是一次怀旧的尝试——欧洲一直以"他者"的身份存在。少数族裔富有悲剧色彩地为欧洲提供了一个更为便捷的能指，似乎他们的存在只是为了更好地去表述欧洲。边缘群体近乎忘记了还有"世界化"的尝试，还有"世界主义"这个概念，就像斯皮瓦克在后文中所提到的那样，他们成了自身的他者。

────────────

① Gayatri Spivak, "The Rani of Sirmur: An Essay in Reading the Archives," *History and Theory* 24.3 (1985): 247.

斯皮瓦克在反思"自我"与"他者"背后复杂文化根源的同时，也为比较文学的学科建设贡献了很多独创观点。比如，她在《学科的死亡》(*Death of a Discipline*) 一书中用星球性（planetarity）的概念来取代全球性 (globe & globalization)。她认为，"全球性"这个词已经不足以阐释和解决我们面临的现实情况，也许星球性可以提供新的出路。她给出了"星球性"的定义："'星球'在此处，可能一直以来都是这样，是一种词语误用，是一种将集体责任感题写为权力的方式。而它的他异性，一种决定性的体验，则是神秘的，而并非连续的——那是一种对于不可能的体验。正是因为有着这种集体性，我们必须将其放置到问题的前沿，追寻'到底有多少个不同的我们？'当我们把文化起源去超验化，然后作用于小说，这应该是每一次大流散过程中，我们面临的最为艰巨的任务。"①

斯皮瓦克的"星球性"在比较文学的学科建设中发挥了重要作用，但是也得到了一些负面的回应，比如卡迪尔（Djelal Kadir）在《恐怖主义时期的比较文学》一文中就尖锐地指出，"星球性是用收缩塑料薄膜包装起来的版本，展现了全球性经纬相交的网格。与全球一样，星球上也充斥着政治空间"。② 尽管斯皮瓦克的论述本身存在一些矛盾和问题，但是它至少为我们提供了想象"他者"空间的另一种方式。

戴姆拉什（David Damrosch）在《什么是世界文学?》中也提出了一系列问题，对我们研究"他者"的概念或实践也颇有助益："当我们说起'世界文学'的时候，它到底指的是什么? 谁的文学，哪个世界? 世界文学和民族文学有着怎样的关系? 即便歌德宣称民族文学这个概念已经过时了，为何民族文学还是不断有产出，并没有削弱之势? 西部欧洲和全球的其他地区有哪些新型关系? 古老和现代之间，新兴的大众文化和精英文化之间又有哪些新的联系?"③

---

① Gayatri Chakravorty Spivak, *Death of a Discipline*, New York: Columbia University Press, 2003, p. 102.

② Haun Saussy ed. *Comparative Literature in an Age of Globalization*. [M]. Baltimore: The Johns Hopkins University Press, 2004, p. 71.

③ David Damrosch, *What Is World Literature?*, Princeton and Oxford: Princeton University Press, 2003. p. 1.

九 结语

笔者认为，上述这些问题都值得我们深入反思，就像我们反思"他者"概念的形成、流变、转换、新生一样，当笔者与斯皮瓦克一样，以"文化的他者"身份进入阐释架构，这些问题在引起我们反思的同时，也为我们创造了更为广阔的他者空间，更多阐释的可能性。本文想借助西方哲学中的"他者"概念来说明，它不仅存在从本体论到认识论到现象学的逻辑脉络里，而且后现代极具思辨精神的理论家们也没有办法穷尽其内涵和外延。"他者"概念并不独属于西方，庄子对"彼"与"此"的论述也是"他者"概念的一处显影。从中西交互、比较的视野诠释"他者"赋予了这个概念更为旺盛的生命力和阐释空间。我们无论是带着哲学形而上的视角，还是借助文学作品、文学阐释；无论我们指的是"一个陌生女人走过"这个"她者"，还是一只猫凝视这个"它者"，"他者"概念和实践最终都会在与"自我意识"和"自我认知"的交汇中，实现完满和统一。

我们可以说，这是一个文化杂合性质日益显现的时代，换言之，是一个"他者的时代"。在这一时代，如何合理看待并且安放文化的杂合体以及文化间、种族间的杂合性至关重要。当他者或从远观的视角，或从亲密的维度向我们走近；当它们身上携带的光亮让我们沉醉，暗影让我们惶惑；当我们永恒地陷入"将其驱逐"与"将其内化"的矛盾和动态平衡中时，至少我们可以选择，不要因其陌生性和某种意义上的危险性简单抛弃它们。我们可以像盖茨比守护黛西那样，守护一抹与他者之间的绿色的灯光，尽管无力而渺茫。他者的在场帮助我们回溯过去，回归心灵，回访梦境，正如远方传来海鸥辽远的歌声，可以唤起智识层面的波澜。我们每个人的生命经验与独特旅程最终都会无限平行于一场宏大史诗的落幕与收场——他者带我们回家。

我们也可以说，就让庄周的蝴蝶也飞进我们的梦里，翩翩然，蘧蘧然，纵然只是一个无限美丽的梦境。我们可以设想有一天清晨，我们也看到一只猫，或者一条狗，一只鸟，一条蛇，一只喜鹊，希望当它们把我们视为

"他者"的时候，也可以像我们从心理上接受它们一样，接受我们的存在。庄周的蝴蝶，德里达的猫，"他者"的概念和实践，比较文学和少数族裔，都带有无穷的梦幻性，也许让我们深陷旋涡而不可自拔；同时携带着无尽的迷惘性，也许我们曾像西方旅人失去香格里拉一样，失去了这个概念本身应有的活力和色彩。不过总有一天，这种美丽会重现，并且为"自我"与"他者"、"它者"与"她者"、"民族文学"与"世界文学"所共有。

【Abstract】 "Other" as a concept is frequently mentioned both in philosophy and literature. Current studies concentrate on the relationship between "other" and "self," the ethics of "other," and identity problems of racial minorities. The author finds out that the definition of "other" remains ambiguous, and very few researchers pay enough attention to "other" in Chinese philosophy. This essay aims at making a brief analysis of "other" in western academia, then providing methods to further elaborate it both as a concept and a practice.

【Keywords】 other; self; animal; China and the West; cross-cultural understanding

象征主义视域下中西文学的意象书写

——以两部《狂人日记》为例①

隗雪燕　武　琳

（中国地质大学外国语学院，北京　100083）

【内容提要】意象，作为中西诗论的一个核心概念，最早是作为"意"和"象"两个相辅相成的概念存在的。历代文人都曾对它作出阐发和补充，众多学者也对其进行了大量的研究工作。经过千余年的发展，意象从最初的哲学范畴扩展到诗学等领域，逐步应用于诗歌等艺术样式的评论。但对于"意象"的概念和分类一直都是众说纷纭，没有定论。本文依据杨义在《中国叙事学》一书中对意象的分类标准，探讨了在中西文学作品中自然意象、社会意象、民俗意象、文化意象、神话意象五种类型的意象书写。之后以鲁迅和果戈理的同名小说《狂人日记》为例，阐释了在这两部作品中的意象书写，运用平行研究法重点对比分析了在这两部小说中月亮和狗这两个承载着丰富内涵的自然意象和其他意象，并对两者之间的异同和原因进行了剖析。

【关 键 词】象征　意象　《狂人日记》　月亮　狗

一　象征与意象的理论探究

象征是一个被广泛运用的概念。在人类生活中，象征无处不在，它涉

---

① 本文受 2018 年中央高校基本科研业务费"优秀教师基金项目"（2652018331），2020 年中央高校基本科研业务费"优秀教师基金项目"（2652019318），2020 年中国地质大学（北京）优秀基层教学组织建设项目资助。

及文学、文艺学、美学、心理学、哲学、符号学等同人类思维相关的众多学科领域。象征的概念历来也较为模糊，在不同的领域"象征"有着不尽相同的内涵。在文学领域，象征这一术语较为确当的含义应该是，"甲事物暗示了乙事物，但甲事物本身作为一种表现手段，也要求给予充分的注意"。① 在哲学领域，康德认为象征是人们审美过程中进入不可见世界的"直觉的表象方式"，黑格尔说"象征首先是一种符号"。② 在美学领域，苏珊·朗格把艺术形式解释为表达感情的象征。③ 在符号学领域，其主要创始人皮尔斯认为，"象征"是一种人为的符号，与其对象之间的关系是人为的，或者是约定俗成的。④

作为西方现代主义文学中影响深远的一个派别，象征主义与象征有一定的继承性，但在本质上却迥然不同。象征作为一种由来已久的手法，它常常活跃在不同时期、不同作家的各种文体中，与人类艺术共生共存。而象征主义只是出现在一定时期的一种文学流派或文学思潮而已，它于19世纪八九十年代在法国兴起，随后在20世纪二三十年代蔓延至世界各国，成为一种全球性文学思潮。总之，和象征相比，象征主义是一个比较小的概念，往往包含在象征体系之中，是象征艺术发展过程中的一种特殊表现形式。它主要通过象征来表明作品的内涵、事物的发展和作者内心的真实情感。对于象征主义来说，它不强调过分地浮夸，不强求单纯地明朗，也不故作晦涩，而是实现明与暗的均衡，给人一种半明半暗、扑朔迷离、意犹未尽的感觉，具有很强的神秘色彩和朦胧美。

意象作为中西诗论的一个核心概念，最早是作为"意"和"象"两个相辅相成的概念存在的。历代文人、学者都曾对它作出阐发和补充，经过千余年的发展，意象从最初的哲学范畴扩展到诗学等领域，并逐步应用于诗歌等艺术样式的评论，承载着无数文人墨客的情思，极大地丰富了艺术作品的内涵。但对于"意象"内涵的理解一直都是众说纷纭，没有定论。

① 韦勒克、沃伦：《文学理论》，刘象愚等译，生活·读书·新知三联书店，1984，第204页。
② 黑格尔：《美学》第一卷，朱光潜译，商务印书馆，1979，第10页。
③ 苏珊·朗格：《情感与形式》，刘大基等译，中国社会科学出版社，1986，第105页。
④ Charles Sanders Peirce, *The Collected Papers of Charles Sanders Peirce*, Cambridge：Harvard University Press，1994，p.303.

中国的意象范畴可分为先秦时期的孕育阶段，汉代和魏晋南北朝时期的形成阶段，唐宋元时期的发展阶段以及明清时期的成熟阶段。20世纪的西方诗界受到中国汉字、诗歌、哲学、意象理论等影响，也开始立足于文化传统建构其意象概念。西方的意象范畴萌芽于象征主义，形成于意象主义，发展于新批评，流行于现代文论、批评和美学中。① 庞德对于西方"意象"范畴的形成作出了重要的贡献。他曾对意象的概念作出详细阐释："意象本身就像一个旋涡或聚合体，汇聚了作者的各种主观想法或情感，它是运动的、强有力的，当它呈现在读者面前时，就像一个能量辐射中心，将作者的各种浓缩融合的想法（将'理智与情感的瞬间综合物'）发射给读者。"② 换而言之，意象融汇着作家的审美情感和生命体验，是主观情思与客观物象的结合体。

时至今日，"意象"作为中西方共有的诗学术语，仍以顽强的生命力活跃于中外文学、美学和艺术园地。但是意象在中西诗学不同的历史文化语境中则具有不同的内涵，含义极其广泛。艾布拉姆斯就认为意象是现代文学批评中"最常见，也是最含糊的术语"。③ 在中国，一大批诗人和学者，如胡适、宗白华、朱光潜、闻一多、梁宗岱、戴望舒、艾青等人曾从不同角度诠释了自己对意象的理解和思考。在西方学界，康德、克罗齐、庞德、苏珊·朗格、艾略特等人都对意象进行了较为全面的论述，但至今仍无定论。但通过对中外学者观点的深入探究，我们不难发现意象具有一些融通之处，如"意象具有象征性""意象是感觉遗留的代表"等。④ 笔者在本文中将重点探讨的是象征意象，也就是具有象征意义的意象。象征意象中，意象之于象征，是其轨迹的体现，是象征的基本要素。一般来说，单个的意象如果不具有丰富的内涵就说明不了很多问题，只有诸多意象组成的意象群才可以形成象征。同样，象征也离不开意象，离开了意象，象征也就成了乏味空洞的东西了。⑤

① 古风：《"意象"范畴新探》，《社会科学战线》2016年第10期。
② 肖杰：《庞德的意象概念辨析与评价》，《天津大学学报》（社会科学版）2009年第11期。
③ M. H. 艾布拉姆斯：《简明外国文学词典》，湖南人民出版社，1987，第150页。
④ 韦勒克、沃伦：《文学理论》，第202页。
⑤ 王炳社：《意象、象征与隐喻艺术思维》，《电影文学》2009年第24期，第13~15页。

二 象征主义视域下的意象书写

对意象的划分，国内外学术界尚未有统一的标准。中国学者杨义在《中国叙事学》一书中，以物象来源为标准，将其分为自然意象、社会意象、民俗意象、文化意象、神话意象五种类型。①

（一）自然意象

自然意象，从字面上理解，即来源于自然界借以寄托情思的物象。飞禽走兽、花草树木、山川明月等皆可成为含义丰富的意象。古往今来的中西许多文学作品中蕴含着大量自然意象。它们有的来源于自然界中的景物，有的来源于动物。这些自然界中的事物，被作者赋予了特定的象征意义，倾注了独特的情感，成为生动而富有灵性的意象类型。作家用这些自然意象展现诗情画意，给作品增添了浓郁的文人趣味，营造出了画卷般的独特意境。月亮意象是中外文学作品中最常出现的意象之一，也是非常具有代表性的自然景观意象。狗意象，这一典型的动物意象，在中西文化中也有着不同寓意，产生了不同的象征意义。

1. 自然景观意象

在中国传统文化中，有许多关于月亮的神话传说，如嫦娥奔月、后羿射日、月中蟾蜍等，这些神话蕴含着月亮最原始的审美意象——女性形象的化身。由于月亮独特的意象以及其与生俱来的神秘感和朦胧美，文人雅士在创作中常常会谈及月亮，这种"月亮情结"反映出中华民族深厚的文化底蕴和独特的审美情趣。在中国文学作品中，月亮意象的象征意义可大致分为五类。第一类是在李白等诗人笔下，月亮是想念故乡和家人的情思，"举头望明月，低头思故乡"，这里的月亮似乎成为游子与故乡亲人之间的纽带和精神寄托，传递出浓浓的思乡心切之感。第二类是在以范仲淹等为代表的失意文人的笔下，月亮是孤独、失意落寞之感的象征，是范仲淹诗

---

① 杨义：《中国叙事学》，人民出版社，2009，第305页。

中"明月楼高休独倚，酒入愁肠，化作相思泪"的惆怅，反衬出诗人的孤寂。第三类月亮超越了时空所限，具有哲学意义。在夜晚点点繁星的映衬下，一轮明月似乎唤醒了人们对时空的思索，对人生意义的哲学思考。在张若虚《春江花月夜》中"人生代代无穷已，江月年年望相似"，这里的月亮是永恒的，创造了一个深沉寥廓的境界。第四类月亮则代表着安逸与静谧的情韵，在现代散文家朱自清的《荷塘月色》中"月光如流水一般，静静地泻在这一片叶子和花上"，这里的月光是柔和的，让人心旷神怡，具有极高的审美价值。① 第五类月亮出现在中国现代文学作品中，它被人格化了，月亮变成了怪异之物，也是疯狂人性的隐喻，从"新潮小说"以及"寻根文学"代表人物韩少功长篇小说《马桥词典》以及莫言中篇小说《金发婴儿》中可找到蛛丝马迹。

在西方文学作品中，月亮这一意象也是众多文人学者所青睐的对象。月亮意象的形成、发展与演变，也是西方文化史的一个缩影。在长期的历史演进中逐渐形成了神话原型的月亮意象、人类伴侣的精神依托意象和热恋中的护情使者意象等固定的意象内涵。② 基于对前人研究成果的概括，月亮意象在西方文学中主要有以下几种特有的含义：（1）是一种独特的对人永远占有的意象，传达西方的价值观；（2）是一种与人分离的意象，是独立的客体；（3）是一种反复无常不断变化的意象，莎士比亚在《罗密欧与朱丽叶》中提及"不要指着月亮发誓，月亮变化无常，每月有圆有缺，你的爱也会发生变化"；③（4）是嫉妒和丑陋的化身，在莎士比亚笔下，罗密欧为了赞美像太阳一样光芒四射的朱丽叶而故意贬低月亮，"赶走那嫉妒的月亮，她因为她的女弟子比她美得多而气得面色惨白了"。④ 此外中西方文化中月亮意象的象征意义有其共性，都认为月亮与人类的精神变异有一种神秘的关联性。从词源上来说，发狂"lunatia"源于月亮"luna"。西方人认为精神病与月亮的盈亏有关，认为月亮能使发狂，有支配人类性格行为

① 刘琳：《中西方文学作品中月亮意象差异比较》，《语文建设》2015年第5期，第16~17页。
② 王心洁、王琼：《西方文化语境下的月亮意象》，《求索》2006年第6期，第197~198页。
③ 陈静：《月亮意象在中西方文化中的异同》，《消费导刊》2007年第14期，第217页。
④ 穆智勤：《月亮意象在中西方文学作品中象征意义的类似性》，《消费导刊》2007年第3期，第158~159页。

的力量。弥尔顿在《沉思的人》中说月亮在恍惚地漫游，在浩瀚而无垠的太空中迷失了方向。这里的恍惚漫游实质上就是精神错乱。深受西方文学的影响，鲁迅《狂人日记》中狂人的"发狂"就是"三十年不见"的"很好的月光"招致的，他毫无例外地利用了"月光"这一媒介，赋予它独特的象征意义又把它作为思想感情的载体。

　　对于俄罗斯这个充满忧郁气质的国度而言，皎洁的月光洒满浓烈的夜是数代文学大师的创作源泉。在俄罗斯文学作品中，月亮主要有以下四种象征意义。第一种是在以普希金为代表的诗人的作品中，月亮象征忧伤孤寂的情感，用来烘托氛围。普希金在《冬天的道路》中借助冷冽的月光渲染了一种清冷悲凉之感："透过一层轻纱似的薄雾，月亮洒下了它的幽光，它凄清地照着一片林木，照在林边荒凉的野地上。"① 第二种则是在丘特切夫等作家的笔下，月亮不再是一个神秘的物象，而是作家自身情感的思想载体。月亮如影随形，从始至终陪伴着作家们，月亮既是慰藉心灵的良药，也是他们在孤寂夜色里唯一的陪伴者。② 第三种是在以屠格涅夫为代表的作家的作品中，月亮是爱情和幸福的象征。屠格涅夫巧妙地借助月亮来呈现恋爱中人的情愫，他笔下的月亮是小说中爱情萌芽的见证，是幸福的化身，无论从《阿霞》、《罗亭》抑或是《贵族之家》都可以找到相关描写。③ 第四种是在以叶赛宁为代表的抒情诗人笔下，月亮的象征意义更加多样化。它既是承载着作家真挚情感的载体，像一面镜子，折射出诗人不同凡响的经历，映照出诗人矛盾的内心世界，又如诗人的影子，与他共享万千思绪。在叶赛宁后期的爱情诗中，月亮也象征着美好和温暖。此外月亮还像先知，能预感将要发生的不幸。④

2. 动物意象

　　在中国文学作品中，狗的意象实质上是一个隐喻和象征系统，常常被赋予人格化，狗的世界背后隐含的也是人的世界。狗的意象主要囊括四个

---

① 刘净娟：《普希金〈冬天的道路〉的审美意蕴》，《俄语学习》2017 年第 3 期，第 27～30 页。
② 金洁：《丘特切夫诗歌创作中的"月亮"形象》，《语文学刊》2007 年第 12 期，第 68～69 页。
③ 吴慧慧：《浅析屠格涅夫小说中月亮的艺术功能及其象征意义》，《俄语学习》2018 年第 5 期，第 27～31 页。
④ 朱凌：《叶赛宁诗中的"月亮"形象赏析》，《名作欣赏》1998 年第 1 期，第 63 页。

方面的象征意义。第一个方面，"狗"象征忠诚和勇敢，人类和狗具有深厚的感情基础，人类所具有的一些美好品质在狗的身上得到体现，如讲原则、胸怀广等。比如陈应松的小说《豹子最后的舞蹈》以及杨志军的代表作《藏獒》都可以挖掘出狗性之善与美。第二个方面，"狗"是底层境遇的写照，陈应松的《太平狗》中，将一只山狗与民工在城市中的悲惨遭遇结合起来，狗的形象不仅象征忠诚和生命的坚韧，更是底层意识的表现符码。①第三个方面，"狗"是性的隐喻符号，很多文学作品以"狗"意象来暗示或象征爱情或性爱。第四个方面，"狗"意象在中国文学作品中还喻指作者对人性的批判与否定。狗的凶狠、奴性和趋炎附势实际上是在象征人的劣根性，通过以狗喻人来反衬人性的丑恶。巴金在小说《小狗包弟》中批判了人的绝情和奴性，这里的写狗实质上为讽人。②

在西方文学作品中，狗意象的内涵更加丰富。作品中的狗意象不再是一个孤立的个体，而是在文本的演进当中逐渐变成矛盾的多面体，既是强者也是受压迫的弱者，既有其邪恶的一面也是人类忠诚的好朋友。在美国作家杰克·伦敦经典之作《野性的呼唤》中，主人公"巴克"被赋予了多样的角色内涵，它既象征达尔文自然法则下的强者，也展现出受压迫者及反抗者的双重角色。作为一只大型犬，巴克拥有强健的体魄，对恶劣的严寒天气的适应能力也很强，无疑是强者。但是在人类面前巴克还是一个弱者，被拐卖丧失自由，不仅要忍饥挨饿也要忍受严酷的天气条件，还要遭受人类的虐待，是一个典型的受压迫者。面对严峻的生存条件，它不畏强暴，从没有轻易妥协，又是一个英勇的反抗者形象。在比利时戏剧大师莫里斯·梅特林克的笔下，狗是一个双面体。在他早期的戏剧中，狗是死亡的向导、邪恶的化身，后来随着作者哲学思想的转变，狗变成人类忠诚的守护者。③

在俄罗斯文学作品中，狗常常被人格化，被赋予特殊的意义，被予以

---

① 江腊生：《新时期文学狗意象的文化流变》，《中国文学研究》2012年第3期，第99~102页。

② 隋清娥：《"人"与"狗"的纠葛——论中国当代文学中的"狗"意象》，《聊城大学学报》（社会科学版）2008年第6期，第102~106页。

③ 戚春艳：《梅特林克象征主义戏剧中的"多面狗"》，《文学教育》2019年第5期，第58~59页。

人的价值判断准则，成为某种特定的道德符号。这个道德符号主要包括以下两种：第一种是黑暗社会中小人物命运的缩影，屠格涅夫的名篇《木木》和叶赛宁的《狗之歌》这两部作品中无辜遭受迫害的狗形象正是底层小人物悲催命运的写照；① 第二种则把狗形象丑化，用狗心来喻指卑鄙无耻、丑陋龌龊的人心，布尔加科夫的中篇小说《狗心》正是其中的经典之作。

（二）社会意象

"社会意象具有更为深刻的社会联系，它有时甚至隐喻着某种社会现象、社会状态发展的历史。当叙事作品企图参与社会发展的时候，它通过这类意象捕捉社会的脉络，引发人们对社会变革的沉思。"② 由此可见，一部作品的社会意象往往与社会联系颇深，能展现时代背景，呈现社会现象的发展变化，昭示隐含的社会本质，引发读者深思。

20 世纪英国著名作家爱德华·摩根·福斯特在其作品中大量使用了象征手法，他的六部长篇小说中，有四部小说的题目就具有明显的象征意义。福斯特主要运用一些社会意象来揭示社会现状，挖掘人与人之间的深层关系，从而表达自己的创作理念和思想内涵。在《看得见风景的房间》中，"房间"意象既是物理空间，也是精神世界。房间即人们"此时"所处的社会空间，它可以具象为绅士们觥筹交错的宴会厅，一个英国家庭完成日常活动的客厅；也可以抽象为一个被英国传统家庭礼仪、社会礼仪、男女交往礼仪所约束的社会环境。福斯特借房间一喻，揭示了 20 世纪第一个十年里英国社会不同阶层的思维状态，尖锐地讽刺了英国中产阶级迂腐的道德伦理观念，并隐晦地表达了他本人的态度：英国需要摒弃英国社会的传统礼仪，需要追寻女权主义的脚步，但这两点都应该在保证"不被黑暗大军"裹挟的基础上完成。

在他的另一部小说《最漫长的旅程》中，福斯特描述了索斯顿公学的房间意象，但在这间房间里围困的不是传统女性，而是一群英国男孩的精

① 王贝：《20 世纪 70—80 年代俄罗斯动物小说的叙事特点与生态解读》，硕士学位论文，哈尔滨工业大学，2017，第 12 页。

② 杨义：《中国叙事学》，人民文学出版社，1997，第 292 页。

神世界。他们大多来自英国的中产阶层，内心受到了严重的束缚。毋庸置疑他们都是英国公学制度的产物。尽管公学教育使他们接受了所谓上层教育，培养了绅士风度，为他们提供了进入英国上层交际圈的钥匙，但也扼杀了他们的天性，导致了他们人格的不健全。当他们走出公学进入社会与人交往时，屡屡受挫，无法在社会上正常立足。正如福斯特在散文《关于英国人性格的说明》中所讲到的，当英国人经过了公学的教育，走入社会时，"带着发达而健壮的身躯，良好训练的思维和未能发育的心灵，造成了奔波海外的英国人的困难"。① 在福斯特笔下，这个公学房间严重束缚了人心灵的发展，压抑了人的自然属性，也自然成为作家在小说中严厉批判的对象。在福斯特另一部代表性作品《霍华德庄园》中，这幢美丽的古老庄园——霍华德庄园是小说象征主义结构中最重要的核心意象。它与书中主要人物密切关联，与周围的土地、树林浑然一体，未被大都市的喧嚣所侵蚀，代表着与传统农业相联系的田园文明，体现了与大自然和谐共处的生存方式，也代表着古老英国的土地资产和精神传统。在小说中，福斯特立足于爱德华时代的几个典型人物，反映和折射出更为广袤的社会群像，淋漓尽致地刻画了英国上流社会的伪善，并揭露了陈腐僵化的社会观念给人带来的精神困境。他借"霍华德庄园"这一理想化的天堂来表达对现代人生活困境的人文关怀，来治愈"未能发育的心灵"。② 通过房间、庄园等极具象征含义的社会意象，福斯特为作品赋予了深刻的内涵和现代主义风格，传达出一种人文思想，即现代人要找到心灵的归属，实现人与自然、人与人、人与社会的和谐相处。

《白象似的群山》堪称美国作家欧内斯特·海明威短篇小说中的经典之作，小说由简洁的对话及少量的风景描写构成，体现了海明威一贯的简约叙事风格和小说创作的"冰山原则"。整篇故事在描写男主人公时，出现的都是"美国男子"与"那个男人"，从头到尾都没有出现过男主人公的姓和名字。用这种方式称呼男主人公实则别有深意，海明威用男主人公这一人物意象象征了一个群体，泛指20世纪20年代"迷惘的一代"。男主人公是

① 〔英〕爱·摩·福斯特：《枯季思絮》，李辉译，花城出版社，1998，第199页。
② 彭莹：《福斯特作品中的社会意象及其寓意挖掘》，《作家》2015年第10期，第119~120页。

当时美国青年的一个缩影和真实写照。在一战后，他们梦想破灭，没有人生目标，感到迷茫无助，失去了奋斗的力量，通过酗酒、消极放荡的享乐来麻痹自己。就像男主人公一样，害怕承担现实社会和家庭的责任，没有勇气面对现实和未来，面对压力表现出来的是懦弱与逃避。习惯了在作品中着重刻画"硬汉"人物的海明威，在这篇小说中为读者塑造了一个另类的男性形象，试图唤起人们内心深处的共鸣，引起人们对信仰危机、精神困境的思考。除了人物意象外，"酒"意象也贯穿整个故事。作者多次巧妙地描写"酒"意象，提及了三种酒——啤酒、茴香酒、苦艾酒，以揭示出美国"迷惘的一代"的精神状态，体现出一战后青年人颓废无望的生活状态。

在中国文学中，也有很多作家擅用意象，热衷于意象的营建。作为我国当代文坛屈指可数的文学大家贾平凹更是多次表示自己对意象的青睐，他在《我心目中的小说》中谈道："我热衷于意象，总想使小说有多义性。"[1] 1993 年他的著作《废都》横空出世，震动中国文坛，时至今日对此书的评价仍褒贬不一，但不可否认的是他对意象的巧妙布局值得深入研究。在这部小说中，人物命名、建筑意象、文人群体意象等构成了难以言明的社会象征系统。首先，从建筑意象来看，该书表面上描绘了西京城市的荒废，本质上是在写社会秩序、道德文明价值体系受到严重冲击，高度繁荣的物质文明建立于精神空虚的低洼之中。其次，从文人群体意象来看，韦勒克认为："'象征'具有重复和持续的意义。一个'意象'可以一次被转换成一个隐喻，但如果它作为呈现与再现不断重复，那就变成了一个象征，甚至是一个象征（或者神话）系统的一部分。"[2] 在《废都》中，贾平凹以西京四大文人为中心，而又以著名作家庄之蝶为枢纽进行叙述。文人群体无疑就是小说的中心意象。文人意象反复出现，那么这一群体就成了精神之象征。贾平凹真正触摸到了知识分子的灵魂和精神状态最真实的一面，那就是在现代文化语境中，失去信仰和古老文化精神的某些知识分子在文化错位时代麻木的精神状态和生存危机。而在人物命名上，庄之蝶与周敏

---

① 贾平凹：《我心目中的小说》，山东文艺出版社，2006，第 26 页。
② 勒内·韦勒克、〔美〕奥斯汀·沃伦：《文学理论》（新修订版），刘象愚译，浙江人民出版社，2017，第 179 页。

这两个休戚与共的文人，恰恰构成了"庄周"之名，到底是庄周梦蝶还是蝶梦庄周呢？似真似幻，亦真亦幻，玄幻迷离，虚无缥缈。人物的命名背后特殊的文化隐喻，隐约流露出贾平凹自身的幻灭之感。除了呈现社会现实的意象，贾平凹笔下的社会意象还可以反映历史变迁和社会变革。在长篇小说《高老庄》中，石碑上的碑文折射了高老庄的历史变迁。作为作品中至关重要的部分，它起到了凸显社会意象的作用。通过这些文字记录，读者了解了高老庄的历史背景。

（三）民俗意象

在中外现当代文学的作品中，有很多文学大师成功地运用了民俗意象，使作品具有了独特的审美意蕴。作为中西文化中不可或缺的一部分，民俗是地方文化历史的积淀，在发展过程中形成具有特色的地方性。民俗与文学相结合变成作家笔下的民俗意象，也就变成了文学作品的艺术道具，增添了作品的审美趣味。民俗意象与各地的风俗民情密切相关，源于不同的地方有不同的风俗习惯。

托妮·莫里森作为当代美国颇负盛名的非洲裔女性作家，同时也是一位掌握文字宝库的魔法师和语言游戏大师，她的作品融合了黑人文学传统、后现代主义、魔幻现实主义等多种写作手法，涉及多种民俗意象。瑞典文学院在为她颁发诺贝尔文学奖时称赞其作品"生动地再现了美国现实的一个极为重要的方面"，其中这个"极为重要的方面"指的是美国黑人群体以及黑人民俗文化。莫里森著名的"历史三部曲"《宠儿》、《爵士乐》和《天堂》均与非裔美国黑人的历史密切相关。她以黑人民俗文化作为写作资源，通过真实的述说表现黑人民俗文化对非裔美国黑人现实生活的影响，并因此获得对本民族文化的认同，重建了民族文化与民族自信心。在她的著作中，神话人物、历史事件与现代观点交融在一起，使古老文化在新的历史背景之下重新焕发生机与活力。小说中的树木意象、人物命名、飞翔等都包含丰富的隐喻象征意义。

"树"在非洲神话中是个具有特殊象征意义的意象，它可以连接生者和死者的世界。在小说《宠儿》中，莫里森揭示了黑人奴隶制的残酷，反抗的代价和心灵的创伤，并探讨了黑人在肉体上和心灵上受到双重拯救的过程。在其中树木被赋予三层象征意义——生命的拯救、家庭的维系和历史的延续。树弥漫着生命的活力，代表了对自由的向往。主人公塞丝和保罗·D，作为幸存的两位黑奴，都通过穿越森林走上了自由的道路。在树的丰富内涵中，黑人的生命得到拯救，破损的家庭关系得到修补，历史的联系被重新建立。除此之外，名字和命名在非洲传统文化中扮演着十分重要的角色。姓名不仅被认为是个人身份的认定，也是一个家族史传承的载体，承载着个人与家族、祖先的联系。莫里森作品中许多人物姓名都来自《圣经》，通过人物姓名塑造人物，突出主题，象征和隐喻着深刻的思想内涵。如所罗门在《圣经》中就意指很有智慧的国王。在《所罗门之歌》中，所罗门代表的是黑人的祖先，这暗示了祖先智慧的重要性。① 在这部小说中，女性人物派勒特（Pilate）这个名字源于她父亲对家庭传统的沿袭。他翻阅《圣经》，从中挑选了一组挺有劲和挺神气的字母，觉得"像一排小树中高贵、挺拔、有压倒一切气势的一株大树"。② 此外，派勒特这个名字还是 Pilot（领航员）的谐音，隐喻她是黑人文化的守护者、代言人和领航人。她也确实如领航员般引领着她的侄子奶娃一步步寻找自我，最终实现了自我。除了人物命名意象外，在《所罗门之歌》以颇具神秘色彩的"黑人会飞"的民间传说为背景的叙事中，飞翔的隐喻对全书的主题表达具有十分关键的意义。飞人的故事是黑人的民间传说的一部分，而且飞翔被视为黑人祖先的天赋之一，非洲就流传着许多关于飞人的传说。③ 对于美国黑人作家，飞翔意象具有深厚的历史底蕴。飞翔象征着几代非裔美国人对脱离蓄奴制度、种族隔离、种族歧视的向往和努力。拉尔夫·艾里森在作品《看不见的人》中也选取了飞翔这种象征意象。飞翔象征着一种精神通道，表达了主人公对现实长期压抑的不满、对精神自由的向往、对个性能够真正飞翔的渴望。

　　《呼兰河传》是中国现代作家萧红晚年创作的回忆体小说。该作品以作

---

① 王守仁、吴新云：《性别、种族、文化》，北京大学出版社，2004，第95页。
② 托妮·莫里森：《所罗门之歌》，胡允桓译，南海出版公司，2009，第17页。
③ 李莉：《论〈看不见的人〉中的象征意象》，《河南师范大学学报》（哲学社会科学版）2009年第36期，第236～238页。

家自己的童年生活为线索，形象地反映出 20 世纪二三十年代呼兰这座小城的风土人情和生活画面：不断给人带来灾祸的东二道街上的"大泥坑"；小城的精神"盛举"——跳大神、唱秧歌、放河灯、野台子戏、农历四月十八传统庙会等。这些民俗意象在小说里有声有色地获得了一种审美厚度。"大泥坑"象征着传统陋习；"野台子戏"等传统娱乐方式则更多地映射出社会生活的空虚与单调；以"跳大神"为代表的遗俗折射出传统礼教的吃人面目，表达了作者对故乡人民的愚昧无知的揭露与批判。综观《呼兰河传》中的民风民俗描写，虽然着眼点是呼兰河这座小城，但其寓意并不仅仅局限于这座小城，萧红主要描写的是东北三省的民风民俗和民间信仰，呼兰河只是它的一个小小的缩影。从她的描写中我们看到了可悲而又麻木的社会底层民众的生活状态。

（四）文化意象

与民俗意象相比，文化意象的范围更加宽广，意义更加博大精深。两者之间没有过于严格和明确的界限。颜色是文化意象中非常值得研究的一部分，不同的国家和民族，不同的文化背景语境对颜色的使用和界定都有所不同。在美国传统文化中，黑色长久以来被白人社会定义为丑陋、混乱，而白色则代表着美丽与圣洁，对这两种颜色的定义体现了白人文化对黑人文化的打压。托妮·莫里森在长篇小说《最蓝的眼睛》中，通过对多种色彩的描述，如黑色意象、白色意象和蓝色意象等，向读者展示了生活在美国社会底层的黑人生活图景。在小说中，莫里森描绘了黑色意象与白色意象的真实处境，白色意象代表白人文化，是占据主流地位的、正面的意象，而黑色意象则代表黑人群体，象征了贫穷和混乱。在"白人至上主义"和"西方中心论"的冲击下，黑人群体一直处于"失语"状态，其传统文化遭受了不同程度的侵蚀和迷失。

在西方文化中，蓝色大多具有象征意义。西方文明发源于海洋文明，因而西方人对蓝色赋予了更多的尊崇意味。比如很多中世纪的艺术作品，圣母都身披青石蓝的袍子，象征着高贵、沉稳和端庄，有种很神圣的感觉。在西方文化中，"蓝色"的意义是比较丰富的：代表高贵、深远；表示忧郁；象征冷静、淡然、孤独；代表女性；有时也具有贬义色彩。其含义受多方面因素的影响，也在不断变化发展。但在《最蓝的眼睛》中，蓝色代表的象征意义具有相对稳定性，意指白色人种与白人文化。作为小说的核心意象，"蓝眼睛"象征着种族歧视以及白人文化霸权对黑人女性的戕害。渴望"蓝眼睛"体现了女性角色皮科拉被扭曲的过程，得到"蓝眼睛"就意味着皮科拉彻底失去了自我。皮科拉对"蓝眼睛"的追逐到了近乎疯狂的地步，但以失败告终。这一结果是必然的，象征着黑人不可能全盘接受白人文化来实现自我认同。因为在"蓝眼睛"的审美标准渗透到文化、学校、家庭以及人们生活的各个方面之中时，黑人群体的自我否定也在蔓延，失去了自我，湮没在白人掌控下的文化喧嚣中，剩下的只有深深的自卑感和渗透在"他者"中的一具肉体。在强势的白人文化的打压下，黑人女性首先成了受害者。皮科拉的悲剧是黑人群体的悲剧，是将白人文化价值观内在化之后黑人难以逃脱的命运。在小说中，另一蓝色意象"蓝调"（布鲁斯）则象征着黑人文化传统，代表着黑人群体的审美特点和意识形态。它吹响了黑人女性寻求自身乃至黑人民族解放的号角。布鲁斯给她们极大的力量去面对生活的磨难与伤痛，在它的指引和号召下，黑人女性才能团结一致，在白人霸权主义牢笼中重建自我身份并获得新生。莫里森通过对蓝色意象的创造，意在引导读者思考：黑人应该正视种族歧视和精神奴役的创伤，建立起一套桥梁性质的价值体系，重塑自己的价值观。黑人女性应在艰难的生存环境中反思黑人传统文化，重塑黑人女性自我身份。在她的"历史三部曲"当中，色彩也扮演着重要的角色。红色记录着悲惨的过往，蓝色象征着各种梦想，黄色和橙色代表着对未来的憧憬和希望。

在东方传统文化中，蓝色作为一种色彩象征，常使人联想到蔚蓝的天空和一望无际的海洋。因此，人们把对这种载体的感觉和联想投射到蓝色上。遥远广阔、孤立冷酷、和平与冷静、崇高与明净等与之相关的无形概念成为蓝色的象征喻体。此外，蓝色还可以代表一种美好的感情和情境，比如白居易笔下的"日出江花红胜火，春来江水绿如蓝"。蓝色是冷色调，与中国传统意义上的黄色、红色等暖色调对比明显。在中国诺贝尔文学奖得主莫言的作品中，绚丽的色彩常被用来营造一种强烈的画面感。经过语境化处理之后，色彩生成新的寓意，构建了语言的象征性和寓言性。红色是莫言小说中最常出现的一种象征意象。《透明的红萝卜》中的红萝卜、《天堂蒜薹之歌》中的红马驹、《金发婴儿》中那火红的缎面和火红的公鸡鸡冠等都成为希望、力量、喜悦与生命的象征。《红高粱》中的红色更是成了小说的背景色调，是顽强进取的象征。小说中的茂盛的红高粱象征了旺盛的原始的生命力。在他的小说中蓝色意象的运用比例虽然不及主色调红色，但有着独特的意象价值和审美意义。蓝色意象主要可以分为两类：第一类蓝色指代的对象来源于生活现实的事物，如天空、烟雾、血管、火光等；第二类蓝色指代的对象则是作者独具匠心，增加了魔幻色彩之后的事物。其中蓝色血液是最常出现的意象之一，在《红高粱》《丰乳肥臀》《檀香刑》中均有所体现。在小说《生死疲劳》中，忧郁清澈的蓝色不再是他早期作品中的点缀色，而变成与红色意象同等重要的色彩，一弯安静深沉的蓝色月亮笼罩在高密东北乡。"蓝月"是小说中重要的蓝色意象，文中用蓝色修饰月亮有 80 余次，如"幽蓝的月光""月光像浅蓝的纱幕"等。①此外，莫言还用"蓝"作为小说的叙述者、主要人物的姓，让他们的"蓝脸"标志代代相传，赋予他们忧郁倔强的品质和不媚不娇的自尊精神。蓝色还隐喻了主人公对于自由的渴望。尽管蓝脸、蓝解放、蓝开放、蓝千岁这四代蓝姓人对自由的追求角度可能有所不同，但他们对自由的追求是从未停止过的。

（五）神话意象

神话是文化的渊源，它以丰富驳杂的意象、题旨成为中外文学艺术中经典的艺术题材。神话原型批评理论的代表人物之一卡尔·荣格认为："神话或宗教的意象是一种'集体无意识'，潜藏于人们心灵深处，并超越了所有的文化和种族。"② 中国学者陈植锷在《诗歌意象论》一书中对"神话意象"的解释为："这一类意象既不专属于自然，也不专属于人生，但它又切切实实是自然和人生的反映，只不过这种反映是借助了村民的幼稚想象而

---

① 莫言：《生死疲劳》，上海文艺出版社，2012，第 283 页。
② Carl G. Jung, *The Archetypes and the Collective Unconscious*, Princeton University Press, 1981, p. 325.

采取了非现实的或者说超现实的艺术手段，它包括中国自古以来就流传在人们的口头和书面的神话传说，和作者自己根据幻想的创造。"① 古今中外，诸多文人借鉴古代神话题材的表现手法与视觉形式，创造了具有时代印记的神话意象，具有别样的艺术审美内涵。

威廉·布莱克、约翰·济慈和屈原分别是英国和中国文学史上杰出的浪漫主义诗人代表。布莱克的诗歌深奥难懂，济慈的诗歌富有诗意，屈原的诗恢宏瑰丽。布莱克的《四天神》、济慈的《夜莺颂》以及屈原的《远游》都借助了传统神话意象来寄托理想和表达内心深处的情感，凸显了这三首诗歌中典型的浪漫主义风格。长诗《四天神》的叙述如同梦幻，故事和场景离奇恍惚，包含西方宗教神话体系和基督教的创造－堕落－救赎－末世思想。受基督教创世说的影响，布莱克致力于构建一个庞大且复杂的神话世界，巧妙地创造了由理生、罗斯、奥克、大马斯四个神话式意象。这首诗的完成也标志着诗人宗教思想的成熟和自我宗教系统的进一步完善。济慈的《夜莺颂》则取自西方的古希腊神话，中世纪传说故事以及《圣经》典故。比如，第一节中的 "Lethe-wards"（列斯忘川）、第二节中的 "blushful Hippocrene"（鲜红的灵感之泉）都是神话意象，选自希腊神话。通过这些意象，诗人在自己头脑中构造了一个仙境般的世界，这里的一切都很美好，没有现实中的肮脏、黑暗和压迫。《远游》则取自中国的上古神话传说和道教神话传说，屈原用大量的笔墨描写了游仙的恢宏经历，酣畅淋漓地勾勒出人们所推崇的神仙世界。诗人展开浪漫主义的夸张想象，选取仙神怪异、规模宏大、富丽堂皇的神话意象，通过想象中的天上神游来反衬黑暗混浊的楚国社会现实，表达其对现实世界的强烈不满，寄托高远清洁的志向。

三　两部《狂人日记》的意象叙事

（一）两部《狂人日记》简介

作为中国现代白话文小说鼻祖，鲁迅的《狂人日记》自 1918 年 5 月问

---

① 陈植愕：《诗歌意象论》，中国社会科学出版社，1990，第 9 页。

世以来不仅在国内外文艺界声名鹊起，它更恰似五四运动前的一声巨雷，发出振聋发聩的呐喊，警醒昏睡的国民灵魂。与传统意义上环环相扣的小说相比，鲁迅打破常规以 13 则"语颇错杂无伦次，又多荒唐之言"① 的日记和一则前序，按照第一人称视角下的"狂人"心理状态的波动来组织小说。此处的狂人表面上看是一位精神病患者，实际上他是一位具有革命思想的先行者，是反对封建专制主义制度的思想斗士，是新文化的代表。作为一个清醒的先知者，他能超越时代的局限性意识到中国几千年的封建礼法和家族制度是"吃人"的，意图规劝唤醒庸众，然而他的见解被视为狂乱呓语被世人所不容。可悲的是在狂人病愈后他"赴某地候补矣"，② 在思想上已经被同化和麻痹，活下来的只是一具行尸走肉。

时间追溯到 1834 年，俄罗斯批判现实主义文学巨匠果戈理也曾发表过同名小说。他笔下的狂人更像个疯子，19 则日记时间的逐步混乱也反映出主人公波普里希钦的疯癫。文中叙述的是一位不安于现状的九等文官不满自己卑微的地位，企图超越这种境遇，却遭受社会的排挤和爱情的重创，一步一步走向疯狂。他幻听幻想，声称自己有看懂狗的信的特异能力，③ 在得知真相后彻底绝望发狂。这种悲剧式的命运是果戈理对时代的抨击，旨在揭露当时俄国社会的黑暗与腐朽，同情处于森严等级制度之下的小人物。同时小人物波普里希钦也是果戈理自身影子的折射，他一生坎坷却写出无数喜剧，讽刺现实入木三分。用鲁迅的话来评价，果戈理的讽刺是千锤百炼的，"以不可见之泪痕悲色，振其邦人"。④

（二）鲁迅《狂人日记》中的意象书写

鲁迅在《狂人日记》中采用现实主义与象征主义相结合的创作手法，借用以月亮和狗为代表的自然意象以及以"大哥""医生"为代表的社会意象向读者展现了一个怪诞、荒谬的世界，猛烈抨击了封建礼教"吃人"的

---

① 鲁迅：《呐喊——狂人日记》，《鲁迅全集》第 1 卷，人民文学出版社，1981，第 426~432 页。
② 鲁迅：《呐喊——狂人日记》，《鲁迅全集》第 1 卷，第 426~432 页。
③ 《果戈理选集》第 2 卷，满涛译，人民文学出版社，1984，第 183~193 页。
④ 鲁迅：《摩罗诗力说》，《鲁迅全集》第 1 卷，黑龙江人民出版社，1986，第 220 页。

本质。

1. 自然景观意象——月亮

关于月亮的描写主要出现了三处。第一处描写是在首则日记开头"今天晚上，很好的月光"。① 这里的月光体现了狂人的心境，隐隐包含狂喜、焦虑和悲凉的思绪，带有一种神秘感。"我不见他，已是三十多年；今天见了，精神分外爽快。"② 就在这个黑夜，直到望见这束月光，狂人才恍然大悟自己之前的三十多年"全是发昏"，顿感爽快而害怕。此处表面上作者写的是因为狂人看到了月光所以精神病发作，否定了自己的过去和周围的环境，然后感到恐惧害怕，担心周围的人会迫害自己，是一个典型的"被迫害妄想症"。实则月光撕开了黑暗丑陋世界的一角，狂人借着月光得以窥见真相，由此他对周围的一切感到惶恐紧张。对于狂人来说，月光相当于一种新的意识投射，引领狂人的"精神变异"，使他重获新生；同时月光是思想启蒙之光，它让狂人从浑浑噩噩中清醒过来，让他认清了这个世界"吃人"的本质。作者借狂人之口批判了"吃人"的社会环境，否定了腐朽没落的文化，进而批判了中国的教育，包括社会学校和家庭教育，整个的文化环境。鲁迅先生认为只有激进的否定和批判才能唤醒民众，这也是他选择弃医从文，曲线救国的主要原因。

第二处关于月亮的描写是在第二则日记的开头，作者写道"今天全没月光，我知道不妙"。③ 在没有月光的时候，周围都是黑漆漆的，让人分不清是昼是夜。但是为什么没有月光就不妙呢？这显然不是正常人的思维逻辑，比较贴近精神病患者的心理。这里的"今天全没月光"是顺着第一则日记中"今天晚上，很好的月光"写的，是以狂人的口吻写下的"狂言"。在狂人的观念里，即便在白天，也可能有月光。此处是鲁迅以狂人的逻辑说胡话，但又不局限于此。这里的月光很显然承担了一种预兆的作用，狂人的受迫害情结和敏感警惕性在月光的照耀和辉映下尤显清晰。换句话说，这句话表面上是写月光，实际上是在喻指黑暗愚昧势力的强大，觉醒的狂

---

① 鲁迅：《呐喊——狂人日记》，《鲁迅全集》第 1 卷，人民文学出版社，1981，第 426 ~ 432 页。
② 鲁迅：《呐喊——狂人日记》，《鲁迅全集》第 1 卷，第 426 ~ 432 页。
③ 鲁迅：《呐喊——狂人日记》，《鲁迅全集》第 1 卷，第 426 ~ 432 页。

人感到势单力薄，不免陷入恐惧。而在这时赵家的狗又狂吠起来，让狂人厌烦不安，觉得没有月光的世界不太妙。月光似乎很有魔力，它在时使狂人发狂，不在时却又使狂人不安。

第三处关于月亮的描写是在第八则日记中间："天气是好，月色也很亮了。可是我要问你：'对吗？'"① 这则日记是狂人和年轻人的对话，月光虽然亮，年轻人似乎看不见，他的双眼不知是被黑暗蒙蔽还是在自欺欺人。狂人反复质问，像苏格拉底的产婆术那样，意在不断引导年轻人认识这个"吃人"的世界，而年轻人从含含混混的否认，到面色铁青，已经麻木不仁。这里的月光是曙光，是希望之光，代表狂人燃起了"获得新生"的希望，虽然有过怀疑和彷徨，遭受过黑暗势力的围攻、嘲笑，也陷入过脱离众人孤立无援的恐慌，但在清醒意识的引领下，最终还是向黑暗发出挑战，发出了质疑之声，显示了狂人的勇气和决心。同时，月光作为狂人精神发狂的诱因，隐喻着狂人所发现的是常人无法发现的，狂人所思索的是常人无法理解的东西。而对狂人的恐惧和排斥心理是常人世界所共同持有的，在常人的逻辑中排除异己是合理的，与异者为伍才是非理性的。狂人之狂，就在于他不再顺从常人的礼教制度，因而被他人视为异类，必遭被驱逐的结局。文中狂人与常人的对立正是借助月亮这一意象展开的。

2. 动物意象——狗

鲁迅《狂人日记》中关于狗的描写主要有三处，第一处在首则日记中："不然，那赵家的狗，何以看我两眼呢？"② 这里的"赵家"是喻指，作为中国百家姓的榜首，它代指中国大众。也可以从另外一个角度理解，这里的"赵家"指的就是"赵贵翁"的家，"贵"体现出身份的尊贵，"翁"既指年龄上的老也意味着思想的保守和陈腐。赵贵翁实际上是封建统治者或封建礼法制度和中国腐朽文化的代表。狗的本性是凶恶的，代表了恶势力；狗奴是剥削阶级的帮凶；狗通人性，是剥削阶级的打手。此处，作者通过描写狗以暗喻封建势力的立场和暴行，而赵家的狗正是封建统治者豢养的打手。此句渲染了一种阴森恐怖的氛围，借此表达当时黑暗、压抑的社会环境，来呼应文章"吃人"

---

① 鲁迅：《呐喊——狂人日记》，《鲁迅全集》第1卷，第426～432页。
② 鲁迅：《呐喊——狂人日记》，《鲁迅全集》第1卷，第426～432页。

的主题。在文中鲁迅采用了"狗看人"的意象，象征一种"狂"的精神状态，这也正与狂人的身份相吻合，只是他不安和狂躁的根因并不在狗。这一点鲁迅取法于果戈理的同名小说，并加以创新，把看狗的通信改为狗看狂人的眼神。写赵家的狗看狂人两眼，是为了达到陌生化的嘲讽功效，通过这两眼，狂人和所处环境的紧张关系显露无遗。作为一个思想的先驱者，狂人看透了中国历史，所有的字缝里都写着两个字"吃人"，能从肉体和精神上彻底消灭一个人，而整个社会就是一盘人肉宴席，由此而造成他的震惊和害怕。

第二处关于狗的描写出现在第六则日记中："黑漆漆的，不知是日是夜。赵家的狗又叫起来了。"① 明明黑漆漆的是夜，却不知是日还是夜，这里喻指黑白混淆，也指当时黑暗的社会环境和人性。从这一句中的"不知是日是夜"可以看出作者的迷茫，对改造国民劣根性的迷茫，同时也深刻揭露出封建主义社会"吃人"本质，表现出其对封建家族制度和礼教的彻底反对。这一则日记起到了过渡作用，赵家作为旧制度的既得利益者，赵家的狗作为封建家族制度和封建礼教的帮凶，之前仅仅是"看我两眼"，现在"赵家的狗又叫起来了"，这说明封建反动势力的反扑动作在加大，暗示某种恐怖的来临。此处对赵家狗的描述意在烘托出某种不祥的征兆，也就是即将来临的难以言喻的意境。

第三处对狗意象的应用出现在第十则日记中间："赵贵翁和他的狗也在里面，都探头探脑地挨进来。有的看不出面貌似乎用布蒙着，有的仍旧青面獠牙，抿着嘴笑。"② 这表明狗也是吃人一伙中的一个，它与赵贵翁狼狈为奸。和前文一样狗都不再是简单的畜类动物而是地主阶级的帮凶走狗。这种以狗讽人的手法将鲁迅对黑暗社会现实的批判表达得淋漓尽致，一针见血。与此同时赵贵翁的狗也是一个狂人思想发展的推动者，间接促进了狂人的反抗。它不像以赵贵翁为首的一伙人"青面獠牙"或"抿嘴窃笑"，比人更为阴险狡诈。它平时只是看狂人几眼，在"黑漆漆"的夜晚中叫，在"被吃者"面前不露真容，但它是最凶悍和最难以防范的劲敌。它在黑

---

① 鲁迅：《呐喊——狂人日记》，《鲁迅全集》第 1 卷，人民文学出版社，1981，第 426~432 页。
② 鲁迅：《呐喊——狂人日记》，《鲁迅全集》第 1 卷，人民文学出版社，1981，第 426~432 页。

漆漆的夜晚中的叫声引出的"狮子似的凶心，兔子似的怯弱，狐狸似的狡猾"，① 最终使"狂人"忍无可忍，有了破釜沉舟的勇气，从内心的质疑走向公开挑战——敢于质问二十岁左右的年轻人和大哥，以至于后来猛然发现自己也是吃过人的人，由此把批判由大哥等人组成的家族宗法势力推至对全社会的国民性的反思，体现了鲁迅呼唤国民性的渴求。

在小说中，鲁迅运用了大量的动物意象来批判这个"吃人"的社会。前文提到赵家的狗在文中出现了很多次，每一次都是"恶狠狠的瞪着我"，渲染了一种阴森古怪的气氛。动物没有思考能力，这个行为习惯自然是它们从它们的主人那学来的，是它们的主人用吃人的思想去影响它们。赵家的狗是《狂人日记》中的代表动物，它与海乙那、狮子、兔子与狐狸都代表了吃人者的特点。赵家的狗身上，体现出的是一种奴性与肮脏，完全听命于主人；海乙那只会"跟在猛兽后面吃它们吃剩的死肉，且还嚼的稀烂，吞下肚去"，② 这体现出的正是懦弱与贪婪，海乙那是狼的亲眷，狼是狗的本家，这里的海乙那和狗一样也是封建统治者的帮凶，对海乙那的刻画也是对凶残的封建礼教吃人本质的揭露；狮子是食肉的动物，自是内心凶残，贪婪残暴；兔子则代表胆怯与懦弱，一边渴望吃人，可一边又怕被吃，也怕亲手杀死一个人；狐狸代表狡猾，不敢杀人，便想出无数的办法逼狂人自裁。在这里，狮子、兔子、狐狸这些动物意象不仅仅代表自身的品质，更涉及吃人者的心态。在那个社会中，吃人的除了人，还有动物。作者将人与动物归为一类，是为了体现出吃人的普遍与社会的黑暗。同时也借助动物，说出了"吃人的社会，实则也是充满兽性的社会"。这些动物意象呈叠加式排列组合，暗示了那是个由兽性主宰的世界。

3. 社会意象

在《狂人日记》中，除了月亮和狗，还有一些重要的意象，比如"古久先生的陈年流水簿子"，③ 喻指中国封建主义统治的漫长历史，"把古久先生的陈年流水簿子踹了一脚"是一种拟人说法，用来指代对封建吃人社会

---

① 鲁迅：《呐喊——狂人日记》，《鲁迅全集》第 1 卷，人民文学出版社，1981，第 426～432 页。
② 鲁迅：《呐喊——狂人日记》，《鲁迅全集》第 1 卷，人民文学出版社，1981，第 426～432 页。
③ 鲁迅：《呐喊——狂人日记》，《鲁迅全集》第 1 卷，人民文学出版社，1981，第 426～432 页。

的所谓"经典"和"戒律"的蔑视与斗争。

"大哥"这个人物意象发挥着重要的作用。在中国传统文化中，"大哥"是一个敬称，被用来指代有血缘关系的兄弟或者关系密切、感情深厚的人，而在文中"大哥"已经不再是一个简单的称谓。从表面上看大哥是狂人的家人，关心弟弟的病情，请先生来诊断。实际上他也是吃人的一分子，是封建社会家族制度的象征。大哥对狂人的"关心"已不再局限于身体，而是从精神上洗脑。他对狂人灌输的正是上尊下卑的封建礼教，目的是要瓦解狂人的精神信仰，让狂人这一精神叛逆者放弃自己的思想立场，向传统封建文化妥协，尊奉礼教制度。这时的大哥已实现了身份转变，成为狂人思想觉醒的阻碍者和破坏者。

"医生"是小说中除大哥外的另一人物意象。虽然看似处于次要地位，但恰恰是医生决定了狂人的命运。一般来说医生是救死扶伤的正面形象，而在文中医生是作者讽刺挖苦的对象，他也和大哥一样是"吃人"的人，是施害者，是旧秩序的维护者和封建制度的卫道士。在前三则日记中狂人病情逐步恶化，发狂程度加深，这为后来医生的出场做了铺垫。然而这位医生不同寻常，文中对他的形象是这样描述的："他满眼的凶光，怕我看出，只是低着头向着地，从眼镜横边暗暗看我。"① 在狂人的眼中医生似乎比狗和赵贵翁更恐怖，是刽子手，吃人的欲望更加强烈。"医生"为狂人治病，目的就是要联合大哥等守旧势力共同遏止狂人萌发的新思想，让他回到封建礼教的正统之中。他看似充当的是道德说客，用劝导、告诫的方式"挽救"封建道德的叛逆者，实际上是同统治者一起"吃人"，用腐朽的封建思想麻痹狂人。最终，"狂人"病好后去当候补官员，一个反封建的思想斗士已被完全同化，医生在一定程度上左右了狂人的人生道路。

（三）果戈理《狂人日记》中的意象书写

果戈理的《狂人日记》中也提及了月亮意象，只是与鲁迅笔下的月亮相比，果戈理没有赋予月亮极其重要的象征意义，全文对月亮的描写也局

---

① 鲁迅：《呐喊——狂人日记》，《鲁迅全集》第1卷，人民文学出版社，1981，第426～432页。

限在文末主人公幻想成为西班牙国王的那部分，没有贯穿全文。此外，果戈理采用了狗这一动物意象和一些社会意象，以狗喻人来表现周遭世人的面孔，揭露官僚的腐化和等级制度造就的卑劣。

1. 自然景观意象——月亮

在小说中，对月亮的描述仅限于以下几处："地球要坐到月球上了""月亮都是在汉堡做的，做的很不行""这是一个瘸腿的箍桶匠制作的""是一个娇弱的球体""只住着一些鼻子"。① 从表面上看这是在写月亮的单薄和脆弱，但是如果把它与果戈理另外一部小说《鼻子》结合起来分析的话，就会有更多的发现。在《鼻子》中，"鼻子"成为一种面具，已不再是简单的人体五官之一，它被赋予了深刻的象征意蕴，承载着耐人寻味的社会内涵。鼻子是贪欲的隐喻，"你为自己找到一点儿财宝，正想着伸手去得到它，可宫廷侍从官或将军却蛮横无理地把它从你这儿给抢了过去"，鼻子代表着对功名利禄的追逐，将官场的钻营逐利之风表现得淋漓尽致。而在《狂人日记》中，月亮上住的是所谓荒诞不经的鼻子，因此月亮成了污秽的载体。而人类居住的地球以不可阻挡之势把这种污秽征服。在文中狂人以反面角色大喊及最后的结果——救月亮的人一哄而散，体现出狂人心理的变化：维护上层利益而不可得。但作者故意让狂人以贵族身份出现，以突出这种心理反差。②

2. 动物意象

果戈理的《狂人日记》虚构了狂人能听懂狗说话、能看懂两条狗之间的通信这些荒唐情节。此外，情节上的怪诞还表现在两条狗之间可以通过书信互诉衷肠，而主人公波普里希钦则只能通过书信和狗的视角窥探到上流社会的生活，尽管有些"狗腔狗调"所提及的大多也是支零碎语，却反映出当时上层社会的腐朽堕落。③ 人和狗的语言和文字互通互用极具荒诞色彩又引读者深思，原来在当时黑暗的社会背景之下底层官吏的境遇竟不如

① 《果戈理选集》第2卷，满涛译，人民文学出版社，1984，第183~193页。
② 王鹏：《鲁迅与果戈理〈狂人日记〉艺术比较》，《哈尔滨学院学报》2008年第11期，第67~70页。
③ 程慧：《比较视野下的果戈理讽刺风格研究》，硕士学位论文，西安外国语大学，2016，第35页。

上层社会的一条宠物狗。作者通过狗与人的形象、地位等方面的比较，尖锐地讽刺了19世纪沙俄社会的病态与非理性。在这样的环境氛围中小人物波普里希钦走投无路，只能去抢小狗的信件，欺负比自己更加弱小的对象。这种讽刺艺术让读者既觉得滑稽可笑，又对主人公深感同情和悲哀。

在果戈理笔下，小狗美琪被赋予人格化的色彩，在文章中关于小狗的描述占一半多的篇幅。在小说中多次提到"狗比人要聪明得多"，"是一个了不起的政治家"。① 通过人格化的两条狗的通信，将上流贵族阶层爱慕虚荣的丑态，以及狗主人莎菲小姐的庸俗社交生活和她的商品式的"爱情"展露无遗。② 在文章中小狗美琪对主人莎菲小姐的交际生活，对部长渴求升官发财之后如愿的神态形象刻画以及莎菲小姐对一位普通年轻侍从官的迷恋，都是以人的视角来进行的。果戈理甚至还把沙俄时代人类社会高低贵贱的等级制度和观念引进了动物界，让部长家的狗美琪瞧不起乡下来的"笨头笨脑"的狗，这些都是对沙皇俄国社会世态的真实反映。果戈理旨在通过狗的眼睛来指责社会的不公，借人格化的狗披露官僚机构的丑态，揭露等级森严、贫富悬殊的社会制度之下小人物悲催的命运。

此外，小狗也是小人物波普里希钦精神变异的促进者。通过小狗之间的通信，他得知自己在莎菲小姐心目中的形象："头发像一把稻草，丑的像一只装在麻袋里的乌龟。"③ 这浇灭了他对爱情的美好幻想。当获知部长的女儿要嫁给一位将军，或者一位侍从官或者一位上校时，他的精神世界彻底崩塌了，思维和言语开始走向混乱，举止怪异。最后，在恍惚之中波普里希钦幻想自己是西班牙国王，被关进了疯人院。在得到小狗书信之前，波普里希钦虽然遭受冷酷的待遇，过着屈辱的生活，但他还对爱情和仕途抱有幻想，想得到部长女儿的青睐并在官场上平步青云。而小狗的信使他认清了社会现实的本质，并喊出"老是侍从官和将军。世界上一切最好的东西都让侍从官或者将军霸占去了"④ 这样的清醒论断，接着是对自身的反思——"我想知道我为

① 《果戈理选集》第2卷，满涛译，人民文学出版社，1984，第183~193页。
② 李明艳：《鲁迅与果戈理》，硕士学位论文，天津师范大学，2004，第9页。
③ 《果戈理选集》第2卷，满涛译，人民文学出版社，1984，第183~193页。
④ 《果戈理选集》第2卷，满涛译，人民文学出版社，1984，第183~193页。

什么是个九等文官"①，包括后来幻想自己是西班牙皇帝等，这一切都是波普里希钦自身个性在深受压抑之后的爆发，而这种爆发把果戈理的批判和讽刺引入了更深、更广的层面，从官场之风上升到社会制度。小狗在这一过程中扮演的正是波普里希钦精神爆发的导火索，它加快了主人公精神变异发狂的步伐。

3. 社会意象

在果戈理《狂人日记》中费迪南八世这一人物意象不可被忽视。费迪南八世是西班牙王位的继承人，是波普里希钦正式堕落为精神错乱者后的另一个自我，同时也是权势和富贵的象征。早上波普里希钦读完报纸，得知西班牙皇帝逊位后没有合适的皇位继承者，他便开始幻想自己是流落在外的西班牙国王——费迪南八世。费迪南八世作为一个另类的自我，既代表了波普里希钦逃离当下凌辱境遇的愿望，也代表了他对自由的幻想。文中波普里希钦经常把莎菲小姐和鸟类的形象联系在一起。当她从马车走出来时，他说她"像小鸟似的飞了出来"，声音像"金丝雀"。② 鸟类通常代表自由，向莎菲小姐求爱并获得她的垂青将是他逃离所处社会阶层、获得自由的机会。不幸的是，这只是果戈理的一种讽刺艺术，因为世态炎凉，像波普里希钦这样的小人物永远没有机会得到提携，也永远无法逃离作为九等公务员的下等生活。文中虽然其费迪南八世的身份完全是虚构的，却让波普里希钦有一种满足感和权威感。他自称为费迪南八世，试图为自己的不幸和与世界的分离辩护。一个错误的身份让他脱离了平淡生活中的现实和孤独。波普里希钦无法融入社会，使他遭受孤立和躁狂的折磨，但他创造了一个错误的身份，使他能够在不承认现实的情况下将这种脱节感合理化。此外，在给自己取名为国王的过程中，波普里希钦能够重新创造自己。他一直羡慕上流贵族阶层的生活，认为自己的社会地位低下，妨碍了他追求的一切，比如财富和莎菲小姐的关注，以及对爱情的美好幻想。因此，费迪南八世进一步象征着权势和飞黄腾达，在波普里希钦的观念里这是上层阶级存在的内在原因。

此外，衣服和着装也有重要的象征意义，象征着社会阶层的地位，同

---

① 《果戈理选集》第 2 卷，满涛译，人民文学出版社，1984，第 183～193 页。

② 《果戈理选集》第 2 卷，满涛译，人民文学出版社，1984，第 183～193 页。

时也可以反映波普里希钦的心理状态。对上流社会生活和地位的不懈追求使波普里希钦对别人的社会地位很有判断力，他的判断力常常延伸到别人的衣服上，在各种日记条目中都提到人们穿着什么来说明他们在社会上的相对地位。当波普里希钦穿过城镇，遇到他的爱慕对象莎菲小姐时，他为自己穿的旧式大衣感到难堪，因为它过时了，还又旧又脏。当波普里希钦陷入疯狂，认为自己是失散已久的西班牙国王时，他不愿透露自己的身份，因为他认为没有适合自己职位的皇家服装。因此，对波普里希钦来说，服装是社会地位和财富的象征；拥有合适体面的服装对于豪门望族是至关重要的。然而，服装并不仅仅是衡量一个人在社会中地位的尺度，它也在故事中揭示了穿着者的真实自我。当波普里希钦为自己裁缝一件斗篷，以配合他新获得的国王地位时，他认为这件斗篷应该是皇家的，但他用剪刀随意撕破的其实只是普通布料而已。他的衣着，揭示了他真实的精神状态：事实上，他并不是一个久违的国王，而是一个痴心妄想的狂人。因此，服装既能反映一个人的社会地位，又能反映出更深层次的心理特征。

（四）两部作品的异同及其原因

1. 异同

从象征主义来看两部作品中的意象，它们都提及月亮和狗，但是月亮这一意象在两位大师的笔下截然不同。鲁迅先生喜爱月亮，喜欢月夜。在他不少作品中都有月亮的描述。日本学者增田涉曾这样描绘鲁迅的精神形象："在月亮一样明朗、但带着悲凉的光辉里，他注视着民族的将来。"[1]他还提供了鲁迅喜欢月夜的另一个证据，即鲁迅曾对为自己治病的日本医生须藤说过这样的话："我最讨厌的是假话和煤烟，最喜欢的是正直的人和月夜。"[2] 在鲁迅笔下，月光是多维度的，不仅是思想启蒙之光和曙光，让狂人从病态的社会苏醒，认清这个丑恶的世界，向黑暗发出挑战；同时月亮还有一种预兆作用，喻指黑暗势力的强大，在月光之中狂人的敏感警惕越发

---

① 〔日〕增田涉：《鲁迅的印象·鲁迅跟月亮和小孩，鲁迅博物馆等编选》，《鲁迅回忆录》下册，北京出版社，1999，第1384页。
② 王彬彬：《月夜里的鲁迅》，《文艺研究》2013年第13期，第70~79页。

清晰。此外月亮还作为一种媒介，把狂人和普通大众之间的对立展露无遗。这三次对月亮的描写也象征着狂人的心理变化历程，虽然伴随而来的处境是越来越难，社会是越来越黑暗。从很好的月亮到全没月亮再到月色也很亮了，从思想启蒙之光到黑暗的预兆再到希望的曙光，仿佛是三幅油画，折射出狂人对封建礼教和家族制本质的剖析加深的三部曲。可悲的是虽然觉醒的狂人不愿意同流合污，反抗黑暗的社会现实，却挣脱不了命运的枷锁，没有形成星星之火可以燎原的态势。不仅没有成功唤醒众人，还被昏睡的芸芸众生所同化，背弃了曾经为之奋斗的精神信仰，坠入了黑暗深渊。而在果戈理的笔下月亮仅仅是一个污秽的载体，上面只住着象征着贪婪的鼻子。

对于狗意象，两位作家都采用了以狗讽人的写作手法，都在其中包含了辛辣的讽刺。在鲁迅的《狂人日记》中，狗是封建统治者的帮凶、走狗，也暗指黑暗与凶险势力的即将到来，以此烘托出阴森可怕的氛围。在果戈理的《狂人日记》里，他把人类社会的等级制度位移至狗的世界中，小狗被人格化以揭露俄国旧社会官僚机构的丑态，借它来比喻卑下的奴才，同时也是主人公精神狂乱的促进者。

在人物意象这方面，鲁迅选取了大哥和医生这两个身份平淡的人物，实则他们是伪善者和守旧派，用来迫害和改造狂人清醒的反抗意识。而果戈理选用费迪南八世这一意象，他是主人公精神恍惚后的另一个自我，同时也是上流社会阶级的一个符号代表。在其他方面，鲁迅选取了多种动物意象来象征这个充满兽性的"吃人"社会，果戈理则采用象征社会地位和财富的衣服来反映小人物波普里希钦的逐步加重的妄想症。

2. 造成异同的原因

（1）时代和国别因素

19 世纪，果戈理所在的社会处于沙俄统治的黑暗时期，底层人民生活在水深火热之中，在政治上受压迫，经济上仍需依附地主。他们承担着苛捐杂税的重压，处于十分悲惨的境地，人民大众需要的是对封建等级制度的控诉和反抗。在这样的年代背景下果戈理这位批判现实主义大师创作《狂人日记》来揭露农奴制俄国社会的黑暗、腐朽，反映大众的心声。而鲁迅所处的时代与当时的俄国社会非常相似，1911 年的辛亥革命推翻了清朝的统治，结束了两千多年来的封建帝制。但是这场意义重大的革命并没有改变中国半殖民地半封建社会的性质，此后又出现了封建势力复辟、军阀混战的血腥场面。在血淋淋的黑暗社会里，人性与人权化蝶而飞，笼罩着人们的只有腐败、冷漠无情。鲁迅看透了社会的黑暗，意在用犀利的笔触揭示封建礼教吃人的本质，揭开所谓"仁义道德"虚伪的面具，唤醒昏昏欲睡的国民。

虽然两位作者创作的背景有相似之处，但由于生活的时代不同，国别不同，他们笔下的狂人都是结合时代特点和社会现实的产物，故而选取的一些代表性意象也都是微型社会的一个缩影，折射出赤裸裸的社会现实。

（2）作者主体因素

果戈理出生于 19 世纪的俄国，当时俄国官场腐败，等级森严。他中学毕业后在十二月党人革命运动的影响下前往彼得堡做小公务员，薪水低，导致他的生活拮据，受尽贫困生活之苦，也由此亲身体验了"小人物"的艰辛和悲哀，亲眼看见了官僚们虚伪、腐朽的丑态。因此他的作品里多是小人物对俄国不合理的官僚制度的控诉，《狂人日记》就是其中的典型代表。他把故事大部分场景设定在政府某部门，包括选取意象的象征意义等，这都反映出上流阶级和等级制度的残酷。故事中小人物波普里希钦就像是作者的影子，果戈理在现实生活中无法控诉的情感得以在文中尽情宣泄，挥洒自如。

而鲁迅出生在一个富裕的官僚家庭，家道兴盛时别人对他恭恭敬敬，后来家道中落遍尝人间心酸。结合他自己的人生经历，他深切地感受到封建礼教对人的摧残，因此，他意在揭露封建礼教的危害，时刻围绕"吃人"现象进行控诉，其中包括一些吃人的人物意象和动物意象。也因此，他的作品旨在"暴露家族制度和礼教的弊害"，唤醒沉睡在"铁屋子"里的庸众。

从象征主义的角度对鲁迅和果戈理两部同名小说之间的意象进行比较研究，使我们对生活在不同时代、不同地域的两位文学巨匠创作风格有了更深刻全面的了解。正如俄罗斯文艺理论家车尔尼雪夫斯基所说："艺术来源于生活，却又高于生活。"① 这两部作品都是时代背景和社会现实的产物，无论是月光意象还是狗意象，抑或是人物意象和其他意象，都是作者用来讽刺和针砭时弊的利器，也都是作家在深思熟虑之后思维的浓缩。在文学发展多元化的今天，这两部作品仍闪耀着光芒，再去品读这两部经典之作，我们仍能感受到其独特的艺术魅力。在两位作者笔下，我们仿佛穿越了时光，看到了社会的千姿百态，也能体会到作者深深的社会关切和现实关怀。

四　结语

意象作为一个诗学术语，随着时代的发展含义也日趋多样化，但它始终是作家表达感情的载体。由于中西文化背景的差异，作家在使用意象的方式上也略有差别，相同意象在不同的文化背景下代表的含义也不尽相同。从中西文学作品中的意象书写来看，不同文化语境下的意象内涵既有个性也有共性。有些意象在不同作品中可能产生相同或部分相同的象征意义，有些意象在一部作品里面可能蕴含比较丰富明显的联想意义，有些意象则需要上下文的意象群去进行揣测。由此读者在分析和理解文学作品时要对其时代背景、社会背景以及作者的文化背景加以了解，要结合语境去准确把握各种意象所蕴含的丰富的象征意义，从而更好地把握作品的主旨大意和人物情感。

【Abstract】 Image, as a core concept of Chinese and Western poetics, first existed as two complementary concepts of "meaning" and "image". It has been explained and supplemented by literati of all dynasties and researched by many scholars. Through thousands of years of development, image has expanded from the original philosophical category to poetics and other fields, and been gradually applied to poetry and other art style comments. However, the concept and classification of "image" have always been controversial, and there is no unified conclusion. Based on Chinese

---

① 车尔尼雪夫斯基：《艺术与现实的审美关系》，周扬译，人民文学出版社，2009，第100页。

scholar Yang Yi's classification criteria for image in his *Chinese Narratology*, this article discusses the five types of image writing in Chinese and Western literary works: natural image, social image, folk image, cultural image and mythological image. Then, taking two versions of *The Diary of a Madman* from Lu Xun and Gogol for examples, this paper explores the image writing in these two works. What is more, by using the parallel research method, this article focuses on the comparative analysis of the two natural images and other images with rich connotations in these two novels, such as moonlight and dog. Finally, the similarities and differences between the two novels and relevant reasons are analyzed.

【**Keywords**】 symbolism; image; *The Diary of a Madman*; moonlight; dog

查良铮翻译诗学思想研究

刘贵珍

（北京第二外国语学院英语学院，北京　100024）

【内容提要】诗人、翻译家查良铮在无法从事诗歌创作的历史条件下，转向文学翻译事业，利用卓越的诗才创造性地为读者贡献了大量诗歌翻译经典作品，同时对文学翻译，尤其是诗歌翻译有着积极的思考，为后人留下了宝贵的翻译诗学思想。第一，他对文学翻译有着多重定位。在他看来，翻译承担着复兴中国文艺和启迪民心民智的重要使命，同时对他本人而言，翻译亦是表达内心情感和诗学思想以及提高创作水平的重要方式。第二，无论在诗歌创作还是在诗歌翻译实践中，查良铮均秉持强烈的现实观，即诗歌一定要反映社会现实的诗学思想，这是他尤其重视翻译拜伦和普希金诗歌的重要原因。第三，他执着追求诗歌翻译的艺术性，这主要表现在他借鉴西方诗歌艺术的强烈意识、对艺术性译诗原则的坚守以及追求精益求精的翻译精神等方面。第四，从读者关照的角度出发，查良铮认为跨文化阐释对读者理解翻译文本十分必要，同时又告诫读者，阅读解释文本无法取代阅读诗歌本身，体现出强烈的读者意识和辩证思想。

【关 键 词】查良铮　翻译的定位　现实观　艺术性坚守　跨文化阐释

无论在中国新诗史上还是在诗歌翻译史上，卓越的诗人、翻译家查良铮（笔名穆旦）都是一座高峰。作为"九叶派"诗人的重要代表，他一生创作了146首（组）诗歌，其中包括《森林之魅》《被围者》《饥饿的中国》《出发》《诗八首》《自然底梦》《智慧之歌》等经典之作。而在不能继续从事诗歌创作的年代，他毅然拿起翻译之笔，选译了众多经典大师之作，其中既有浪漫派大师拜伦、雪莱、济慈、普希金等，又有经典现代派大师艾略特、奥登以及俄国的诗艺大师丘特切夫等，创造性地为读者呈现了多部诗歌翻译经典作品，如《唐璜》《荒原》《悼念叶芝》《欧根·奥涅金》等，其中《唐璜》更是被王佐良先生称为"中国译诗艺术的一大高峰"。①虽然在诗歌创作和诗歌翻译之外，查良铮并未进行系统的诗歌思想方面的阐释，但在其文学评论文章、致友人的书信，以及诗歌翻译作品的前言、后记、序、跋中，不乏对诗歌创作和诗歌翻译的真知灼见。梳理这些闪光的诗学思想，可以让我们看到为复兴中国文艺而不懈求索的一颗不朽的诗魂，而他对翻译的多重定位，对诗歌一定要反映社会现实的诗学思想，对诗歌翻译艺术性的执着坚守，以及对翻译与阐释的辩证关系的诗学思考，对今天的诗歌创作与翻译依旧具有重要的借鉴意义。

一 翻译的多重定位

在中外文明与文学史上，翻译从来都不仅是语言文字层面的转换工作，而且承担着文化交流、建构民族文学与文化的重要使命，这也是古今中外众多思想家、政治家、文学家等从事翻译实践活动和理论研究的重要因素，也成就了中国历史上的几次翻译高潮。

新中国成立后，在无法继续现代派诗歌创作的现实条件下，诗人穆旦转向了文学翻译，成为翻译家查良铮，从此中国文坛少了一位卓越的现代派诗人，却多了一位翻译大家。翻译家查良铮对中国文艺的发展做出的贡献以及在读者中间产生的深远影响其实并不亚于诗人穆旦。在翻译家查良铮看来，文学翻译和文学创作一样，不仅承载着复兴中国文艺和启迪民心民智的重要使命，而且是一种表达内心情感和诗学思想的重要方式，对文学创作亦有重要的促进作用。

---

① 王佐良：《谈诗人译诗》，载海岸编《中西诗歌翻译百年论集》，上海外语教育出版社，2007，第350页。

（一）翻译复兴中国文艺

众所周知，中国新诗自发轫以来，始终肩负着"大众化"的时代使命。从晚清的"诗界革命"，到五四时期提倡白话入诗，再到二三十年代的"革命诗歌""中国诗歌会"的出现，以及四十年代的"朗诵诗""街头诗"运动，大众化诗学逐渐取得主流诗学的地位，至 20 世纪 50 年代"新民歌运动"出现，新诗的"大众化"可谓达到极致。但与此同时，诗歌的艺术审美却逐渐缺失，口号化和概念化日趋严重，中国新诗日渐缺少诗歌本应有的品质。

对于当时国内的文风，查良铮多次表示不满，尤其是新诗的处境，更让他深感忧虑。1977 年 2 月，在致好友的书信中，他写道：

> "四人帮"揪出，你认为报上文章有新气象，正巧当天我拿《天津日报》看，第一版上四五块小文章，文章小了，可是好像墙报一样，从头到尾，仍是干巴巴那些老调老辞，只不过短了点儿，真无法卒读。我看不谈别的而光谈改变文风，实则是变不了（当然一时不易见效），"人云亦云"，"重复呆板"，哪一样也不少。这大概又是你有乐观精神而我缺乏的缘故。至于诗，那就更别提。记得三四十年以前，提倡文学大众化的，曾乐观地说，先普及，后提高，普及了三四十年，现在怎么也没有高一点呢？倒比初提倡时更低了。①

如何帮助中国新诗摆脱上述困境，走上健康发展的道路，是查良铮不懈追求的目标。作为卓越的现代派诗人，在无法从事诗歌创作的年代，查良铮决心以翻译的方式，继续发挥自己的诗才，为复兴中国文艺贡献一己之力，成为文艺复兴路上执着的逐梦人。"我总想在诗歌上贡献点什么，这是我的人生意义（当然也够可怜）。"② 短短一句话，道出了一位卓越的诗人翻译家始终心系复兴中国新诗的心声。在回忆查良铮生命的最后一段日子

① 李方编《穆旦诗文集 2》增订版，人民文学出版社，2013，第 176 页。
② 李方编《穆旦诗文集 2》增订版，第 194 页。

时，周与良曾经提到："他最关心的是他的译诗，诗就是他的生命。"① 一个把译诗看作自己生命的人，对译诗的投入自不待言，也让读者看到了执着复兴中国文艺的一颗诗心。

对于当时中国新诗的处境及其发展道路，当时的主流观点是学习民歌和古典，对此，查良铮本人自然十分清楚。1958 年，毛泽东在成都会议上说："中国诗的出路：第一条民歌，第二条古典，在这个基础上产生出新诗来，形式是民歌的，内容应当是现实主义和浪漫主义的对立统一。"② 对于从古典诗歌中寻找出路这一点，查良铮也曾努力靠近，并试图有所收获，却总是以失败告终。在他看来，新诗是以白话入诗，无法借鉴旧诗在文字上的魅力，而旧诗的形象又太过陈旧，同样不适用于新诗。③ 由此可以看出，查良铮对新诗有着自己独特的审美要求：新诗既要能够发挥现代汉语的文字优势，又要使用新颖的形象，否则不能称为新诗。

既然古典诗歌使用的文言文无法在白话诗中发挥它应有的魅力，而其中使用的形象又过于陈旧，尝试学习和借鉴外国诗歌就成为查良铮不懈的追求。当时国内的诗歌，在他看来，对提高读者的鉴赏水平毫无用处。他指出，文艺上要复兴，要从翻译外国作品入手，这对提高普通读者的诗歌鉴赏水平可发挥相当的作用，从而能够进一步促进诗人的创作活动。④

> 我把拜伦的长诗又弄出《锡隆的囚徒》和《柯林斯的围攻》两篇，这种叙事诗很可为我们的诗歌借鉴。我最近还感觉，我们现在要文艺复兴的话，也得从翻译外国入手。你谈到你的学生看你的《冬与春》而"不易懂"，欣赏的水平如此之低，真是哭笑不得。所以如此，因为他光喝过白水，没有尝过酒味。国内的诗，就是标语口号、分行社论，与诗的距离远而又远。我这里有友人之女，初中才毕业，喜欢读诗，可是现在印出的这些文艺作品不爱看，看古诗和外国诗却入迷。由此

① 周与良：《永恒的思念》，载杜运燮等编《丰富和丰富的痛苦：穆旦逝世二十周年纪念文集》，北京师范大学出版社，1997，第 161 页。
② 刘鸣泰主编《毛泽东诗词鉴赏大辞典》，湖南出版社，1993，第 549 页。
③ 李方编《穆旦诗文集 2》增订版，第 214 页。
④ 李方编《穆旦诗文集 2》增订版，第 250～251 页。

可见，很年青的小孩子也不喜欢这套货色，只要肯深思一点，就看不上。在这种情况下，把外国诗变为中文诗就有点作用了。读者会看到：原来诗可以如此写。这可以给他打开眼界，慢慢提高欣赏水平。只有大众水平提高了，诗创作的水平才可望提高。①

这是查良铮从事诗歌翻译的第一个重要原因。1976 年底，查良铮得知人民文学出版社的编辑很看重自己译的《唐璜》，认为或许有出版的机会，于是备受鼓舞，深感"文学有前途"②。同时看到多数老作家也开始出面了，这给了他无限的希望。他深信："等冰化了，草长得多了，也许它能夹在当中悄悄冒芽。"③ 总之，对中国文艺的忧思，加上已经看到的曙光，使查良铮更加坚信翻译能够复兴中国文艺，并将自己的梦想延续下去。

（二）翻译启迪民心民智

翻译，对查良铮而言，除了发挥复兴中国文艺的历史使命外，还肩负着启迪民心民智的重要作用。在他看来，当时国内读者看不到优秀的诗歌作品，这不仅导致读者的诗歌鉴赏水平十分低下，根本无法写出真正具有诗歌内在品质的作品，同时也造成读者精神方面的严重匮乏，将国外诗歌经典作品翻译过来，无疑可以填补读者心灵的空白。这是促使他从事诗歌翻译的重要原因，也构成他对诗歌翻译的另一重定位。

查良铮对普希金抒情诗的翻译情有独钟，不仅在 20 世纪 50 年代翻译出版了四百多首普希金的抒情诗歌，而且在晚年对这些抒情诗做了逐一修订，这与普希金抒情诗具有教育人的重要力量密不可分。普希金抒情短诗的主要内容几乎都是爱情和友谊，描写的是普通人的情感，那种情感非常真诚，略带忧郁和悲伤，但绝不消沉，而是带有明显的乐观情绪，因而在教育读者方面能够发挥异乎寻常的作用。查良铮在翻译普希金抒情诗时，还同时翻译了别林斯基对普希金抒情诗的评论文章，因而借别林斯基之口，向国

---

① 李方编《穆旦诗文集 2》增订版，第 173 ~ 174 页。
② 李方编《穆旦诗文集 2》增订版，第 171 ~ 172 页。
③ 李方编《穆旦诗文集 2》增订版，第 202 页。

内读者说明普希金"过渡时期"诗作中那种忧郁的情绪，不仅可以使国内的青年读者产生强烈的情感共鸣，还可以传递给读者一种乐观的情绪，帮助读者减轻内心的伤痛并重新振作起来，从而起到教育青年、改造国民精神的重要作用。对于这一点，查良铮借助别林斯基的评论进行了详细阐释。

> 他的抒情诗的基本情感虽然是深刻的，却永远那么平静而温和，而且多么富于人情味！这种情感永远呈现在如此艺术地平静的、如此优雅的形式中！……他不否定，不诅咒，他带着爱情和祝福观察一切。他的忧郁尽管是深沉的，却也异常光亮而透明；它消释灵魂的痛苦，治疗内心的创伤。普希金的诗——尤其他的抒情诗——的普遍的色泽是人的内在的美和抚慰心灵的人情味。……普希金每首诗的基本情感，就其自身说，都是优美的、雅致的、娴熟的；它不仅是人的情感，而且是作为艺术家的人的情感。在普希金的任何情感中永远有一些特别高贵的、温和的、柔情的、馥郁的、优雅的东西。由此看来，阅读他的作品是培育人的最好的方法，对于青年男女有特别的益处。在教育青年人，培育青年人的感情方面，没有一个俄国诗人能够比过普希金。①

普希金的诗歌无论是表达青春的情感，还是表达成年人的情感，都富有浓郁的人情味，这一点是查良铮尤其看重的，并通过翻译别林斯基对他的批评文字，对此进行了表述。

> 阅读普希金会有力地培养、发展和形成人的优美的人情味的感情。……在俄国诗人中，绝对没有谁能获得作为教育家的普希金的至上权，无论这教育的对象是青年，成年，或老年（如果他们还没有丧失审美的、人的感情的话）的读者，因为我们没有看到有谁在俄国是比普希金（尽管他是一个伟大的天才和诗人）更"道德"的。②

---

① 《穆旦（查良铮）译文集》第 7 卷，人民文学出版社，2005，第 464～465 页。
② 《穆旦（查良铮）译文集》第 7 卷，第 466～467 页。

查良铮翻译的普希金诗歌在 20 世纪 50 年代首次出版后，即在国内掀起了阅读普希金的热潮。谷羽在《普希金超越时空的知音——查良铮与普希金》一文中提到："普希金经由查良铮之手在中国形成了第一次冲击波，数以万计的中国读者争相阅读普希金，出现了第一次普希金诗歌热潮，这大概是连普希金也没有想到的。"① 之后普希金诗歌更是成为几代读者重要的精神食粮。赵毅衡回忆说，在 20 世纪 50 年代，和他一样怀揣着浪漫梦想的大陆少年，手里肯定有一本查良铮翻译的《普希金抒情诗集》，这本诗集"影响整整几代人"②。再加上他翻译的其他浪漫派诗人如拜伦、雪莱、济慈、布莱克的作品以及普希金的《欧根·奥涅金》等，"一时查良铮这个名字，名震读书界。……'查译'之流利顺畅，之优美传神，真是为五十年代的文化界，添了几道光泽"③。在上山下乡的艰苦岁月里，冬日无劳可作，时常浮现在知识青年赵毅衡脑海里的，是在俄罗斯广阔无垠的原野上，飞奔着痴情的奥涅金，去会见心爱的姑娘达吉亚娜。

对英国浪漫主义诗人济慈的诗歌，查良铮在"译者序"中也高度赞扬了诗歌中那种乐观、健康的情调。他指出，济慈非常热爱生活，即使生活是忧郁的，他也能够看到美，能够在逆境中保持一种乐观、坚毅的精神，并从现实生活出发，歌颂具体的、真实的美感，"因此有其相当健康的一面"④。例如在《蝈蝈和蟋蟀》以及《秋颂》等诗歌中，济慈表达了对生命的赞颂和对大自然的美的感受，充分传达了一种明朗、乐观的情调。"明朗，坚韧，而又极其真诚，——这是多么可喜的艺术天性！'忧郁颂'也是同样的把'忧郁'化成了振奋心灵的歌唱。"⑤ 同时，查良铮还借助济慈在苏联读者中间获得的良好声誉，说明其作品有助于"教育社会主义新人的

---

① 谷羽：《普希金超越时空的知音——查良铮与普希金》，载张铁夫编《普希金与中国》，岳麓书社，2000，第 152 页。
② 赵毅衡：《穆旦：下过地狱的诗人》，《作家》2003 年第 4 期，第 23 页。
③ 赵毅衡：《穆旦：下过地狱的诗人》，第 23 页。
④ 《穆旦（查良铮）译文集》第 3 卷，人民文学出版社，2005，第 366 页。
⑤ 《穆旦（查良铮）译文集》第 3 卷，第 367～368 页。

明朗的性格"①，因为济慈不像拜伦那么悲观，也不像雪莱那样创造一种乌托邦的气氛，而是创造了"一个半幻想、半坚实而又充满人间温暖与生活美感的世界"。②

由此可以看出，充分挖掘外国诗歌经典作品中的那种积极力量，从而起到教育读者、启迪民心民智的作用，是查良铮对诗歌翻译的另一个重要定位，也是他选择将后半生几乎全部精力投入诗歌翻译之中的第二个重要原因。

（三）翻译作为表达

第一，翻译表达内心情感。在困苦的岁月里，翻译优秀的经典诗歌作品为查良铮带来了巨大的精神慰藉，支撑着他一个孤苦的诗魂在复兴中国文艺的道路上不断探索下去。拜伦、雪莱、济慈、布莱克、普希金、丘特切夫等表达内心情感，歌颂自由、爱情和友谊的浪漫诗歌，必定引起查良铮的情感共鸣，使得远在东方的译者能够从沉闷、困苦的现实生活中感受到诗歌传递出的力量和情感，并将这种力量和情感通过自己的译笔抒发出来，支撑着他挨过生活的艰难困苦。

在查良铮翻译的众多作品中，《丘特切夫诗选》是与他心灵最近的。他之所以在困厄的环境下悄悄翻译这部诗选，并处理得如此美妙，一个重要的原因就是在不同的时空下，两个"真正敏锐的、具有丰富情感的诗人"③巧妙地契合到了一起，体现了俄罗斯诗人与中国翻译家共同对人生、对命运和内心的关怀。丘特切夫在其自然哲理诗中，既描绘了自然之美又表现了诗人在现实面前孤独、苦闷，而又向往美好未来的乐观精神。在漫长而苦闷的岁月里，这些丰富的情感极易引起翻译家查良铮的心理共鸣，慰藉了他孤寂而受伤的心。可以说，查良铮在无法创作的现实条件下，借助翻译《丘特切夫诗选》表达了自己内心的丰富和痛苦！

另外，在晚年，面对生活的苦难，校改普希金的诗歌同样给他带来了

---

① 《穆旦（查良铮）译文集》第 3 卷，第 368 页。
② 《穆旦（查良铮）译文集》第 3 卷，第 368 页。
③ 《丘特切夫诗选》，查良铮译，外国文学出版社，1985，译后记第 172 页。

精神上莫大的慰藉。1976 年 1 月，查良铮骑车时不慎跌倒，造成腿部骨折，行动不便，只好在家休养。之后的几个月，也是他人生中苦闷和情绪低沉的一段日子。在这段日子里，他最爱做的事情，就是增译和校改普希金的诗歌。不到两个月就弄出了五百首诗歌，这对译者来说，无异于精神上的一剂良药。1977 年 2 月，在写给老友的书信中，查良铮表达了从事翻译对他本人的重要意义：“将近一个月来，我煞有介事地弄翻译，实则是以译诗而收心，否则心无处安放。”①

第二，翻译表达诗学思想。在翻译普希金的抒情诗时，查良铮通过翻译《别林斯基论普希金的抒情诗》以及苏联教科书《俄罗斯文学史》中的“普希金的抒情诗”，借别林斯基之口，以向国内读者展示普希金的抒情诗歌的方式，间接地表达了自己所坚持的诗歌主张。这在当时的历史条件下，不失为明智之举。

首先，“诗应该首先是诗”。别林斯基在评论普希金的抒情诗时指出，“为了表现生活，诗应该首先是诗”。② 他认为，即使一篇诗作十分深刻、智慧和真实，但如果是以散文的形式出现，那也是贫乏的。“让我们再重复一句吧，诗应该首先是诗，以后再谈表现这个和那个。”③ 同时，查良铮借助果戈理对普希金抒情诗的高度评价，向读者展示了什么是纯粹的诗。果戈理指出，纯粹的诗无须美丽的辞藻，也不需要故弄玄虚，它不注重某种外在的东西，而是更加注重诗的内质，它充满了内在的光彩。因此，用韵和节奏并非区别诗歌和散文的关键，“而有韵的诗不见得就是诗”。④

其次，诗要有真情。什么是真情？它和热情有着怎样的关联？别林斯基认为，诗歌作为艺术，“它只容纳‘诗的思想’”⑤，这“诗的思想”就是“真情”。这种“真情”是“一种强有力的力量……一种不能克服的热情”⑥。但这种“真情”并不等于“热情”，“这是因为‘热情’这个名词包

---

① 李方编《穆旦诗文集 2》增订版，第 173 页。
② 《穆旦（查良铮）译文集》第 7 卷，第 458 页。
③ 《穆旦（查良铮）译文集》第 7 卷，第 458 页。
④ 《穆旦（查良铮）译文集》第 7 卷，第 459 页。
⑤ 《穆旦（查良铮）译文集》第 7 卷，第 454 页。
⑥ 《穆旦（查良铮）译文集》第 7 卷，第 455 页。

含着比较属于情绪的概念，而'真情'包含比较属于道德精神的概念"。①
"真情"只是"被'思想'在人的心灵里点燃起来的"那种"热情"，
"……是纯然精神的，道德的，神圣的"。"因此，每一首诗都应该是'真
情'的果实，都应该充满着'真情'。"② 1976年在致友人的书信中，查良
铮就谈到"诗情洋溢"，指出"这是写诗的根本，无此写不出诗来"。③ 由
此可见，别林斯基对诗歌的观点，查良铮本人是十分赞同的。

最后，诗"要有艺术性"。④ 查良铮翻译普希金的抒情诗，是和普希金
诗歌所具有的高度艺术性分不开的，他要向国内读者奉献真正艺术的诗。
别林斯基说："普希金被公认为俄国第一个艺术的诗人，他给俄国带来了作
为艺术的诗，而不是抒写情感的美丽的语言。"⑤ 对于这一点，查良铮本人
自然十分认同并反复告诫好友：写诗"希望注意艺术性"。⑥

以上三点，只要联系新中国成立初期中国新诗的发展状况就不难理解，
当时的众多诗歌极度缺乏诗歌应有的品质，只注重表面分行押韵，缺乏内
在的"真情"，遑论诗歌的艺术性，因此查良铮上述观点无疑有异乎寻常的
重要现实意义。

翻译作为一种表达，是查良铮从事诗歌翻译的第三个重要原因。总之，
对翻译家查良铮而言，诗歌翻译不仅能够复兴中国文艺，教育和启迪国内
读者，也能构成他内心情感和诗学思想的重要表达方式。

（四）翻译作为练笔

在与好友的往来书信中，查良铮多次劝诫好友从事文学翻译，但总被
好友"一口拒绝，理由是译不如写创作"。⑦ 而在查良铮看来，在无法从事
文学创作的现实条件下，从事文学作品的翻译工作，"其实也是练笔，否则

---

① 《穆旦（查良铮）译文集》第7卷，第455页。
② 《穆旦（查良铮）译文集》第7卷，第455页。
③ 李方编《穆旦诗文集2》增订版，第217页。
④ 李方编《穆旦诗文集2》增订版，第225页。
⑤ 《穆旦（查良铮）译文集》第7卷，第456页。
⑥ 李方编《穆旦诗文集2》增订版，第227页。
⑦ 李方编《穆旦诗文集2》增订版，第172页。

笔会生锈"。① 这就涉及翻译与创作的关系问题。在中外文学史上，普遍存在一种观念，即认为只有文学创作才能充分发挥作家的才华，翻译则被置于次要地位。同样，长期以来，文学批评研究的学术地位也远远高于翻译研究的学术地位。因此，在新中国成立初期，当继续从事文学创作遇到外在阻力时，部分作家转而从事研究工作。例如，沈从文放弃创作转而从事文物研究；钱钟书放弃小说创作，将精力转向中国古代文学研究。而查良铮选择的则是文学翻译，尤其是诗歌翻译事业。个中原因，除前述三点外，还有一点，就是翻译有利于保持甚至提高诗人的创作水平，这也构成他对翻译的重要定位之一。

关于翻译与创作，查良铮认为两者之间存在辩证的关系。一方面，翻译是一种练笔，有助于保持并锤炼文学创作的才能。另一方面，在他看来，诗歌翻译同样需要译者具备足够的诗才，否则无法翻译出具有浓厚诗味的诗歌作品。对此，本文将在第三节进行详细阐释。

实际上，查良铮对好友的劝说，也是根据个人经历做出的，他本人通过翻译大量诗歌作品，不仅诗艺方面的才能得到淋漓尽致的发挥，而且诗艺本身也"成熟到了炉火纯青的地步"，翻译"对于诗人最后的诗歌创作的高峰，却是必不可少的，甚至是产生了重大的影响的"。② 王佐良先生在纪念文章中，不仅就查译《唐璜》的艺术成就给予了很高的评价，而且就诗歌翻译对查良铮诗歌创作的深刻影响也给予了积极评价：

> 似乎在翻译《唐璜》的过程里，查良铮变成了一个更老练更能干的诗人，他的诗歌语言也更流畅了，这两大卷译诗几乎可以一读到底，就像拜伦的原作一样。中国的文学翻译界虽然能人迭出，这样的流畅，这样的原作与译文的合拍，而且是这样长距离大部头的合拍，过去是没有人做到了的。诗歌翻译需要译者的诗才，但通过翻译诗才不是受到侵蚀，而是受到滋润。能译《唐璜》的诗人才能写出《冬》那样的诗。诗人穆旦终于成为翻译家查良铮，这当中是有曲折的，但也许不

---

① 李方编《穆旦诗文集 2》增订版，第 172 页。
② 王宏印：《诗人翻译家穆旦（查良铮）评传》，商务印书馆，2016，第 426 页。

是一个坏的归宿。①

"也许不是一个坏的归宿",一方面肯定了查良铮在翻译方面所取得的巨大艺术成就,另一方面也道出了翻译与创作之间相互依赖的密切关系。

二 "写出有时代意义的内容":追求反映现实的诗学思想

诗歌要深刻反映现实生活,这构成查良铮诗学思想的重要方面。"我是特别主张要写出有时代意义的内容。问题是,首先要把自我扩充到时代那么大,然后再写自我,这样写出的作品就成了时代的作品。这作品和恩格斯所批评的'时代的传声筒'不同,因为它是具体的、有血有肉的了。"②这一点在其诗歌创作中有着十分鲜明的体现,他创作的大量诗歌作品,如《活下去》《线上》《被围者》《退伍》《甘地》《野外演习》《给战士——欧战胜利日》《七七》《农民兵》《打出去》《反攻基地》《一个战士需要温柔的时候》《轰炸东京》等,无不具有强烈的时代感。他认为,"文艺工作如不对社会发表意见,不能解剖和透视,那就是失职"。③

内容上写当代,是现代派诗歌的显著特点,这一点在艾略特、奥登等人的诗歌中均有显著体现,奥登诗歌中更是饱含社会生活方面的内容以及政治意识,正如奥登本人所言,他要书写前人未曾遇到过的、他那一代人所经历的、独特的历史经验。在这一点上,查良铮认为中国新诗可以借鉴西方现代派诗歌的做法,即写出当代生活中"发现底惊异"。

诗应该写出"发现底惊异"。你对生活有特别的发现,这发现使你大吃一惊,(因为不同于一般流行的看法,或出乎自己过去的意料之外),于是你把这种惊异之处写出来,其中或痛苦或喜悦,但写出之后,你心

---

① 王佐良:《穆旦:由来与归宿》,载杜运燮、袁可嘉、周与良编《一个民族已经起来——怀念诗人翻译家穆旦》,江苏人民出版社,1987,第10页。
② 李方编《穆旦诗文集2》增订版,第211页。
③ 李方编《穆旦诗文集2》增订版,第176页。

中如释重负，摆脱了生活给你的重压之感，这样，你就写出了一首有血肉的诗，而不是一首不关痛痒的、人云亦云的诗。所以，在搜求诗的内容时，必须追究自己的生活，看其中有什么特别尖锐的感觉，一吐为快的。然后还得给他以适当的形象，不能抽象说出来。当然，这适当的形象往往随着内容成行，但往往诗人也得加把想象力，给它穿上好衣裳。所以，最重要的还是内容。注意：别找那种十年以后看来就会过时的内容。这在现在印出来的诗中很明显，一瞬即逝的内容很多；可是奥登写的中国抗战时期的某些诗（如一个士兵的死），也是有时间性的，但由于除了表面一层意思外，还有深一层的内容，这深一层的内容至今还能感动我们，所以逃过了题材的时间局限性。……总之一和生活有距离，作品就毁了。①

查良铮关注现实的诗学思想，不仅表现在上述文字中，也体现在他的诗歌翻译实践中。首先是对拜伦诗歌的翻译。查良铮认为，对于中国新诗的发展，拜伦的诗歌"很有用途，可发挥相当影响。不只在形式，尤在内容，即诗思的深度上起作用"。② 对诗思深度的关注，体现了一位卓越诗人对诗歌的诗性精髓的精准把握。在查良铮看来，《唐璜》是极有趣的故事，具有很强的可读性，这不仅是艾略特、奥登等现代派作家的作品无法企及的，也是雪莱、济慈、布莱克等其他浪漫派作家的作品无法比拟的。在讲故事的同时，《唐璜》作为长篇讽刺史诗，利用叙事诗的形式描写了19世纪的欧洲社会，尤其讽刺了当时英国的统治阶级乃至整个不合理的欧洲社会，具有很强的现实意义，这一点深受查良铮欣赏。他指出，拜伦辉煌的作品"在于他那粗犷的对现世的嘲讽，那无情而俏皮的，和技巧多种多样的手笔，一句话，惊人，而且和廿世纪的读者非常合拍，今日读《唐璜》，很多片断犹如现代写出一般，毫不觉其 dated。……这次我摒弃了他们选的，自己选了些段，并定名为'英国官场'，'歌剧团'，'购买奴隶'，'上流社会'，'资产阶级'，'议员选举'等名称，由这些名字你也可想见其内容是

① 李方编《穆旦诗文集2》增订版，第207~208页。
② 李方编《穆旦诗文集2》增订版，第172页。

什么吧。称之为现实主义的诗歌无愧，而且写得多有意思！这里的艺术很值得学习"。① 作为卓越的诗人，查良铮始终认为，诗歌应该反映当代生活。

同样，普希金的《欧根·奥涅金》作为长篇诗体小说，基本上是一部现实主义小说，在讲述达吉亚娜和奥涅金之间的哀伤的爱情故事的同时，通过大量的抒情插话或旁白向读者展示了俄国当时的社会生活，被别林斯基赞为"俄国生活的百科全书"②。此外，普希金的多部叙事诗，如《高加索的俘虏》《青铜骑士》《波尔塔瓦》《巴奇萨拉的喷泉》等，都以诗歌的形式反映了社会现实，在内容上很有深度，这促使查良铮将这些叙事诗翻译成中文，以供国内诗人和读者欣赏和借鉴。

三　诗歌艺术性的坚守：追求艺术的诗学思想

作为卓越的诗人和翻译家，查良铮对诗歌艺术性的坚守达到了近乎执着的程度。这既体现在他的诗歌创作方面，又深刻体现在其翻译实践中。在诗歌创作方面，他讨论了新诗形象的来源问题。新诗形象是来源于现代生活？还是必须以风花雪月为诗？查良铮显然深受西方诗歌影响，认为新诗的形象应该源于现代生活，而以风花雪月为诗则显得十分陈旧，无法满足新诗的要求。

西洋诗在二十世纪来一个大转变，就是使诗的形象现代生活化。③

美好关系的歌颂，是有成规和范例可循的，但若写你的日常真实感觉，恐怕倒没有榜样可参考了。因为谁也没这么写过。这就是我所谓的，要使现今的生活成为诗的形象的来源。④

---

① 李方编《穆旦诗文集2》增订版，第201页。
② 李方编《穆旦诗文集2》增订版，第121页。
③ 李方编《穆旦诗文集2》增订版，第206页。
④ 李方编《穆旦诗文集2》增订版，第212页。

写诗，重要的当然是内容，而内容又来自对生活的体会深刻（不一般化）。但深刻的生活体会，不能总用风花雪月这类形象表现出来。他的那些内容就无法如此表达。①

在诗歌翻译方面，查良铮对诗歌艺术性的坚守有着十分鲜明的体现。这既体现在他借鉴西方诗歌艺术的强烈意识上，尤其是选择那些与自己气质相近的诗人的作品进行翻译，又体现在他对艺术性译诗原则的坚守上，还体现在他精益求精的翻译精神上。

（一）借鉴西方诗歌艺术

从复兴中国文艺的目标出发，查良铮对原作的艺术性有着极高的要求：一定选择艺术大师的经典作品进行翻译，是他始终坚持的翻译选材原则。从这一角度来看，查良铮一生翻译的外国诗人，包括拜伦、雪莱、济慈、布莱克、普希金、丘特切夫、艾略特、奥登、叶芝等，无一不是世界公认的艺术大师。将这些艺术大师的经典作品译介过来，其重要目的就是希望中国新诗能够借鉴西方文学大师的诗歌艺术。

中国新诗自初创以来，始终在探索口语入诗的问题，希望既简单精练，又能表达深邃的思想和内容。而拜伦将口语入诗，干净机智，成为英国文学史上第一位将口语体运用得"淋漓尽致"②的诗人。同时，在《唐璜》中，拜伦几乎完全运用了意大利八行体这一诗歌体式，这一诗歌体式非常适合口语风格，庄谐并举，被认为"运用到了空前纯熟、灵活、又空前锐利的程度"。③对意大利八行体的创造性运用，成为拜伦对英国浪漫主义诗歌的巨大贡献。查良铮翻译《唐璜》，重要目的就是借鉴拜伦的上述诗歌艺术。在译文中，查良铮同样使用了口语化的现代汉语，在韵律上十分接近原著，几乎一韵到底，可谓创造了一种中文的八行体，充分再现了拜伦的意大利八行体，可与原著媲美。王佐良先生对查译《唐璜》就给予了极高

---

① 李方编《穆旦诗文集2》增订版，第205页。
② 拜伦：《唐璜》上册，查良铮译，人民文学出版社，1980，译本序第21页。
③ 拜伦：《唐璜》上册，译本序第21页。

的评价，认为"他的最好的创作乃是《唐璜》"。①

对于雪莱的诗歌艺术成就，查良铮在"译者序"中也给予了极高的评价，认为他的诗作具有"优美而蓬勃的幻想、精力充沛的现实刻绘、浪漫的感情、自然而浑圆的艺术、音乐及形象的美——这成为诗人在旅居意大利时期所写的抒情诗篇的特点。《西风颂》可以说是这类诗歌的登峰造极之作，它将永远是世界诗歌宝库中的一颗明珠"。②

普希金不仅在俄国是首屈一指的艺术大师，而且是世界文学史上的诗艺大师。为向国内读者展示普希金诗歌的艺术魅力，查良铮特意撰写了《漫谈〈欧根·奥涅金〉》一文。在查良铮看来，在世界古典文学名著中，有一些作品自然十分伟大，如但丁的《神曲》、弥尔顿和荷马的史诗等，但这些作品读起来却令人疲倦。"只有普希金的这部史诗，却令人爱不忍释。"③ 普希金的这部诗体长篇小说，在讲述故事的同时，还加入了大量旁白或抒情。在查良铮看来，这些抒情插话对于该部作品在艺术的完整上十分必要，"所谓'自由的'、任意的旁白，实则在每一处都相当适切于一个严密组织起来的艺术结构（或艺术效果）的需要。这中心的控制力是诗人所特具的那种高度的艺术感。……就是这种艺术感把'欧根·奥涅金'塑造成了一件晶莹的、斑斓多彩的艺术品"。④ 这使得浪漫主义和现实主义能够"互相渗透、彼此升华"⑤，在读者的感情上"促成了更高一级的和谐境界"。⑥ 由此可以看出，查良铮对《欧根·奥涅金》之所以情有独钟，在晚年对其进行重译，就是被这部诗体长篇小说的艺术魅力所吸引，同时坚信普希金的作品对发展中国新诗能够产生深远影响。

西方现代派诗歌的诸多艺术技巧，在查良铮看来，中国新诗也可以学习和借鉴，如艾略特的"客观对应物"，以及现代派诗歌中运用的独特意象和口语化的语言等。

---

① 王佐良：《谈诗人译诗》，载海岸编《中西诗歌翻译百年论集》，第351页。
② 《穆旦（查良铮）译文集》第4卷，人民文学出版社，2005，第14页。
③ 李方编《穆旦诗文集2》增订版，第119页。
④ 李方编《穆旦诗文集2》增订版，第128页。
⑤ 李方编《穆旦诗文集2》增订版，第129页。
⑥ 李方编《穆旦诗文集2》增订版，第125页。

　　这种诗的难处，就是它没有现成的材料使用，每一首诗的思想，都得要作者去现找一种形象来表达；这样表达出的思想，比较新鲜而刺人。……现在我们要求诗要明白无误地表现较深的思想，而且还得用形象和感觉表现出来，使其不是论文，而是简短的诗，这就使现代派的诗技巧成为可贵的东西。①

　　同样，丘特切夫，这位俄国著名的"诗艺大师"，他的诸多诗歌写作技巧，如利用自然诗来展现人的心灵以及深刻的思想，利用光、影、声、色来描写自然景物以及大量使用通体象征和通感手法等，自然也是查良铮十分看重的，这也促使他即使在无法出版的年代，依然悄悄翻译出了《英国现代诗选》和《丘特切夫诗选》这两部重要作品。可以说，作为诗人和翻译家，查良铮对所译诗歌的选择，借鉴其中的诗歌艺术始终是重要的考量因素，体现了他对诗歌艺术性的执着坚守。

　　在选译西方艺术大师的经典作品的同时，为取得更佳的艺术效果，查良铮还着重选译与自己气质相近的诗人的作品。傅雷曾经说过："非诗人决不能译诗，非与原诗人气质相近者，根本不能译那个诗人的作品。"② 查良铮显然是赞同这一观点的。1954 年，在写给好友蕴珍的书信中，查良铮谈到现代著名诗人、翻译家卞之琳翻译的拜伦诗歌，在他看来，卞之琳的这些诗翻译得并不令人满意，"太没有感情，不流畅，不如他所译的莎氏十四行。大概是他的笔调不合之故"。③

　　对前辈诗人、翻译家卞之琳，查良铮自然怀有敬佩之情，对他所译的莎士比亚十四行诗十分认可，但对他翻译的拜伦诗歌，却认为笔调不合，效果不尽如人意。可见，与原诗人的气质是否相近，是构成译作能否成功的重要原因之一。在整个翻译生涯中，查良铮对他所翻译作品的原作者均怀有深厚的感情，他喜爱拜伦、雪莱、济慈、布莱克、普希金等浪漫派诗

① 李方编《穆旦诗文集 2》增订版，第 213 页。
② 傅敏编《傅雷文集·书信卷》（上），安徽文艺出版社，1998，第 159 页。
③ 李方编《穆旦诗文集 2》增订版，第 157 页。

人，同时，他在大学期间就接受了西方现代派诗歌的系统教育，并终生追求现代派诗歌创作，与艾略特、奥登、叶芝等现代派作家自然具有深刻的契合。他选译的正是他本人十分喜爱，也与他的气质相近的诗歌。他悄悄翻译俄国诗人丘特切夫的诗歌并取得巨大成功，就与他在气质上与原诗人十分相近密切相关。而他和拜伦、普希金亦在个性特征等方面有着相似之处。正如王宏印指出的那样，"在个性特征方面，在对现实的批判态度以及远大而高尚的人生理想等方面，查良铮与拜伦、普希金都是相似的。他们都具有爱憎分明、意志顽强、孤傲不驯的意志品质和性格特征。在各自不同的语言能力以外，这些相似的品质和特征也是查良铮能够传神地译出《唐璜》的一个内在的原因"。① 总之，选译气质相投的诗人的作品，构成查良铮对诗歌艺术性坚守的重要方面，成为他翻译选材的重要标准。

（二）艺术性译诗原则

就查良铮的诗歌翻译艺术，早在 20 世纪 80 年代，周珏良和王佐良两位学者就给予了很高的评价。周珏良先生在《读查译本〈唐璜〉》一文中指出，查译《唐璜》是一部与原诗一样优秀的译作，不仅在音律上和原诗十分接近，而且做到了传神，这一点十分难得。② 在整部译作中，查良铮将拜伦的风格，尤其是他最突出的抒情和讽刺两种艺术风格都传译了过来。在《穆旦：由来与归宿》一文中，王佐良先生同样认为查良铮的"以诗译诗"的翻译艺术无与伦比，尤其是他的代表性译著《唐璜》，更是一部无愧于原作的文学译本。③

正如两位先生所言，查良铮之所以创造出《唐璜》这样的诗歌翻译经典作品，关键在于他坚持艺术性译诗的原则。那么，他坚持艺术性译诗的目的是什么？他是如何发挥译者的创造性的？又达到了怎样的译介效果？笔者将对这些问题进行深入阐释。

---

① 王宏印：《诗人翻译家穆旦（查良铮）评传》，第 416 页。
② 周珏良：《读查译本〈唐璜〉》，《读书》1981 年第 6 期，第 47～48 页。
③ 王佐良：《穆旦：由来与归宿》，载杜运燮、袁可嘉、周与良编《一个民族已经来来：怀念诗人翻译家穆旦》，第 1～10 页。

《谈译诗问题——并答丁一英先生》一文，发表于 1963 年，是查良铮讨论译诗原则的重要文献，也是他十年诗歌翻译经验的总结和结晶，为深入理解他的诗歌翻译思想提供了极为重要的参考。

第一，反对"字对字、句对句、结构对结构"的翻译原则。该文通过对比丁一英和他本人对《致恰达耶夫》的不同译文，指出虽然他本人对原诗的字句做了增减，语法结构做了变动，但实质上并未改变原意，这种变动并不是翻译错误。逐字翻译，看似"准确"，其实有时并不准确。"在这里，我愿意指出，'字对字、句对句、结构对结构'的翻译原则，并不是我在译诗中所要采纳的；而且我相信，那样也绝不是最好的办法。"①

在文中，查良铮借用了苏联诗人马尔夏克关于译诗的一段话，指出译诗要求的准确，主要是指把原诗的实质传译过来，包括诗的内容、旋律以及诗人的思想、感情和风格等。为此，在一些细节上，译者就可以自由些、大胆些，不能要求每个字都准确无误，而是可以在文辞上有所增减。上述译诗原则，与傅雷提出的"神似论"有异曲同工之妙，傅雷指出："要求传神达意，铢两悉称，自非死抓字典，按照原文句法拼凑堆砌所能济事。"②

第二，注重文学翻译的艺术创造性。在此方面，他借用《文学评论》1959 年第 5 期发表的《十年来的外国文学翻译和研究工作》中的观点，指出文学翻译并不要求科学精确性，而是有着艺术性的要求。这种艺术性，要求译文做到和原文相当即可，并不要求和原书相等。为了实现文学翻译的艺术性，译者就要有足够的修养，不去死抠字面，而是要创造性地去翻译，正如文学创作虽然要反映现实，却蕴含着无限的创造性一样。文学翻译要忠于原著，传达其中的艺术风格，但也需要译者在语言运用方面发挥极大的创造性，不能在字词层面亦步亦趋跟随原作。个中原因，他概括为两点："一是为了可以灵活运用本国语言的所有的长处；其次是因为，文学是以形象反映现实的艺术，文学翻译的首要任务是要在本国语言中复制或重现原作中的那个反映现实的形象，而不是重现原作者所写的那一串

---

① 李方编《穆旦诗文集 2》增订版，第 134 页。
② 傅敏编《傅雷谈艺录》增订本，生活·读书·新知三联书店，2016，第 143 页。

文字。"①

在阐释广义的文学翻译需要译者自由运用本国语言的基础上，查良铮指出，"诗歌，作为以最精炼最优美的语言来塑造最鲜明而突出的形象的艺术，它的翻译岂不是更需要在语言上大胆和发挥译者的创造性吗？"② 坚持对译诗艺术性的追求，显然是更困难的事情。这一点，查良铮有着切身体会："老实说，对于译诗者，结合内容与诗的形式一并译出，这其中的困难，远远比传达朴素的形象或孤立的辞句的困难大得多。"③ 在此方面，他认为自己对普希金抒情诗的某些初译并不尽如人意，主要是在字面上过于迁就原文，导致韵脚不齐整，形式不够优美。④ 这促使他在晚年，对普希金的抒情诗和诗体小说《欧根·奥涅金》进行了大幅度修改，力求摆脱原文的束缚，达到韵脚整齐，形式优美、流畅，富于情感的艺术效果。

第三，诗歌翻译的整体观。对于诗歌翻译，查良铮认为，内容和形式占有同等重要的地位。这里的形式，包括韵脚、旋律、节奏、每行的拍数或字数，以及音乐性等。内容固然重于形式，"但诗的内容必须通过它特定的形式传达出来。即使能用流畅的优美的散文把原诗翻译出来，那结果还是并没有传达出它的诗的内容，发挥不了它原有的感人的力量"⑤。由此可见，诗歌的内容和形式及其传达的思想感情是有机结合在一起的，都需要在翻译过程中传达出来，因而对译者的创造性有着更高的要求，"亦即在字面上有和原作脱节的自由"⑥。

在查良铮看来，诗歌翻译首先需要确保鲜明传达原诗的形象或实质，其次是安排诗歌的形式，二者看似分离，实则是一回事，"即怎样结合诗的形式而译出它的内容的问题"⑦。确立了这一整体观念，译者在面对原诗时，就会发现，诗中并非每一个字、每一个词或每一句话都同等重要。为了突

---

① 李方编《穆旦诗文集2》增订版，第135~136页。
② 李方编《穆旦诗文集2》增订版，第136页。
③ 李方编《穆旦诗文集2》增订版，第138页。
④ 李方编《穆旦诗文集2》增订版，第140页。
⑤ 李方编《穆旦诗文集2》增订版，第138页。
⑥ 李方编《穆旦诗文集2》增订版，第139页。
⑦ 李方编《穆旦诗文集2》增订版，第138页。

出诗的形象和安排诗的形式，对于某些不太重要的字词或句子，译者可以采取转移或省略的方法，或为了求得整体的妥帖，宁愿对某些词句采用不那么妥帖的翻译方法。"译一首诗，如果看不到它的主要实质，看不到整体，只斤斤计较于一字、一辞、甚至从头到尾一串字句的'妥帖'，那结果也不见得就是正确的。"①

那么，对于这种所谓局部的损失，译者该如何看待呢？查良铮认为，"这里就需要忍受局部的牺牲。但虽说牺牲，也同时有所补偿。那就是使原诗中重要的意思和形象变得更鲜明了，或者就是形式更美了一些。……在我看来，一首译诗在掌握了原诗的主体以后，还可能和原诗有些处接近，有些处疏远，在接近的程度上错综复杂"②。其结果是没有损害原作，而是帮助读者更清楚地抓住原诗的思想和内容，更容易感觉到原诗的感情，也更能体会到诗歌艺术的美感。当然，这对译者提出了更高的要求，不仅需要对照原文推敲字词，更需要在考虑整个形象、内容和实质的基础上进行推敲。

由此可以看出，查良铮对诗歌翻译有着极严格的要求，译者必须充分发挥自己的创造力，灵活运用现代汉语，在重现原诗的思想、内容、情感和形式的基础上，严格推敲字句。但为了达到诗歌的整体效果，字词层面的局部牺牲不仅在所难免，而且是值得的，从而将诗歌翻译提到了艺术的高度。对此，王宏印在纪念查良铮逝世三十周年的文章中，发表了如下评论。

> 查良铮一向注重传达诗的形式，作为诗人翻译家，他对保持译诗的诗性美有着执着的追求。"以诗译诗"可以说是他一贯坚持的翻译原则，而这种原则的坚持可以说到了"纯诗"的高度。③

的确，经他翻译的诗歌作品，无论是浪漫派诗歌还是现代派诗歌，无论是长篇叙事诗还是精练的抒情短诗，无不发挥了他的创造力，经过字词

---

① 李方编《穆旦诗文集 2》增订版，第 143 页。
② 李方编《穆旦诗文集 2》增订版，第 139 页。
③ 王宏印：《不屈的诗魂，不朽的译笔：纪念诗人翻译家查良铮逝世三十周年》，《中国翻译》2007 年第 4 期，第 34 页。

方面的反复斟酌、推敲，从而具有了"纯诗"的品质。例如，查译普希金和拜伦的抒情诗，用精练的现代汉语重现了原诗的口语化特点，并且使用了诗的语言、诗的格律，做到了以格律诗译格律诗。查译代表作《唐璜》，不仅创造性地再现了原诗讽刺、幽默以及口语化的特点，并自始至终保持了同一韵律，创造了翻译文学中的经典。即使是现代派诗歌，虽然具有散文化和口语化的特点，然而这种口语是经过提炼的、具有诗性节奏的，并非日常口语简单的分行排列，因而能出其不意地产生一种特别的效果，不像"作诗"却诗意盎然。同时，现代诗"并非完全摒弃传统格律诗的艺术技巧，而是仍然具有诗的基本规则和基本诗体，只是不为传统格律所束缚"①，自由中讲究独特的韵律和节奏。作为最具现代敏感的诗人和翻译家之一，查良铮以其对当代汉语的敏感译出了西方现代诗歌的品质，创造出了众多现代诗翻译经典。

查良铮之所以将诗歌翻译提到与诗歌创作同等的艺术高度，就是要以译作的方式发出"诗应该首先是诗"的呼声，维护诗歌本应具有的艺术审美价值，让读者感受到真正的诗歌艺术，让诗人看到诗应该具有的诗的品质，从而提高读者的诗歌鉴赏水平和诗人的诗歌创作水平，进而逐渐复兴中国文艺。

（三）精益求精的翻译精神

对译文反复修改，讲究精益求精，是对查良铮坚守诗歌艺术性的最好的阐释。这一点，在他对旧译的修改方面体现得淋漓尽致。1976 年上半年，由于腿部骨折，他不得不在家休养，从 4 月开始，查良铮每天投入校改普希金抒情诗的工作。同年 6 月，在致友人的书信中，查良铮不仅讲述了自己改译普希金诗歌时的心情，而且结合具体的译例详细描述了自己改译时的思考：

> 这两个多月，我一头扎进了普希金，悠游于他的诗中，忘了世界似的，搞了一阵，结果，原以为搞两年吧，不料至今才两个多月，就弄得差不多了，实在也出乎意料。……如果你能在八月回来，我可以

---

① 刘贵玲：《查良铮翻译研究：文字经典的译介与传播》，社会科学文献出版社，2021，第156 页。

给你看看已抄成的译诗，请你谈谈感想。究竟有没有意思，我也闹不清，反正我是做了大幅度的改修，力求每行押韵，例如，《寄西伯利亚》一诗，原来韵脚很勉强，又是二、四行韵，一、三行无韵，现在我改成都韵，而且取消那种勉强状态。可是是否在流畅上还保持了原来的程度？抄下来你看看，说说你的看法。

……

在西伯利亚的矿坑深处，
请把高傲的忍耐持守心中：
你们辛酸的工作不白受苦，
崇高理想的追求不会落空。

灾难的忠实姊妹——希望
在幽暗的地下鼓动人心，
她将把勇气和欢乐激扬：
渴盼的日子就要降临。

爱情和友谊将会穿过
幽暗的铁门向你们照耀，
一如我的自由的高歌
传到了你们苦役的洞穴。

沉重的枷锁将被打掉，
牢狱会崩塌——而在门口，
自由将欢欣地把你们拥抱，
弟兄把利剑交到你们手。①

为进一步了解查良铮对此诗译文的修改状况，这里有必要将他在 50 年代完

---

① 李方编《穆旦诗文集 2》增订版，第 259～261 页。

成的译文抄录下来：

> 在西伯利亚的矿坑深处，
> 请坚持你们高傲的容忍：
> 这辛酸的劳苦并非徒然，
> 你们崇高的理想不会落空。
>
> "灾难"的姊妹——"希望"
> 正在幽暗的地下潜行，
> 她会激起勇气和欢乐：
> 渴盼的日子就要降临。
>
> 爱情和友谊将会穿过
> 幽暗的铁门，向你们伸出手，
> 一如朝向你们苦役的洞穴
> 我自由的歌声缓缓逆流。
>
> 沉重的枷锁会被打断，
> 牢狱会颠覆——而在门口
> 自由将欢笑地把你们拥抱，
> 弟兄们把利剑交到你们手。①

对比上述两个译文可以看出，查良铮对 50 年代的译文的确进行了大刀阔斧的修改：除了第一节的第一行、第三节的第一行以及第四节的第三行外，其他所有诗行都进行了调整，有的地方是个别词组的调整，可谓咬文嚼字，在细微差别中寻求更恰当的表达，如"打断"改为"打掉"，"颠覆"改为"崩塌"，"欢笑"改为"欢欣"。有的则做了较大调整，如第一节中的后三句

---

① 《普希金抒情诗一集》，查良铮译，新文艺出版社，1957，第 202~203 页。

"请坚持你们高傲的容忍：/这辛酸的劳苦并非徒然，/你们崇高的理想不会落空"则改为"请把高傲的忍耐持守心中：/你们辛酸的工作不白受苦，/崇高理想的追求不会落空"。力求行行押韵，为此甚至调整了诗行的顺序，如第三节的最后两行，由原译中的"一如朝向你们苦役的洞穴/我自由的歌声缓缓迸流"调整为"一如我的自由的高歌/传到了你们苦役的洞穴"。

然而，查良铮对此诗译文的修改显然还不满意，如何既做到行行押韵，又保持译文流畅，他还在不断求索，最终为读者奉献了更优美、更流畅的译文。以下是他留下的最终译稿：

在西伯利亚的矿坑深处，
请把高傲的忍耐置于心中：
你们辛酸的工作不白受苦，
崇高理想的追求不会落空。

灾难的忠实姊妹——希望
在幽暗的地下鼓舞人心，
她将把勇气和欢乐激扬：
渴盼的日子就要降临。

爱情和友谊将会穿过
幽暗的铁门，向你们传送，
一如我的自由的高歌
传到了你们苦役的洞中。

沉重的枷锁将被打掉，
牢狱会崩塌——而在门口，
自由将欢欣地把你们拥抱，

弟兄们把利剑交到你们手。①

再次修改，查良铮又将第二稿中的部分词语做了调整，以求获得更好的艺术效果，如将"持守心中""鼓动人心""照耀""洞穴""弟兄"，分别调整为"置于心中""鼓舞人心""传送""洞中""弟兄们"，不仅押韵，而且更加流畅，显然更胜一筹。

查良铮逝世五年后，《欧根·奥涅金》改定本终于和读者见面了，周与良先生在《后记》中回忆，在"1957 年上海文艺出版的《奥涅金》"上，几乎每行都有查良铮用铅笔做的修改以及新添加的注释。

> 读者说你译诗似有传神之笔，可是你从来也不满足。你常对人讲：译诗要有诗味，要忠于原意，不仅要对中国读者负责，更要对外国作者负责。出牛棚回家以后，你立即拿出已经出版的译诗，一字一句对照原文琢磨，常常为了一个疑点，查阅大量书籍，思考几个小时，吃饭走路都心不在焉。孩子们说你生活在云雾中。我知道，只要有一句话以至一个字不译好，你是不会罢手的。……你喜欢喝一小杯酒，谈笑几句，或是叫来小女儿弹一曲琵琶。可是你最愉快的时刻，莫过于恰当漂亮地译好一段诗，这时你会情不自禁微笑着朗读起来。②

正如巫宁坤所言："假如译者今天还在人间，他一定会欢迎朋友们对译文提出这样那样的意见，进行商榷。"③ 的确，自己随时推敲和请朋友提出修改意见，是查良铮修改译文的重要方式，表现了他对诗歌艺术性的坚守。

四　翻译、跨文化阐释与读者关照

第一，关于翻译与跨文化阐释的关系，已有学者进行了专题研究。王

---

① 王宏印编《穆旦诗作选》，商务印书馆，2019，第 49~50 页。
② 周与良：《后记》，《穆旦（查良铮）译文集》第 5 卷，人民文学出版社，2005，第 288~289 页。
③ 巫宁坤：《前言》，《穆旦（查良铮）译文集》第 6 卷，人民文学出版社，2005。

宁先生指出，翻译与跨文化阐释之间有着密切的辩证关系。

一方面，翻译有着多种形式，而文学或者文化方面的翻译，通常不仅是一种语言转换行为，还是一种跨越文化界限的阐释行为。多数限于语言文字层面的转换行为，尤其是文学翻译，看似"忠实"原文，但在文化层面或精神实质上并没有做到忠实原文，而更有可能对原文造成一定程度的扭曲或变形，无法达到有效的跨文化交流的目的。"从阐释学的原则来看，原作者在创作的过程中不可能穷尽原文的意义，他常常在自己写出的文字中留下大量的空白，而读者 - 阐释者的任务就是凭借自己的知识储备和语言功力——恢复并填补这些空白，而用另一种语言作为媒介进行这样的阐释也即跨文化翻译。我认为这是当前的文学翻译和理论翻译的最高境界。"[1]

另一方面，并非所有的跨文化阐释都可以称为翻译。翻译必须是一种以原文本为基础的适度阐释，译者必须把握阐释的度，任何过度阐释都不能称为翻译。"而成功的跨文化阐释式的翻译则如同'带着镣铐跳舞'，译者充其量只能作一些有限的发挥，或者说只能基于原文进行有限的再创造或再现，而不能任意远离原文进行自己的创造性发挥，这应该是我们在进行跨文化翻译时时刻牢记的。"[2]

在查良铮看来，阐释是翻译的必要补充。译者无论翻译诗歌等文学作品，还是翻译文学理论著作，其最终目的都是使目标读者能够理解和接受，译者作为跨文化和跨语言沟通的使者，在忠实翻译原文的基础上，还要为读者搭建沟通的桥梁，最终实现跨文化交流的目的。在翻译苏联文艺理论家季摩菲耶夫的《文学原理》时，查良铮对此做了简要阐释，他说："要介绍这样的一部书，把它翻译出来，必须把书中引起批评的地方，连同批评，一一注出，这才算对读者尽了责任。"[3] 周与良在纪念文章中回忆道："他常说，拜伦和普希金的诗，如果没有注释，读者不容易看明白。他的每本译诗都有完整的注释。"[4] 由此可见，对于翻译家查良铮来说，为读者尽责，

---

① 王宁：《翻译与跨文化阐释》，《中国翻译》2014年第2期，第6页。

② 王宁：《翻译与跨文化阐释》，《中国翻译》2014年第2期，第8页。

③ 〔苏〕季摩菲耶夫：《文学原理》，查良铮译，平明出版社，1955，"译者的话"第1页。

④ 周与良：《永恒的思念》（代序），李方编《穆旦诗文集1》增订本，人民文学出版社，2013，第11页。

才是译者的最终译介目标，而不仅是忠实传递原著的要旨。为了尽到这一责任，翻译离不开阐释，要实现二者的有机结合。

那么，译者应该如何进行阐释？在阐释的过程中又该如何保证阐释内容的权威性？查良铮通过自己的翻译实践，为我们提供了独特的阐释方式，即在译文之后添加大量国内外权威学者的有关批评文章，或专门发表有关批评文章来为读者做深入解读和阐释。同样是在查译《文学原理》的"译者的话"中，查良铮对此进行了说明："陆续从国内的译文和苏联的杂志上找出了一些对本书的评语，分别注在书内。"① 读者在阅读该部理论著作时，会很容易发现查良铮所摘录的阐释文章之多，使得译著和原著之间在内容上存在很大差异。在原著内容之外，查良铮添加了原著出版后季摩菲耶夫在苏联杂志上发表的与该书内容密切相关的重要文章，以及其他学者撰写的针对该部理论著作的批评文章，彰显了译者对阐释的特别重视以及充分关照译文读者的重要翻译诗学思想。例如，在"社会主义现实主义"一节，查良铮用了34页的篇幅，将《文学原理》出版四年后，季摩菲耶夫在苏联《十月》杂志上发表的有关社会主义现实主义的最新一篇文章进行了全文翻译并简要评述，使读者有机会阅读到季摩菲耶夫对此问题所做的进一步思考。他认为，原作者对该问题的最新看法是值得读者注意的。同时，查良铮还摘录了奥泽罗夫对该文以及典型性问题的看法，以供国内读者参考。需要指出的是，查良铮本人也对季摩菲耶夫的上述文章做了简要总结，认为作者仍旧强调了社会主义现实主义的本质，取消了原有的公式化的定义，详细补充了社会主义现实主义的美学观，并依旧坚持"社会主义环境中的社会主义性格"这一重要观点。② 由此可以看出，查译《文学原理》中，不仅有原著作者季摩菲耶夫的声音，还有其他批评家以及译者本人的声音，三种声音交织一起，构成独特的"众声喧哗"，其最终目的就是帮助国内读者对该部译著中的重要观点获得一个清晰、全面而又最前沿的认识。

从忠实原著的角度看，查良铮在该部文学理论著作中所做的阐释，无疑大大超出了一般意义上翻译的范畴。但若从目标读者接受的角度出发，

---

① 〔苏〕季摩菲耶夫：《文学原理》，"译者的话"第 1 页。
② 〔苏〕季摩菲耶夫：《文学原理》，第 328～363 页。

这些看似过度的翻译文字，又成为读者理解该部著作不可或缺的组成部分。这与王宁对翻译与阐释的关系的论述似乎存在矛盾之处。但仔细分析，亦可见这些观点之间存在明显的契合。王宁一方面指出任何过度的阐释都不是翻译，但他又进一步指出，在中国文学与文化"走出去"的过程中，中外学者撰写的有关阐释性文章和翻译文本一起共同发挥着促进沟通和交流的作用，其作用同样不可小觑。① 查良铮所做的，正是将这些阐释性文章融入翻译文本之中呈现给目标读者，从而将翻译和阐释有机地结合为一个整体，实现最优的跨文化沟通的目的。

第二，如何看待解释性文字和诗歌本身的关系？在诗歌翻译方面，解释性文字无疑有助于读者理解诗歌，尤其对于像《荒原》这样艰涩难懂的诗歌。查良铮在 19 页的《荒原》译文后，摘译并添加了长达 31 页的解释性文字，其中既包括西方著名批评家的评论文字，也包括查良铮本人添加的大量注释，如此大篇幅的阐释无疑可以帮助读者理解诗歌。但阅读解释性文字是否可以代替阅读诗歌本身？对此，查良铮借翻译美国新批评派的重要人物克里安斯·布鲁克斯（Cleanth Brooks）和罗伯特·华伦（Robert Penn Warren）的《了解诗歌》中的长篇阐释文字对此进行解答，来帮助读者正确理解二者之间的辩证关系，体现了强烈的读者意识。该阐释长文指出，《荒原》固然难懂，但其中的大量典故和引语都可以进行注解，因而并不可怕，危险在于读者把解释当作诗歌本身。实际上，读者首先应该重视诗之为诗的品质，解释对于理解诗歌固然有益，但不能代替阅读诗歌本身，而应该从倾听诗歌、朗诵诗歌开始，弄清诗歌之所以感人的内在品质，而不能停留在仅仅获得诗歌的意义层面。②

五　结语

在 20 世纪中国诗歌和文学理论翻译史上，诗人、翻译家查良铮均占有重要地位。而他在翻译诗学方面的思考，亦构成中国翻译学理论体系的重要组

① 王宁：《翻译与跨文化阐释》，《中国翻译》2014 年第 2 期，第 12 页。
② 《英国现代诗选》，查良铮译，湖南人民出版社，1985，第 66 页。

成部分，不仅对今天的外译中，而且对中译外，都具有重要的借鉴意义。

第一，他对翻译的多重定位，尤其是翻译复兴中国文艺方面的思考，在今天看来依然具有重要的现实意义。在大力倡导中国文学与文化"走出去"的新形势下，翻译界再次掀起新的翻译实践和理论研究的热潮，今天的翻译家和翻译研究学者，同样需要站在复兴中国文艺和复兴中国文化的高度，积极对外译介和传播中国文学与文化，同时继续将国外优秀的文学与文化译入国内，以繁荣中国的文艺事业。而翻译所能发挥的教育读者、表达自我以及促进创作等方面的重要作用，使翻译并不亚于文学创作，而是与文学创作一起共同塑造着人类灵魂。

第二，他的诗歌要反映现实的诗学思想，以及对诗歌艺术性的坚守，在他的诗歌创作和诗歌翻译中均有重要体现，这就使得他诗人与翻译家的双重身份完整结合到了一起，呈现给读者一个始终心系民族文艺复兴的不朽的诗魂形象。而他借鉴西方诗歌艺术以发展中国新诗的思想，从当时中国新诗的处境来看，亦富有见地，体现出一位脚踏中西诗歌领域的诗人翻译家的精准判断。他对诗歌翻译艺术性原则的坚守，主张译者首先要译出原诗的内容、旋律以及诗人的思想感情和艺术风格，注重译诗的整体效果，为此强调译者要充分发挥自己的艺术创造性，在语言层面上要更加灵活、大胆，甚至可以忍受局部的损失。同时，为达到译诗理想的艺术效果，对译文进行反复修改、精益求精，则变得至关重要。以上查良铮追求诗歌艺术的宝贵的翻译思想以及卓越的翻译精神，在今天看来，依旧有重要的指导意义，它不仅适用外译中方面，也适用中译外方面，可帮助外国读者首先抓住中国文化的精髓。

第三，查良铮将翻译与阐释有机结合起来，为此不惜翻译篇幅较长的相关批评文章。表面看来，这一做法似乎有违忠实原著的原则，但实际上是在精神层面上更贴近原文，属于更高层次的忠实。同时，翻译与阐释相结合的译介策略，亦体现出译者对译文读者的充分关照。这一点，对于今天中译外的翻译实践，具有特别的借鉴意义。这是因为，今天中译外的读者对象，绝大多数对中国文学与文化知之甚少，要争取这类读者，对读者的充分关照则显得至关重要。将翻译与阐释有机结合起来，既在精神层面上忠实原文，又能取得更好的接受效果。

总之，文学翻译和文学创作一样，能够发挥复兴民族文艺、启迪和教育读者，以及表达内心情感和诗学思想的重要作用，翻译与创作之间形成相互促进的辩证关系。同文学创作一样，文学翻译对艺术性也有着极高的要求，需要译者具备很高的文学修养并能充分发挥自身的创造性。查良铮对翻译的多重定位，他对诗歌需要反映时代内容的观点，同时对诗歌翻译艺术性原则的坚守，以及对译文读者的充分关照，无不展现出一位卓越的诗人翻译家的精深思想，成为中国翻译思想史上的宝贵财富。

【Abstract】 Zha Liangzheng, a great Chinese poet and translator, has created many translation masterpieces for Chinese readers, and meanwhile he has also displayed some marvelous poetic thoughts in regard to literary translation, especially poetry translation. Firstly, the multiple roles of translation. In Zha's opinion, translation bears the responsibility of rejuvenating Chinese literature and art, bears that of cultivating Chinese readers' minds and at the same time, translation is also his unique way of expressing his own emotions and poetic ideas. Secondly, Zha Liangzheng holds the idea with both poetry writing and poetry translation that poetry should represent social reality, which largely determines his fondness and translation of Byron's and Puskin's poetry into Chinese. Thirdly, his persistence with the pursuit of artistic value during the whole translation process, including his selection of only those western masterpieces with great artistic value and the representation/recreation of those values in the translation works. Last, but certainly not least, are his thoughts on the relationship between translation and cross-cultural interpretation. That is, on the one hand, for the sake of readers' understanding, interpretation is an essential part of the translation works, while on the other hand, the reading of the interpretation cannot replace that of the poetry itself.

【Keywords】 Zha Liangzheng; the positioning of translation; representation of social reality; pursuit of artistic value; cross-cultural interpretation

论宇文所安与柯马丁重复阐释策略
对自我指涉的拓展*

张　妍

（山西大学文学院，太原　030006）

【内容提要】自我指涉强调文本脱离作者和世界的显现自身。重复是文本自我指涉的方式之一。在重复视域下，宇文所安和柯马丁阐释中国文本的策略对自我指涉概念有所拓展。二人都强调多个文本互文性重复中共有的字句、主题等程序性自指。柯氏自指的程式更从平面文本转变为仪式表演，实现程式自身的转变。多个主体互文性经由不同人扮演同一角色的程式自指，到程式角色因个体主体性形成差异性重复，再到仪式内多个角色与不同扮演者融合的多重主体自指，仪式因仪式内外的多重主体显现自身。当文本因历史、作者拥有个体历史语境时，历史、作者、文本角度的个体、共相的双重自指便得以显现，个体和共相形成差异性重复。在具体语境中，文本、主体、社会历史等成为自指要素，自指成为某一语境具体要素角度下的多元要素间的多重对应。多重对应体现为宇文的对应多样性和柯氏个体要素自身的多重性。

【关　键　词】重复　自我指涉　宇文所安　柯马丁　多重对应

在西方文学内转的背景下，自我指涉（self-reference，简称自指）成为理论界的关注要点，重复是文本自我指涉的具体方法之一。美国汉学家和

---

　* 本文为教育部青年基金项目"主题学视域下《诗经·二南》历代差异阐释的汇编、解析与还原"（编号17YJC751050）的阶段性成果。

比较文学学者宇文所安（Stephen Owen）和普林斯顿大学教授柯马丁（Martin Kern）解读中国诗歌文本的著述颇丰，二人皆运用重复理论和方法对中国文本进行解读。海外汉学家对自我指涉方法的运用，对我们文本阐释策略的研究具有启发意义。本文将通过对二人重复阐释策略的研究，探索二人对自我指涉理论的拓展。

一　理论概说

　　宇文所安任哈佛大学东亚语言与文明系中国文学教授和比较文学系教授，其著作大多已译成中文，在国内有很大影响。自从出版博士学位论文《孟郊和韩愈的诗》以来，宇文所安主要研究诗歌史和文学史，其中以唐代诗歌史的整体研究最为卓著，代表作有《初唐诗》、《盛唐诗》、《中国"中世纪"的终结：中唐文学文化论集》和《晚唐诗》等。同时，宇文所安也研究诗歌理论和文学理论，如《中国传统诗歌与诗学：世界的征象》、《追忆》与《迷楼》等。《中国早期古典诗歌的生成》一书主要研究汉魏时期的五言古诗和乐府诗，因其采用共时性研究方法，打破历史分期，将中国古典诗歌作为一个诗歌整体，探寻制作的过程与规则，具有诗学特色，故吴伏生的《汉学视域——中西比较诗学要籍六讲》也将此书单列一章，与《中国传统诗歌与诗学：世界的征象》相并列。无论是在诗歌史还是诗歌理论方面，宇文氏的研究都体现出文本细读和形式分析的方法，都是让文本自己显示自身。"听到诗歌自己的声音"，"诗歌用它自己的声音言说"。[①]在唐诗史的研究中，宇文所安借用结构主义先驱、语言学家索绪尔（Ferdinand de Saussure）首倡的一对概念——"语言/言语"，来阐发宫廷诗惯例、标准及法则和个别诗篇的矛盾关系。从新批评的形式分析的角度，宇文所安以主题关系为切入点，得出宫廷诗结构的基本模式，进而分析宫廷诗、初唐诗和盛唐诗之间存在文学惯例、标准等方面的承接和对立关系。他在诗歌理论研究中也同样关注文本的惯例和形式分析。《中国早期古典诗

---

① 宇文所安：《中国传统诗歌与诗学：世界的征象》，陈小亮译，中国社会科学出版社，2013，序言第 4 页。

歌的生成》探讨汉魏及以前的诗歌共有的语料系统，关注重复的话语、主题等关系，关注语言层的重复，是对整体文本的程式研究。《中国传统诗歌与诗学：世界的征象》研究4~12世纪的中国诗歌，更关注思维层面的重复即"类"，在研究中解析个别诗篇。该书代表性的观点是：中国诗歌具有非虚构传统，诗歌是对现实世界真实经验的记录，而非西方文学对原型的模仿、再现或表现等虚构创造。他找到的是中国传统思维方式——"类"。"类"是事物间的同类相应，也是作者与读者对同一情境的差异性共鸣。"文"是使某种潜在秩序显现的审美图式，从天地的最初构造到动植物，每一级都显现相应于它的"类"的"文"。文学也是世界秩序通过作家这一中介显现的最后阶段。"文"是自然的，构成"文"的中国诗句——对偶也是自然的。"文"是"类"的最后显现，是将不同领域的规则"类"在文学中重复显现。

柯马丁是普林斯顿大学东亚研究系的中国古典文学教授。他的博士学位论文是《郊祀歌：汉魏六朝政治表现中的文学与礼仪》，硕士学位论文是《中国文学中的桂树母题：自然意象"桂"的修辞功能与诗学价值》。他已出版的学术著作有《早期中国的文本和仪式》、《秦始皇石刻：早期中国的文本与仪式》（有中译本）等。他参与了《剑桥中国史》和《剑桥中国文学史》等书籍的编撰。他发表论文七十余篇，近一半的论文已经译成中文，并在中国期刊发表；论文集《早期中国的书写、诗歌和文化记忆》的中译本正在筹备出版中。柯马丁受到了康达维（David R. Knechtges）和鲍则岳（William G. Boltz）的指导，尤其是康达维对汉赋的细节性的历史和语文学的研究对柯马丁的研究方法产生了重要影响。由德入美的经历让柯马丁兼具欧洲和美国汉学家的双重视角。柯马丁对中国早期文本进行解读，集中于先秦两汉文献，包括《诗经》、出土文献、汉赋、史书中的诗歌、秦始皇碑文等。柯马丁解读的方式即自我指涉理论，他认为"一个文本不仅仅是知道什么内容、什么题目等等，而且也知道它自己的存在和形式"①。柯氏以文本原典为研究核心，让文本成为言说的主体，并认为文本不是单独存

---

① 柯马丁：《西汉美学与赋体的起源》，载复旦大学文史研究院、中华书局编辑部编《着壁成绘》，中华书局，2009，第5页。

在的，而是存在于具体的语料库体系中，通过对语音、用字选词、套语、语句结构、叙事模式、主题等多个形式要素进行深入解析，洞见文本内在的言说系统及模式。在《诗经·楚茨》的研究中，柯氏将自我指涉和仪式表演相结合，通过重复的音律、代词的转换、固定的套语和嘏辞等形式要素将第三人称的诗歌文本还原为一场多叙事声音的仪式表演，描述性的诗句变成不同表演者身份的直接引语，文本显现自身的仪式场景。在对《史记》《汉书》等史书中历史人物关键时刻的诗歌吟诵的研究中，柯马丁认为历史文本中的诗歌为历史的重复与浓缩，史书与诗歌具有互文性，从而构建史书内诗歌的自我指涉式体系。引据的固定模式，汉赋的夸饰、叠韵、铺陈等语言特点，还有碑文中的各个固定主题都是以文本为主体的自我指涉式的形式要素解析，每类文本都有自身的模式语境。

自我指涉概念可以分为两个层面：一个是与文学性相关的指向自身阶段；另一个是文本显现自身阶段。自我指涉的代表性观点源于雅各布森（Roman Jakobson）对文学语言的界定，"语言艺术在方式上不是指称性的，它的功能不是作为透明的'窗户'，读者借此而遇见诗歌或小说的'主题'。它的方式是自我指称的（self-referential）；它就是自己的主题"①。雅各布森认为诗歌的语言并不具有指涉功能，并不指向诗歌的意义或诗歌以外的世界，而是指向诗歌自身。这种自我指涉强调艺术的特性在于艺术自身的语言形式。托多罗夫（Tzvetan Todorov）同样从文学性的角度探讨自我指涉，英文出现差异，中文翻译为"自我反思"。"托多罗夫象雅各布森那样假定，一切文学作品归根结蒂是自我反思的（self-reflexive），是关于它们自身的。"② 两人观点一致，都强调文学性是文学指向自身，说明自指性或自我反思性具有相同意义。"诗性，即符号指向本身。……符号学者常把雅柯布森的这种'诗性'称为符号的'自指性'（self-reflexity）。"③ 赵毅衡将文学性即诗性总结为"自指性"，也是强调文学指向自身。中文的"自我指称"

---

① 特伦斯·霍克斯：《结构主义和符号学》，瞿铁鹏译，上海译文出版社，1987，第86页。

② 特伦斯·霍克斯：《结构主义和符号学》，第101页。

③ 赵毅衡：《文学符号学》，中国文联出版公司，1990，第49页。（雅柯布森即雅各布森——引者注）

"自我反思""自指性",以及英文的 self-referential、self-reflexive、self-re-flexity 都指向自我指涉的第一层意义,强调文学并不具有指向世界和作者的指涉性,凸显文学独立性,是文学内转研究的体现。自我指涉的第二层意义强调文本对自身的显现,也就是更注重自身的形式方法。"这种不注意所谈论之现实而集中于谈论方式本身的情况被用来表明,文学是一种自我指涉的语言 (self-referential language),即一种谈论自身的语言。"① "谈论方式"的强调即在关注文本的显现方式,形式分析成为研究重心。文本不再强调思想史、作者背景等外在因素,而是关注文本自身的形式分析。"把诗篇作为诗歌艺术本身去阅读。……我们碰到了近来理论界的一个重要观点,文学的'自反性'(self-reflexivity)。"② 对"诗歌艺术本身"的关注也是强调文本自身的形式方法。卡勒 (Jonathan Culler) 用"自反性"这一概念,同样表达自我指涉的意义。在元小说的定义中,"自反性"也被译为"自我反思性"。企鹅版《文学术语和文学理论词典》在"自我反思小说"(self-reflexive novel) 词条的解释中说:"这种小说有时又称作自我意识 (self-con-scious) 小说或自我指涉 (self-referential) 小说。"③ 这样,"自我指涉性""自反性""自我反思性"都强调文本显现自身的方法,形成自我指涉的第二层意义。

文学显现自身方式的关注是将文本指向自身更为具体化,也就是说,在文本解析中,自我指涉的第二层意义比第一意义更具体。宇文所安和柯马丁的阐释策略更强调文本通过重复的方法来显现自身,也属于第二层意思,并进一步将第二层意义具体落实,重复成为二人共同选择的自我指涉的具体方法。文本用自己的声音言说自身,文本显示自身即自我指涉。文本可以显示自身的形式和内容。柯氏运用自我指涉的方法研究中国先秦两汉文本,无论是仪式表演还是历史文本的解读都包含重复的视角。在仪式研究中,"礼节 (惯例)、成法 (刻板)、浓缩 (融合) 与冗余

---

① 特里·伊格尔顿:《二十世纪西方文学理论 (纪念版)》,伍晓明译,北京大学出版社,2018,第8页。
② 乔纳森·卡勒:《文学理论入门》,李平译,译林出版社,2013,第36页。
③ J. A. Cuddon, *Dictionary of Literary Terms and Literary Theory*, London: Penguin Books, 1999, p. 736.

（重复）"① 等既是形式也是内容，重复成为自我指涉的显现方式之一。宇文所安也重视重复研究方法，除了共享语料的重复外，"从有限的字面意义中解读出诗境"的方法包括"类似性的重复"，即"考察它的对应，这些是由对仗、诗歌结构和传统的联想等显示出来的"。② 可见，重复既包括汉魏诗歌共有的语言材料，也包括个体诗歌的对应性。柯马丁和宇文所安通过重复阐释策略，将自我指涉从学术观念转变为研究方法，并且落到实处。尤其在后现代视域下，重复与差异并举，加之宇文所安对中国文本"非虚构"特点的判断，世界、历史等因素成为个体文本内的要素。文本显示自身即自我指涉，体现为四个方面：多文本的共有程式，文本内主体与文本外主体的多重互文，文本个体性和共相的重复与差异，以及文本内要素的多重对应。多文本性是文本显现自身方式研究的基础；多主体角度的研究则是对自我指涉的拓展，文本性与主体性之间的关系得到关注；个体双重性的研究则进一步拓展自我指涉具有的多文本的共相性和单个文本的个体性之间的双重关系；进入个体文本内的多重研究则是将自我指涉的自指性和指涉性融入单个文本的阐释中，对自我指涉性做了进一步的拓展研究。总体说来，文本显现自身方式体现出从共相到个体、从模式到要素、从多数到多重、从文本间到文本内的趋向。

二 多文本的程式互文性

自我指涉强调文本自身的程式。文本程式意味着多文本的共有机制的探索。"'自我指涉性是不可能单独存在的。'……自省，或自反性，从根本上说是批判性的，因为它将我们引向其他文本，引向一般叙述性。"③ "其他文本"和"一般叙事性"就是多文本的共有程式的探讨。柯里（Mark Currie）强调自我指涉存在于文本关系内，最后指向共有的一般程式。同时，

---

① Martin Kern, "Shi Jing Songs as Performance Texts: A Case Study of 'Chu Ci'(Thorny Caltrop)," *Early China* 25 (2000): 61.

② 宇文所安：《中国传统诗歌与诗学：世界的征象》，第39页。

③ 马克·柯里：《后现代叙事理论》，宁一中译，北京大学出版社，2003，第77页。

柯里也指出自我指涉即自反性。柯马丁则强调自我指涉在于文本显现自身。"无论是历史编撰还是礼仪，通过它们与过去的关联，都为当下提供文化意义。……都通过其内在声音诠释自身。因而，它们是自我指涉、自我实现和自我显明的。"①历史编撰和礼仪都重复已有的编撰准则，所以当下和过去具有一致的程式，程式成为文本自身的声音，当下文本在文本传统中达成显现自身。文本通过程式显现自身。多文本之间重复着共有的程式。卡勒正是从这种文本相互重复的角度来言说互文性的。"理论家们争辩说作品是由其他作品塑造出来的，也就是说先前的作品使它们的存在成为可能，它们重复先前的作品，对它们进行质疑或改造。这个观点有一个新鲜的名字，叫作'互文性'。"②新的文本重复并改变先前的文本，文本形成你中有我、我中有你的重复关系。这种互文理论可以说是重复理论的一个类别。国内许多学者都有对重复理论和互文性之间关系的探讨。③柯马丁指出中国早期文本的互文性包括多种样态，"'引据'假定两个或更多文本间的单向关系：某文本引用早期资料。然而，这种相当简单的模式并不能充分涵盖所有中国古代的互文现象。……固定短语、主题参引、叙述手法、历史轶事以及论证顺序等都有可能足够广泛地应用在释义或变文中"④。互文可以是短语、逸事等语言文字层面的重复；也可以是主题、叙事手法等程式层面的重复。文本之间存在语句、主题等模式的重复。宇文所安解释汉魏诗歌时认为"'互文性'这个术语可能不适合早期古典诗歌。'互文性'预设了一种'文本'之间的关系。……一个诗人不需要考虑之前的任何一首具体的诗歌，因为他读过或听过很多'同一类型的'诗歌，熟知很多遵循某种程序的诗句"⑤。宇文所安认为汉魏诗歌不适用"互文性"的原因在于互

① 柯马丁：《作为记忆的诗：〈诗〉及其早期诠释》，载袁行霈编《国学研究》（第16卷），北京大学出版社，2005，第336页。
② 乔纳森·卡勒：《文学理论入门》，李平译，译林出版社，2013，第36页。
③ 国内学者程锡麟、王晓路、殷企平都有相关论述。参见程锡麟、王晓路《当代美国小说理论》，外语教学与研究出版社，2001，第152页；殷企平《重复》，《外国文学》2003年第2期。
④ 柯马丁：《引据与中国古代写本文献中的儒家经典〈缁衣〉研究》，载卜宪群、杨振红编《简帛研究2005》，广西师范大学出版社，2008，第9页。
⑤ 宇文所安：《中国早期古典诗歌的生成》，胡秋蕾、王宇根、田晓菲译，生活·读书·新知三联书店，2012，第17页。

文性强调文本具体性，而他研究的是整体性关系。但我们详细解析其方法就会发现，其对共有的诗歌类型和语句的研究基于的方法仍是文本之间的重复关系。可见，文本间的字句、主题等模式的重复是宇文所安和柯马丁共用的阐释策略，这也是自我指涉的基本方式之一。同时，柯马丁不仅解析文本间的共有程式，而且将该程式还原成仪式表演的程式，形成程式自身的转变。

（一）字句层

宇文所安在解析中国早期古典诗歌时重点分析了诗歌字句的重复问题，重复的字句成为他判断汉魏诗歌共有语言材料的基础，这也是文本语言层面自我指涉的基本方法。"一些诗句成为我所说的'程序句'，这些句子的语法结构通常在同一位置有固定的一个或两个字，句中的其它位置可以用同义词或概念类别相同的字词代替。"[①] 程序句由固定位置的相同字词以及变动位置的相类字词组成。宇文所安以逯钦立的《先秦汉魏晋南北朝诗》为蓝本，列举了汉魏时期描写不眠的叙述者披衣起床、来回踱步的诗句，如"披衣起彷徨"（曹丕《杂诗》）等。他指出这类诗句中变动位置出现的同义词有：首二字"揽衣""披衣"，四五字"徘徊""彷徨""踟蹰"，即使只是单纯的言说"出户""西游"，也是走的行为的同类词。固定位置是第三个字"起"，位置和字都是固定的。[②] 在阐释秦始皇碑文时，柯马丁研究了多篇碑文内容，发现碑文共用的字句规则，并以此提出两种措辞原则。一是同义重复的措辞原则。"'重言法'，强化的是同一种语义值。说这些字词是'同类的'，因为它们本质上可以互换，属于同一个语义范畴，因而也反映了创作上的模块化原则。"[③] 同义词连用具有强化作用。"烖害灭除，黔首康定，利泽长久"[④]，此句除了"黔首"外，其他字词皆符合重言法，如"长"即"久"也，"灭"即"除"也。相似的字词成为秦始皇碑文生成的

---

① 宇文所安：《中国早期古典诗歌的生成》，第 19 页。
② 宇文所安：《中国早期古典诗歌的生成》，第 89~90 页。
③ 柯马丁：《秦始皇石刻：早期中国的文本与仪式》，刘倩译，上海古籍出版社，2015，第 140 页。
④ 严可均：《全上古三代秦汉三国六朝文》，中华书局，1958，第 121 页。

文本规则。二是二元对立的措辞原则。"复合词，指的是一种持续的二元对立观念，其本身无所不包、无所不有，没有哪组复合词，可以容纳第三种元素"，如"内外""远近""男女"等。① "内"和"外"不存在中间的过渡，是非此即彼的关系。秦始皇碑文用极端性字词来表达对天下的包罗。无论是宇文所安还是柯马丁都强调了文本间共有的字句重复，文本因字句重复显现自身。

（二）主题层

字句是属于直观层面的文本互文性重复，主题则具有一定的抽象性和模式性。主题层的重复研究是文本自指的语言抽象角度的探讨。宇文所安和柯马丁都关注多文本间共有的主题关系。宇文所安将同一主题划分为不同话题。主题与话题是不同层级的相类概念。"'主题'本质上是一系列出于习惯被联系在一起的话题。在展现主题的过程中，这些话题遵循着多少可以变化的某种顺序，但是这一过程涉及一定的期待，即某些因素会以大体可以预测的顺序被提到。"② 由于不同主题或话题之间存在一定的顺序形式，故人们在阅读过程中会有所预测和期待。魏晋诗歌的"不眠"主题经常由"起行""鸣琴""悲情"等话题组成。如宇文所安对王粲《七哀诗（二）》"独夜不能寐，摄衣起抚琴。丝桐感人情，为我发悲音"的解读，"诗中的某些因素符合我愿意相信是曾经真实发生过的经历……他所经历的这些个'诗意话题'需要它们的主题：'独夜不能寐'。一旦主题句出现，王粲就必须整衣，起床，抚琴，以完成该当完成的话题序列"③。王粲作为诗歌的主体将话题的系列动作逐一完成，是真实发生的经历。柯马丁将文本间重复主题的分析与韵律相结合，指出秦始皇碑文每篇三十六行或七十二行，三行一韵，依次押两韵，每韵六字的韵律特点。碑文开篇的惯用主题划分为："皇帝、皇帝临察、时间、巡历、地点、群臣、群臣追思、群臣

---

① 柯马丁：《秦始皇石刻：早期中国的文本与仪式》，第 139 页。
② 宇文所安：《中国早期古典诗歌的生成》，第 19 页。
③ 宇文所安：《中国早期古典诗歌的生成》，第 99 页。

诵功"。① 七篇碑文开篇的主题内容大多集中于第一韵。"维二十九年，皇帝春游，览省远方。逮于海隅，遂登之罘，昭临朝阳。观望广丽，从臣咸念，原道至明。圣法初兴……皇帝明德，经理宇内，视听不怠。作立大义，昭设备器，咸有章旗。……"② 《之罘东观石刻》便是"方""阳""明"等六"阳"韵和"怠""旗"等六"之"韵的组合。第一韵"阳韵"范围内的字句"二十九年""皇帝""览省远方""之罘""从臣咸念"等也符合柯马丁对开篇主题序列的说明。固定的主题序列是文本自指的程式。

（三）表演程式层

柯马丁对文本程式发掘到还原场景的层面，文本解析为仪式中不同角色的直接引语。柯马丁将固化平面文字还原成多种声音的仪式表演，这样共有的文本程式转变为仪式表演程式。柯马丁对《诗经·楚茨》和秦公铭文的解读都用了此种自我指涉的方式。他对秦公钟镈铭文其中一篇的内容释读为："公及王姬曰：'余小子……以受大福，屯鲁多厘。''大寿万年，秦公其眈命在位，膺受大命'。"③ 柯氏将文本的大部分语句都解读为直接引语，并且由于中间的断开，可以推知是不同人或角色的对话。对比孙常叙的考释版本，"公及王姬曰：'余小子……以受大福，纯嘏多釐，大寿万年。'秦公期骏命在位，膺受大命……"④ 此版本则是一个直接引语，也就是单一的言说视角。在柯马丁的释读中，"大寿万年"并不属于"公及王姬"的言说内容，同时，"秦公……膺受大命"从描述性文字变成角色的直接引语。柯氏根据音韵和称谓，将铭文中的语句解读为不同角色的对话。一方面，韵律的不同标志着言说视角的转变。柯氏认为"福""厘"为"之""职"合韵，"年"和"命"为"真"韵，⑤ 所以从"大寿万年"开始出现角色的改变。另一方面，称谓对言说视角的改变。"因为当他面对祖先，实际上也是所有的'秦公'时，就不可能也同样自称为'秦公'。既然

---

① 柯马丁：《秦始皇石刻：早期中国的文本与仪式》，第 118 页。
② 司马迁：《史记》卷六《秦始皇本纪》，中华书局，1982，第 1 册，第 250 页。
③ 柯马丁：《秦始皇石刻：早期中国的文本与仪式》，第 75 - 76 页。
④ 孙常叙：《秦公及王姬钟、镈铭文考释》，《吉林师范大学学报》1978 年第 4 期。
⑤ 柯马丁：《秦始皇石刻：早期中国的文本与仪式》，第 89 页。

如此，正式称谓必须反映出不同的言说视角。……最后部分是直接面对秦公的言说。"① "秦公"这一称谓表明，该句非祭祀者秦公的自称，而是神对祭祀的秦公的回答。根据音韵和称谓的解析，柯氏认为"以受大福，屯鲁多厘"是秦公等祭祀者对神的祈求言说，"大寿万年"以后是神的回应言说。同时，柯氏认为"公及王姬曰"是"介绍程式"，可出自"礼仪官员之口"。② "介绍程式"意味着柯氏的解析建基于多个仪式铭文，是仪式间的重复程式。柯氏区别于其他描述仪式的解读，文本转变为以秦公为首的祭祀者、礼仪官员和神等角色的直接对话，文本成为多种声音的仪式扮演。柯氏阐释的文本程式包括：音韵和称谓改变、介绍性语言和神的回应，由此得出仪式中的角色程式。不同于字句重复和主题程式，柯氏展现仪式中内在角色的对话程式，仪式中的程式具有立体声音，实现程式自身的改变。

三　多重主体的互文性

重复理论家关注到语言背后的主体作用。"这些重复因素包括：太阳、月亮、血液、星体的有形体的主题，有关正统性的政治主题，家族模型，各种文学隐喻。可是这些轨道线互不相同，这取决于勾画它们的不同的人。"③ 无论具体的意象还是抽象的模式，不同的主题组合取决于背后的主体，也就是说，不同的阐释主体重复所读文本的主题要素。多重主体因共有的文本要素形成重复关系。互文性也强调不同主体在文本内的重复关系。不同于"一个文本中的内容确实出现在另一个文本中"的"狭义互文性"，"广义互文性"强调"某一文本中出现的多种话语"。④ 文本中不同的话语关注语言背后的主体差异。互文性强调因多重主体形成文本多重性。互文性理论的创立者克里斯蒂娃（Julia Kristeva）在深入解析巴赫金（Mikhail

---

① 柯马丁：《秦始皇石刻：早期中国的文本与仪式》，第90~91页。
② 柯马丁：《秦始皇石刻：早期中国的文本与仪式》，第92页。
③ 米勒：《小说与重复：七部英国小说》，王宏图译，天津人民出版社，2007，第95页。
④ 蒂费纳·萨莫瓦约：《互文性研究》，邵炜译，天津人民出版社，2003，第137页。

Bakhtin）的复调理论的基础上指出，"'文学语词'不再被视为一个'点'（即固定含义），而是一个多重文本'平面交叉'，是多重写作的对话。书写者包括作者、读者（或角色）以及当下或过去的文化背景"①。文本中词语并非固定一个含义，因文本内外不同主体的重复阐释而具有多重意义。多重主体既可以是文本外的作者和读者，又可以是文本内的叙事者和角色。多重主体因同一文本具有相互重复性。一个文本因多重主体的阐释生成多个具有重复要素的文本，文本因多重主体显示自身。克里斯蒂娃的多重主体互文性与仪式相连。她认为仪式中的参与者"分裂为表演的主体和游戏的客体。狂欢节上，主体退化为虚无，而作者的结构浮现，以匿名的形式创造着并看着自己被创造，他既是自己又是他者，既是人又是面具"②。"游戏"的角色是仪式中的客体，也因参与者成为仪式中的主体。在仪式中，参与者和仪式不再是主客关系，参与者进入仪式，成为仪式的作者，创造角色。参加者是仪式中的创造者、被创造的角色以及仪式的观者，仪式内外形成多重主体。参加者和角色因共同的仪式形成重复关系，仪式因不同的主体显现自身。

多文本的重复强调文本通过共有的字词、主题和程式显现自身，多主体的重复则强调文本通过不同主体对共有文本的差异阐释显示自身。互文性和自我指涉同样关注文本和主体之间的关系探讨。仪式解析中的自我指涉也关注文本和主体间的关系。仪式参加者对自己角色的反观即自我指涉。"除了形式上的自反性之外，表演还在社会—心理的意义上具有自反性。……在扮演成他者的角色并从该视角反观自身方面，表演是一个尤其有效的、升华的方式。"③ 角色相对于仪式扮演者来说是他者，又是自身。表演者通过扮演的角色反观自身。角色是扮演者的自我显现，扮演者是角色的自我显现，表演者和表演的角色之间是自我指涉的关系。已有的自我指涉理论关

---

① 茱莉娅·克里斯蒂娃：《词语、对话和小说》，祝克懿、宋姝锦译，《当代修辞学》2012 年第 4 期，第 34 页。

② 茱莉娅·克里斯蒂娃：《词语、对话和小说》，祝克懿、宋姝锦译，《当代修辞学》2012 年第 4 期，第 41 页。

③ 理查德·鲍曼：《作为表演的口头艺术》，杨利慧、安德明译，广西师范大学出版社，2008，第 73～74 页。

注主体视角，对文本和主体之间的关系有了初步探讨。在重复和互文理论的介入下，宇文氏和柯氏阐释策略中的多重主体问题使得文本和主体之间的关系更具复杂性和丰富性。主体性自指是文本叙事者、角色和外在文本的人形成的多重主体间的重复显现，文本内的主体与文本外的主体互为自我指涉，文本因多重主体显示自身。柯氏关注仪式表演中的固定角色，该角色是多个文本或多个仪式共有的程式，同时也关注程式角色的不同扮演者。宇文氏的主体关注更具主体性和多重性。角色的扮演者对自身有反观的自指，同时不同角色和不同扮演者之间形成融合和互文关系。

（一）角色即程式

柯马丁关注仪式角色的程式性，尸、祝、祭祀者等仪式角色按照程式而行，具有固定性。以尸为例，该角色为祖先的替身。《毛诗注疏》："尸，节神者也。神醉而尸谡，送尸而神归。尸出入，奏《肆夏》。"① "尸"是"神"的具体形象，在祭祀中，"尸"是代替祖先的角色。表演的程式不仅体现在固定的角色，也体现于扮演者的固定准则。"尸"的扮演者有明确的程式规定。在《礼记·曾子问》中，孔子曰："祭成丧者必有尸，尸必以孙，孙幼则使人抱之，无孙则取于同姓可也。"② 尸的扮演者与祭祀者是祖孙关系。扮演者只填充仪式固定位置，强调扮演者的功能、身份，而非其主体性。扮演者的身份固定也具有程式性。"参与者的露面总是根据，或者被他/她所承担的身份、职能和地位指派。在这个意义上，礼仪制度是空洞和刚性的：空洞要用具体的个人来填充和实施，而刚性在于指定他们到各个位置。"③ 相对于仪式程式来说，扮演者根据身份等程式要求成为填充固定位置的工具。在每次表演中，固定的角色由不同的扮演者重复填充，角色因仪式程序形成自指，不同的扮演者因程式内的同一角色形成相互之间的自指关系。无论是角色还是扮演者的自指都建基于程式，仪式或文本内

---

① 毛亨传，郑玄笺，孔颖达疏《毛诗注疏》，上海古籍出版社，2013，第 1178 页。
② 孙希旦撰，沈啸寰、王星贤点校《礼记集解》卷十九《曾子问》，中华书局，1989，第542 页。
③ Martin Kern, "Shi Jing Songs as Performance Texts: a Case Study of 'Chu Ci' (Thorny Caltrop)," *Early China* 25 (2000): 65.

外的主体都是程式，主体性并没有被柯马丁重视，仪式因程式主体显示自身。不同于柯氏强调角色和扮演者因程式显示自身，宇文所安强调不同于程式的主体显现自身。

（二）角色即主体

宇文所安在仪式阐释中关注了仪式的连续性以及某个仪式角色的断裂性，进而论述仪式角色的程式性与主体性。一方面，成套的仪式具有程式性。宇文所安在对《大雅·生民》的解释中就以"生民如何""诞后稷之穑，有相之道""诞我祀如何"领起全诗，连续描述了后稷从出生、遗弃，具有种植能力的成长，到祭祀，再到下一个祭祀开始的"肇祀"等一系列过程。"在这个过程中没有断裂：紧接着丰收，就是祭祀的仪式，而祭祀的仪式又立刻导向下一个周期。"[1] 祭祀过程按照顺序逐步完成，一个仪式过程结束，下一个仪式过程开始。祭祀仪式的表演过程本身具有周期的延续性和重复性。没有断裂的重复仪式程式具有自我指涉性。后稷也成为循环仪式中的程式性角色。另一方面，凸显程式角色的主体性。此角度回到仪式角色内部，宇文所安关注角色内心的改变。作为周王祭祀仪式的诗歌，《大雅·云汉》云"后稷不克，上帝不临。耗斁下土，宁丁我躬"，郑笺云"曾使当我之身有此乎！"[2] 宇文氏认为"我躬"强调此"周王"与之前祭祀的周王之间的断裂。"和以往重复常规的先王不同，这位周天子从'我躬'——'我个人'——出发考虑他的君主身份。……上天专门要遗弃他这个人。"[3] 此"周王"以"我躬"的思考将自己与常规的仪式角色区别开来。此角色对合乎法度祭祀的自己未得庇佑表示不满。合乎法度是与先王的重复，未得庇护则是自我意识的显现，仪式角色有了主体性。角色具有多个先王的常规程式的重复要素，同时这个周天子因具有主体性成为重复中的差异个体，包含差异的角色重复具有自我指涉性。如果说柯氏强调仪

---

① 宇文所安：《他山的石头记——宇文所安自选集》，田晓菲译，江苏人民出版社，2006，第28页。
② 毛亨传、郑玄笺，孔颖达疏《毛诗注疏》，上海古籍出版社，2013，第1745页。
③ 宇文所安：《他山的石头记——宇文所安自选集》，第38页。

式通过程式主体显现自身，那么宇文氏则关注程式角色的固定性和主体性，角色之间的差异性重复形成角色的自指，仪式也由此显示自身。如果说程式角色是因为重复和差异来凸显自身，那么主体的自指则是表演者对角色自身的反观，多个扮演者因同一角色程式形成自指，角色主体性的介入形成包含差异的重复自指，进而角色即扮演者的多重主体自指得以显现。

（三）角色即扮演者

在解释《礼记·乐记》"乐者为同，礼者为异。同则相亲，异则相敬。乐胜则流，礼胜则离。合情饰貌者，礼乐之事也"[①] 的材料中，宇文所安强调在仪式表演中乐重在角色的融合性，礼重在角色的分离性。扮演者介入角色的程度可看成在仪式角度下主体介入多声部话语的互文性体现。一方面，宇文氏强调"礼"对扮演者和角色的分离作用。每一次的仪式扮演意味着同一角色的扮演者的替换。在仪式的单一角色中出现了不同扮演者的多声部关系。"在礼仪中，我知道他者在我之前扮演过这个角色，在我之后还要扮演这个角色。而且，我理解，对现在所有与我演对手戏的人来说，礼仪是一次共同的冒险行动，是一场严肃正经的游戏。"[②] "我"与"演对手戏的人"都是既要因"乐"融合于角色，又要融合于仪式。同时作为扮演者，我们又是外在于仪式角色的主体。由于可被替代的自觉，"我"与角色的融合也在"礼"的范围内。正是因为有我之前的扮演者和我之后的扮演者，我才可以与角色有分离，才能在"礼"的范围内认识角色，我与不同时期的这一角色的扮演者之间形成了一种互文关系。不同的扮演者成为该角色内部的不同声音。由于没有完全沉迷于角色而丧失自我，"我"和"演对手戏的人"才可以共同进行仪式表演。另一方面，扮演者和其他角色之间也存在主体融合于"乐"的解读。如果说扮演者与角色的分离是礼的作用，那么扮演者与角色或仪式的融合则是乐的作用。一个角色的扮演者

---

① 孙希旦撰，沈啸寰、王星贤点校《礼记集解》卷三十七《乐记》，中华书局，1989，第986～987页。

② 宇文所安：《迷楼：诗与欲望的迷宫》，程章灿译，生活·读书·新知三联书店，2003，第28页。

同时重复其他角色的话语，各个角色融合为一体。"即使我认真扮演这个角色，我也能感到它的分界线消解了：我知道礼仪的所有其他参加者的所有言词，当他人说出这些言词时，我默默地对自己重述。在表演中，每个演员都扮演所有的角色，同时也与所有其他角色演对手戏。"① "礼"的分界线消失了，在"乐"的作用下，我作为扮演者不仅与自身角色融合，同时也重复其他角色的言辞；其他扮演者同样既融合于自身角色又融合于他者角色。在整个仪式过程中，扮演者不仅知道自己角色的台词，也知道对手的台词，形成一个你中有我、我中有你的互相融合的关系。不同扮演者和不同角色之间的重复形成仪式中的另一种互文性。总体说来，扮演者主体性的介入是宇文氏的仪式互文性解析的关键，仪式或文本的外在扮演者和内在角色形成多重主体的互文性，仪式或文本经由多重主体显现自身。

四　个体双重性

不同于多个文本或多个主体的重复自指，在后现代语境下，重复理论关注差异和个体性，自我指涉也进入个体的发掘。多文本的自我指涉关注文本间共有的字句、主题和模式；多重主体的自我指涉也是文本内外主体间共有的文本或仪式关系。两者都更为关注共有性，而个体双重性的自指更关注共性中的个性，凸显个体性的重要性。已有的自指研究中已经关注到共有性和个体性之间的关系。卡勒在解释文学自反性时说："《包法利夫人》这本小说就可以被看作是一部挖掘爱玛·包法利的'真实生活'与她所阅读的那些浪漫小说，以及福楼拜自己这部小说对生活的理解之间的关系的作品。"② 一方面，此处的自我指涉性即自反性既包括小说主人公的生活与主人公阅读的其他小说之间的多文本的互文自指关系；又包括角色艾玛·包法利和作者福楼拜的生活理解之间的多重主体自指关系。另一方面，"这本"和"这部"都是对《包法利夫人》个体性的强调。在卡勒的论述中，无论是多文本、多主体的自指还是个体性的自指，外在的真实生活并

① 宇文所安：《迷楼：诗与欲望的迷宫》，第 28 页。
② 乔纳森·卡勒：《文学理论入门》，第 36 页。

不在其中，他关注的只有文本和主体两个视角。重复理论则关注外在世界，探索文本、作者和世界的关系。米勒认为，重复"组成了作品的内在结构，同时这些重复还决定了作品与外部因素多样化的关系，这些因素包括，作者的精神或他的生活，同一作者的其他作品，心理、社会或历史的真实情形，其他作家的其他作品，取自神话或传说中的过去的种种主题"①。米勒关注文本层面的重复，既包括文本内结构的重复，也包括不同文本间的重复。不同文本间的重复包括同一作者的其他作品以及不同作者的作品之间的重复。米勒所指的文本的外部因素包括作者和世界两个方面，作者细分为精神心理和生活经历，世界细分为社会和历史真实情形。米勒强调文本与外部因素的多样关系可形成不同的重复关系。当历史、世界等外部因素成为形成文本的个体性因素时，经由重复理论的介入，个体性的自我指涉也包含历史、世界等因素。宇文所安和柯马丁将文本和具体的作者、历史相结合，文本拥有自身的个体语境，形成个体研究。文本、作者、历史都形成个体性与共有性或个体与共相的双重性自指。二人深入阐发个体与共相的双重性，并从文本、主体和历史的角度对双重性进行细致探索。

（一）历史语境：共相到个体

米勒引入德勒兹（Gilles Deleuze，又译德鲁兹）《感觉的逻辑》中的重复分类，并指出"德鲁兹所说的'柏拉图式'的重复植根于一个未受重复效力影响的纯粹的原型模式。其他所有的实例都是这一模式的摹本。……尼采的重复样式……每样事物都是独一无二的，与所有其他事物有着本质的不同"②。柏拉图式的重复强调文本之间的重复具有一定的共相，也就是说，不变的共相是第一位的。尼采的重复则强调事物之间的本质是有差异的，我们所看到的共相是不真实的概括，事物的个体独特性得到凸显。德勒兹在解释尼采的"永恒回归"时指出，"永恒回归自身即同一、相似和相等。但是，它恰恰不会预设它所述说之物中有任何它自身所是的东西。它

---

① 米勒：《小说与重复：七部英国小说》，第3页。
② 米勒：《小说与重复：七部英国小说》，第7页。

述说的是不具有同一性、类似性和相等性的东西"①。从"永恒回归"概念自身来说，它是具有同一性的，但是从每次回归内在事物来说，它是非同一性的，也就是有差异的。所以"永恒回归"作为历史动力，并不具有内在同一性的循环模式，每次回归都是个体差异性的重复。正如米勒所说的，"将他们生活中的某个人或某种情形看作是早先的某个人或某种情形的重复。这一错误之所以是语言符号上的，乃是因为它不是把事物和人视为独一无二的实体，而是作为追溯早先的事件和人物，'代表'它们的标记"②。语言符号的标记性将不同的实体看作历史先后的重复关系，忽略内在个体差异。米勒强调历史重复的语言标记之间的差异。

宇文氏和柯氏的解析也有从共有程序到个体文本的转变。宇文所安将历史和文本解读结合起来，强调作者的阐释功能。"关于作者和文本存在着一个依照年代先后顺序排列的叙事……'作者'在中国的诗学语境里变成了一个必要的系统性功能。如果没有作者充斥的文化叙事作为语境，很多诗歌文本就变得不可读。"③ 历史是按照年代排列的叙事，是个体作者和文本的顺序排列。某一文本和具体的作者相连，意味着拥有自己的个体历史语境，文本在历史中获得自己位置，成为历史中具体的个体。《怨歌行》中的合欢扇在夏季可以"出入君怀袖"，到秋天则"弃捐箧笥中"。④ 但当这首诗歌寄于汉宫班婕妤名下，原本扇子的位置变换就有了得宠、失宠的含义。宇文所安强调作者功能性对解读的作用，柯马丁也关注文学发展过程中作者的个体介入。"汉代的歌唱者是作为文学作者。他们的语言从根本上不再与文化记忆、典礼仪式及道德符码共同体相联系，他们也不谈论外交。其时，歌唱者哀叹他们个人的命运，他们利用诗歌为自己创造一种特殊的身份认同。"⑤ 随着时代变迁，不同于将程序性运作作为文化共同体的周代文本，汉代文本强调作者的个体表达。《史记》和《汉书》中的歌唱者既有

① 吉尔·德勒兹：《差异与重复》，安靖译，华东师范大学出版社，2019，第407页。
② 米勒：《小说与重复：七部英国小说》，第15页。
③ 宇文所安：《中国早期古典诗歌的生成》，第263页。
④ 逯钦立：《先秦汉魏晋南北朝诗》，中华书局，1988，第117页。
⑤ 柯马丁：《汉史之诗：〈史记〉、〈汉书〉——叙事中的诗歌含义》，《中国典籍与文化》2007年第3期，第10页。

对自身经历的歌唱也是对自己身份的显现。自身的经历是歌唱者的个体历史语境。文化记忆、典礼仪式等是多个主体或文本形成的共有程式，个体的歌唱则是个体的自我显现。总体说来，宇文所安和柯马丁都是从历史的具体语境下言说个体文本。

（二）历史、作者、文本的个体、共相双重性

福柯在论述个体"限定性"和共相"基本性"的关系时指出，人的有限性"这个存在方式借以能在其中完全展开的空间，都将属于重复——属于确实与基本之间的同一与差异：不具名地折磨生物之日常存在的死亡与那个基本的死亡相同"①。福柯认为"基本的死亡"是生物学的共有规律，而每个"不具名"的生物才是"确实"的死亡个体。福柯强调个体的有限性，并指出具体的死亡个体解析与基本规律是重复关系。不同个体与共有规律之间是"同一和差异"的关系，不同个体开掘出基本规律的多重重复空间。共有规律因不同个体的差异重复显现自身，每个有限的个体的死亡都重复自身的个体性和共有的规律。福柯进一步论述"限定性在一个无休止的自我指涉中被思考"，包括身体上，"存在于自己的四肢骨架内以及存在于他的生理学之整副肋骨内"；劳动上，"劳动原则统治着他并且劳动的产品疏远了他"；语言上，"这个语言与他相比要古老得多以至于他不能把握其含义，可是这个含义因他的词之坚持而复活了"②。限定性的个体"他"在身体、劳动和语言的规律中凸显自身。各个领域的规律都是个体性自我显示自身的具体场景。自我指涉在每个限定性个体内强调个体性与基本规律间的差异重复关系，在语言角度既关注语言自身的共有规律，又强调个体的自我言说。限定性的自我指涉不同于互文性视角下多个事物之间的共相或共有程式的探讨的自指，它强调的是限定性以自身为动力不断在不同领域自我显现，每一领域的个体都是个体性和共有规律间的重复与差异关系。

在对历史文本的解读中，柯马丁既关注历史事件、作者、文本的个体

---

① 福柯：《词与物》，莫伟民译，上海三联书店，2002，第411页。
② 福柯：《词与物》，第414页。

性，又关注规律的共相性，形成个体、共相双重性。每个个体都是自身个体性和共相性的差异性重复，具有自指性。第一，从历史事件角度来说，柯氏强调历史个体事件与历史共有规律之间的重复关系。"对于司马迁和班固来说，权利的滥用是历史的主体，也是个人生命的主体。归于伟大的却饱含苦痛的历史人物名下的诗歌的演唱一方面强调个性和历史的联系，一方面又把历史和个性融进了诗歌当中。"① 柯马丁认为"权利的滥用"是历史形成的原因，具有共相性，同时，也是司马迁、班固和某一具体历史人物命运形成的原因。每个历史人物都有共相的历史规律层，但每个个体又都有个体性规律。不同于抽掉每个个性强调共相的思路，个体、共相双重性的自指正是恢复具体历史事件的个体性。第二，从作者角度来说，在作者的个体、共相双重性自指中既包括作者的个人性，又包括作者的历史学者性。前者是个体性的表达，后者则是史学家的论述程式。"孔子不再是为了回应自己时代的政治环境而著述，而是因为个人的命运成为了一位作者。……两种叙事对《史记》作者而言都是有意义的，因为它们说出了他本人身为作者的双重动机：因个人苦难而著述，因渴望为终结于时间和史家笔下的过去作证而著述。"② 孔子的双重身份：既是回应时代的公共性声音，又是个体命运的言说者。同样，司马迁的著述既有史家的公共性，又有表达个人的个体性。史家的身份更强调对共有规律的关注，个体的表达则强调个体差异性。对于个体作者来说，公共性和个体性的表达是重复显现，即双重自指。第三，从文本的角度来说，文本共相的程式书写与作者个体的个性书写形成了双重自指。"由于文本无法向个体性妥协，每一个作者都问题重重，因为他被假定为赋予了文本特定的、个体性的声音，这个声音背后有其传记和目的，且这些必须被列入文本的考虑范围之内。换言之，有作者的文本制造并解决了诠释上的挑战。……于是这个作者便成了文本的属

---

① 柯马丁：《汉史之诗：〈史记〉、〈汉书〉——叙事中的诗歌含义》，《中国典籍与文化》2007 年第 3 期，第 11 页。
② 柯马丁：《孔子：汉代作者》，载王能宪、董希平、程苏东编《从游集：恭祝袁行霈教授八秩华诞文集》，中华书局，2016，第 121～122 页。

性、功能和核心问题，但是却是大多数文本所负担不起具有的。"① 柯氏强调历史文本既有自身的叙事程式性，又有作者的个体性叙事，强调文本是自身逻辑和作者的力量抗衡。文本因其自身的程序具有文本性，强调叙事的共相；作者成为使文本具有个体性的功能要素，强调重复性叙事中的个体差异。在单个文本情境中，文本性和作者个体性都是文本多元性的组成部分，两者具有重复自指关系。"'泣数行下'这一套语所描述的心情表明了一种既具主观性又具客观性的现象。"②《项羽本纪》中"泣数行下"，既是历史套语，又是对垓下之围的项羽的描述，也是司马迁个人的声音。历史套语强调了语言词汇本身的程式，对项羽的描述强调了历史书写的程式，司马迁个人的声音则强调了作者的叙事个体性。主客判断在具体的语境中可以退场，多元、多重的视角解读得以显现。自我指涉的个体重复性可进一步丰富。

五　个体内的多重对应性

德勒兹强调重复是自行运行的动力，重复的规律是必然的，但是每次重复都生成新的事物。"重复不再是为了得到快感，而纯粹是为了重复而已，仿佛已成了'死亡的动力'。……它的可怕力量在于它并不因循被重复的事物，反而不断威胁原初的事物，挑战原作与模仿之间的等级权力关系。"③ 重复并不是模仿之前的事物，而是形成差异的个体新事物。重复成为根本动力，自行运行，具有创生性。德勒兹指出新事物之间有重复关系，但并非一个共相，都成为重复的差异显现个体。历史不断地重复过去，德勒兹强调的并不是历史作为整体的共相规律，而是对历史个体内在多样性的关注。一方面，历史中主体的个体多元性。"'我'是历史中的所有名字。……主体存在于历史之中，感受历史洪流带来的巨变，不断试图创造观念来体认新

①　柯马丁：《史记里的"作者"概念》，载柯马丁、李纪祥编《史记学与世界汉学论集续编》，唐山出版社，2016，第 26 页。
②　柯马丁：《汉史之诗：〈史记〉、〈汉书〉——叙事中的诗歌含义》，《中国典籍与文化》2007 年第 3 期，第 12 页。
③　罗贵祥：《德勒兹》，东大图书股份有限公司，2016，第 122 页。

秩序，但却不能自主地掌握自己的命运。"① 德勒兹的主体"我"并非抽象性的所有主体的共相之"我"，而是包含每一个具体"名字"的具象之和的"我"。德勒兹认为主体可以感知和体认历史，但不是超越性共有意志，不能主宰历史。历史规律也是个体"我"的体认，没有共相性，只有语境性。存在历史之中的个体主体按自己的方式体认历史，也受不断变化的历史规律作用，个体主体性和不同情境下的历史规律性都成为个体主体的多元性要素。另一方面，历史事件的个体多元性。"历史的任务是藉着投入浑沌中，在混乱间寻找及重建自我组织的机制。……历史是由许多单一独特体所组合而成，单一体本身又是多元复合体，它们之间会产生局部的对应变化关系，互相调节又重新组织，但却不受一个遥控的高高在上的统一体所支配。"② 德勒兹的混沌打破了柏拉图式的同一性，不受更高统一体支配，突出历史事件的个体性、多元性。历史的生成机制并不是整体或共有的历史机制，而是历史局部的个体自我生成机制。个体之间相互作用，每个历史单一体都受到其他历史事件的作用力，具有多元性。具体历史事件之间的对应性要素因存在不同事件而具有多重性。无论是主体对不断更新秩序的体认，还是历史事件相互之间局部的对应变化，都强调规律的历史语境性。

哈琴（Linda Hutcheon）认为后现代语境下的自我指涉强调具体语境性。"试图寻找当今戏仿、自我指涉艺术（及理论）的后现代诗学，无法避免也不能忽视的就是意义只依赖其'与特定意义的语境的关系'而存在这一概念。"③ "特定意义的语境"意味着具体的个体语境。在个体语境下，自指中不仅有文本要素，还有社会和主体要素。"如果众多艺术中现代的自觉性形式主义导致了艺术和社会语境的分离，那么后现代自我指涉性更强的戏仿性形式主义则揭示了它是一门话语艺术，与政治和社会因素密切相关。"④ 如果现代艺术强调形式主义的自指，是艺术与社会历史的分离，那么后现

① 罗贵祥：《德勒兹》，第 168 页。
② 罗贵祥：《德勒兹》，第 166～167 页。
③ 哈琴：《后现代主义诗学：历史·理论·小说》，李杨、李锋译，南京大学出版社，2009，第 111 页。
④ 哈琴：《后现代主义诗学：历史·理论·小说》，第 48～49 页。

代艺术则强调自指与社会历史的密切关系，社会历史成为自指的构成要素。"后现代主义元小说……致力于重新定位问题重重的主体，将其置于语言之内、话语之内。……哪怕是它自身的自我指涉性也无法消除主体性的问题。"① 哈琴的自指也强调文本形式性，元小说的自指也是对自身文本形式要素的显现。此处，哈琴强调主体性蕴含于自指中。自指中包含文本形式、社会历史、主体等要素，具体的内在关系可从重复理论角度进行探索。米勒引入柯勒律治（Samuel Taylor Coleridge）的观点，认为艺术"表现为圆形的运动——如一条口里衔着尾巴的蛇。……它圆形运动轨迹具体而微地反映的并不是上帝和他的创造物间的关系，而是在我们的灵魂中被创造出来的上帝的影像，它驱使我们在众多的事物中寻找着整体，诗成了影像的影像"② 。影像意味着共相性的上帝和世界之物的破碎。不同的个体"我"的对应影像是不同的。自指强调某个个体"我"在不同"影像"间的差异重复。在某一具体情境内，我、我的上帝影像和我的诗都具有"我"的要素，形成重复关系。同时，每一个被"寻找"的事物要素也介入自指中。"我"也对所寻事物形成影响，正如每一位解读者的介入都会影响个体文本。"批评家必须进入文本……他往丝线织物中添加进自己的阐释丝线，或者以这样或那样的方式对丝线织物加以切割，因而他不是成为织物组织的一部分，便是改变了织物。"③ 阐释者或读者进入文本，并且受文本影响或改变文本。每一主体都成为具体文本内形成重复对应的要素。重复理论进入具体历史语境，自我指涉的探讨也进入个体内部。在后现代视域下，哈琴注意到个体语境中自我指涉的文本具有主体和世界的指涉性，并且涉及自指和他指关系的论述，但是没有落到实处的具体拓展。宇文氏和柯氏的重复阐释策略将指涉性的社会、历史、作者、读者等变为个体语境内的组成要素，并进一步探讨个体语境内各要素的多重对应性。宇文氏强调多重对应的多样性，柯氏强调要素自身的多重性，二人从多样和多重角度对自指多重对应性的拓展具有创见性，尤其是宇文氏对中国传统思维"类"的把握，更将

---

① 哈琴：《后现代主义诗学：历史·理论·小说》，第 231 页。
② 米勒：《小说与重复：七部英国小说》，第 27～28 页。
③ 米勒：《小说与重复：七部英国小说》，第 26 页。

自我指涉的理论与中国传统思维进行有益的碰撞。

（一）类的语境运行与要素显现

宇文所安的规律是宇宙自然的运行规律。"自然宇宙是一个过程、事物和关系的系统，其社会的投射即历史王国。在系统之间，相互关系由一个原则制定，可称为类比，如果类比不假定一些基本区别。……这些范畴之间的相互关系不是一种类比的意志行为，而是自行发生的，因为它们的基本要素在很多重要的方面都属'同一种类'。"[1] 自然宇宙与历史世界因类比形成对应，历史世界因素进入类的运行。宇文氏强调类比背后并没有一个固定的意志要求或共相，而是各个要素因为某方面类似而自发汇合。类比成为不同个体要素之间的重复，也就意味着类比的多样性和个体语境性。社会、历史等现实世界是规律语境显现的组成要素，作者也是规律的显现要素。作者在宇文氏的视角中并不是文本的意志决定者，而是记录者。宇文氏指出"诗人随物以宛转：他既处于物理世界同时意识到陷入其中。诗人是自然秩序被动的科学家，借助诗人自然秩序的经验原则得以显现。作为世界的一部分，我们不但共同承受世界的波动起伏，而且知晓世界的次序与重复"。[2] 诗人既与自然宇宙形成空间的外在关系，又是自然宇宙延续的一部分。自然秩序贯穿自然宇宙、历史世界，体现在诗人身上，又经由诗人外在显现为文学文本。作者成为与世界历史相似的要素，它们都是个体语境下规律的自行显现。作者被规律影响，同时也体认规律。文本也是规律的个体显现。"文学不是真正的模仿：不如说它是这一显示过程的最后阶段；作家，不是'复现'外部世界，事实上只是世界的显现的最后阶段的中介。"[3] 作家是自然宇宙显现的最后中介，通过作家，文学成为自然宇宙的最后显现，是自然宇宙在该文本层面的投射和对应。文本与现实不是模仿关系，都是规律的个体显现，在同样的语境下重复共有的要素，形成对应关系。作品、世界、作者都是规律自行运行的语境显现，都成为个体

---

[1] 宇文所安：《中国传统诗歌与诗学：世界的征象》，第5页。
[2] 宇文所安：《中国传统诗歌与诗学：世界的征象》，第8页。
[3] 宇文所安：《中国传统诗歌与诗学：世界的征象》，第7页。

情境内的构成要素。"由于某个具体的文是指与某一同'类'的具体现象所构成的对应关系,因此,其成功与否便只取决于它是否充分体现了那个现象,与其他'文'无关。同样,一首诗是否为好诗,也只是看它是否体现了某种特殊的情境,无须将其与一种超验的'理念'或模式,以及其他模仿这一理念或模式的作品进行比较。"① 特殊情境即单个的历史世界。宇文氏的对应是个体情境性的。这个个体情境内部包含文本、历史世界、主体经验的对应或相类关系,与其他文本和所谓的理念没有关系,与文本间的程序和共相没有关系。历史世界、作者、文本都是某一情境内的要素,宇文氏对要素间的"同类"性的探讨体现在重复对应关系的挖掘中。

(二)个体语境内的要素对应

个体语境内的主体、文本、历史世界等要素形成多重对应的重复关系,宇文氏的要素对应具有多样性,可分为多要素存在某一重复模式、某一要素角度下的要素间对应和某一要素自身的多重性三类。第一类,语境内主体、文本、历史世界等要素存在某一重复模式。宇文所安在解读杜甫的《旅夜书怀》时,发掘了一个"外部世界处处可见的'一对多'图式的压迫性重复","根系大地的细微之物和紧系天空之物,与一根水上岌岌可危地摇晃的桅杆相对,随即月亮坠落水中"。② "星垂平野阔""细草微风岸"中的天空星子和岸上细草形成稳固位置的"多","月涌大江流""危樯独夜舟"中的江中月和舟之桅杆形成与"多"对立的漂泊与孤独的"一"。舟之桅杆与岸上细草是"一对多"的模式,江中月与天空星子重复这一模式,两者都是历史世界要素的重复模式,形成语境内历史世界要素的自指。宇文所安认为,"一对多"的模式既是世界中处处呈现的对立模式,又是作者的经验感知,作者要素与世界历史要素呈现对应关系。"诗人停下对世界的眺望,开始解读这个从'多'中分离的'一'的征兆:'多'消失无踪,唯留下诗人与他的对应物相对。"③ 不同于作为作者背景的历史世界,"天地

---

① 吴伏生:《汉学视域——中西比较诗学要籍六讲》,学苑出版社,2016,第65页。
② 宇文所安:《中国传统诗歌与诗学:世界的征象》,第10~11、9页。
③ 宇文所安:《中国传统诗歌与诗学:世界的征象》,第11页。

一沙鸥"中的沙鸥与江中月、舟之桅杆一样，都是作者杜甫在历史世界的
对应显现，作者和显现主体的历史世界要素形成对应关系。同一模式的重
复，显现为不同要素之间的对应。第二类，语境内某一要素角度下的主体、
文本、历史世界等要素间对应。宇文所安论述了读者在主体要素视角下的
重复对应性。"对杜甫的读者来说，这首诗不是虚构的：它是对一特定历史
时刻的经验的特殊的、实际的描述，诗人遭遇、诠释和回应世界。轮到读
者，在某一后来的历史时刻，遭遇、诠释和回应这首诗。"① 个体语境包含
历史世界、作者、读者、文本等多元要素。在特定的历史时刻，文本并不
是虚构的，而是作者遭遇世界的真实记录。通过作者，诗歌文本是历史世
界的回应，文本和世界是作者要素角度的对应关系。同样，诗歌文本成为
读者某一时刻的遭遇，文本、作者、融于文本中的历史世界形成读者视角
下的对应显现。在某一要素角度下，对应要素互为自指，单个要素是其他
要素的显现，单个要素也可通过其他要素显现自身。第三类，某一要素自
身的多重性。语境内个体要素既存在要素间的对应，也存在一些相对次要
的要素信息，这样要素自身具有多重性。"文本的词句展示成为一个巨大整
体的碎片，不断提醒我们有多少被遗漏。在每一文本周围都存在一个完整
和集中的语境，伴随一些次要的命令、外部的细节、个人关系的复杂性，
以及情绪、天气的偶然性。"② 文本自身所能提供的情境是碎片式的，很多
创作或解读要素都不能显现出来。宇文氏强调语境自身的多元性。细节、
人物关系、情绪等都可以是文本创作和解读的构成要素，也可以成为多重
对应的要素。如果说宇文氏从要素多样性角度扩充了多重对应性，那么柯
氏的角度则强调了每个元素自身的多重性。

（三）语境内个体要素的多重对应

柯马丁细致分析了语境内某一要素自身的多重性。第一，诗歌文本具
有诗歌叙事性、历史事件性、作者个体性、历史人物个体性。在论述《史
记》《汉书》中的历史人物在关键时刻的诗歌吟唱时，柯马丁说："就像在

① 宇文所安：《中国传统诗歌与诗学：世界的征象》，第4页。
② 宇文所安：《中国传统诗歌与诗学：世界的征象》，第148～149页。

东周和汉代的历史文献中一样,诗歌可以被看作历史的浓缩,它以一种强烈的、正式化的以及语言上非常受限制的表达保存着宽泛叙述的核心内容。"① 诗歌是历史事件更情感化、易于记忆的浓缩版本。诗歌用自身的叙事方式重复历史事件,与历史具有对应关系。诗歌具有自身的叙事特征,同时,历史事件的核心内容也成为诗歌的构成要素。诗歌和历史都既有历史性又有作者性,是两者双重性之间的对应。"从根本的意义上来说,朝廷中那些正直诚实却惶恐不安的成员的诗歌和眼泪就是司马迁自己的。"② 历史既是历史人物的经历,又是作者的经历。作者将个人的情感、经验注入对历史人物经历的书写中。诗歌是历史文本作者的创作,所以具有作家个体性。同时,诗歌作为历史人物的歌唱,具有历史人物的个体性。这样,在诗歌与历史的对应中,诗歌自身的多重性得到了关注。第二,作者具有个体性、文本性、历史性、公共性等多重性。"将某一文本系名于某一作者,是基于该人物的相对稳定性和一致性。……并藉以将其置于当时帝国统一的文本系统里面一个确定的位置,单一人物的存在无比重要。"③ 文本系统内的位置是文本性,作者是让单个文本在文本系统中找到具体位置的功能要素,作者具有文本性。单个人物的强调是说文本的功能性建基于作者的个人性。并且作者历史的位置确定文本系统的位置,作者的历史性凸显。柯氏进一步论述作者视域的复杂性。"但在孔子和屈原身上……他们所关心的不仅在于政治事件和道德原则,而且还在于个人自身。……孔子、屈原和司马迁所观察的不仅是这个世界,每一位作者对自己宿命的深深关怀促使他们'创作'其文本,这一举动反过来也将其'创作'为作者。"④ 作者关注的政治道德秩序具有社会公共性,同时作者通过历史人物的观照而反观自身,作者又具有个体性和历史性。第三,作者与文本之间的对应

① 柯马丁:《汉史之诗:〈史记〉、〈汉书〉——叙事中的诗歌含义》,《中国典籍与文化》2007 年第 3 期,第 10 页。
② 柯马丁:《汉史之诗:〈史记〉、〈汉书〉——叙事中的诗歌含义》,《中国典籍与文化》2007 年第 3 期,第 11 页。
③ 柯马丁:《史记里的"作者"概念》,载柯马丁、李纪祥编《史记学与世界汉学论集续编》,第 35 页。
④ 柯马丁:《史记里的"作者"概念》,第 60 页。

也是多重性之间的对应。带有多重性的作者创造文本，同时也被文本显现。根据司马迁对孔子等人的述评"余读孔氏书，想见其为人"，柯氏指出经由司马迁的对孔子的阅读和写作，孔子及其文本都得到显现。[①] 孔子的史书与司马迁对孔子的历史书写之间形成包括历史性、文本性、作者个体性等多重要素的对应关系。多重性指出个体内在的对应性的不同角度，从一个角度来说的对应是重复，对于其他角度来说则是差异。如相对于作者历史性来说，作者个体性为历史程式重复中的差异因素。重复中的差异成为关注点。

六　结语

经由重复理论的介入，我们得以将宇文所安和柯马丁阐释中国文本策略的比较研究落脚于自我指涉。自指从最初的强调文本脱离作者和世界的自我指涉，到强调文本对自身的显现，再到从重复的角度探求自指的具体方式，自指的内涵逐渐清晰和深入。总体说来，宇文氏和柯氏对自我指涉概念做了如下拓展。第一，多个文本的互文性强调不同文本间的共有字句、主题、表演等程式。多文本的自我指涉是基础性自指，宇文氏和柯氏的阐释策略丰富了重复的具体样式，即拓展了重复这一文本显现自身的方式。第二，多个主体互文性强调角色与不同扮演者、程式角色与主体性角色以及不同角色与不同扮演者之间的重复自指关系。已有的自指研究关注文本和主体的关系，经过重复理论和互文性的介入，宇文氏和柯氏对文本内外的多重主体与文本的关系进行深入探讨。多重主体也因同一文本或仪式形成自指关系，文本或仪式因多重主体显现自身。第三，随着每个文本因作者和历史而具有个体历史语境，自指中的个体性得到强调，个体与共相是差异性重复，形成个体、共相的双重自指。德勒兹的重复研究关注重复中的差异性，每个个体得到关注。不同于已有自指将个体探讨置于共相之中，宇文氏和柯氏更关注个体，强调文本、主体和历史等角度的双重自指性。第四，具体语境中

---

① 柯马丁：《史记里的"作者"概念》，第47～48页。

个体内的多重对应性。已有的自指虽然关注自指和他指关系，但是宇文氏和柯氏则在个体文本内将他指溶于自指，世界、历史、作者、读者等都成为个体文本的要素。重复和类成为运行规律，共相消解于每个个体中。重复存在于个体内，自指进入个体内的要素关系层面，成为某一个体要素角度下文本、作者、世界等要素的多重对应关系，宇文氏强调多样性，柯氏侧重多重性。此层面的自指开拓具有创见性。经过宇文所安要素的多样性和柯马丁的个体要素的多元性的探索，自指体现出要素的数量和解读层面的丰富，自指的解析方式得到落实。汉学家在解读中国文本时，关注到中国文本自身的特点，所使用的西方概念也必然有所拓展，形成有益的中西互动。重复中的差异的关注也成为中西阐释理论会通的可开掘空间。

【Abstract】 Self-reference manifests itself by separating the author from the world. Repetition is one method of self-reference. In the perspective of repetition, self-reference is extended by Chinese classics'interpretive strategies of Stephen Owen and Martin Kern. The intertextual repetition indicates the pattern self-reference which concludes words, themes and pattern which transformed from text to ritual performance by Kern. Intertextuality with multiple subjects is another self-reference which embodies in formed role acted by different persons, differential repetition of formed role's individual subject and multiple roles blended in different actors. The ritual manifests itself by the multiple subjects which are inside and outside the ritual. In the historical context, double self-reference has been manifested by differential repetition between individual and universals in views of text, subject and history. As text, subject and history develop into self-reference's elements in the context, self-reference has been multiple correlatives between different elements of the individual context, which is embodied in various correlatives by Stephen Owen and multiplicity of one element by Martin Kern.

【Keywords】 repetition; self-reference; Stephen Owen; Martin Kern; multiple correlatives

韩倚松对金庸武侠小说意象的跨文化阐释[*]

李 泉

（电子科技大学外国语学院，成都　610054）

【内容提要】英语世界对金庸武侠小说的批评与研究凸显了现当代西方文论特色，尤其受到了现当代西方文论中文学地理学、流散文学、叙述学和阐释学的影响。美国学者韩倚松基于金庸小说的宏观文本，采用中西比较诗学的研究方法，从时间维度和空间维度两个层面考察了金庸武侠小说中岛屿意象的文化内涵与叙述功能。韩倚松一方面参照中国文学与文论，深入发掘了金庸武侠小说同中国文学传统建立血肉联系的文学创作机制，另一方面引用西方文论中文学地理学和流散文学理论，剖析了金庸作品中岛屿－大陆二元结构的文化内涵，以及这一结构所流露出的对大陆文化所持的独特怀旧性"中原情结症"。英语世界学者在对金庸武侠小说中的岛屿意象进行跨文化阐释的过程中产生了文化认知层面的差异性理解和变异性阐释。这些基于比较诗学的视野，杂糅了中国文论和西方文论的差异性理解和变异性阐释。将构成国内外文论研究界展开异质性对话和交互性创新的基点，推动中国文学在国际性传播中实现多元共存、互证互识的世界文学与世界诗学之建构。

【关 键 词】英语世界　金庸　武侠小说　岛屿意象　世界诗学

---

* 本文为国家社科基金青年项目"中国武侠小说在英语世界的翻译与接受研究"[17CZW058]和国家社会科学基金重大项目"中国新媒介文艺研究"[18ZDA282]的阶段性成果。

引　论

　　金庸武侠小说博大精深、涉及广泛，可谓中国文化的立体画卷式百科全书。金庸小说在展开故事叙述的同时也描写了中国各地引人入胜的地方景观和地貌特色，既有海洋、岛屿、山峰、山谷、湖泊、河流、大漠等自然景观，又有城市、乡村、街巷、城池、宫殿、庙宇等人文景观。这些地方景观与地貌特色不但构成了金庸武侠小说的重要叙述符号，还参与了金庸武侠小说的文艺美学建构。从宏观视野考察金庸武侠小说的地方景观与地貌特色，能够实现双重学术目的：一方面可以完善金庸武侠小说研究的学术结构，另一方面可以为中国文学地理学提供来自中国武侠小说文体的实料支撑。

　　由于中西方文化思维范式的不同，金庸武侠小说在国内和英语世界的接受与批评呈现出结构性差异。不同于中国文学研究者，西方研究者大多没有深厚的中国传统文化基础，也没有深入了解中国人物的文化性格特征，因此大多数西方学者并不太注重文史材料研究，也不太注重从文学品评视角出发品评人物性格或故事情节，而更倾向于从西方文论的视角出发，以类似于社会学的视角考察金庸武侠小说的性别关系、文化身份、文体叙述、文学传播及文学地理等问题。因此，在文学地理学蔚然兴起的西方文学研究界，金庸武侠小说中的景观意象就成了西方学者的重点关注对象。从国别文学的跨文化传播角度来看，金庸武侠小说中的文学景观作为异国文学意象的重要组成部分，在进入英语世界文学批评界之后，"为西方文学界了解、认识武侠小说传承的中国传统精神和传统社会风貌打开了一扇窗口"。①

　　在金庸武侠小说呈现给读者的众多景观之中，岛屿意象尤为突出，且形成了一个内涵丰富的完整意象体系。王青说得好，岛屿是一个"有着清晰界限、独立而封闭的空间形态。这使得岛屿特别容易成为乐园的想象空间"。② 刘卫英、王立在《金庸小说母题及中外比较研究》中非常到位地总

---

① 参阅李泉《英语世界金庸武侠小说译介与研究》，《贵州社会科学》2015 年第 6 期。
② 王青：《中国的内陆型与濒海型神话》，曾大兴、夏汉宁主编《文学地理学》，人民出版社，2012，第 137 页。

结了海岛意象作为小说叙述背景的宏观功能。

> 海岛从地理形状上说是各个不同的，它们在不同故事情节下的母题结构功能也是不同的，但它们同样地具备环绕它的大海的某些自然特征，遥远的海天一色的天际，当事人飘忽不定的处所，为故事的扩展和延续提供了一处处承载虚构故事的实体海岛自然环境，而相对封闭的自然环境又派生出特定人物性格处境所需要的人文环境。[①]

刘卫英、王立还深入发掘了金庸作品中的海岛意象和作者身份之间的文学对应关系及其背后的人文思想，为更进一步理解金庸武侠小说中的岛屿意象提供了全新的思路。

> 在小说写作的当时，金庸的角色身份也有海洋文化的特征，作为一位远居海外的"报人"作家，他在相对宽松的政治背景下进行创作，他的作品不能不受到职业敏感的浸染，也就有可能更多地贴近、关注华人的情感、心态和命运本身，有着更为深沉的人本主义思想。[②]

鉴于以上分析，刘卫英、王立将海岛称为"大海之中的罂粟花"，构成了武侠故事发生的广阔叙述空间背景。由于国内学界尚无系统探讨英语学界对金庸武侠小说岛屿意象接受的文本，故本文以美国学者韩倚松的研究为例，来透视在异域文化视野中，金庸武侠小说中的岛屿呈现出的独特意象与深刻洞见。从中西比较诗学视域来研究金庸武侠小说的岛屿意象，有利于从跨文化的角度认识中国风物在西方的传播与接受现状，并基于实证研究更深刻地把握英语学界对中国武侠小说中关于"中国性"的美学接受机制。

大体而言，金庸武侠小说中描写的岛屿意象包括《碧血剑》中的海外孤岛、《射雕英雄传》与《神雕侠侣》中的桃花岛、《倚天屠龙记》中的冰

---

① 刘卫英、王立：《金庸小说母题及中外比较研究》，北京师范大学出版社，2012，第11页。

② 刘卫英、王立：《金庸小说母题及中外比较研究》。

火岛与灵蛇岛、《侠客行》中的侠客岛与紫烟岛、《鹿鼎记》中的神龙岛和通吃岛。从时间叙述的意义指称来看，金庸武侠小说中的岛屿意象大体可以分为两类。第一类是被置入具体历史语境的小岛，比如《碧血剑》中的海外孤岛被设置在明末，《射雕英雄传》与《神雕侠侣》中的桃花岛被设置在南宋末年与元初，《倚天屠龙记》中的冰火岛与灵蛇岛被设置在元朝末年，《鹿鼎记》中的神龙岛和通吃岛被设置在清初。第二类是具体历史语境缺席的小岛，即没有说明具体历史时间的岛屿，比如《侠客行》中的侠客岛与紫烟岛。从岛屿符号对于故事角色的叙述功能与情感表征来看，金庸武侠小说中的岛屿意象大体可以分为两类。第一类是作为世外桃源的避难地，比如海外孤岛、桃花岛、紫烟岛和通吃岛。作为避难地的岛屿意象又可以细分为两种类型：一种是位于封建帝国境外，比如海外孤岛；另一种位于封建帝国境内，比如桃花岛、冰火岛和通吃岛。第二类是作为江湖传说的恐怖之地，比如侠客岛和神龙岛。这些岛屿除了《侠客行》中的紫烟岛、《倚天屠龙记》中的冰火岛和灵蛇岛之外，其他岛屿都进入了西方文论的批评视域。接下来本文将按照以上的范畴划分框架，从中西比较诗学视野出发，考察美国学者韩倚松对金庸武侠小说岛屿主题的跨文化批评阐释。

一 《碧血剑》中的海外孤岛

海外孤岛出现在《碧血剑》的最后一回，位于"渤泥国左近大海中"，是小说主人公袁承志远走避难之地。在《碧血剑》行将结束之时，清军连连胜利，农民起义军却因残酷的内部倾轧而发生内讧。袁承志对眼前残忍的现实备感失望，忽然想起葡萄牙军官赠送给他的一张海岛图，取出详加审视后，携部众一起赶走了盘踞于此、骚扰海客的海盗，"在海外开辟了一个新天地"①。正是这个出现在相对不太出名作品的最后一章、几乎被国内广大读者忽略的小岛，进入了美国文学研究者的批评视野。韩倚松从文学地理学和流散文学的西方文论视域出发，给《碧血剑》中的

---

① 金庸：《碧血剑》，广州出版社、花城出版社，2008，第660页。

地理意象植入了特定的象征含义。韩倚松把《碧血剑》的地理叙述空间划分为对立的两极：一极处于封建国家、江湖之内的大陆，这一极属于政治权力和武侠叙述的中心；另一极处于封建国家、江湖之外的岛屿，这一极属于政治权力和武侠叙述的边缘。在两极的对立之中，主人公最终的离去被赋予了一层去中心化、移除叙述语境的流散文学色彩。基于这一地域－隐喻的二元划分，韩倚松对《碧血剑》中的海外孤岛意象展开了平行性横向研究和历史性纵向研究，并借此推断出金庸对文学作品与历史现实的影射。

韩倚松对《碧血剑》中海外孤岛意象的平行性横向研究是对金庸武侠小说的内部比较。韩倚松把金庸第二部作品《碧血剑》中袁承志的颠沛流离同第一部作品《书剑恩仇录》中陈家洛的远走进行了比较，认为两部小说中的男主人公命运的共同之处在于二人都因江湖险恶而离开了封建国家的政权中心，差异之处在于陈家洛只是向西而去，而袁承志是到了位于江湖地域和武侠小说叙事范围之外的海外孤岛，"退避显得更加极端化"。此外，袁承志退出江湖、入主海外孤岛这一"隐性区域"的行为，反而更加为这一意象注入了独特的象征意义。韩倚松在接下来的历史性纵向研究中也印证了这点。

韩倚松对《碧血剑》中海外孤岛意象的历史性纵向研究是对金庸武侠小说外部的比较，如把《碧血剑》中袁承志开辟海外孤岛新天地的结局同唐传奇《虬髯客传》中"虬髯客"入扶馀国自立为王的结尾进行了类比，等等。韩倚松一方面认为海外孤岛的虚构情节与历史现实之间存在一定的相似性；另一方面，韩倚松十分尊重作者金庸的态度，无意在小说的历史表征与现实的政治事件之间"建立直接的比喻性关联"。[1] 鉴于金庸在后期作品中明确反对将其作品情节与历史现实以及当代政治事件挂钩，韩倚松认为，没有必要进一步探讨海外孤岛"对当代政治事件的特定影射关系"，而应当重点深入发掘作者如何借袁承志前往海外孤岛的情节抒发对大陆文

[1] John Christopher Hamm, *Paper Swordsmen: Jin Yong and the Modern Chinese Martial Arts Novel*, Honolulu: University of Hawaii Press, 2006, p. 66.

化的怀念，体现出一种"中原情结症"（Central Plains Syndrome）。① 对于这一观点，笔者是非常赞同的。文学来自生活而又高于生活，文学批评也应当立足历史而又超越历史。另外值得一提的是，韩倚松提出的金庸的"中原情结症"，是他分析金庸武侠小说的一个重要贯穿性主题，接下来的分论题还会多次提到这一主题，形成一个宏观的、整体的主题性考察。

二 《射雕英雄传》与《神雕侠侣》中的桃花岛

桃花岛出现于《射雕英雄传》与《神雕侠侣》中，是东邪黄药师所居之处。根据原著描写，桃花岛"岛上郁郁葱葱，一团绿、一团红、一团黄、一团紫，端的是繁花似锦"，小说也借桃花岛岛主女儿黄蓉之口将桃花岛的得名与中国文化传统建立了联系："桃花岛之名，在于当年仙人葛洪在岛上修道，仙去时在石上泼墨，墨水化成一朵朵桃花之形，遗留不去。"②

韩倚松对桃花岛意象的跨文化阐释主要包含了三个方面的内容。

第一个方面，金庸借桃花岛岛名中的"桃花"与中国传统文化意蕴进行对接。这个方面又包含了两个主题：桃花岛与陶渊明《桃花源记》中的桃花源的相似性比较，桃花岛与《诗经》中的桃花意义的隐喻性关联。

对于桃花岛与桃花源的比较研究，韩倚松又从桃花岛与桃花源的自然特征、人文特征和符号寓意三个维度立体阐述了二者的相似性。第一个维度是桃花岛与桃花源的自然特征。首先，它们都是风景优美的地方。桃花岛"东面北面都是花树，五色缤纷"，桃花源也是"夹岸数百步，中无杂树，芳草鲜美，落英缤纷"。其次，两个地方外人都难以进入。桃花岛是船家不敢靠近的地方，误入其中的人也会被根据八卦设计的路径搞乱方向。桃花源则是需要舍船进入极狭之口，而再次寻找也会不知所踪。第二个维度是桃花岛与桃花源的人文特征。首先，桃花岛与桃花源的人文景观。在桃花岛上，"竹林内有座竹枝搭成的凉亭"，叫作"试剑亭"，旁边还悬着一

---

① John Christopher Hamm, *Paper Swordsmen: Jin Yong and the Modern Chinese Martial Arts Novel*, Honolulu: University of Hawaii Press, 2006, p.65.

② 金庸：《射雕英雄传》，广州出版社、花城出版社，2008，第555页。

副对联："桃花影里飞神剑，碧海潮生按玉箫"，亭中放着竹台竹椅，"全是多年之物，用得润了，月光下现出淡淡黄光"。① 而在桃花源，"土地平旷，屋舍俨然，有良田美池桑竹之属。阡陌交通，鸡犬相闻。其中往来种作，男女衣着，悉如外人。黄发垂髫，并怡然自乐"。② 其次，桃花岛与桃花源居住者的人文思想。黄药师安居于此并非为了躲避政治灾难，而是为了避开世俗偏见。他虽与欧阳锋并称为"东邪西毒"，但只是鄙夷世俗世界，截然不同于欧阳锋的嗜杀成性、恋权自私。桃花岛本身就是他醉心艺术的体现，也代表了他的艺术成就，正如周伯通所叹，"黄老邪聪明之极，琴棋书画、医卜星相，以及农田水利、经济兵略，无一不晓"。因此，具有很高艺术造诣的黄药师作为中国文化的集大成者成了中国文化的肉身化载体，也让桃花岛成了中国文化妥善保存的隐喻。桃花源的居民亦是与世隔绝、安然自乐，"乃不知有汉，无论魏晋"，并且善良淳朴、热情好客，"便要还家，设酒杀鸡作食"，"余人各复延至其家，皆出酒食"。第三个维度是桃花岛与桃花源的符号寓意。桃花岛和桃花源的名字都具有强烈的非政治性色彩，是一片难得的、与世隔绝的安稳之所。在蒙古大举入侵中原之时，桃花岛是一块远离战争的宝地。桃花源也是"先世避秦时乱，率妻子邑人来此绝境，不复出焉，遂与外人间隔"的世外之境，是一个没有时间界限、远离政治冲突的逃亡者乐土。韩倚松进一步指出，桃花岛作为人间天堂、流亡之地的隐喻，相较于前几部小说中的地理影射，象征意义不那么明显，在叙事层面上发挥的作用更凸出一些。

对于桃花岛与《诗经》中的桃花意义的隐喻性关联，韩倚松从跨文化视野中读出的是"桃花"隐喻的浪漫叙述功能。韩倚松依据《诗经》中"桃之夭夭，灼灼其华"诗句对爱情的隐喻，将桃花岛视为见证黄药师等人情感发展的浪漫之地，包括黄药师与妻子的深厚感情、黄药师女儿黄蓉和女婿郭靖浪漫爱情的发展成熟、黄药师和徒弟梅超风的情感纠葛，以及黄药师的两名徒弟梅超风和陈玄风的地下爱情，最终指向了英雄浪漫因素与文化主题的交汇。诚如韩倚松指出的，在桃花岛上，"郭靖爱情的浪漫叙事

① 金庸：《射雕英雄传》，第 603 页。
② 陶渊明：《桃花源记》，吴楚材、吴调侯编《古文观止》下册，中华书局，1959，第 291 页。

和武功修炼进程并行不悖且互相深入推动",从而实现了众多武侠英雄梦寐以求的两大目标——武艺精进和寻得爱侣。①

第二个方面,桃花岛的叙述时间。韩倚松特意指出,《射雕英雄传》的历史背景设置在封建社会朝代政权对峙冲突的年代,"让主人公的命运同封建国家命运紧密地联系在了一起",但与此同时,金庸又留出了桃花岛这一块无关时政环境的世外净土,"让它存在于无尽的时间区间内,成了金庸想象中国文化可能性的保留地"。② 笔者认为,韩倚松将对桃花岛叙述时间的解读置于与叙述空间相互挂钩的语境中,让二者在交叉中产生叙述时空的立体意义生成,可谓西方离散文学理论对金庸"中原情结症"最集中的解读。

第三个方面,桃花岛的叙述空间。韩倚松把《射雕英雄传》和《神雕侠侣》中的桃花岛与《碧血剑》中的海外孤岛各自的叙述功能进行了对比,发现袁承志奔赴的海外孤岛不但在位置上远离陆地,而且在叙事上也超出了情节范围。除了交代小岛是主人公最后归去之地外,小说没有对读者透露岛屿的详情。与之相反,黄药师的桃花岛则充当了拓展小说叙事和展开关键情节的重要舞台。桃花岛不但是武林高手、盟友和亲属发生戏剧性冲突的场地,而且是见证主人公发展成熟的关键之地:一方面,桃花岛是小说主人公郭靖遇见《九阴真经》版本变体的所在;另一方面,桃花岛也是郭靖与黄蓉浪漫爱情的发展之地。除此之外,韩倚松还从《射雕英雄传》乃至金庸小说全集的系统视野出发来审视桃花岛/华山以及江湖/江山两组对立性文学地理空间的意象叙述功能:

> 作者金庸对桃花岛的描写破除了早期小说中将叙事界限与封建国家疆土捆绑在一起的行文笔法,大大扩展了以《九阴真经》文本和华山论剑五位高手分布的地理区域为基础建立起的二度虚构地理空间。

---

① John Christopher Hamm, *Paper Swordsmen*: *Jin Yong and the Modern Chinese Martial Arts Novel*, Honolulu: University of Hawaii Press, 2006, p. 95.

② John Christopher Hamm, *Paper Swordsmen*: *Jin Yong and the Modern Chinese Martial Arts Novel*, pp. 94 – 95.

于是桃花岛就成了封建国家疆土之外、位于海外区域的重要的叙事场地，其本质虽属江湖世界，但其地位与江山命运紧密相连。①

笔者认为，韩倚松基于文学地理意象，从宏观层面探索金庸武侠小说创作发展轨迹的研究思路可谓独辟蹊径，是国内学界所没有考虑到的。韩倚松对金庸武侠小说地理意象所发挥的叙述功能的独到阐述，也值得国内学界加以借鉴并进行跟进性对话。迈克·克朗将文学景观看作"一个价值观念的象征系统"，认为"地理景观的形成过程表现了社会意识形态，而社会意识形态通过地理景观得以保存和巩固"，所以我们需要基于韩倚松的文学地理意象与文学地理景观的研究，进一步从文学地理学中文学景观研究的理论角度来考察金庸武侠小说中的岛屿意象，从而更好地"解读阐述人的价值观念的文本"。②

三 《侠客行》中的侠客岛

在小说《侠客行》中，侠客岛本是一个无人荒岛，龙木二位高人根据一张地图发现了它，地图旁所注小字还表明岛上藏着一份惊天动地的武功秘籍。

侠客岛的意象进入美国文学研究者的批评视野，其关注点明显体现了西方文论的批评色彩。韩倚松对侠客岛的名称展开了三个层面的解读。首先，韩倚松发现了侠客岛富含的悬疑式伏笔修辞艺术。侠客岛本是一个在江湖上流传了三十多年的恐怖传说，然而随着故事的发展，侠客岛的真相逐步被揭露出来，侠客岛并非恐怖之岛，失踪的武林人士也都活得好好的。侠客岛并不是众多武林人士有去无回的恐怖之地，而是武林人士参研武功、流连忘返的趣味之地。赏罚二使没有强迫任何人赴腊八粥之约，受邀登岛者并没有遭到屠杀或是监禁，而是被邀请与江湖同道一起品尝药效显著的

---

① John Christopher Hamm, *Paper Swordsmen: Jin Yong and the Modern Chinese Martial Arts Novel*, p. 94.
② 〔英〕迈克·克朗：《文化地理学》，杨淑华、宋慧敏译，南京大学出版社，2000，第35页。

腊八粥、参研图解《侠客行》诗歌文本内藏的武功秘籍。其次，韩倚松把侠客岛的叙述功能同"狗杂种"的命运联系在了一起。韩倚松分析指出，"侠客岛的神话和围绕赏罚二使到来建构起的叙述张力同狗杂种的身份形成了一条平行线，随着贝海石计划隐藏狗杂种真实身份计划的被揭露而逐步或部分性地显出真相"。① 诚如韩倚松所言，作为"谜中之谜"的侠客岛与"狗杂种"的身份一样神秘，二者交织在一起，在叙述过程中被一步一步地揭露出来。最后，韩倚松受西方阐释学的传统理论影响，将众多武林高手在侠客岛上成年累月地参研《侠客行》诗歌文本内藏的武功秘籍、对文本意义加以解读并为此争论不休的举动视为"痴迷于不知疲倦的阐释行为"。小说情节充分印证了韩倚松的观点，不仅龙木二位岛主无法参透文本中的武功秘籍，就连受邀来岛的众多武林高手也没有解决《侠客行》一诗的谜团，反而陷入了意义阐释的旋涡。受邀登岛者对文本意义的注解着了迷，全都不愿离开，他们的武功禀赋反倒成了过度阐释的累赘。以岛屿为媒介的武功文本以存在多种阐释可能的特定形式展现在众人面前，《侠客行》诗歌文本建构起的文史典故将群侠诱入侠客岛这个没有尽头的意义阐释迷宫。具有极大讽刺意味的是，这座意义阐释迷宫，最终却被根本不懂文本语言含义、只是依据文本视觉外观来直观审视的文盲"狗杂种"参悟了。这一情节，可谓以回环的方式印证了阐释学大师海德格尔关于艺术、真理、存在与解蔽的论断："艺术以自己的方式开启存在者之存在。在作品中发生着这样一种开启，也即解蔽（Entbergen），也就是存在者之真理。在艺术作品中，存在者之真理自行设置入作品中了。艺术就是真理自行设置入作品中。"② 当文本意义最后被破解，最想解读文本的阐释者——龙木二位岛主精力耗竭，心愿得偿，瞑目而亡，文本载体——侠客岛也随着意义迷宫的坍塌而自动消亡，因而在笔者看来，这一情节背后的内涵，无形中印证了赵毅衡对符号与意义关系的经典断言："当意义不在场时才需要符号。"③

---

① John Christopher Hamm, "The Labyrinth of Identity: Jin Yong's Song of the Swordsman", in Ann Huss & Jianmei Liu (eds), *The Jin Yong Phenomenon: Chinese Martial Arts Fiction and Modern Chinese Literary History*, Amherst. New York: Cambria Press, 2007, p. 106.

② 〔德〕马丁·海德格尔，《林中路》，孙周兴译，上海译文出版社，2004，第 25 页。

③ 赵毅衡：《符号学：原理与推演》，南京大学出版社，2016，第 45 页。

接下来，韩倚松又基于文学地理学的批评视角阐述了侠客岛意象的时间特征和空间特征。总体而言，按照韩倚松的说法，侠客岛意象的时间特征在于没有年代指称，空间特征在于远离大陆。

韩倚松通过对比金庸小说全集的时间设定来研究侠客岛的时间特征，发现金庸创作于 1965 年的《侠客行》与创作于 1967 年的《笑傲江湖》相似，都把故事的发生年代设置得极为模糊。在《侠客行》中，金庸没有直接透露任何有关故事发生时间的信息，同时对岛屿本身的起源和历史也没做出清晰的交代。对于侠客岛历史时间的缺席，韩倚松又从四个层面做了更进一步的分析。第一，韩倚松认为，龙木二位岛主在回忆岛屿起源时提到他们发现了地图和岛屿，却没有讲清楚洞穴和石刻的起源，这一细节增加了岛屿"原初的自给自足性"。第二，韩倚松提出，虽然《侠客行》原文没有交代侠客岛所处的时间纪年，但读者依然可以从岛屿石壁刻有很多后人对诗歌的评论的情节推断出小说的历史背景，即故事发生时间肯定不会早于李白所处的唐代。第三，韩倚松在宏观审视小说《侠客行》与小说中诗歌《侠客行》的互文性关系时再次确认，小说并没有与诗歌的内容及其所代表的年代"确立任何明确的时间性关联"。第四，韩倚松对侠客岛历史时间缺席艺术手法的运用及其产生的叙述功能给予了充分认可与高度评价。按照韩倚松的看法，金庸给小说的角色和读者安排一种不确定的历史时间关系并不是为了"降低历史在小说中占据的地位"，而是为了"把过去从历史的偶然性中解放出来"，使历史也能因此而"毫无保留地发挥其符号性作用"。① 所以韩倚松认为，金庸把侠客岛置于一个因具体叙事纪年缺失而导致政治史相应缺席的历史之维，并不只是为了把《侠客行》中的角色和事件置入一个不确定的时间领域，而是在有意清除具体的朝代指称界限，使其能够对中国各个朝代的各种政治行为进行类比性自由指称。这种叙事笔法在金庸大多数小说喻义的呈现中发挥了重要的作用。当然，诚如韩倚松所言，金庸故意避开政治史的叙事笔法并不是为了将政治性从小说中彻底剔除，而是

---

① John Christopher Hamm，"The Labyrinth of Identity：Jin Yong's Song of the Swordsman"，in Ann Huss & Jianmei Liu，eds.，*The Jin Yong Phenomenon*：*Chinese Martial Arts Fiction and Modern Chinese Literary History*，Amherst，New York：Cambria Press，2007，p. 114.

为了把政治性完好地保留在小说情节里,使政治性的喻体意义因具体政治年代的缺失而辐射到整个政治史范围。不过大体来讲,小说《侠客行》在情节设置上采用了主体人物独立于政治和国家历史的策略,只描述了江湖上武林人士的内部政治,而没有呈现他们与朝廷、国家或封建皇权之间的任何显性联系,使主人公能够独立于政治旋涡而自由存在。

韩倚松从符号叙述的时间/空间二维视角总结了"侠客岛"意象的叙事功能:"《侠客行》中脱离历史和政治偶然性最贴切的意象就是侠客岛本身。因为它的地理环境远离大陆,四周被水环绕,所以可用来象征岛屿和故事依着的漂浮性和历史的非恒定状态。"① 这一论述,也让韩倚松把对侠客岛的时间维度和空间维度的阐释脉络统一为相互交织、共同建构侠客岛内涵外延意义分析与叙述功能分析的框架,而不是分裂为两条互不相干的并行线。

韩倚松对侠客岛空间特征的考察也是从金庸小说全集的宏观视野出发的。具体而言,韩倚松对侠客岛的空间解读从三个方面展开。

第一,韩倚松指出,侠客岛负载的武功秘籍文本同其他小说中的武功秘籍文本存在根本性的媒介形式差异,《侠客行》中的武功秘籍文本与其所在的物理环境产生了关联。在韩倚松看来,李白的诗歌《侠客行》不同于《射雕英雄传》中的《九阴真经》、《书剑恩仇录》中的《庄子》卷轴、《碧血剑》中的《金蛇秘籍》,不是以书册或是卷轴的经典形式存在的,而是刻在侠客岛中央石壁上,因此成了《侠客行》小说"得以重构的策略"。更确切地说,刻在侠客岛中央石壁上的武功秘籍就不只是位于岛上,而是成了岛屿本身。如此一来,武功秘籍文本与岛屿形式形成了媒介融合,侠客岛成了一部成功融合"文本化负载体"和"地理性想象"的武功秘籍,一个具有地理形式的阐释文本与意义迷宫。

第二,韩倚松深入阐发了侠客岛在《侠客行》以及金庸小说全集中发挥的地理符号叙述功能。首先,按照韩倚松的观点,金庸在几部小说中把武功秘籍文本置于与陆地文化中心相对的边缘性地理环境中是深有用意的,

---

① John Christopher Hamm, "The Labyrinth of Identity: Jin Yong's Song of the Swordsman", p. 116.

是"中原情结症"的反射性体现。比如《侠客行》中的文本存在于远离大陆的侠客岛上，《书剑恩仇录》中陈家洛发现的《庄子》卷轴是在沙漠荒城，二者都象征着与中心化大陆所对立的边缘化偏远地带。其次，按照韩倚松的说法，侠客岛作为群侠退隐世外、钻研武功与一较高下的场所，融合了《射雕英雄传》中桃花岛和华山各自的地理表意功能。再次，韩倚松提醒我们从《侠客行》对岛屿的艺术化处理中找出金庸早期作品的进化轨迹。确如韩倚松所言，龙木二位岛主通过地图发现诗歌《侠客行》文本迷宫的情节，与《碧血剑》中袁承志通过地图的引导来到南海岛屿这一海外"新天地"的情节，在结构上有着惊人的相似，而两部小说的相似情节中也存在差异。《碧血剑》中的岛屿不但远在江湖之外，而且在叙事边界之外，相比之下，在《侠客行》中，侠客岛代表的地理和叙事平衡开始剧烈地动荡，因为负载地理象征意义的岛屿既是故事的高潮和场合所在，又标志着在一个"意义被过度阐释的世界中"成功领悟武功秘籍所代表的"真理话语权"和"最高权力"。通过以上分析，韩倚松对《侠客行》中岛屿意象的地理叙述功能比照性进行的反思式总结可谓十分精辟：如果说《碧血剑》中的岛屿代表着对封建国家腹地政治局势失望透顶的远走避祸式回应，《侠客行》中的侠客岛就代表着一种截然不同的意象——"边缘性中心"，即"腹地之外的边缘性领地因远离政治因素而成了能够真正保留并能够真正揭示传统的意义和价值的源泉"。① 基于这一反射性呈现，韩倚松接下来进一步从正面阐发了金庸武侠小说中的"中原情结症"。

第三，韩倚松从西方离散文学理论视域审视了侠客岛对大陆－岛屿关系的隐喻。这一立体式的地理叙述符号隐喻，可谓"中原情结症"的核心体现。韩倚松以金庸武侠小说中的多个岛屿意象剖析为例证，指出小岛虽然处于地域边缘，但依然可以成为腹地文化传统的传承载体。而从历史现实的角度来看，岛屿正是因为位于腹地地缘政治的边界之外，才有条件承袭与保留原汁原味的古典传统，包括古典传统相应的缺点。无法辩驳的是，中国文化历史传承模式的地域布局的确充分证明了这点。在一些历史朝代，

① John Christopher Hamm, "The Labyrinth of Identity: Jin Yong's Song of the Swordsman," p. 116.

原汁原味的中国传统文化在中心地区遭受了严重的破坏与扭曲，相反"边缘地域"将文化传统完善地保留了下来。因此，韩倚松将金庸后期作品归为"流散性"文学范畴，并进行了经典的剖析：

> 金庸小说常常借文中的情节和意象来回望和反思中国地域和中国文化传承之间的布局关系——尤其是文学传统——以此来寻找自己的身份认同源头和意义解读源头；与此同时，金庸的武侠小说一再坚持论证中国传统文化在本土之外的境域中进行繁殖和再生的独特可能性。①

诚如韩倚松所说，金庸有意把小说《侠客行》中神秘小岛中央所刻的古文典籍作为解读主人公和武林命运的钥匙，这一情节设置明显证明了韩倚松的推断，而这一推断又在《鹿鼎记》中的"神龙岛"得到了充分的印证。

最后，韩倚松从《侠客行》故事末尾、群雄乘船从偏远的岛屿返回大陆这一情节解读出的观点是，岛屿停驻着"超现实性现实"（transcendent realization），其内涵隐藏在凝聚着中国文化传统精神遗产的文学典籍中，而大陆则象征着"现实中的党派斗争"，以及"令人十分痛苦且无法解答的、关于主人公的身份、出身和归属等谜团"。② 众人离开岛屿、回归大陆的情节终点，标志着主人公最后还是要退出单纯、美好的文学传统理想境地，重新回到大陆，面对那些令他困扰的身份、出身和归属等谜团。

四 《鹿鼎记》中的神龙岛、通吃岛和台湾岛

《鹿鼎记》进入韩倚松批评范围的岛屿有三个，分别是神龙岛、通吃岛和台湾岛。

《鹿鼎记》中第一个值得关注的岛屿当属神龙岛。神龙岛是神龙教总部

---

① John Christopher Hamm, "The Labyrinth of Identity: Jin Yong's Song of the Swordsman," p. 116.
② John Christopher Hamm, "The Labyrinth of Identity: Jin Yong's Song of the Swordsman," p. 116.

所在地，位于中国东北海域，岛上满是毒蛇。最后，韦小宝带领清军炮轰神龙岛，神龙教也被彻底捣毁。与岛名"神龙"形成讽刺对照的是，神龙岛不但岛上满是毒蛇，而且岛上的人也如蛇蝎般恶毒。神龙岛俨然是一个专制政治载体。

韩倚松从西方史学和文论视野出发，对《鹿鼎记》中岛屿的意象与功能进行了独特的跨文化阐释。与其他小说中的岛屿一样，韩倚松对《鹿鼎记》中神龙岛意象的研究也是从时间和空间两个维度来展开的。

韩倚松把对"神龙岛"岛屿意象时间维度的考察置于金庸小说全集的系统视野，通过对比金庸其他作品的方法寻求更为宏观的探索。韩倚松指出，金庸在《笑傲江湖》中以舍弃特定历史背景的方式来增加叙事的典型性和寓言性，到了《鹿鼎记》中，金庸在回归历史确定性的同时也没有削弱其典型性，不但如此，小说在暗喻历史斗争和现代政治的广度和深度方面甚至超越了《笑傲江湖》。

因此韩倚松认为，从广义角度来看，《鹿鼎记》借用众多细节影射了当代政治，并"通过回归历史和为中国文化身份虚构政治实体化身的方式表达了作者的政治诉求：为评估现代政治现实建立一套灵活的标准"。① 基于神龙岛意象中时间指示符号在场的具体隐喻，韩倚松从两方面进一步推进了对神龙岛意象历史隐喻外延意义的发掘。

韩倚松从西方史学的视角来看待《鹿鼎记》岛屿中的现代政治寓意，认为岛屿影射了虚构背景和小说创作时期政治现实之间的关系。

首先，韩倚松将神龙岛视为对通过暴力恐怖手段进行专制统治的专制政权的影射。根据《鹿鼎记》原文，神龙教教众由武力超群的洪教主统领，他通过偶像崇拜和恐怖手段来控制教众。由于教主洪安通宠信年轻貌美的夫人，而夫人通过扶植少年教众来压制年长的创教元老，使得神龙教看似颂声一片，实际四分五裂，最后因严重内讧而引发大规模自相残杀。笔者发现，《鹿鼎记》中有一处描写涉及神龙教教主的叫法，就深刻地批判了专制体制对人性的钳制：

---

① John Christopher Hamm, *Paper Swordsmen*: *Jin Yong and the Modern Chinese Martial Arts Novel*, Honolulu: University of Hawaii Press, 2006, p. 217.

韦小宝道："是啊，我忙死了，将来有空，再去神龙岛会见胖尊者和洪教主就是。"

胖头陀忙道："该说洪教主和他老人家下属的胖头陀。第一，天下无人可排在他老人家之上，先说旁人名字，再提洪教主，那是大大不敬。"韦小宝问道："那么皇帝呢？"胖头陀道："自然是洪教主在前，皇帝在后。第二在教主他老人家面前，不得提什么'尊者'，什么'真人'的称呼。普天之下唯洪教主一人为尊。"①

其次，在韩倚松看来，神龙岛上的神龙教教众以念咒语增强威势的做法，是对封建社会专制政权制造口号的影射。根据小说的描写，神龙教的厉害之处不仅在于武功千变万化，更在于他们的许多咒语，"临敌时念起来能令对方心惊胆战，而自己却越战越勇"，敌方"听了咒语之后，全身酸软，只想跪下来投降，竟然全无斗志"。②在笔者看来，金庸此番描写的目的，在于提醒众人保持个人独立判断，强调理性思维的重要性，不可被集体癫狂绑架了正常理智。

诚如韩倚松所评论的那样，神龙教盘踞的"神龙岛"并非金庸其他作品中"世外桃源"般的岛屿，不是能够逃脱政治混乱的避难之地，也不是躲开政治摧残、完好地保存传统文化的"桃源福地"，而是政治和文化权威大施淫威的伪善之地，是恐怖与谎言大肆蔓延的梦魇之地。

韩倚松对神龙岛意象空间维度的考察是基于西方离散文学视角的，从以上情节解读了岛屿居民对大陆的文化态度和文化感情。在韩倚松看来，《鹿鼎记》中的岛屿描写体现了金庸特有的、从岛屿回望大陆的文化情结。对于金庸武侠小说中的流散情结与回望心理映射出的中国现当代文学的流散主题，美籍华裔学者、对流散有亲身体验的李点教授的见解可谓十分深刻。在他看来，流散或离散就是人类背离传统和故土时的永恒无定的失序状态。远离故土之人在自我失落和重构、忍不住频频回望时，其心理与精

---

① 金庸：《鹿鼎记》，广州出版社、花城出版社，2008，第639页。
② 金庸：《鹿鼎记》，第535页。

神状态会在颠簸与动荡中渴望寻找一种落足与平衡，此时的"'回望'与过去和历史有关，它表达了自我对传统和现代的矛盾心态，是我们所处的后现代主义时代的特征与写照"，而流散就成了一个对立于"家园"的弹性概念，有空间错位、身份错位、文化错位与交流错位等多种含义，由于"'家园'的距离决定了离散的发生和存在条件"，所以要平复实体地域性流散或虚化精神性流散的静态伤痕，就需要流散之人在文化记忆与文学想象、个人探索与集体反思的交织并存中寻求身份与精神的漫漫"归途"。① 的确，从这个角度讲，我们可以认为，金庸武侠小说的岛屿从叙事上确认了小说再次聚焦于想象性中国的地理背景设置。

诚如韩倚松所提醒的那样，在《碧血剑》修订版开篇中，金庸就描写了大陆海外岛屿子民对天朝上国的回想性憧憬。渤泥国那督张氏后裔张信让自己的独生子张朝唐拜流落异邦的福建士人为师。老师苦读十年、屡试不中，却力劝张信遣子回中土应试，以图考得个秀才、举人，因为"有了中华的功名"回到渤泥国就能"大有光彩"，张信也盼儿子回乡去"观光上国风物"，于是命张朝唐随同老师"回漳州原籍应试"。然而他们回去却发现，阉党魏忠贤祸国殃民、杀害忠良，导致"天下元气大伤，兼之连年水旱成灾，流寇四起"，张朝唐师徒并仆人登陆后就遭遇险情，结果教书先生为一群盗贼所杀，识得水性的张朝唐主仆跳水逃命，在听闻四乡饥民聚众攻打漳州、厦门后，张朝唐"吓得满腔雄心，登化乌有，眼见危邦不可居，还是急速回家的为是"。②

到了《鹿鼎记》，这一文化情结再次出现。在五台山南台锦绣峰的普济寺，韦小宝被胖头陀挟持。危急之中韦小宝望见寺院里有只大石龟，背上竖着一块大石碑，石碑上刻满弯弯曲曲的篆文，韦小宝虽然不认识，却假装诵读碑文，只盼说几句好听话，教胖头陀开心，于是谎称唐太宗李世民派秦叔宝、程咬金立碑，碑文为上知千年、下知千年的军师徐茂功所撰，算到千年之后大清朝有个神龙教洪教主，神通广大，寿与天齐。得知就连千年石碑上都有"洪教主神通广大，寿与天齐"的字样，胖头陀喜不自胜、

---

① 李点：《叶落不归——中国现代文学的离散主题》，四川大学出版社，2014，第 9、243 页。

② 金庸：《碧血剑》，第 6 ~ 7 页。

相信洪教主福分深厚，而真相却是，"洪教主神通广大，寿与天齐"云云是韦小宝在庄家大宅从章老三等神龙教教众口中听来的，韦小宝只求说得活灵活现，骗得胖头陀晕头转向，好让少林寺僧人救下自己。在这一场景中，听者胖头陀"抓头搔耳，喜悦无限，张大了口合不拢来"，胡乱阐释者——文盲韦小宝则"暗暗好笑，心想自己信口胡吹，居然骗得他信以为真"。胡乱阐释的接受者因韦小宝的特殊身份而轻易听信了韦小宝的无理说辞。笔者认为，小说中关于石碑的细节描写也同样蕴含着深意。根据小说原文，石碑本是真的古物，"那石碣颜色乌黑，石钇和石碣上生满青苔，所刻的文字斑驳残缺，一望而知是数百年前的古物"。① 但真的文物却被一个不学无术、聪明机灵的文盲胡乱阐释，而且阐释的内容被同样没有知识、意图为教主歌功颂德的人不加深思地信以为真，这一情节深刻批判了话语阐释霸权的虚妄运作方式，体现了真理在话语运作过程中被轻易剥夺的悲哀。出于奉承上级、为神龙岛争取文化合法性的考虑，胖头陀真的是"诚心奉恩"韦小宝作为文化大使做客神龙岛，为神龙岛的历史厚重感贴金，进而以让韦小宝当面读出经文的方式来达成取悦教主的政治目的。

大字不识几个的韦小宝被胁迫来到神龙岛，遇见了岛上真正的"风雅之士"陆高轩。不知韦小宝底细的陆高轩在第一印象中也和胖头陀一样把韦小宝默认为来自大陆书香门第的知识分子。在陆高轩看来，岛屿人士"僻处荒岛，孤陋寡闻之极"，而韦小宝乃"来自中原胜地，华族子弟，眼界既宽，鉴赏必精"。当陆高轩请韦小宝品鉴狂草和甲骨文，以此试探韦小宝学问的时候，目不识丁的韦小宝数言之间立即露馅，文盲加无赖的本质暴露无遗。韦小宝大字不识，且不以为耻，大声说道："老子狗屁不识，屁字都不会写。什么'洪教主寿与天齐'，老子是信口胡吹，骗那恶头陀的。你要老子写字，等我投胎转世再说，你要杀要剐，老子皱一皱眉头，不算好汉"，甚至恼羞成怒，开口辱骂陆高轩，想着"反正身陷蛇岛，有死无生，求饶也是无用，不如先占些口舌上的便宜"。② 陆高轩也在盛怒之下收起了文人的风雅，险些将韦小宝掐死，最后，考虑到此事已报教主，为避

---

① 金庸：《鹿鼎记》，第636页。
② 金庸：《鹿鼎记》，第661页。

免教主怪罪，累及家人，便代作一篇赞誉之文，请韦小宝背会以向教主交差。

值得一提的是，作为文化权威的韦小宝不仅无法赋予神龙岛文化合法性，还成了破坏大王，在书画上乱画大乌龟小乌龟，将壁上所悬书画涂抹得不成模样。对于韦小宝的恶行，真正欣赏文化的陆高轩先是"怒发如狂"，"举起手来，便欲击落"，之后忍住怒气"长叹一声，颓然坐倒"，"脸上神色凄然，显是心痛之极"。至此，韦小宝才有些过意不去，向陆高轩道歉，只是韦小宝的歉意并非出于书画价值本身，而是出于人情。

韩倚松以极具穿透力的敏锐目光察觉到，来自"文化发源地"、被视为"话语言说权威"的韦小宝竟是个文盲无赖，反而不如久居荒岛的陆高轩儒雅斯文。根据韩倚松的指引，笔者亦推知：韦小宝对文化传统的鄙夷，体现了岛屿本身所应有的孤立性与狭隘性文化性格；岛屿人士陆高轩对传统文化的向往，体现了大陆文化的历史厚重感和文化底蕴性。这一喻象倒置性情节与张朝唐怀着赶考梦回大陆却被战乱吓回海外的情节形成了呼应。金庸用这一情节表明，遥远岛屿的华人后裔带着对文化发源地的美好憧憬到大陆寻根，却发现大陆此时礼崩乐坏、政局混乱，而偏远的岛屿却将缘起于大陆的文化完好地保存下来。只是岛民在对大陆进行回视时，仍本能地视古典大陆文化为正统和话语权威，并希望以此证明自己思想的正统性。所以，对大陆情形不甚了解的岛民陆高轩从情感上本能地把文化话语的最终解释权迁移到了想象中的大陆空间。

韩倚松进一步指出，其实陆高轩对韦小宝是否有资格真正代表大陆文化并不感兴趣，他需要的只是韦小宝大陆文化使者的身份，只是需要借助古庙前石碣上的碑文，来佐证神龙教的历史合法性。韩倚松说得好："神龙教迫切渴望通过大陆的文化传统来证实自己的正统性，甚至通过自我臆想的形式来创造虚假传统以赋予自身权力合法性，从而配合政治利益的实现和个人生存的延续。"[1] 笔者认为，更值得言明且极具讽刺意味的是，神龙岛政权与大陆话语之间的文化与利益关系是辩证而又复杂的。一方面，从

---

[1] John Christopher Hamm, *Paper Swordsmen*: *Jin Yong and the Modern Chinese Martial Arts Novel*, Honolulu：University of Hawaii Press, 2006, p.217.

历史渊源来说，神龙教的权力机制出于证明自身合法性的需要必须尊重大陆原有的文化话语权威；另一方面，神龙岛虽然把代表大陆文化劣根性的专制政治体制变本加厉地搬到了神龙岛上，但是从内心意愿和局势利益而言，并不认可，甚至十分排斥大陆当前政权及该政权对文化话语的最终解释权。这一辩证而又复杂的关系，大概就是岛屿与陆地地缘政治与文化政治的曲折性文学表征了，同时也是金庸的"中原情结症"在封笔之作中最高程度的再次体现。

《鹿鼎记》中第二个值得关注的岛屿是通吃岛。通吃岛是神龙岛附近的一个小岛，是韦小宝奉命指挥攻打神龙岛时的大营驻扎地。该岛本来无名，被韦小宝赐名"通吃岛"，寓意要把神龙岛吃个一干二净。随着情节的推进，通吃岛的叙述意象功能不断发生变化。

第一，通吃岛是韦小宝率清军攻打神龙岛时的大营驻扎地，是使韦小宝事业上升的福地。此外，通吃岛名字吉利，预示了韦小宝，同时也是官场男性对权力（权）、美女（色）和赌钱（财）一律"通吃"的好兆头。韦小宝在给通吃岛命名的时候专门说道，想要"把神龙岛吃得一干二净"。

首先，通吃之名暗含了给韦小宝带来的权。《鹿鼎记》在描述韦小宝率大军讨伐神龙岛的时候写道，韦小宝用看戏时学来的话呼喝："众将官，兵发通吃岛去者！"当真也"威风凛凛，意气风发之至"。即便在韦小宝处于人生最低谷、与康熙的关系降到冰点时，康熙仍然以"通吃"的戏谑口吻赏封韦小宝为"二等通吃伯"。当然，在官场人眼中，这一头衔毫无敬意可言，施琅就在肚里感到好笑："什么通吃伯、通吃侯，都是皇上跟你寻开心的，只当你是个弄臣，全无尊重之意。"① 但不管怎么说，韦小宝和康熙的君臣关系之中还是有几分亲密小伙伴关系在内的，这种调笑与批评语气，不可否认也暗含着几分朋友之间的责怨与怜惜。

其次，通吃暗含了给韦小宝带来的色。韦小宝一人娶了七个如花似玉的老婆，《鹿鼎记》描写韦小宝心中充满平安丰足之乐，说道："当年我给这小岛取名为通吃岛，原来早有先见之明，知道你们七位姐姐妹妹都要做

---

① 金庸：《鹿鼎记》，第 1654 页。

我老婆，那是冥冥中自有天意，逃也逃不掉的了。"① 从中我们可以看出，通吃岛也是韦小宝寻欢作乐、尽享人间美色的福地，是一个没有远大理想之人的理想实现之地，一个用非常规手段实现非常规理想的非常规之地。

最后，通吃暗含了给韦小宝带来的财。在通吃岛上赌钱，韦小宝"一来手气甚旺，二来大出花样，众官兵十个倒有九个输了"，赢得兴高采烈，而"温有方临别时，才知这岛名叫通吃岛，不由得连连跺脚叹气"。②

第二，当韦小宝的多重身份被康熙皇帝识破，他陷入不愿反对康熙皇帝和不愿剿灭天地会的忠义两难境地，通吃岛就成了他和家人的避难之地，也是他和七个老婆"寿与天齐，仙福永享"的赋闲与隐居之地。对于通吃岛的避居经历，韦小宝对康熙皇帝说："不过我对皇上讲究'忠心'，对朋友讲究'义气'，忠义不能两全之时，奴才只好缩头缩脑，在通吃岛上钓鱼了。"③

笔者认为，一方面，通吃岛是韦小宝的隐居之地，另一方面，韦小宝和康熙的对话中出现了"钓鱼"一词，无形中与姜子牙钓鱼的典故形成了反向喻指性互文，"姜太公钓鱼——愿者上钩"的明君识贤臣典故，给韦小宝不学无术狡兔三窟、结果被迫"钓鱼"的情节所建构起的康熙－韦小宝君臣关系带来了戏谑的含义。

当然，从叙述功能来看，通吃岛不仅是韦小宝等人的避难地，还是其他人的避难地，当施琅、黄总兵等人因怕背上"失误军机、临阵退缩、陷主帅于死地"的杀头罪名，也曾一度流落在通吃岛附近海岛不敢回来。

第三，时间久了，远离权力中心与世俗繁华的通吃岛就成了韦小宝政治边缘化、生活枯燥化之地。就政治权力而言，通吃岛不再是韦小宝的风光之地。他不再是炙手可热的皇帝宠臣，而是皇帝强力打压的对象："只见当日清军扎营的遗迹犹在，当日权作中军帐的茅屋兀自无恙，但韦小宝大将军指挥若定的风光，自然荡然无存了。"④

① 金庸：《鹿鼎记》，第 1603～1604 页。
② 金庸：《鹿鼎记》，第 1616 页。
③ 金庸：《鹿鼎记》，第 1617 页。
④ 金庸：《鹿鼎记》，第 1576 页。

就生活趣味而言，韦小宝不喜欢荒僻之地，十分眷恋世俗繁华，包括赌博、看戏文、听说书、诸般杂耍、唱曲、菜肴、点心、美貌姑娘等。通吃岛也不是韦小宝想要的世间乐园，他在岛上避难时虽然有多位美女陪伴，可不能赌钱、不能听戏，"这日子可也闷得很"。

第四，韦小宝在岛上生儿育女，再加上皇帝派官军进驻通吃岛，通吃岛的意象增加了两重含义。首先，通吃岛在韦小宝生活情趣增加后逐渐繁华和世俗化了，成了大陆文明与权力的延伸。韦小宝和七个老婆在通吃岛上久居时，每年腊月康熙都会派人来颁赏，赏赐韦小宝水晶骰子、翡翠牌九和各种镶金嵌玉的赌具，岛上的五百名官兵也让韦小宝不缺赌钱的对手。在通吃岛上添了三个孩子后，日子过得更加"热闹"，军官王进宝送来了大批粮食用具，诸物丰足，米粮、猪羊、好酒、药物，以及碗筷、桌椅、锅镬、菜刀等物应有尽有，用小说中的话来说，就是"通吃岛上诸事灿然齐备"，韦小宝不必日日渔猎，只是兴之所至、想吃新鲜鱼虾野味才去动手。由此可见，通吃岛在多人进驻、文明进步后也从非政治化转向了政治化，经济上的宽松也带来了政治上的束缚。其次，官军在通吃岛上一方面作为世俗生活的建构力量，增加了韦小宝的生活味道，另一方面作为监视韦小宝的力量，增加了韦小宝携全家逃离通吃岛的难度。韦小宝自己也知道："这五百名官兵说是在保护公主，其实是狱官狱卒，严加监视，不许自己离岛一步。"韦小宝在哀叹的同时也忍不住想："我提拔的人个个立功，就只我自己，却给监禁在这荒岛上寸步难行。"[1] 将领施琅十分明白这个道理："他是陈近南的弟子，反逆天地会的同党。皇上虽对他宠信，这些年来却一直将他流放在通吃岛上，不给他掌权办事。"[2]

第五，康熙平定三藩之乱大赦天下后，韦小宝被召回京，结束了通吃岛上的生活。作为韦小宝赋闲记忆的回望，通吃岛又被命名为"钓鱼岛"，翻开了历史新的一页，同时注入了新的历史与文化意义。韦小宝与施琅的对话交代了通吃岛改名为"钓鱼岛"合理且有趣的故事，韦小宝称因"庄家离岛"而将居住数年的"通吃岛"改名为"钓鱼岛"，并说道："皇上曾

---

① 金庸：《鹿鼎记》，第 1619 ~ 1620、1632 页。
② 金庸：《鹿鼎记》，第 1655 页。

派人来传旨，说周文王有姜太公钓鱼，汉光武有严子陵钓鱼，凡是圣明天子，必有个忠臣钓鱼。皇上派了我在这里钓鱼，咱们就叫它为'钓鱼岛'罢。"①

韩倚松从文学的社会功能论角度考察了"通吃岛"改名为"钓鱼岛"这个情节的意义，认为这一情节不但从文学角度增强了钓鱼岛与中国人的血肉联系，而且在文化上与"周文王有姜太公钓鱼，汉光武有严子陵钓鱼"的说法进行了对接，增强了钓鱼岛与中国传统文化的关联性。这样一来，韦小宝失宠之后闲来无事的钓鱼不但让他与历史上的贤臣良将接轨，略带戏仿讽刺意味地使他接续了"忠臣"传统，而且从文学文化角度给钓鱼岛自古以来属于中国的现实赋予了文学表征的说服力。

《鹿鼎记》中最后一个值得关注的岛屿是台湾岛，不过总体而言，它是作为一个纯粹的地理符号指称发挥其表意作用的。对于台湾岛意象，也许是由于太过具体，并非文学想象的虚构性岛屿，受到了历史事实和历史话语的限制，因此韩倚松并没有具体分析台湾岛的象征意义。

总的来说，韩倚松从金庸全集的系统角度审视了"中原情结症"统摄下的、作为金庸"天鹅之歌"的《鹿鼎记》中的岛屿与大陆意象的辩证关系、象征寓意与叙述功能。韩倚松结合先前作品，分析了《鹿鼎记》中的岛屿意象，梳理了金庸武侠小说岛屿符号叙述的发展脉络，继而提出，金庸前期作品中的主人公承载了相应地理形式所赋予的意义，主人公的发展历程也被嵌入了特定的政治内涵。

对于金庸作品中岛屿意象的地理设置与政治内涵问题，韩倚松结合其对韦小宝角色、命运以及小说如何表征中国文化的探讨，引领我们以多重视角重新看待《鹿鼎记》在金庸全集中发挥的作用。陈家洛逃到西域沙漠，袁承志避走海外孤岛，都表达了他们作为中原英雄与清朝统治者势不两立的政治态度，因此他们在承认抵抗失败后在政治和道德上需要离开被占领的中原地区。郭靖和杨过成功抵抗了外敌，拥有了退隐的权利，并在躲开政治混乱的威胁后让文化和浪漫交织的幸福结出了甜美的果实。对于令狐

---

① 金庸：《鹿鼎记》，第 1653～1654 页。

冲来说，沉浸于艺术之美和爱情之乐的结果不是他靠自己的武功赢来的政治奖品，而是通过艰难努力、超越并战胜邪恶有害的武功以及退出围绕该武功权力建构起来的江湖政治圈而得来的。韦小宝最后的退出并不是要逃离外族入侵，因为外族已经成功建立统治并表现出政治开明的一面，而且韦小宝也从未考虑过政治忠诚和民族忠诚这种抽象问题。在某种程度上，韦小宝的逃离并不是出于他对自私自利、充满欺骗和操控设局的江湖本质的厌恶，因为他本人就是操控、左右他人的高手。他退出政局的真正原因，是他深深陷入了相互矛盾的双面忠诚中。

对于金庸武侠小说中岛屿意象的地理设置与符号叙述功能，韩倚松解析了岛屿意象作为海外离散之地的叙述结构演变与不同主人公不同命运的隐喻关系。韩倚松指出，在《书剑恩仇录》中，海外作为流放之地和政治避难之所的意象还停留在笼统概述的层面；在《碧血剑》中，这一虚构地域有了具体的形式，海外孤岛成了袁承志与随从躲避政治祸乱的港湾；到了《射雕英雄传》中，黄药师的桃花岛就位于封建国家境内与江湖叙述之中，而桃花岛在情节设置和地理设置方面所发挥的作用同前两部作品中的海外地域有着极大的相似之处。韦小宝带着七个貌美如花的老婆第一次逃离大陆、来到天堂般的"通吃岛"，让他从地理上离开了大陆，但他并没有因此逃脱康熙皇帝派给他的任务，所以他依然深陷忠义两难的矛盾中。最后，韦小宝在泗阳集假死后逃往江南福地，此地依然处于清朝稳固的大陆边界之内。在韩倚松看来，韦小宝的退却没有《书剑恩仇录》中陈家洛夕阳西下时单骑走大漠的落寞，他的逃离只是悄然地舒适性转移。金庸把韦小宝避世的目的地置于帝国之内的情节设置，从地理上表达了金庸的个人思想倾向。于是，金庸在早期小说中借助虚拟岛屿意象来展现政治流放和文化还原的构想被重新聚焦的大陆内地意象所取代。

最后，对于《鹿鼎记》中的岛屿意象和韦小宝人物形象之间的塑造与互动关系，笔者认为，韦小宝身上有一种类似加勒比海盗的敢闯敢打、不畏艰险的"海岛精神"和"海洋文化精神"，这一人物构成了中国文学中涉及岛屿与海洋文化的独特篇章。刘卫英、王立的判断印证了笔者的看法。

　　金庸笔下的韦小宝不是传统意义上的英雄，而作者正是要在他的身上捕捉这种反传统，以试图打破那种英雄塑造模式的固有母题，在韦小宝身上表现的是一种世俗化个性的张扬和个性的解放，他正像一个开拓者一样驰骋于远方。①

五　小结

　　岛屿作为特殊的地理形态，由于四面环水的地理特征，在文学文本的诗学表征中吸收了特定的文化含义，形成了具有民族特色的文化意象，并成为建构文学地理学中文学自然景观的典型意象。韩倚松在对金庸武侠小说的岛屿意象进行跨文化阐释的同时极大地丰富了岛屿意象的景观符号含义，推动金庸武侠小说真正参与世界诗学层面文学地理景观意象的建构。总体而言，韩倚松对金庸武侠小说岛屿意象的跨文化阐释呈现了当代西方文论视域观照下的岛屿镜像。首先，从时间维度和空间维度建构的双重维度考察岛屿意象的地域特征。韩倚松一方面从历史源流的时间维度，以岛屿意象所在历史背景是否出现具体历史纪年为划分依据，考察了岛屿意象的具体历史含义与抽象政治含义，另一方面从地缘政治的空间维度解读出了金庸武侠小说中各个岛屿对中国历史的影射与隐喻，并超越了严格意义上的历史事件与人物的对号入座而上升到对中国历史的文化性反思。其次，从后殖民理论视角切入剖析了金庸武侠小说流散主题中岛屿－陆地的辩证性二元对立统一结构形态及其地理特征的隐喻内涵，深入发掘了金庸小说岛屿意象所体现出的独特"中原情结症"思乡情结，进而反思了流散人群离开大陆、远赴岛屿之后如何进行文化身份的建构和重构的问题。最后，完美兼容文化批评与人文批评的和谐共存阐释范式。大体来讲，韩倚松从西方文论的他者视域切入对金庸武侠小说中的岛屿意象展开了具有世界文学特征的跨文化阐释，摆脱了主观评判式的审美感悟，"明显带有文化批评

---

　　①　刘卫英、王立：《金庸小说母题及中外比较研究》，北京师范大学出版社，2012，第11页。

特点，更注重从宏观上的社会学批评与文化批评层面"发掘作家作品的身份建构问题。① 不过，韩倚松对金庸武侠小说岛屿意象的跨文化阐释也从人文批评的层面，通过剖析不同国别文学境遇中文学人物的不同看法追问了世界文学中相通的人文精神。于是，韩倚松对金庸武侠小说岛屿意象的跨文化阐释成功塑造了人文批评和文化批评的对话互动性研究范式，在分析中把人文批评中注重"审美理想和文学内部的欣赏和出自人文关怀的评价"、"文学本身的价值判断"和文化批评中偏重"阐释当代现实以及文学的现状"、"有选择地融入人文精神"，进而在对考察对象的理论分析和文化阐释中建构起英语世界金庸武侠小说研究的诗学理论大厦。②

笔者认为，韩倚松把对金庸武侠小说的跨文化阐释置于新派武侠小说的独特文体背景，探索了金庸武侠小说如何脱胎于中国古典文学又受益于西方文学影响，既能彰显民族诗学特色又能呈现世界性文人精神的独特美学机制。韩倚松站在中国现当代文学与中国古代文学、中国现当代文学与西方文论、中国古代文论与西方文论、国别文学与世界文学这个古今中外的多重交叉路口，采用跨文化比较诗学阐释的研究方法来审视全球化传播中的金庸武侠小说，视野宏大且论证深入，完全超越了通过单部作品加以讨论的视野局限，从金庸武侠小说的宏观层面考察了岛屿意象的文化内涵，理清了岛屿意象参与金庸武侠小说的具体符号叙述功能与发展轨迹，以实际文学案例研究揭秘了"金庸现象"的文学魅力，以深刻的理论洞见推动了"金学研究"的完善。

【Abstract】 The criticism and study of Jin Yong's (Louis Cha) martial arts novels in Anglophone world highlights some characteristics of contemporary Western literary theory, especially influenced by the theories of Geo-humanities, Diasporic Literature, Narratology and Hermeneutics. Based on a close reading of Jin Yong's complete works as a macro-text, John Christopher Hamm, an American scholar, adopts a method of

---

① 李泉：《英语世界金庸武侠小说译介与研究》，《贵州社会科学》2015 年第 6 期。
② 王宁：《全球化理论与中国当代文化批评》，《文艺研究》1999 年第 4 期。

Chinese-Western comparative poetics to study the cultural connotation and narrative function of the island image in Jin Yong's martial arts novels from two aspects, namely, time dimension and space dimension. The critical reception of Jin Yong's Martial Arts novels by the English scholars represented by Hamm has formed a style of Cross-cultural Interpretation, from the perspective of being culturally others, Hamm's criticism carries some unique elements from Western literary theory, and with some special characteristics fitting the theory of world poetics. The author argues that, on the one hand, referring to the system of Chinese literature and literary theory, from a deeper level, Hamm explores the literary creative mechanism on how Jin Yong's martial arts novels establish logical and intertextual relationship with Chinese literary tradition. On the other hand, he analyzes the cultural connotation of Jin Yong's works within the dual geographical structure of island and continent, as well as the dialectical relationship between the periphery and center, and the unique nostalgic "Central Plains Syndrome" toward the mainland culture revealed by the relevant theoretical framework. In the process of cross-cultural interpretation of the island image, scholars from Anglophone World contribute a different understanding and the variant interpretation from the cultural cognitive level on Jin Yong's works. These different understanding and the variant interpretation were based on the perspective of comparative poetics, which originated from a mixture of Chinese literary theories and Western literary theories, will constitute a basis for the heterogeneous dialogue for Chinese literary study circle and Western literary study circles, and contribute farsighted literary innovation in interactive dialogue. We should promote the construction of world literature and world poetics based upon a multiple coexistence and complementary structure made up by the international communication of national literatures.

【Keywords】 Anglophone world; Jin Yong; martial arts novels; island image; world poetics

访谈与对话

话语实践的别样风景

——刘禾教授访谈

刘　禾　费小平

（美国哥伦比亚大学东亚系，纽约；重庆师范
大学外国语学院，重庆 401331）

编者按： 刘禾（Lydia H. Liu），美国哥伦比亚大学东亚系终身人文讲席教授、比较文学与社会研究所所长，是著名的美国华裔学者。她一直积极推进国际合作和跨学科研究，中英文著述甚丰，如《语际书写》，*Translingual Practice*，*The Clash of Empires*，*Tokens of Exchange*：*The Problem of Translation in Global Circulations*，*Writing and Materiality in China*：*Essays in Honor of Patrick Hanan* 等，为"话语实践"的构建奠定了坚实基础。2010 年以后她推出的英文论文"The Eventfulness of Translation：Temporality，Difference，and Competing Universals"，采访录"The Battleground of Translation：Making Equal in a Global Structure of Inequality"，著作 *The Freudian Robot*：*Digital Media and the Future of the Unconscious* 及中文著作《六个字母的解法》《世界秩序与文明等级：全球史研究的新路径》等，均深化了"话语实践"研究，为我们塑造了话语实践的别样风景，是重要的文艺理论资源。在她看来，话语实践是跨国、跨地域、跨语际的，研究范围必然包括学术建制、媒体技术、地球版图、视觉展示、科学技术、国际法以及形形色色的书写行为、翻译行为和学术行为；我们应当着重关心这些跨国、跨地域、跨语际的话语实践如何创造当今世界秩序、打造学科、感化人心、发动变革、创造历史。刘禾教授的观点对于国内学界当下方兴未艾的话语

实践研究和跨国比较文学研究有着重要的现实价值与深远的历史
价值。

2020年4～6月，重庆师范大学外国语学院费小平教授（以下简称
"费"）受《文学理论前沿》辑刊编辑部的委托，通过电子媒介，对美国哥
伦比亚大学东亚系刘禾教授（以下简称"刘"）就话语实践问题，进行越洋
采访。

费小平：尊敬的刘禾教授，您好。不知是否打扰您？您是享誉北美学
术界的知名学者，教学、研究工作异常繁忙，非常感谢您在百忙中，并在
这一特殊时期，接受我的采访。

2016年，您在研究地缘政治问题时，特别强调话语实践，一针见血地
指出："话语实践的研究对象不是抽象的陈述和分析，而是把思想作为活生
生的言说、书写和其他实践（包括数字图表、国际条约、图像、时空的组
织方式等）来对待，目的是研究和分析这些行为实践如何进入社会、打造
学科、感化人心、发动变革、创造历史等。"[①] 您在2017年3月接受署名
"破土"的记者采访时也专门指出："先说话语研究。我不知道你们有没有
读过我20多年前写的一本书（1995年英文版），中译本叫《跨语际实践》。
我在这本书里研究了现代汉语中出现的新词汇、新兴语法结构、新兴叙述
模式，还有现代文学批评和文学史写作，我把所有这一切都归纳为话语实
践的机制。"[②] 本人颇感兴趣，至今仍兴致盎然。实际上，我个人认为您的
所有研究都可看作是话语实践，甚至可以说，话语实践构成了您精心建构
的"语际书写""跨语际实践""交换的符码""帝国的话语政治"大厦的
强大基石。不知然否？您在《语际书写》中的一番言说，至今令我记忆犹
新：语际书写"不是技术意义上的翻译，而是翻译的历史条件，以及由不
同语言间最初的接触而引发的话语实践。……考察……新词语、新意思和

---

① 刘禾主编《世界秩序与文明等级：全球史研究的新路径》，生活·读书·新知三联书店，
2016，序言第4页。
② 《专访美国教授刘禾：资本无国界，思想有壁垒》，http://www.szhgh.com/Article/opinion/
xuezhe/201703-03/132255.html。

新话语兴起、代谢，并在本国语言中获得合法性的过程，不论这过程是否与本国语言和外国语言的接触与撞击有因果关系。"① 作为读者的我，如今再次阅读，依然"亢奋"不已。"话语实践"是《语际书写》挥之不去的关键词。*Translingual Practice*（《跨语际实践》），*Tokens of Exchange*（《交换的符码》），*The Clash of Empires*（《帝国的话语政治》）均可看作是话语实践的系列著作，特别是 *The Clash of Empires* 一书书名的"改写"式译名《帝国的话语政治》，系您亲自审定并首肯，您说译本中的"增补，使得目前的中译本比英文原版更为完整"②。众所周知，*Translingual Practice*（《跨语际实践》），*The Clash of Empires*（《帝国的话语政治》）十多年前通过"翻译"这一媒介传入祖国大陆后，引起历史学界、中国现代文学界的高度关注，至今学界很多人对书中的很多言说，几乎耳熟能详，黄兴涛教授当年专门为此写了一本书《"她"字的文化史》，似乎实现了您反复提倡的强烈的"问题意识"，于学界不无裨益。不过，您于 2010 年以后的相关研究，如论文 *The Eventfulness of Translation：Temporality，Difference，and Competing Universals*（《翻译的"事件"性：时间性、差异性及博弈中的普世价值》）（见文集 *At Translation's Edge*，Rutgers University Press，2019），著作 *The Freudian Robot：Digital Media and the Future of the Unconscious*（《弗氏人偶：数码媒体与"无意识"前景》）（The University of Chicago Press，2010），采访录 *The Battleground of Translation：Making Equal in a Global Structure of Inequality*（《翻译之"战火硝烟"：全球"不平等"体制中的"对等"》）（见 *Alif：Journal of Comparative Poetics*，No. 38，2018）等英文著述以及中文著述《六个字母的解法》《世界秩序与文明等级：全球史研究的新路径》等，国内学界颇感陌生，甚至根本不了解，但它们构思独特、方法新颖、分析鞭辟入里，对于全面了解您的话语实践的基本意指、运思方式和现实价值，重要性自不待言。所以，我们的访谈就围绕它们进行，刘禾老师，好吗？

刘禾：当然很好。

费：2016 年您接受 James St. André 采访，采访稿后来以"The Battle-

---

① 刘禾：《语际书写——现代思想史写作批判纲要》，上海三联书店，1999，第 36 页。
② 刘禾：《帝国的话语政治》，杨立华等译，生活·读书·新知三联书店，2009，后记第 343 页。

ground of Translation: Making Equal in a Global Structure of Inequality"为题发表于国际著名的比较诗学期刊 Alif 2018 年第 38 期上。其中，您提到影响翻译问题的两个模式（或称"两个障碍"）：一个是"翻译的交往模式"（the communication model of translation），另一个是"翻译的神学模式或宗教模式"（the theological model, or what you term the religious model of translation）[1]，并指出："前一个模式隐性指向一个工具性的、遭到扭曲的、苍白无力的观点：语言即交往工具（an instrumental, distorted, and impoverished view of language as a tool for communication）；后一个模式指向一个翻译中的意义对等论（the *adequatio* of meaning in translation），似乎语言之间的意义承诺或退隐（the promise of meaning or its withdrawal among languages）是完全可能的，可以理所当然地发生于翻译之中，无论是福是祸（blessing or catastrophe）。"[2] 您同时又指出："翻译研究领域长期'羁押'于以上两个模式的阴影中，可译与不可译的问题，似乎因此成为所谓'新问题'，被不断地重复讨论，甚至到了喋喋不休（ad nauseam）的地步。"[3] 所以，您认为这两个模式对于思想是"无效的"和"无望的"（intellectually unproductive and very frustrating）。这很有意思，但感觉不太容易理解。可否烦劳您给我们详细讲解一下这些问题的前提因素以及相关话语的要义？而且它们为什么是"无效的"和"无望的"？

　　刘：你提的问题很敏锐，抓住了我那次接受访谈的要点之一。几年前，James St. André 教授来信说，Alif 这个比较诗学刊物策划出版一期以"翻译"为主题的专辑。照惯例，专辑主编除了选拔、编辑和出版一批新的研究论文，还需找有关领域的一位学术权威做长篇、深度的访谈。他们找到我，问我愿不愿意做访谈，我就说请把问题发过来吧，我先看看。我看了以后，觉得 James 的问题提得很好，富有针对性，于是就像现在这样，接受了他通

---

① Lydia H. Liu, "The Battleground of Translation: Making Equal in a Global Structure of Inequality", *Alif*: *Journal of Comparative Poetics*, No. 38, 2018, p. 372.

② Lydia H. Liu, "The Battleground of Translation: Making Equal in a Global Structure of Inequality", *Alif*: *Journal of Comparative Poetics*, No. 38, 2018, p. 372.

③ Lydia H. Liu, "The Battleground of Translation: Making Equal in a Global Structure of Inequality", *Alif*:, *Journal of Comparative Poetics*, No. 38, 2018, p. 372.

过电子邮件对我进行的访谈。

　　我们在思考"翻译"的时候，很难回避两个根本的思想障碍：一个是"翻译的交往模式"，它基于人们对语言功能的认识，比较接近翻译家严复"信、达、雅"原则中的"信"字；另一个是"翻译的神学模式"，它是基于人们对语词意义所属的认识，可能比较接近严复所说的"达"字。严复的论述应当如何去认识，在那次访谈里不是我要处理的重点，因为国外理论界很少有人知道严复。

　　为什么说语言的交往模式和意义的神学模式是思考"翻译"的主要障碍呢？其一，语言的功能是多重性的，交流和沟通只是其中之一。如果把语言的多重功能简化为一种交流行为，那就会造成大量的认识上的误区。只要我们进入翻译理论和实践，我们就很难避免思考以"信"为基础的交流行为（包括翻译行为）；但与此同时，又必须时刻面对"信"本身的困境，可以说"信"是一个永久性的危机。既是哲学问题，也是话语实践的问题。在对这个问题进行透彻的思考之前，我们很难预设翻译的语言模式仅止于其交往功能，更不能断定翻译关乎于"信"或"不信"的问题。

　　其二，为什么说"翻译的神学模式"也不可取呢？所谓"神学模式"脱胎于《旧约全书》中的巴别塔神话，也就是"通天塔"的故事。这个故事讲的是人类多重语言如何起源，说大洪水后，人们讲的是同一种语言，后来从东边迁徙到两河流域后，他们开始修建一座城市和一座能够通天的高塔。当神发现人们的这个野心后，就把他们的语言打乱，使彼此言不达意，并将他们遣散至世界各地。

　　这个圣经故事一直被用来讲述人类语言多样化的起源，当然它也提出了有关《创世纪》里神与人的关系的诠释，但我关注的是它对人类语言从同一化到多样化的神学命题。在哲学上，这表现为"同一性"与"多重性"的矛盾；具体到翻译理论，则表现在"语义的同一性"与"语言种类的多重性"的矛盾。这种神学的思想模式要求"语义"必须跨越语言之间的鸿沟而达到某种同一性，也就是通常所说的"可译性"。但有人会指出，不同语言之间存在着"不可译"之处，这难道不是否定了大家对于语义"可译性"或"达"的追求吗？我认为恰恰相反，"达"与"不达"或"可译"

与"不可译"两者都对"语义的同一性"提出了自己的根本诉求,只不过一正一负而已,殊途同归。与之相比,人类语言和文字的种类则千姿百态,丰富无比,典型的"多重性"。这种语言种类上的多重性和人们在翻译中对"语义的同一性"或"达"的要求,就会造成永远不可调和的矛盾。

顺便提一下,严复本人虽然出身于天主教家庭,可能受到一些神学的熏陶,但我们不能因此就得出结论说,他所说的"达"一定脱胎于天主教神学。严复的思想资源很驳杂,其观念的形成不可能只有一个源头。这是题外话,我先按下不表。回到那篇访谈,我文中所强调的是,西方理论对"语义的同一性"的论述,似乎很难摆脱基督教神学模式的阴影,这里包括那些试图摆脱其阴影的理论家和批评家,比如乔治·斯泰纳(George Steiner)在《巴别塔之后》一书中对神学模式所进行的批判。

我在1995年出版的《跨语际实践》"导论"中,曾对乔治·斯坦纳、本雅明和德里达等理论家的思想局限做过较为详细的分析。当时我提出"跨语际实践"这个概念,就是为了走出西方翻译理论中的神学模式,而不仅仅满足于对神学模式的解构。我在书中有一句话说得很清楚:"也许我们目前亟须做的事,是超越那个试图证明词语之间并不存在意义对等的解构主义阶段,转而直接考察这些词语之间的意义对等是如何从无到有地被生产出来。翻译的一贯做法和翻译的政治之所以成功,依仗的恰恰是人们把他们在不同语言之间假定的意义对等,打造为真实的意义对等"(见 Lydia H. Liu. *Translingual Practice*. Stanford, California: Standford University Press, 1995. p. 22. 这里引文中的译文,系作者再次修订后的译文)。

说到这里,不能不提一下,现在国内学界的许多人对本雅明和德里达盲目尊崇,还是在跟着30多年前的美国理论界跑,其实,这种跑法最终还是跑不出我说的那个"阴影"。倒不是说这些理论家过时了,我自己的 *Translingual Practice* 也是25年前出版的,而是说没有必要重复发明自行车,这样会浪费掉太多的思想和学术资源。

费:好的,我豁然开朗了,特别是,您对"翻译的神学模式"的阐述令人耳目一新。衷心感谢刘禾老师!

我们知道,您早在著作《跨语际实践》(1995)、《帝国的话语政治》

（2004）中对翻译作为"事件"这一问题，就有详细的讨论，并且在 2014 年还写了专题论文《翻译的"事件"性：时间性、差异性及博弈中的普世价值》（*The Eventfulness of Translation*：*Temporality*，*Difference*，*and Competing Universals*，2014），对传统的翻译观念予以质疑和批评，该文后来收入 2019 年美国出版的由娜塔莎·朵诺维科娃（Natasa Durovicova）等人编辑的文集《走在翻译的前沿》（*At Translation's Edge*），令人心向往之。"翻译的'事件'性"这一话语的建构，是否与福柯《知识考古学》休戚相关？毕竟福柯在该书第二章"话语的规律性"之第二节"话语的形成"中频繁使用"事件"这一话语①，可否请您给我们从理论上深入阐释"作为'事件'的翻译"（translation as event）② 这一话语？

刘：你提到的文章 *The Eventfulness of Translation*：*Temporality*，*Difference*，*and Competing Universals* 最初是我受邀为意大利的一家理论刊物写的，这个刊物比较前卫，叫 *Translation*：*an interdisciplinary journal*（《翻译：跨学科杂志》）。大约是在 2012 年，刊物主编策划了"翻译与政治"专辑，专辑的两位特约主编找到我，一位是意大利博洛尼亚大学的政治理论家 Sandro Mezzadra 教授，另一位是美国康奈尔大学 Naoki Sakai（酒井直树）教授。他们邀请我加入，我立刻就答应了，因为给"翻译与政治"专辑写文章，正好有机会来整理和深化自己长久以来的一些思考。这篇文章发表后，近期被收入《走在翻译的前沿》（*At Translation's Edge*）一书，这本书 2019 年出版。

你在开头提到，我的一些专著和文章还没有中译本，刚才说的这篇文章和 *Alif* 学刊上的访谈算是其中很小的一部分。很明显，你是在仔细读过我的那篇英文原文后，才提出如此有针对性的问题。先说福柯的《知识考古学》，尤其是他在第二章中论述"话语的形成"中使用"事件"一词。很少有人注意到这个细节，你能注意到，不但细心，而且十分敏锐。福柯讲"事件"是为了强调话语实践的时间性和历史性，不过，他对话语的论述常

---

① 〔法〕米歇尔·福柯：《知识考古学》，谢强、马月译，生活·读书·新知三联书店，1998，第 37 页。

② Lydia H. Liu，"The Eventfulness of Translation" in Natasa Durovicova，et al. eds. *At Translation's Edge*，New Brunswick，New Jersey and London：Rutgers University Press，2019，p. 17.

常遭人误解，有人至今还以为他指的仅仅是言说行为，其实不然。话语在福柯那里，是具有认识论意义的某种划时代的历史构成，它在时间上是不可逆的。

记得 2009 年，三联书店第一次出版《帝国的话语政治》的中译本。当时《读书》杂志编辑部和清华大学联合举办过一场新书座谈会，我在会上发言一开始就谈到福柯的重要性，后来刊登在《读书》2010 年第 1 期上。当时，我对福柯的"知识考古学"方法做了一个简要概括，即"知识考古学"的出现给思想史的写作带来很大的麻烦，因为福柯关注的是话语实践的历史，而不是学者笔下的那种思想派生思想的叙事。在他看来，思想只能以话语实践的方式参与历史和创造历史，这是历史唯物主义，我能同意。但有的，我不能同意，所以，我对福柯的批评是，当人们沿着这个思路（"知识考古学"）对话语实践进行考察的时候，往往会忽略跨语言和跨文化的维度，这一点既表现在学者处理历史档案和文献方面，也表现在理论的洞察力和分析力度方面。

近几年，我对这个问题又做了进一步的思考，例如在 The Eventfulness of Translation: Temporality, Difference, and Competing Universals（《翻译的"事件"性：时间性、差异性及博弈中的普世价值》）那篇文章里，虽然文中没有直接谈到福柯，但我提出"翻译的'事件'性"这一观点，与他所说的话语"事件"一脉相承，其中的确隐含着我与福柯的对话，而对话的结果是，我在理论上提出把翻译的实践放在跨语言和跨文化的话语场中，来充分考察它的时间性、历史性和政治性。

费：言之有理，特别是您批评福柯忽略跨语言、跨文化的维度，更令我这个福柯爱好者（或崇拜者）大开眼界。我想，这也可能是任何一种滋生于单一的天主教文化圈或基督教文化圈的西方理论都会遭遇的普遍缺失，当用它来解决东方问题的时候，更是如此。另外，该文中的"话语运动"（discursive mobility）、"翻译的地缘政治"（geopolitics of translation）、"博弈中的普世价值"（competing universals）等其他话语，颇显神秘，可否麻烦刘禾老师用通俗一点的语言，给我们谈一谈？而且，其中您用相当篇幅，不厌其烦地讨论张伯苓胞弟张彭春先生当年参与起草《世界人权宣言》时所发挥的巨大作用，为什么呢？

刘：我始终认为，翻译实践给人们提出的问题总是大于翻译本身。为什么古今中外人们对不同的语言和不同文化的思考总是绕不开翻译和它的困境？为什么现代人在文明之间轻易做比较的时候，往往离不开翻译和由翻译所提供的思维框架？语言的边界在哪里？为什么语言的边界和政治的边界彼此重叠，密切关联，无处不在？我们由此可以进一步追问：翻译究竟发生在哪里？它仅仅发生在语言和语言交接的地方吗？如果多想想这些问题，那我们就有可能从旧有的神学、语言学以及阐释学的教条藩篱中走出来，打开自己的视野，去思考更重大的问题，比如像世界秩序的来龙去脉、国际法的道义基础、文明的话语等。这些大问题始终是我关注的焦点，不仅仅因为它们给我提供了有效的思考角度，而且因为翻译作为话语"事件"经常渗透其中。这就是为什么翻译实践给人们提出的问题总是大于翻译本身。

是的，我在你提到的那篇文章中提出了几个重新界定翻译实践的基本概念，除了"事件性"，还有"多重的时间性"（multiple temporalities）、"话语运动"（discursive mobility）、"不均衡分布的话语场"（differentially distributed discursive fields）、"翻译的地缘政治"（geopolitics of translation）、"博弈中的普世性"（competing universals）等。

什么是"话语运动"？这个术语倒是不难解释，它与我在上面提到的话语实践的性质直接相关，而与之对应的问题是，话语实践如何在跨语言和跨文化的维度上展开？由此可见，话语实践的维度不能不受到特定时间和空间的制约，我在文章里把它叫作结构性的"不均衡分布的话语场"（differentially distributed discursive fields），而"不均衡分布的话语场"与地球上不均衡分布的大小语种有关，也与地缘政治和权力关系有关。举个众所周知的例子，每年中国翻译和出版外文书籍的总量占全部新书出版的50%以上，相比之下，欧美国家翻译和出版的所有外文书籍的总和，加起来恐怕不超过3%。用我的理论术语来说，这就是"不均衡分布、的话语场"在文化领域的表现。

这里需要解释一下，我说的不是"话语权"或者由谁来掌握话语权的问题。由于"不均衡分布的话语场"是地缘政治（geopolitics）的重要组成部分，它势必构成"话语权"的先决条件，即使我们承认有"话语权"这个东西。而我自己从来不用"话语权"这个来历不明的词汇，因为这个词与话语理论毫无干系，在我看来，它只不过在中文里取代了另一个词"发言权"而已。无论如何，我们在理论问题上要严格一点，不能含糊其词。

话语实践的特点之一，就在于它永远处于动态之中，必须在人们的社会互动行为中得以实现，否则，绝无实践可言。由于话语场的分布"不均衡"，因此话语的运动必定获得某种方向性，其运动轨迹就构成了我说的话语实践的"时间性"和"事件性"，当然还有不可回避的"政治性"。我在文中提出的与此相关的另一个概念，"翻译的地缘政治"（geopolitics of translation），就是把话语实践的政治性引申到全球政治博弈的现场之中（而不仅仅是历史背景之中），其中话语场的"不均衡分布"、话语运动的方向性，都是打造地缘政治的重要力量。

其实，这方面还有大量的例子。就拿我们无时不在使用的汉语以及它在近代变迁的规模和速度来说吧，现代汉语中的大量词汇都是近代的外来词和新概念，甚至很多句法也是外来体。你若想把外来语汇和欧化句法彻底地从现代汉语中剔除出去，恐怕就连一篇最普通的新闻报道都写不出来。几年前，我在一次采访的过程中也举了这个例子。假如我们穿越到19世纪，且不说更早的年代，就会忽然发现，我们大家所熟悉的现代汉语不仅会变得极其陌生，而且完全难以理解。

不仅仅是词汇的变迁，还有概念、语法和更大的结构性的变迁。五四运动以来，新近引入的性别区分"他"和"她"这两个代词似乎毫无争议，但古人会觉得这个区分没有必要，甚至还有歧视之嫌（如果"歧视"这两个字也在古人的词汇表里的话）。我在这里不单指现代汉语中的"她"字的发明，更是指中文代词在结构上的性别区分，即"他"字与"她"字之间在概念上的区分。仔细琢磨一下，也能明白几分。简单来说，"他"字的偏旁不是源自"人"字吗？那么"人"字偏旁何时变成了男性专属？我们是不是可以由"她"字的发明出发，去进一步质疑"他"字的"人"字偏旁何时开始从概念上的中性，偷偷地转化为男性？不能不说这种概念上的偷梁换柱，是现代人的发明。

我一直强调的是，概念上的偷梁换柱，未必是字面上的转换。无论在过去还是今天，"他"字的写法都始终如一，倒不是什么新的发明，这个第三人称的指称从前是不分男女性别的，但"她"字的发明把旧字"他"转换为新的概念，这种旧字/新概念转换的代价是完全忽略了"人"字偏旁的本义。我们稍微留心一下会发现，这种旧字/新概念的发明在现代汉语中比比皆是，我曾在《帝国的话语政治》一书里详细分析了 19 世纪《中英南京条约》签署的前后，西方人如何对"夷"字大张挞伐，而他们眼中的"夷"字也成了一个旧字/新概念，因为"夷"的字义被条约中的英文词 barbarian 事先翻译过和改造过了，用我的理论语言来概括就是，"夷/barbarian"被鸦片战争打造成了"衍指符号"。

严格来讲，我们很难把这一类的旧字/新概念称作是外来词。既不是外来的词，又不是本土的义，那么它是什么？显而易见，旧字/新概念的哲学意义远远超出了文字学或者语言学的范围，因此不可能在那里获得充分的解释。我在《跨语际实践》一书的导论中提出，只有从话语政治的角度进入，我们才能发现有关语言、思想和历史的真实问题，比如"他"字与"她"字，这个深深嵌入汉语书写系统的概念区分——是何时产生的？怎样产生的，为什么会产生？

一旦发出这样的疑问，我们就不再回避一个事实：我们最熟悉的、每天都要使用的日常汉语，其实源自近代的地缘政治，源自全球"不均衡分布的话语场"。这个事实同样解释了迄今为止的话语运动为什么一直朝着改造汉语的方向走，而没有朝着改造英语的方向走。英语在过去 100 多年中无疑增加了更多的新词汇，但它不像现代汉语那样经历过一个脱胎换骨的变革。倒是近些年，美国青年在所谓"酷儿运动"的"鼓噪"下，发动了一场消灭英语代词中的性别概念（she/he, /her/his 等）的话语变革，他们提出五花八门的新代词，其中包括采用无性别的复数代词"they"来替代单数代词"she/he"等，不可避免地造成单复数之间的混乱。因此，我曾提过一个更好的倡议，就是把无性别区分的代词 ta（"他"字的本义）作为外来词引入英语，正好可以帮助消灭英语代词的性别概念，但无人理睬。其实，现代汉语中的"他"字与"她"字之间的性别概念不是 100 年前才由外文翻译引入的吗？早知今日，何必当初？在目前看来，英语依然主宰着全球的地缘政治和话语运动的方向，尚不到用汉语来改造英语的时候。我在《跨语际实践》书后的几个附录中，列出了现代汉语中常见的一些旧字/新概念以及外来词汇，就是为了让读者一目了然，体会到近代话语运动的走向和规模。

在地缘政治的博弈当中，普适价值的归属问题往往显得极为敏感和尖锐，可一旦我们离开对地缘政治的分析，离开对话语实践的认知，这一类的问题只能停留在立场争辩的层面，且争论不休，莫衷一是，比如对于"主权"大于"人权"还是"人权"大于"主权"的争论。在你提到的 2014 年的那篇文章里，我再次追溯了 1864 年《万国公法》对 19 世纪国际法经典 Elements of International Law 的翻译，因为"主权"（sovereignty）就是在那次译事中开始进入汉语，成为中国政治话语和国家理论中不可或缺的概念的。我指的不仅是文字上的翻译，而是跨语际的话语实践，即我在《帝国的话语政治》一书中提出的"主权"与 sovereignty 之间的衍指符号，通过对衍指符号的催生，跨语际的话语实践最终导致"主权"和 sovereignty 逐步演化成为大家认可的普适价值。但这一切仍然是在"不均衡分布的话语场"的地缘政治、帝国战争（第二次鸦片战争）以及国际争端中得以实现的。

最后，我来简要回答一下你提到的有关张彭春的话题。二战刚结束不久，张彭春在新成立的联合国与罗斯福夫人一起主持《世界人权宣言》的起草。他的贡献尤其重要，不单是因为他作为中华民国的外交官参与了《世界人权宣言》的起草，更重要的原因还在于张彭春在联合国的普遍人权和文明标准的冲突中，扮演了极其重要的角色。我曾为北美的理论刊物 Critical Inquiry 的历史专辑《1948》写了一篇长篇论文，对此做过具体的研究和分析，文章题目叫 "Shadows of Universalism：The Untold Story of Human Rights Around 1948"（《普遍主义的阴影——被人们遗忘的人权故事，1948 年前后》）。两年后，我在一篇用中文撰写的文章《国际法的思想谱系：从文野之分到全球统治》里引述了一小部分这方面的内容（见《世界秩序与文明等级：全球史研究的新路径》，第 43 ~ 100 页）。英文原作"*Shadows of Universalism*"发表于 2014 年，目前尚无中文翻译。我在那篇文章中指出，二战以后，当年投入反抗殖民统治的亚非新兴国家在联合国曾促成两件了不起的大事，一是造成欧美国际法中的文明等级的衰落，二是民族"自决权"（self determination）被作为人权写入联合国的人权公约。张彭春当时担任联合国《世界人权宣言》起草委员会副主席，在整个过程中他发挥的作用，举足轻重。

不过，随着冷战的深入，尤其是 1977 年以后，西方的非政府组织开始追问，究竟"人权"大于"主权"，还是"主权"大于"人权"？答案通常是，"人权"大于"主权"。但根据我对联合国档案的研究，这并不是 1947 ~ 1950 年"人权"辩论的焦点问题。为什么？因为当时的殖民地宗主国关心的既不是"人权"，也不是国家"主权"，欧美国家捍卫的只是殖民宗主国的特权和自己设立的文明等级。也就是说，战后人们对普遍"人权"的阐释从来没有停止过，而这些阐释总是与地缘政治发生关联。那么冷战期间为什么忽然出现一个"人权"大还是"主权"大的问题？我的结论是，在脱殖民和民族独立运动的浪潮席卷全球以后，新兴民族国家的内部和外部开始遭遇前所未有的挑战。与此同时，社会主义阵营之间也出现了严重的分歧和矛盾。在这种情况下，"人权"话语蜕变为意识形态的争夺战场，几乎不可避免。

费：谢谢刘禾老师细致而深刻的回答，体现了一位学者应有的严谨和求实精神。由此，我明白了"话语运动"与话语实践休戚相关，而话语实践必须在跨语言和跨文化的维度上展开，这就必然指向受到特定时间、空间制约的结构性"不均衡分布的话语场"，这种"不均衡分布的话语场"同地球上"不均衡分布的"大小语种"纠缠不清"，同地缘政治和权力关系"纠缠不清"。同时，您对现代汉语中的"她"字的阐释，也颇富新意，解构了我原来的想法。之前我一直认为"她"真是一个伟大的"发明"，如今看来，不是了。我从来没思考过您提出的以下问题："他"字的偏旁不是一个"人"字吗？那么"人"字偏旁从何时开始变成了男性专属？根据您的阐释，如今看来，"她"不仅无功，还有偷梁换柱之"罪"，因为原本的

"他"这个第三人称的指称是不分男女性别的，"她"字的发明把旧字"他"转换为新的概念。这一观点对于我国近代史学界，似乎是"石破天惊"之语。张彭春这位对《世界人权宣言》做出卓越贡献的近代著名外交家，浮出历史的地表，被誉为"中国现代教育的一位创造者"的张伯苓一家的爱国情怀及国际主义精神，更加令人赞叹。据说，张彭春同其兄一样，也是一位著名教育家，还是早期话剧（新剧）导演和活动家。

2016 年 4 月，生活·读书·新知三联书店出版了您主编的《世界秩序与文明等级：全球史研究的新路径》一书，赢来阵阵喝彩，人们争相购买、传阅。当年 7 月 5 日下午，您应邀赴上海华东师范大学，与师生交流，并作专题讲座"从地理大发现到万国博览会——西洋事情中国人"，6 日在清华大学举行专题座谈会，18 日又回到上海，在上海师范大学"光启读书会"第一期上举行专题讨论；次年 3 月 6 日，您接受三联书店委托的署名"破土"的记者的长篇专访，呼吁"资本无国界、思想有壁垒"，7 月 15 日，应邀赴河南郑州松社书店，为读者做专题报告《思想的越洋旅行——中西碰撞如何造就现代中国》，并就自己包括《世界秩序与文明等级：全球史研究的新路径》在内的系列著作举行签名售书活动。这应该成为当代中国学术界的又一靓丽风景。可否请您谈谈该书的缘起、主旨和主要篇章？

刘：你对《世界秩序与文明等级：全球史研究的新路径》这本书的持续关注，让我很感动，同时也勾起一些难忘的情景。2016 年夏，我正好在北京，《破土》杂志网站派两位记者来找我采访，我们约好在紫竹院公园（国图旁）的湖边见面，谈了两三个小时。这两位记者都很年轻，他们对社会和人类的关怀给我留下了深刻的印象。但采访稿完成后不久，《破土》杂志就被停掉了，不过，编辑还是设法把这些文字发出来了。那两位充满理想的年轻人后来去了哪里？命运如何？我不知道。总之，无论在哪，只要碰到这样的年轻人，我内心都会兴奋不已。

为什么要编《世界秩序与文明等级：全球史研究的新路径》这样一本文集？一言难尽。我在序言中提到，从 18 世纪末到整个 19 世纪，欧美人的文明等级始终把中国、日本和其他亚洲国家划入"半开化"的社会阶段。福泽谕吉在他的《文明论概略》中，先是认可了日本属于"半开化"社会，然后才提出"脱亚入欧"的思想。那么，福泽谕吉的文明论又是从哪里来的？《世界秩序与文明等级：全球史研究的新路径》一书比较全面和系统地整理了西方的文明等级构造现代世界，并将亚洲和中国纳入其中的过程。这是一本原创性的研究论文集，共有 11 位作者参加。我们从西班牙和葡萄牙帝国在 1494 年划定地球上的第一条子午线开始，直到第二次世界大战结束，展现了横跨 500 年的全球史，就是为了让大家更好地了解现在的世界秩序从哪里来。

费：刘禾老师说得好，于我似乎醍醐灌顶，甘露洒心。我记得，书中对话语实践的讨论，仍不乏真知灼见。近年来，对话语及中国特色话语体系的关注及研究，似乎已成为国内一些院校"趋之若鹜"的"风潮"，它们纷纷成立相关研究机构，举办学术会议或论坛，甚至招收博士生，总想独占"鳌头"。但我总觉得，它们仅停留于为了所谓"学科建设"而好大喜功的世俗层面，大多浅尝辄止，缺乏一步一个脚印的语词研究或文本研究，难以真正地发现问题、解决问题。甚至有的研究，连话语的基本概念都没弄清楚；有的即便弄清了，又一味玩弄概念游戏，故弄玄虚，令人肉麻，空洞无物，纯粹忽悠学界，没有任何现实责任感和历史责任感。我认为，您的《世界秩序与文明等级：全球史研究的新路径》对这些"好事者"应该有重要的启发意义，值得他们认真研读，好好学习。我特别赞赏您提出的从"全球史"的角度来研究当今话语实践的观点，它"要求学者开拓视野，跨越各自的学科藩篱"①，"获得处理至少两种以上语言的原始文献或档案的能力，同时还必须把握国内外同类研究的最新学术成果（包括外文著作和期刊）"，"并对现代学科本身的谱系作出全面的梳理和反省"②。这应该成为国内相关人士从事话语研究工作的行动指南，从而有效推进已有研究，真正发现问题、解决问题。所以，有学者称《世界秩序与文明等级：全球史研究的新路径》是"一部体现集体智慧结晶的跨学科研究力作"，并

---

① 〔美〕刘禾主编《世界秩序与文明等级：全球史研究的新路径》，序言第 2 页。
② 〔美〕刘禾主编《世界秩序与文明等级：全球史研究的新路径》，序言第 2 页。

称"始终都在强调一种人文学者应具有的责任感与使命感"。① "使命感""责任感"之类的话语，令我肃然起敬，那我们可否模仿英国当代文艺理论家罗曼·塞尔顿（Raman Seldan）等人将萨义德称作"政治化知识分子"（the political intellectual）② 那样，将您称作"政治化的知识分子"？因为您的身上同样洋溢着始终如一的责任感和使命感。同时，我认为，您的研究是对萨义德"东方主义"话语的补充和推进，您同意我的说法吗？

刘：萨义德是有深刻人文关怀的知识分子，体现出知识分子的本义，也就是200年前俄国知识分子（intelligentsia）的状态。因此，萨义德的人文关怀从来都是与受压迫的人和被侮辱的人紧密相连的。无论是被迫流亡的巴勒斯坦人，还是被压在社会底层、备受歧视的美国黑人，这些都能唤起萨义德的责任感和使命感。在这个意义上，把他定位为"知识分子"，还是"政治化的知识分子"，我认为区别不大。倒是我觉得在这个时代，"知识分子"几乎已经成为一种"珍稀动物"，我们能做的其实非常有限。我自己就常常感到力不从心，幸运的是，我在美国学界、在中国学界，总能找到一些同路人。

说到理论创新，我在这方面可能有点不太安分。除了全球史和比较文学，我对数码媒体和科学史也有浓厚的兴趣。这里可以先向你透露一下，我最近有一项新的研究成果即将发表，叫作"Wittgenstein in the Machine"（《机器里的维特根斯坦》），是一篇长篇论文，未来还会出一本书。这是我继 The Freudian Robot（《弗氏人偶》）之后，旨在对数码媒体（及人工智能）的哲学根基进行推进的研究。

费：好的。您提前"泄露"的"天机"，令我感动，谢谢信任。我还记得，多年前您在北京接受一次采访时说过，您的写作兴趣广泛，主要受好奇心的驱使。2010 年，您在美国芝加哥大学出版社出版《弗氏人偶》一书，副标题就是"数码媒体与'无意识'前景"（"Digital Media and the Future of

---

① 席志武：《跨文化视域下对西方文明观念的反思——评刘禾主编的〈世界秩序与文明等级：全球史研究的新路径〉》，https://www.sohu.com/a/284000346_656512。

② Raman Seldan, et al. *A Reader's Guide to Contemporary Literary Theory* (fifth edition), Edinburgh, UK: Pearson Education Limited, 2005, p. 223.

the Unconscious"）,研究冷战时期出现的新媒体技术,如控制论（cybernet-ics）和计算机。"无意识"成其关键话语,几乎同一时间,您又写了一篇专题文章《控制论阴影下的无意识——对拉康、埃德加·坡和法国理论的再思考》（*The Cybernetic Unconscious：Rethinking Lacan, Poe, and French Theory*）,其中的关键话语仍是"无意识"。这些,我都大致看过,但内容艰深,令人望而却步,甚至有"芒刺在背"之感。您为何对弗氏的"无意识"话语,如此"情有独钟"? 难道它是我们认识当今媒体技术及跨文化旅行时绕不过的话语吗?

刘：《弗氏人偶》是我10年前出版的英文著作,一晃眼,这么多年过去了,恍如隔世。这本书目前还没有中文翻译,但读过英文原书的人中也许有不少像你一样感到比较陌生。书的内容与中国无关,是围绕数码媒体技术进行一次历史和哲学的探讨,研究对象是战后由美国主导的人工智能、通信技术、博弈论、控制论等。

国内学界可能还没有人注意到,战后欧美学界对法国理论的"炮制",这件事长期以来没有受到应有的重视。我在《弗氏人偶》一书中,对它背后的深刻的冷战原因进行了分析,重新诠释了什么是结构主义,什么是后结构主义。这些所谓的"时髦"理论首先是在美国学界被人曲解,导致以讹传讹,直至在世界各地造成大量的思想混乱,让人终究看不清理论的真相。《弗氏人偶》出版后,我曾应邀接受美国的网上书评杂志 *Rorotoko* 的采访,有兴趣的读者可通过以下链接,初步了解一下这本英文著作的大致内容（http://rorotoko.com/interview/20110615_liu_lydia_freudian_r-obot_digital_media_future_un-conscious/）。

我对精神分析理论中的"无意识"产生兴趣,最初来自我对资本主义的工具理性的深刻怀疑,以及后来对这种怀疑的怀疑。比如我在《弗氏人偶》的最后一章对法兰克福学派提出了新的评价。我认为,数码媒体的"自动性"和人工智能的野心,倒不在于它的工具理性如何征服世界和大自然,而在于智能机器如何最终控制人类社会的无意识,并由此让人们的欲望、消费、习惯和社交都从属于资本主义自身的逻辑。因此,后经典精神分析学家拉康说得好,计算机的发明要比原子弹的发明更危险。

费：是的，这一切都颇有现实价值，就像今天国内积极推进的高度信息化技术（手机 5G 技术等），早已化作"控制"今天中国社会的"无意识"，人们的生活、社交、工作甚至抗疫工作，都从属于这一时代"逻辑"。我一定通过您提供的链接去深入了解。关于媒体技术，我记得您早年还与人合编了一本文集 Writing and Materiality in China（《书写与物性在中国》），但国内鲜有提及，可否请您简谈其主要内容，以飨读者？

刘：好的。很多年前，我和美国汉学家 Judith Zeitlin 合编 Writing and Materiality in China，这本文集是专为韩南先生（Patrick Hanan）①而做的。他曾经是我们的博士生导师。那时，韩南先生刚从哈佛大学荣休不久，书是哈佛大学亚洲研究中心在 2003 年出版的。文集的大部分作者也都曾是韩南的博士生，比如有一篇是商伟教授研究明代日用类书与《金瓶梅》小说形态的重要文章，有艺术史家巫鸿教授写的关于拓片和金石学的文章，还有 Zeitlin 教授自己研究题壁诗与明清诗歌的文章。他们都是出类拔萃的学者。

我和 Zeitlin 教授为文集写了一个长篇导言，试图在方法论上进行一些突破。作为主编，我们期望把中国文学、文化和历史研究等领域之间的森严壁垒打通，同时也有意识地把古代和现代的边界打开，正如韩南先生在自己的学术中所做的那样。具体来说，这本文集的着眼点是书写、绘画、印刻等技术与某个时代的物质文化之间的紧密联系，还有文学艺术与不同的技术或媒体之间的互动形态。说起来，这本书已经出版了 17 年之久，目前尚无中文译本，而韩南先生已于 2014 年过世。临终之时他还在工作，把自己翻译的一部晚清小说的稿子清样最后审读完毕。令人唏嘘！

费：这是十分遗憾的，希望国内学界今后能有人，有勇气、有水平译出 Writing and Materiality in China 一书，并能不断打破学科与学科之间的壁

---

① 韩南（Patrick Hanan，1927－2014）：出生于新西兰，美国汉学家，翻译家。从奥克兰获西方文学硕士学位后，入伦敦大学学习中文，1953 年卒业；后任伦敦大学亚非学院讲师；1963 年赴美执教，先后任斯坦福大学、哈佛大学副教授、教授。专攻中国古典小说和部分现代作家（如鲁迅、茅盾），长于考证，并用西方新批评、叙事学等研究方法，在《金瓶梅》话本小说和李渔研究中，成就斐然。著作有《中国短篇小说》、《话本小说史》（已有中译）、《李渔的创新》，http：//www. gerenjianli. com/Mingren/05/a6nn596c1c31krp. html。

垒，推出经得住时间和历史考验的高水平学术成果。

2014 年 7 月，您在祖国大陆的中信出版社出版了中文著作《六个字母的解法》(*The Nesbit Code*)，期盼实现自己"彻底把英文甩开，用自己的母语搞一点创作"[①] 的愿望。在这本书里，您做了一次写作实验，创造一种新的写作方式，既不同于学术研究，也不同于小说虚构，而是一个综合多重叙事元素的写作。读者不无惊讶地发现，"这个以'牛（津）（剑）桥故事'为核心的关联圈里，竟有地位显赫的科学家贝尔纳、李约瑟、沃丁顿、布莱克特、霍尔丹等，有人文界名流普利斯特利、里尔克、奥威尔、艾略特、海耶克、徐志摩、萧乾、尼卡（纳博科夫的表弟）等，几乎构成了 20 世纪初一份可观的知识界名人录，一大堆彼此独立又相互交集的人生故事，由一个神秘的 NESBIT 从中串结成网"[②]。为什么要这样做？这样做，能发挥出什么样的创作优势？实际上，我觉得，"奈斯毕特"（Nesbit）就是一个话语，整部作品就是一个围绕"奈斯毕特"而展开的话语实践、一个跨语际书写之旅以及对相关裂痕、差异的考察，难道不是吗？

刘：奈斯毕特是一个神秘人物，我最早是在小说家纳博科夫的自传里发现这个人，心里充满了好奇，奈斯毕特是谁？再加上纳博科夫本人语焉不详，还似乎对他有某种深刻的芥蒂，我就更加好奇了，于是展开了调查。我在这部作品的后记里提过，文学是一种独特的思想方式。有时候，我们只能依靠文学的想象力才能展开某些思想，特别是那些复杂的、不易找到答案的思想。

《六个字母的解法》是一部实验性的文学叙事，而不是学术著作。我在追踪"奈斯毕特"这个人物的过程中，讲了一个其他作家从未讲过的故事，它既和现代知识分子的心路历程有关，也和我对 20 世纪历史的整体思考有关，其中包含了我自己内心的困惑和纠结。书中出现的那些知识分子，基本上都符合你在上面描述的那一类知识分子，比如萨义德。当然，同他们相比，萨义德显然就是晚辈了。

我虽然用中文写了不少东西，也出版过像《语际书写》这样的中文著

---

① 刘禾：《六个字母的解法》，中信出版社，2014，后记第 241 页。
② 韩少功：《序言》，载刘禾《六个字母的解法》，中信出版社，2014，第 9 页。

作，但进入文学写作，用自己的母语进行文学创作，对我来说还是第一次。这里的动因有些偶然因素，最直接的动因是过去 10 年的"中印作家对话"。这是诗人北岛联合印度作家发起和组织的多次对话，我参与其中，有时也帮助策划。中印之间的贸易和文化往来虽然持续千年，但这一古老的纽带在近代殖民战争和国家主义等多重压力下，产生了各种各样的扭曲和变形，因此我们决心重启中印两国作家的民间交往，用对话的方式加深我们对彼此的历史和现实世界的反思。

第一次"中印作家对话"在印度新德里举办，那是 2009 年。次年，中国诗人和作家邀请印度作家来到北京和上海对话。2011 年印度作家又邀请我们到孟买所在的马和哈拉施特拉邦对话，并参观埃洛拉石窟、阿旃陀石窟。2016 年部分中国诗人、作家及画家应邀参加印度克拉拉邦的大型科钦双年展。2018 年中国诗人和作家邀请印度作家分别访问香港和杭州。印度方面有思想家阿西斯·南迪、小说家兰·西利、作家沙美斯塔·默罕迪、艺术家卡比尔·默罕迪、古音乐琴师巴哈丁·达加尔，再加上几位优秀诗人。参加过对话的中国诗人和作家有北岛、欧阳江河、翟永明、韩少功、李陀、西川、格非、余华等。对我来说，每次互访都是一次学习机会，给我提供了用母语来创作的强大动力。

费：此书的缘起挺有意思，您提到的"中印作家对话"议题，能给国内从事西方语言文学（文化）研究而全然不知印度语言文化的学者的思维，带来强大的冲击力，或许能给比较文学学者带来新一轮的学术生机。不过，我觉得，您的"用自己的母语搞一点创造"的理念，早在 1999 年出版《语际书写》时就已经实现了。"积学以储宝，酌理以富才，研阅以穷照，驯致以驿辞"。这部用汉语写作的书，行文规范、务实，透视出步步为营，剥茧抽丝般的逻辑推演精神，并且文风自然、有力，流畅自如。我读起来乐此不疲，或许就是因为这一点，我喜欢读您的书，喜欢钻研您的研究成果。我始终认为，您的《六个字母的解法》是您学术生涯中汉语创作（或汉语批评）方面的又一成功尝试，而且为小说创作文体，塑造了一面光辉旗帜。所以，著名先锋作家韩少功对《六个字母的解法》赞不绝口："如果有人要把思想理论写成侦探小说，如同一个经学院要办成夜总会，一个便利店要出售航天器，在很多读书人看来纯属胡闹。本书作者刘禾却偏偏这样做了。在我的阅读经验里，她是第一个这样做的。……作者的惊人之处，是放弃论文体，换上散文体；淡化学科性，强化现场感；隐藏了大量概念与逻辑，释放出情节悬念，人物形象、生活氛围、物质细节……一种侦探小说的戏仿体就这样横里杀出，冠以《幽影剑桥》或《魂迹英伦》的书名都似无不可。"① 实际上，少功先生的"侦探小说的戏仿体"一词用得极妙，很贴切，是后现代主义话语，这也就使得《六个字母的解法》的写作颇似意大利符号学家、作家艾柯（Umberto Eco）的小说《玫瑰的名字》的构思——后者既是恐怖作品，又是侦探作品，将哥特式怪诞的悬置（gothic suspense）与编年史（chronicle）、学术研究（scholarship）文体混杂一体，实现一种"令人晕眩的历史意识"（vertiginously historical）② ——具有浓郁的后现代色彩。不知我的理解是否妥当？请刘禾老师赐教！

刘：韩少功的评价深入而中肯。少功先生是作家，也是思想家，这在当代作家中非常罕见。你看，他用的是"侦探小说的戏仿体"的说法，而不用"后现代"，我想是有道理的。

费：是的，"侦探小说的戏仿体"的使用，确有几分"超凡脱俗"。谢谢刘禾老师。总之，在您的理念下，话语是政治的，是权力的，是体制的。"东方欲晓，莫道君行早。踏遍青山人未老，风景这边独好。"您2010年以后的"话语实践"研究理路，深化了您之前的中国近现代思想史研究（中外近现代国际史研究）、文学研究、翻译研究，并为当今方兴未艾的融媒体领域"鸣锣开道"，给我们塑造了别样的风景。这一"风景"极大地丰富了跨学科、跨语言、跨文化的比较文学学科的理论宝库，或者说，积极推进了比较文学理论研究的动态性双向阐发视角。您的"话语实践"研究理路，应该成为重要的文艺理论研究方法，或文化研究方法。"研究对象是跨国、跨地域、跨语际的话语实践，因此，其研究范围必然包括学术建制、媒体技术、地球版图、视觉展示、科学技术、国际法，以及形形色色的书写行

---

① 韩少功：《序言》，载刘禾《六个字母的解法》，第7~8页。
② Raman Seldan, et al. *A Reader's Guide to Contemporary Literary Theory* (fifth edition), Edingburgh, UK: Pearson Education Limited, 2005, p.199.

为、翻译行为和学术行为。我们集中关心的问题是，这些跨国、跨地域、跨语际的话语实践如何创造了当今的世界秩序？"① 想必很多读者同我一样，获益良多。此时此刻，李陀老师在《汪曾祺与现代汉语写作》一文中的话，在我的耳畔回响："任何一种话语生产都不会没有进入社会实践的功利目的。但是，并不是处于激烈竞争和斗争中的各种话语都能进入社会实践，能够进入社会实践的话语在影响社会变革的程度上也各不相同，情形是非常复杂的。因此，从话语理论角度看，话语实践和社会实践的关系，恐怕还是一个需要深入讨论的领域。话语实践在什么样条件下才能转化为社会实践？又在什么样的条件下两者会相互渗透？在话语史中，话语实践和社会实践的联结都有过什么样的先例？它们提供了什么样的历史经验？又为我们提供了什么样的未来想象？"② 这些论述"刚健结实，辉光乃新"，与您的观点，可谓"殊途同归、异曲同工"。它们再次为学界燃起熊熊希望之火，甚至有所深化。我认为，二者可作"互文"阅读，并且李陀老师的论述可视作提升话语实践研究，昭示未来的指路明灯。然否？再次感谢刘禾教授百忙中接受我的采访。当下满目繁花，郁郁葱葱，泉水在潺潺流淌，树影间洒落着点点阳光，衷心祝福尊敬的刘禾老师身体安康，生命之树长青，学术之树永远翠绿，家庭永远幸福！

刘：好的，谢谢。再见！

【Abstract】 Lydia H. Liu, eminent American Chinese theorist, now works as the Wun Tsun Tam Professor in the Humanities, Department of East Asian Languages and Cultures, and Director of the Institute for Comparative Literature and Society at Columbia University in the City of New York. Lydia H. Liu is a prolific writer of many theoretical publications including *Cross-Writing* in Chinese, *Translingual Practice：Literature，National Culture，and Translated Modernity*（1995）, *The Clash of Empires：The In-*

---

① 刘禾：《序言：全球史研究的新路径》，载刘禾主编《世界秩序与文明等级：全球史研究的新路径》，第 3 页。
② 李陀：《汪曾祺与现代汉语写作》，载李陀《雪崩何处》，中信出版社，2015，第 185～186 页。

vention of China in Modern World Making (2004), *Tokens of Exchange*: *The Problem of Translation in Global Circulations* (edited, 1999), *Writing and Materiality in China* : *Essays in Honor of Patrick Hanan* (*co-edited with Judith Zeitlin*, 2003), etc. , which have all laid a solid foundation for building up 'discursive practices', and therefore made her influence over the three decades wide and profound around the USA and China. Her recent publications include 'The Eventfulness of Translation: Temporality, Difference, and Competing Universals' (an essay), 'The Battleground of Translation: Making Equal in a Global Structure of Inequality' (an interview), and *The Freudian Robot*: *Digital Media and the Future of the Unconscious* and *The Nesbit Code* in Chinese, together with *Origins of the Global Order*: *From the Meridian to the Standard of Civilization* in Chinese. They all further her attempts at discursive practices, thus creating a rare spectacle for the community of literary studies or cultural studies. Lydia H. Liu argues that discursive practices are transnational, transregional and translingual, whose research areas have focused on the academic discipline, the media technology, the global territory, the visual show, the science-tech, the international law and a variety of writing behavior, translating behavior and academic behavior. For her, it is imperative that we examine how these transnational, transregional and translingual discursive practices seek to construct the world order today, establish a discipline, move a mindset, inaugurate a reform, and create a history. There is no doubt that Liu's argument proves of inestimable value to discourse studies in full swing and comparative literature studies in general.

【**Keywords**】discursive practices; transnational; transregional; translingual; the world order today

理论、文化和跨学科研究的融通

——匹兹堡大学人文研究中心主任乔纳森·阿拉克访谈录①

乔纳森·阿拉克　　林家钊

（匹兹堡大学人文研究中心，比兹堡；深圳大学外国语学院，深圳 518060）

按语： 乔纳森·阿拉克是美国著名后现代主义文学理论家，曾任教于哥伦比亚大学，后任匹兹堡大学安德鲁·梅隆讲席教授，同时也是匹兹堡大学人文研究中心的创始主任。从 20 世纪 60 年代以来，阿拉克教授学术生涯中的文学理论、新文学史和跨学科研究构成了一个不断拓展边界的整体，其创办的匹兹堡大学人文研究中心也成为一个综合性的人文研究平台。2019～2020 年访问人文研究中心期间，我以口头和邮件的形式与阿拉克教授进行了对话，内容涉及他与中国学界的学术交流、文学理论的本质、理论与文化研究和跨学科研究之间的关系等话题。

林家钊（以下简称"林"）： 乔纳森教授，很高兴能有这样的学术性谈话机会，作为来自中国的学者，我们就从您在 20 世纪与中国学界建立起来的联系开始谈起吧。您告诉过我，您曾多次访问中国，您参加中国中外文艺理论学会的会议，并曾担任香港大学等高校的兼职教授。基于您与中国学界的这些联系，您一定对中国学者在 20 世纪八九十年代的文学理论热并

---

① 本文系深圳大学青年教师科研启动项目"跨学科视野下的马克·吐温研究"（项目编号 000002111004）、国家社科基金一般项目"多元视野下的欧美后现代童话诗学研究"（19BWW064）阶段性成果。本文的部分内容以英文形式发表于 *Comparative Literature：East & West* 2020 年第四卷，标题为 Theory，Cultural Studies And Cross-Disciplinary Research：A Dialogue With Jonathan Arac，后经对话者多次补充、修正，现以中文版形式刊发。

不陌生，"文学和文化理论在西方进入低谷时，却在中国产生了不小的影响和效应"①。这一影响直接开启了中西学界之间的学术交流和对话。那么，您能否谈谈您对中国的访问，是什么促使您开启中国之行？这些访问与理论的讨论有什么关系？

乔纳森·阿拉克（以下简称"乔"）：是的，20世纪晚期关于文学理论的激动人心的谈话激发了我与中国和中国学术界的交流，包括我对中国内地和中国香港的访问，我是1945年出生的，对于我这一代人来说，中国革命和中国在世界版图上的全新地位是有所了解的，但作为一个学者和知识分子，对中国的真正了解始于我与弗雷德里克·詹姆逊的联系。詹姆逊于1985年秋在中国举办了极具影响力的系列讲座，他从中国回到美国后，我同他积极讨论了杜克大学文学研究生课程可能的创新方向。通过詹姆逊，我认识了中国社会科学院的王逢振，他当时对我进行了采访②，王逢振邀请我参加他计划于1989年夏天在中国举办的一次重要的国际文学理论会议。

林：那您参加了吗？有何收获？

乔：遗憾的是，最后我因故无法参加。后来，1995年我终于第一次来到中国内地时，见到了王宁、王逢振等人。在济南参加中国中外文艺理论学会会议后，我与王宁在大连共同举办了一次重要会议。那次会议为《新文学史》的专辑提供了基础〔由拉尔夫·科恩（Ralph Cohen）主编并共同组织〕，我在其中作了评论。③ 在那篇评论中，我注意到中国学者对"文化研究"所涉问题似乎更接近美国学者所谓的"理论"，而不是指实际工作，这正是在美国文化研究的倾向，也是英国学者雷蒙德·威廉姆斯和斯图亚特·霍尔所认同的。

林：看来您从与中国学者接触初期就非常注重观察中、美文学/文化研究之间的差异，而在我看来，认识这些差异性，厘清对话双方在基本术语、

---

① Wang Ning，"Introduction：Toward a Substantial Chinese-Western Theoretical Dialogue"，*Comparative Literature Studies*，53（2016），pp. 562 – 563.

② 该采访的具体内容可以参见王逢振编著《今日西方文学批评理论——十四位著名批评家访谈录》，漓江出版社，1988，第126~134页。

③ 该文章可见于 Jonathan Arac，"Postmodernism and Postmodernity in China：An Agenda for Inquiry"，*New Literary History*，28.1（1997），pp. 135 – 145.

概念、范畴上或微妙或明显的差异是学术对话能够有效开启和平等进行的基础。中国学界在经历了 20 世纪大量的话语引入之后，已经在 20 世纪下半叶开始逐步注意到中西、中美之间学术体系的龃龉，这些龃龉既可以是观点上的不一致，也可能仅仅只是某个概念的所指和能指关系的不完全吻合，前者可以很容易地被发现，后者则往往比较容易逃离出我们的视野。甄别出这些差异性，在我看来，是非常重要的，所以我非常欣赏和尊重您的这一敏锐的观察，正是基于这样细致入微的比较和发现，您和中国学者之间的合作才有了一个牢固的基础，双方的合作才能比较顺利地展开。因此，在 1995 年之后，您和中国学者们继续开展了对话、探讨和合作。

乔：是的，1995 年从中国回国后，我还与《疆界 2》的合作者阿里夫·德里克（Arif Dirlik）以及中国的张旭东交谈过，前者是当时在杜克大学与詹姆逊共事的历史学家，他们当时正在准备一个关于中国的主题专辑，他们收录了我的一篇评论文章——《理论时代的现代中国文学和文化研究：对本领域的重新思考》①，由周蕾（Rey Chow）编辑，1999 年秋季出版。这些都是我在文学理论、文化研究等领域与中国学者合作探讨后产生的成果。与此同时，在大连，我遇到了来自香港大学的童庆生。他和我碰巧在从大连到香港的同一航班，所以我们坐在一起。我们的谈话开启了我在未来 10 年与香港大学的交流，此后童庆生也参与到《疆界 2》的工作中来了，最终促成了《疆界 2》和中国学界的进一步发展。

林：这样看来，您和中国学界的第一次合作既是双方强烈合作意愿的结晶，又带有一些看上去很巧合的因素，比如您与童庆生在飞机上的偶遇。

乔：对的。我与中国的文学研究的缘分还未完。我在中国的第二次访问是和詹姆逊作品选集出版有关的一次会议，正好是在香港回归中国的前一个晚上，即 1997 年 6 月 30 日，我当时正好在北京。

林：又是一个惊人的巧合。

乔：此后，我在做美国研究时与北京大学的申丹相识，虽然她慷慨邀请我来中国内地，并且也有过很多其他的机会，但是，我此后再也没有去

---

① 该文章可见于 Jonathan Arac, "Chinese Postmodernism: Toward a Global Context", *Boundary* 2 24.3 (1997), pp. 261 – 275.

过中国内地了。我曾希望我在 2012 年能够到中国进行访问，但是我家人的健康问题使我最终无法成行，之后也再没有机会了。所以到目前为止，我与中国学术界的交往还主要是关于理论研究方面。

林：既然您提到理论研究，我就顺着这个问题继续我们的访谈。中国文学学者，在过去的 30 年中非常关注理论。我们试图利用各种各样的理论，不仅有文学的，还包括语言学的，等等，来处理作家文本，由此形成了包括马克·吐温研究中的结构主义、解构主义和后结构主义这样的研究范式。但现在的情况有些棘手，一方面，部分学者已经开始认为这是一个"后理论"或"反理论"的时代了，另一方面，对于中国学术界来说，有充分的证据表明中国学者更专注于如何通过建构有中国特色的文学理论来摆脱"影响的焦虑"。例如，2018 年 9 月出版的《现代语言季刊》，发表了包括中国学者王宁、张江和朱立元在内的多位学者的文章，他们谈到中西文学理论的交流以及中国寻求文学理论创新的需求，面对这样的呼吁，希利斯·米勒回应了张江等人的观点，他表达了他的疑虑，但同时也强烈赞同朱立元拒绝文学批评中的公式或模式的主张，米勒赞成将每一部作品视为独特的东西。那么，首先，您如何看待文学理论在现阶段的状态和作用？其次，您如何看待理论研究中理论的普遍性与特殊性的矛盾？或者，更广泛地说，您如何看待全球化与本土化之间的关系？

乔：你的问题很有意思，也很有价值，代表了我在文学研究中经常会被问到的一个问题。我知道，"具有中国特色"这一表述，在过去 30 年的中国社会和文化生活、学术研究中都在发挥着极其重要的作用，对此，我并不反驳这一点。我愿意谈谈美国的情况，因为我对它更加地了解。就美国而言，在我作为一名美国研究者的学术生涯中，我一直在反对的是对美国文化和文学的独特性或"例外性"（exceptionalism）的假设，这是我在 20 世纪 60 年代开始从事文学研究时就有的主要观点。20 世纪 80 年代唐纳德·E. 皮斯（Donald E. Pease）等人的"新美国主义"（New Americanism）出现在我的作品之中，其根源就在于我相信"理论"可以为思考美国文化作品提供一个基础，这个基础对于来自其他任何地方的文化作品来说也是适用的。一些杰出的美国主义者，如理查德·波里尔（Richard Poirier），想要反对这一观点，他们声称：如果你拥有本土的爱默生（他肯定会对尼采产生影响），那么你就不需要尼采。但是爱默生本人的阅读和同理之心完全是世界性的，在他 1850 年的作品《代表人物》（*Representative Men*）中，我们就可以发现包括柏拉图、瑞典神秘主义者伊曼纽·史威登堡、蒙田、莎士比亚、歌德和拿破仑的章节，爱默生的世界性足可见一斑。他作品的形式也是基于斯科特·托马斯·卡莱尔的《英雄》和《英雄崇拜》。同样地，有人认为如果美国人有了土生土长的肯尼斯·伯克（Kenneth Burke），他是一位伟大的修辞理论家，詹姆逊运用过他的象征行为的观点，那么，美国人就不需要欧洲出生的法国和德国文学的学者了，不需要理论学家保罗·德曼（Paul de Man）了，但是，实际上，伯克的作品正是借鉴了多位欧洲学者，并且在他的职业生涯早期，他本身就是重要的德语著作的翻译者。

林：您的这一观点使我想到在美国文学研究界颇为流行的诸多理论思潮，如现象学、阐释学、解构主义批评等，它们多是与欧洲的各种思想资源和文学理论有着直接或间接的渊源关系的。而从中国与西方的渊源关系看，20 世纪末中国的文学理论研究也在经历着从美国、欧洲吸收思想资源的过程，涌现出了一批以王宁等人为代表的国际性文论学者，他们积极参与到全球性的文论建构之中。因此，总的来看，全球化的进程似乎已经使得中西、中美、欧美等各个地区、国家之间相互借鉴、相互学习、相互融汇的行为普遍化了，你中有我，我中有你，很难彼此分开，相互之间的脱钩已经不可能。

乔：对的，我认为全球化意味着学者能够利用世界各地的资源，而本地化则意味着学者能够具体地解决他们所处生活环境中的问题，这是我对二者之间关系的最重要的看法。在我看来，这二者都是必要和可取的，并且都需要自由才能得以实现。

林：毋庸置疑，全球化的文学理论研究及其产生的富有世界性的成果确实有着很大的魅力，可是令我感到惊讶的是，这股热情并没有持续太长时间，中国古话说"江山代有才人出，各领风骚数百年"，形容人才、知识的迭代更新速度之快，伊格尔顿在新出版的《理论之后》一书中感叹道："文化理论的黄金时代早已过去。雅克·拉康、克罗德·列维－斯特劳斯、路易·阿尔杜塞、罗兰·巴尔特和米歇尔·福柯的开拓性著述已经远离我们几十年了。甚至雷蒙德·威廉斯、露丝·伊瑞格里、皮埃尔·布尔迪厄、朱丽亚·克里斯蒂娃、雅克·德里达、爱莱娜·西克苏、于尔根·哈贝马斯、弗雷德里克·詹姆逊和爱德华·赛义德早期的那些具有开拓意义的著述也远离我们多年了。"① 而随着赛义德、德里达和威廉斯等理论大家的去世，人们开始谈论"后理论"问题，王宁认为，"按照伊格尔顿的看法，在近十多年内，随着上述大师的先后离去或逐渐年迈，当代文化理论再没有出现什么震撼人心的巨著，理论的衰落和虚弱无力使之无法面对严峻的现实，这已经成为无人可以挽回的趋势"②。那么，在您看来，在新的形势和时代面前，理论为何呢？我们的文学研究是否可以离开理论进行呢？理论本身是否已经失去了效力了呢？如果没有的话，它应该如何继续发挥它的价值呢？

乔：我不认为文学的、文化的或历史的学术研究可以在没有理论的情况下做到，但我也不认为理论是神秘的、有限的和具有限制性的。首先，理论是无所不在的，例如，当我们说我们应该把每个民族、每个国家，甚至是每位作者的文学作品看作是独特或自成一体的时候，这个想法本身也已经是一个理论立场了，当然了，这同时也是一个意识形态的立场。因此，如果做宽泛的理解的话，我可以给"理论"下这样的一个定义："理论"是一个用来描述人类归纳能力的术语，这种归纳是有据可依的，它使得我们能够得出一套有条理的话语，以此对我们文化生产、艺术品以及文学作品中的想法进行分类。例如在你熟悉的马克·吐温研究领域中，我们使用"现实主义"来对马克·吐温的作品进行属性的划分，这就是一种理论建构，而对现实主义的争论引发了20世纪80年代的西方理论之争。这就是理论的一个观念，虽然对某种理论的观点会有争议，但是只要人类需要进行抽象思考，理论就不会停止产生。

林：所以在您的体系中，理论是在最广泛的意义上被解读的？

乔：是的，可以这么说，是人类的一种归纳的思维能力。

林：但是在20世纪80年代之后，您对自己的研究重心似乎进行了一些的

---

① Terry Eagleton, After Theory, London: Penguin Books, 2004, p.1.
② 王宁：《全球化、文化研究和当代批评理论的走向》，《天津社会科学》2005年第5期。

调整，例如您在 1988 年出版《福柯之后：人文知识与后现代挑战》（*After Foucault: Humanistic Knowledge, Postmodern Challenges*），以及 1997 年出版《作为偶像和标靶的〈哈克贝里·费恩历险记〉：批评在我们时代的作用》（*Huckleberry Finn As Idol and Target: The Functions of Criticism in Our Time*），尤其是后者，是关注《哈克贝里·费恩历险记》这一文学文本与美国民族主义、美国民族身份认同之间的关系问题，并且还参与了对该小说讨论。与您之前的理论研究相比，这一新的领域更符合文学史研究或文化研究的范式。这种从文学理论到文化研究的转变，过去 40 年中，在中国学界也发生过。那么，是什么促使您做出这样的学术方向的调整和转变呢？文学理论研究和文化研究之间是否具有任何的连续性和相似性？你是如何看待二者之间的关系的？

　　乔：至少对我来说，在这方面我是与詹姆逊持相同观点的，文化研究扩大了研究资源的范围，走出了以前仅限于文学学者或文学评论家考虑的资源范围，他们的研究范围特别关注的是那些具有强烈经典特征的资源，但正如英国以及第三世界的那些前沿文化研究学者，比如斯图亚特·霍尔和他的著作所展示的那样。对于理论研究与文化研究之间的关系问题，我认为，追求可以适用于文化研究的文本资料，并不意味着我们会排除"理论"研究所需要的因素，或是忽视掉 80 年代意义上的对于理论的关注，而且很多时候，二者之间是相互促进的关系。

　　林：您的"二者之间是相互促进的关系"的提法很有趣。文化研究通常是被看作一种跨学科的研究范式，是有意识地打破和解构学科之间的界线，如果从负面的意义进行解读的话，这似乎会导致学科归属上"无家可归"的状态，对现有的学科研究范围造成不小的挑战，例如文学研究在"文化"化之后，可能走向"失焦"。21 世纪初开始，中国的文论学者例如陶东风、王岳川、王宁等人开始关注这一问题，陶东风是文化研究的大力倡导者，王岳川则对文化研究的接受显得有些疑虑和顾虑，他说："我们在新世纪必得思考这样一个关键性问题：当文化研究达到一个很高水平时，文学理论是否会消失？"① 王宁在一篇评述诺斯罗普·弗莱的文章中肯定了

---

① 王岳川：《从文学理论到文化研究的精神脉动》，《文学自由谈》2001 年第 4 期。

文学和文化研究之间的关系，认为"弗莱是其中极少数有着远见卓识的学者之一，因为他率先将文学研究置于广阔的文化研究语境之下"①。他在另一篇文章中则直接这样说道："文化研究与文学研究彼此也不存在谁取代谁的问题，倒是在全球化的语境下建构了一种文学的文化研究，也许可以使日益处于困境的文学研究获得新生。"② 总结中国学者对这一问题的回答是复杂的，但是我想我们可以用"审慎的乐观"一词来概括我们的态度。从您刚才简短的论述中，我能听出更多的是一种乐观的态度，您能再具体说一说理论和文化研究二者之间是如何相互促进的吗？

乔：是的，为了进一步说明我自己的这一立场，我还想补充一些具体的实例。例如，就我自己而言，自 1969 年以来，我将我所从事的学术研究工作定义为"新文学史"（New Literary History），这个术语正是当年一本具有开创性价值的文学学术期刊的刊名，该刊关注"理论和阐释"，其中对于"理论"的关注，很大层面上意味着以跨学科的方式来进行思考，因此该期刊的每一期都以多样视角、多学科兴趣的形式呈现，吸引着各个学科的研究者。所以，我当初为自己的研究所设定的"新文学史"定位，不但没有阻碍我对"理论"的思考，反而激发了我在所谓"理论"的领域中的阅读。

林：这是否就是您在学术研究方向的改变过程中并没有感觉到特别艰难的原因之所在呢？因为在您的学术体系中，理论、学科和文化研究是可以融为一体的？

乔：对，关于"理论"和跨学科之间的关系还可以参考我在 2009 年发表的《对〈新文学史〉的思考》（Reckoning with *New Literary History*）一文，我在该文中也谈到了这个问题。③ 除此之外，1997 年我出版的《作为偶像和标靶的〈哈克贝里·费恩历险记〉：批评在我们时代的作用》，该书主要谈论的是文化与经典文本的关系问题，这本书的出版使得我当初所设定的目标有了新的扩展。

---

① 王宁：《诺斯罗普·弗莱新探：文学研究与文化研究的对话关系》，《外国文学研究》2013年第 5 期。

② 王宁：《全球化、文化研究和当代批评理论的走向》，《天津社会科学》2005 年第 5 期。

③ 该文可见于 Arac, Jonathan. "Reckoning with New Literary History." *New Literary History*, vol. 40, no. 4, 2009, pp. 703 – 711。

林：那么，我是否可以将您的这部著作看作是"文化研究"呢？

乔：我会将"文化研究"和"跨学科研究"区分开来。我认为文化研究包括比老式文学研究更广泛的资源，主要是大众和流行文化的作品、实践，例如如电影，广播，电视，漫画，YouTube 视频等，并且它更加强调用户或消费者，注重的是去研究读者或观众对作品做出什么样的回馈，即他们用这些作品做什么。对于文化研究，我还多说几句。在我 1997 年与中国同事的对话中，我解释说我最初接受传统文学研究训练的时候，文化研究的可能性就让我感到兴奋，其原因在于英国和美国存在的商业化、大众化的文化历史。例如，在英国，1600 年之际，莎士比亚是当时备受欢迎的剧作家，而到了 1800 年，他的作品成为人类最高精神表达的核心，这个点评不是来自别人，不是来自喜爱喜剧的研究者，而是来自讨厌剧院的柯勒律治。1850 年，英国小说家狄更斯成为最受大众欢迎的小说家之一，而到了 1970 年，即使是标准极为严苛的英国文学批评家 F. R. 利维斯，也认为狄更斯是英国最伟大的小说家之一，甚至可以同莎士比亚齐名。对于较为晚近一些的大众艺术形式，在 1940 年的时候，像阿多诺这样伟大的评论家，认为爵士乐和好莱坞这样的艺术表达是人类审美体验退化为机械性的日常的体现，但是现今，我们普遍承认，这两种流行的商业文化形式是美国对世界文化做出的巨大贡献。因此，从英美两国所拥有的漫长的流行文化历史来看，文化研究是大有可为且鼓舞人心的一个领域。

林：所以您的著作《作为偶像和标靶的〈哈克贝里·费恩历险记〉：批评在我们时代的作用》更应该是一种"跨学科研究"？

乔：是的，在我看来，"跨学科研究"是在使用来自其他学科的元素或知识，并将它们看作是前提和方法。你在研究马克·吐温的过程中对"跨学科"研究有什么收获吗？

林：根据您的这一区分，我注意到，目前美国学术界已经大量地将跨学科研究应用到文学研究中去了，不但对现当代作家的研究，更包括对诸多经典作家的研究。例如我在您指导下做关于马克·吐温研究的博士论文，在这一过程中，我发现，马克·吐温的作品不但已经拥有了政治（例如民族主义）、宗教等方法的分析，还得到了经济学、法学乃至是医学角度的观照，而且这些新角度的切入往往能帮助回答一些以前不容易回答的问题，带来可靠、新颖的答案。举例来说，在马克·吐温经济研究领域中，美国学界例如加州大学伯克利分校的班克罗夫特图书馆有一个马克·吐温文献在线项目①，该项目保留、整理和出版了大量的马克·吐温一手文献，从中可以看到马克·吐温作品出版的整个流程，这个流程不但包括了作家创作时头脑中发生的"风暴"，也就是传统文学研究"创作论"这一块的研究内容，还包括作品成形之后在出版公司所经历的曲折历程，他的版权意识和保护版权的法律行动如何参与到文学经典的建构。

乔：我很高兴你能够在美国学界的马克·吐温研究中有新的收获，我主要关注马克·吐温与种族的问题，毕竟这是对美国人来说最重要的一个问题，我对你刚才所谈论的这一领域并未过多涉猎，但是我仍然很想听听，从一个中国学者的角度来说，你还发现了什么对中国学者来说比较有意思的研究呢？

林：我的关注是从中国的大众文化，也就是每天都在轰炸、包围我的大众文化节目中出发的。例如我发现，现在中国的幽默产业也在蓬勃发展，幽默成为年轻人中努力追求的身份标志，产生了像"吐槽大会""脱口秀大会"这样的文化产业节目，而马克·吐温在我眼中就是一位幽默产业的缔造者。美国学界的马克·吐温幽默品牌研究吸引了我的注意力。这一领域的研究主要是梳理他如何对自己的作品进行产权保护，以及如何对自己的作者身份进行经营、推广以此达到品牌化、资本化的目的。朱迪斯·李（Judith Yaross Lee）的成果具有代表性，她就作为一种品牌的马克·吐温进行了一系列的研究，2012 年她出版了《吐温的品牌：现代美国文化中的幽默》（*Twain's Brand：Humor in Contemporary American Culture*）一书②，系统

---

① 该网站是加州大学伯克利分校班克罗夫特图书馆"马克·吐温计划"与加州大学出版社联合推出的一项大型马克·吐温资料汇编工程，旨在收集和涵盖与马克·吐温研究相关的所有第一手历史资料，如吐温的手稿、信件等，目前已经编辑了超过 31000 条的信息以及超过 2600 封的信件，是目前马克·吐温研究学者最为重要的研究数据库（http://www.marktwainproject.org）。

② 参见 Judith Yaross Lee, Twain's Brand：Humor in Contemporary American Culture, University Press of Mississippi, 2012。

地论述了"马克·吐温"这一品牌在现代美国文化中的定位，而到了 2017 年，经由亨利·韦纳姆和劳伦斯·豪编撰，专门探讨马克·吐温经济问题的论文集《马克·吐温与金钱：寓言、资本和文化》（*Mark Twain and Money：Language，Capital，and Culture*）① 得以出版。这些从经济角度入手进行研究的学术作品的出现打开了一个广阔的学术天地，架起了文学与经济之间的桥梁，使得跨学科的研究范式得以在马克·吐温研究领域广泛地展开。

乔：你的研究确实是马克·吐温研究在美国的一些新进展。对你来说，跨学科研究还有什么价值吗？

林：价值太大了。除了我刚才所谈到的在学术研究领域的开拓，它还可以在教学上释放潜力，我所在的深圳大学就是一个最好的例子。深圳大学位于深圳这座中国最具有活力的城市，它对跨学科非常重视已经设置了 20 多个创新特色实验课程，既有理工科领域的跨学科合作，也在外国语学院和人文学院设定了多学科的交叉复合教学环境，例如外国语学院的国际新闻和外事英语结合了新闻和语言学科，人文学院依托汉语言文学、历史学和哲学三个专业，在本科阶段就开始全力培养有一定跨学科基础的学生。而从我们的教学场景来看，我感觉到它也很有潜力。我们不得不承认，在文学课堂中应用跨学科研究和文化研究的成果进行文学、文本的教学可以更加吸引学生的注意力、更能引发学生的兴趣，甚至可以让更多的人回到他们过去不曾注意过的文本，对这些文本，他们过去往往觉得晦涩难懂、缺乏价值。我想从教学的角度来说，我们是否也可以继续您的这种理论、学科和文化兼收并蓄的方式呢？不知道您是否也有一些相同的感受。

乔：是的，不过对于教师或者是学者来说，跨学科研究需要研究者投入更多的精力，会增加他们的工作量，因为这意味着你将会在更广泛的领域、在更加不同的学科基础上承担责任。对于学生来说，也可能给他们带来更大的障碍，但是无论如何，它潜力巨大。

林：实际上，这种美好前景和巨大潜力在您所在的匹兹堡大学也已经开花结果了，例如您所在的匹兹堡大学人文研究中心。您一直是在担任该

① 参见 Wonham，Henry B. and Howe，Lawrence（eds）. *Mark Twain and Money：Language，Capital，and Culture.* Tuscaloosa：The University of Alabama Press，2017.

中心的创始主任，我可以感受到该中心在促进部门和学科之间进行良好对话的巨大努力。

乔： 非常感谢你能看到这一点，这正是我们人文研究中心想要达成的目的之一。我们欢迎各个人文学科的研究者在我们的平台上发表他们的成果。例如，2018 年 10 月 8 日，我们的人文研究中心邀请了临床助理教授瑟斯顿博士（Dr. Thurston），他的讲座题目为"叙事的力量：医学认为如何影响病人治疗"（The Power of Narratives：How the Medical Humanities Impacts Patient Care）①。他探讨了医学叙事的历史进展，以及该领域所能够带来的力量和改变，比如说它可能产生的对于病人护理、医患交流方式的影响。

林： 我对此深有体会。因为，近几年来，我的身边亲人、朋友也遭遇到了一些可怕的疾病，在面对病痛之际，我一直在思考，我们人文研究者是否可以为这一全人类的事业做出贡献、奉献力量，瑟斯顿博士的讲座给了我很大的启发，包括文学在内的人文文本并不仅仅只能被视作一种可有可无的点缀，而可被当作促进、提高临床治疗水平的"有用之术"。在我作为匹兹堡大学访问学者期间，这是我感到印象最深刻的地方之一。

乔： 那确实是一次很精彩的讲座，这得益于匹兹堡大学强大的医学院学术传统，人文学科在此基础上找到了新的用武之地，我非常高兴这可以成为你在此访学的收获之一，我也很感动你能在匹兹堡大学人文研究中心的跨学科医学人文课程中找到了如此强烈的个人价值。

林： 除此之外，我也注意到，通过跨学科的研究，我们文学的经典文本也可以被解读、阐释而成为医学发展历史的一部分。

乔： 这是一定的，例如你研究的马克·吐温，他是 19 世纪的作家，19 世纪的医学并未如今天这样发达，人们的医学理念还相对落后，而这些都会在马克·吐温的作品中呈现。

林： 是的，我最近正在阅读《马克·吐温和医学》（*Mark Twain and Medicine*："*Any Mummery Will Cure*"）这本书就是一个很好的例子。该书是由北卡罗来纳州温斯顿－塞勒姆的维克森林大学医学院（Wake Forest Uni-

---

① 参见 https://bioethics. pitt. edu/event/power-narratives-how-medical-humanities-impacts-patient-care，2020 年 9 月 7 日。

versity School of Medicine）的内科学教授帕特里克·奥博（K. Patrick Ober）撰写的。通过对哈克和汤姆关于"疣"等疾病的对话的分析，我们了解到了 19 世纪美国人的医学观念。因此，不论是从医学实践还是从医学知识的角度来说，医学人文似乎都大有可为，这种跨学科的研究思路并非仅仅是一种严肃研究之外的补充和调剂。但是中国的学者对于这类跨学科研究也有一些不同看法。例如来自北京大学医学人文研究院的郭丽萍教授在总结 20 世纪末文学与医学交叉研究的状况时说："纵观前 30 年的发展不难发现，文学与医学仍然没有自己的研究方法，学者们仍需不时撰文说服医学界为什么医学需要文学，两者之间的关系仍然不对称，两个学科似乎是被迫结合，一方（医学）被要求接受另一方（文学），文学的理论和方法似乎难以被真正有效地运用到医学教育和实践当中，文学与医学仍然处在医学的边缘。"① 同样来自北京大学的王一方教授也指出："医学人文正滑向空壳化，如果它无法融入临床路径和制度，就无法根植于临床大夫的观念与 行为，推动医学人文关怀从自发走向自觉。"② 随着人口老龄化的到来，中国目前的各类疾病呈现出高发趋势，这些中国学者的声音应该是需要被听见的，那么您是如何看待这样的一些忧虑呢？人文学者从事跨学科到底是应该被鼓励，还是应该被审慎对待？或者从您的角度来说，您在建立人文研究中心这个平台的时候，对这个研究中心是如何定位的呢？

乔：匹兹堡大学人文研究中心有来自各个部门和项目的同事，我很高兴能够参与和支持这个研究中心的发展。我同意你的看法，并且我还想要强调一下你的观点，我们在人文研究中心进行的跨专业、跨学科的对话不是用来醒醒神的娱乐，不是用来让一个人摆脱真实、实际的工作，不是供学者进行"度假"之用的。它的存在是使新的工作成为可能，这些工作可以对人类生活产生真正的影响。2001～2006 年我担任哥伦比亚大学英文和比较文学系主任期间，很幸运地能够成为丽塔·卡伦（Rita Charon）博士的同事，她后来获得了英文博士学位，她开展了后来被称为"叙事医学"

① 郭莉萍：《从"文学与医学"到"叙事医学"》，《科学文化评论》2013 年第 3 期。
② 王一方：《临床医学人文：困境与出路 ——兼谈叙事医学对于临床医学人文的意义》，《医学与哲学》（A）2013 年第 9 期。

（Narrative Medicine）的全新研究领域，现在这个领域已经成为哥伦比亚大学医学院的研究生学位课程，而最近，她又获得美国政府授予的"杰斐逊演讲者"称号，她当时的演讲题目非常值得各人文学科的学者研读——"看到苦难：人文学科拥有医学所需"（To See the Suffering：The Humanities Have What Medicine Needs）。我很高兴中国学者也注意到了这一交叉领域的出现，对此有些许质疑是正常的。我认为我们人文学者不能贸然进入跨学科研究，因为研究的推进往往需要更多的专业性知识，例如丽塔·卡伦本身就是一位医生，拥有非常专业的医学知识。但是，当某种研究能够被其领域界限之外的人感受到的时候，它都会变得更加强大。人文研究中心的存在就是为了打开界限并扩展我们的力量的，就像我们人文研究中心的口号所倡导的：让人的智慧指引我们吧。

林：您的讲解非常及时。在中国，各学科之间被不断鼓励进行互联互通，这种互联互通大部分是在理工科之间进行的，不过从近来的趋势看，人文学科也有这种需求，人文学者也在被鼓励进行跨学科研究，但是我个人对此是有所保留的，因为我深知，我虽然有着强烈的冲动，想让人文学科，例如文学，成为一门更加"有用"的学科，但是我同时知道，不论是在经济学、法学、宗教学还是医学等任何一个学科领域上的知识积累，我都还远远不够，一两篇论文不足以证明或是标榜自己做的就是跨学科研究，您所提到的丽塔·卡伦这样的学者以及她所从事的研究部应该成为衡量跨学科研究的标杆和试金石。乔纳森教授，谢谢您花费宝贵时间和我交流。

乔：不客气，非常高兴接受你的采访，希望日后还能有机会与中国再续前缘。

后　记

作为20世纪末兴起的文学理论研究潮流的重要参与者之一，乔纳森·阿拉克教授学术思想可谓一波三折，到目前为止，可以说它已经进入总结性的阶段，从文学理论到文学史到跨学科研究，他都兼收并蓄，让人感觉三者之间并无水火不容之感。正如上文所呈现的那样，在多次的对话中，我们就以下问题达成了共识：第一，应该从宽泛的意义上理解"理论"一词，理论是无所不在的，它更多的是一个可以被用来描述人类的思维和归纳能力的术语，它使得我们能够得出一套行之有效的条理话语，以帮助我们对文学作品中的元素、结构、思想等进行分类。第二，文学和文学理论的产生是跨文化相互借鉴的结果，互鉴互学在中美文论的发展进程中均普遍存在，在全球化时代，自源、自足的文学理论并不存在，宣称某国文学或文论具有"例外性""优越性"是无视全球化潮流的历史倒车。第三，文化研究具有扩大研究范围，走出研究对象局限性的功能，它的追求并不意味着对20世纪80年代意义上的"理论"研究所需要的因素的排除或是忽视，二者之间不论是在理论还是在实践上，都具有相互促进的作用。第四，理性看待跨学科研究的利弊，它以前是、现在是且将来也会是文学研究的重要前提和方法，但是研究者并不能贸然进入跨学科研究，要小心、谨慎地宣称自己正在从事文学跨学科研究，因为文学跨学科研究的推进往往需要多学科的专业性知识作为知识和能力的基础，轻易地标榜文学研究的跨学科属性实际上是在取消跨学科性，甚至是在取消文学研究。

【**Abstract**】Jonathan Arac is one of the leading American postmodernist theorists who once taught at Columbia University and now serves as Andrew W. Mellon Professor of English as well as the founding director of the Humanities Center at the University of Pittsburgh. He is considered to be one of the most notable "New Americanists" with an eclectic range of interests in literary theory, American literature (with an emphasis on the controversy of *Huckleberry Finn*). His research methods range from theoretical framing, cultural study to interdisciplinary study. He perceives his studies on literary theory, "new literary history", and cross-disciplinary research since the 1960s as an integrated whole which open boundaries and extend powers. This dialogue, which was conducted in the oral and written form at the University of Pittsburgh since August 2019 to January 2020, touches upon such topics as Arac's academic connection with Chinese academia, the essence of literary theory and its relationship with cultural studies and interdisciplinary research.

【**Keywords**】 Literary theory; Cultural studies; Interdisciplinary research; American Literature; Dialogue.

图书在版编目（CIP）数据

文学理论前沿. 第二十三辑／王宁主编. —— 北京：
社会科学文献出版社，2021.10
ISBN 978 - 7 - 5201 - 8996 - 5

Ⅰ.①文… Ⅱ.①王… Ⅲ.①文学理论 - 文集 Ⅳ.
①I0 - 53

中国版本图书馆 CIP 数据核字（2021）第 184223 号

文学理论前沿（第二十三辑）

主　　编／王　宁

出 版 人／王利民
责任编辑／罗卫平　范　迎　袁卫华
责任印制／王京美

出　　版／社会科学文献出版社·人文分社（010）59367215
　　　　　地址：北京市北三环中路甲 29 号院华龙大厦　邮编：100029
　　　　　网址：www. ssap. com. cn
发　　行／市场营销中心（010）59367081　59367083
印　　装／三河市尚艺印装有限公司

规　　格／开　本：787mm × 1092mm　1/16
　　　　　印　张：20.25　字　数：306 千字
版　　次／2021 年 10 月第 1 版　2021 年 10 月第 1 次印刷
书　　号／ISBN 978 - 7 - 5201 - 8996 - 5
定　　价／89.00 元

本书如有印装质量问题，请与读者服务中心（010 - 59367028）联系